DER
AUSFLUG

WEITERE TITEL VON LESLIE WOLFE

DETECTIVE KAY SHARP

Der Ausflug

Die vermissten Mädchen

Die letzte Schwester

IN ENGLISCHER SPRACHE

The Girl from Silent Lake

Beneath Blackwater River

The Angel Creek Girls

The Girl on Wildfire Ridge

DER AUSFLUG

LESLIE WOLFE

Übersetzt von Veronika Kallus

bookouture

DANKSAGUNG

Ein besonderes Dankeschön geht an meinen Freund, den New Yorker Rechtsexperten Mark Freyberg, der mich fachkundig durch die Feinheiten des Justizsystems geleitet hat.

EINS

STILLE

Sie beobachtete ihn durch einen Tränenschleier. Das Herz pochte ihr bis zum Hals und als sie versuchte, sich zu befreien, schnitten Plastikschnüre tief in ihr Fleisch. Der Mann drehte ihr den Rücken zu, während er einige Gegenstände auf einem Tablett arrangierte. Das leise metallische Klirren war wie ein unwirkliches Omen, das ihr das Blut in den Adern gefrieren ließ und ihre Gedanken in einen Wirbel aus schierem, blankem Terror stürzte.

Sie warf ihrer Tochter einen schnellen Blick zu und zwang sich, trotz der tränenerfüllten Augen Hoffnung und Mut auszustrahlen. Hazel, ihre achtjährige Tochter, war kaum zwei Meter von ihr entfernt an einen Stuhl gefesselt. Sie wimmerte und ihre kleine Brust hob und senkte sich mit jedem zitternden Atemzug. Als sich ihre Augen trafen, wurde Hazels Schluchzen lauter – gedämpft durch das Tuch, das er ihr über den Mund gebunden hatte, war es immer noch laut genug, um die Aufmerksamkeit des Mannes zu erregen.

»Hör auf damit«, befahl er mit leiser Stimme. Er wandte sich um und ging ein paar entschlossene Schritte auf Hazel zu.

Dann blieb er stehen, seine Augen bedrohlich nahe vor denen ihres kleinen Mädchens.

Alison erstarrte.

Der Mann griff nach einer Strähne von Hazels langem Haar und spielte damit, wickelte sie um seine Finger, beugte sich dann noch näher zu ihr und atmete ihren Duft ein. Der erschrockene Blick des kleinen Mädchens schien ihn zu amüsieren. Er ließ ihr Haar los und wischte mit dem Daumen eine Träne von der Wange des Kindes. Dann leckte er die salzige Flüssigkeit mit einem zufriedenen Stöhnen ab.

»Nicht weinen«, flüsterte er. »Deine Mami hat dich sehr lieb, nicht wahr?«

Hazel verstummte, zu verängstigt, um noch einen Laut von sich zu geben, aber die Tränen strömten ungehindert weiter über ihre Wangen und durchnässten das Tuch. Die Stimme des Mannes und die Art, wie er diese Worte geflüstert hatte, hatten etwas Unheimliches an sich, eine bange Ahnung jagte Alison unkontrollierbare Schauer über den Rücken.

»Bitte«, sagte Alison, »sie ist doch nur ein kleines Mädchen.«

Ein schiefes Lächeln verzerrte die Mundwinkel des Mannes. »Das ist sie, nicht wahr?« Dann fügte er mit einem fast bitter klingenden Unterton hinzu. »Das sind sie immer.«

Er wandte ihnen den Rücken zu und wieder erfüllte das Klirren von Gegenständen, die auf ein Tablett gelegt wurden, die kalte Stille.

Er war kein Ungeheuer, das in Lumpen gehüllt in den Wäldern hauste und dem man zutrauen würde, eine Mutter und ihre Tochter zu entführen und sie in einer abgelegenen Hütte als Geiseln zu halten. Er war glattrasiert und roch nach teurem Rasierwasser, trug neue, teure Kleidung, und die Hütte, in die er sie gebracht hatte, war geräumig und sauber. Das einzig Seltsame daran war das völlige Nichtvorhandensein von persönlichen Gegenständen, obwohl die Hütte eindeutig schon seit einiger Zeit bewohnt wurde.

Er schien sich in seinem Tun wohlzufühlen und legte eine Gewohnheit an den Tag, die erahnen ließ, dass er das schon viele Male getan hatte. Es gab kein Zögern in seinen Bewegungen und es lag keine Furcht in dem Blick, mit dem er sie musterte, als ob sie ein Möbelstück oder ein Kunstwerk wäre, das er kaufen wollte.

Von den breiten Schultern und dem rabenschwarzen Haar des Mannes wanderte Alisons Blick weiter zu den makellos weißen Wänden und dem gefliesten Boden. In der hinteren Ecke des Raumes, neben der Tür, war der Fugenmörtel verschmutzt – etwas Rötlich-Braunes verfärbte das hellgraue, poröse Material. Sie konnte ihren Blick nicht von der Stelle abwenden, wo die sich kreuzenden Fugen einen Fleck zeigten, der ursprünglich deutlich größer gewesen sein musste. Es war, als stamme der Fleck von einer Lache, die sich entlang der Fugen zwischen den Granitfliesen ausgebreitet hatte und erst von der Wand eingedämmt worden war.

Er musste die Fliesen gereinigt haben, aber die Flüssigkeit hatte den Mörtel dauerhaft verfärbt, als Zeugnis dessen, was auf diesem Fußboden geschehen war.

Blut.

Alison fühlte, wie eine neue Welle der Panik ihr Denken übermannte. Sie zwang sich dazu, sich zu beherrschen und ihre rasenden Gedanken einigermaßen unter Kontrolle zu halten. Sie atmete langsam und hielt die Luft für ein paar Sekunden an, bevor sie wieder ausatmete.

Ihre Mutter kam ihr in den Sinn, der Geruch von Zimt und die sanfte Stimme, die fragte: »Warum müsst ihr so weit weg in den Urlaub fahren, bis an die Pazifikküste? Und ganz allein, mit dem kleinen Mädchen, das ist doch gefährlich, meine Süße. Jedenfalls heutzutage. Warum fahren wir beide nicht stattdessen mit Hazel nach Savannah?«

Der Klang der Stimme ihrer Mutter, die in ihren Gedanken widerhallte, trieb ihr wieder brennend heiße Tränen in die Augen. Hatte sie gewusst, was passieren würde? Vielleicht hatte sie eins ihrer unheimlichen Warnzeichen gesehen, einen blutroten Mond oder einen befleckten Sonnenuntergang – Zeichen, die Alison immer den Cajun-Wurzeln ihrer Mutter zugeschrieben und leichtfertig als haltlosen Aberglauben abgewunken hatte.

Ach, Mama, dachte sie, *siehst du jetzt nicht ein Zeichen, dass wir wieder nach Hause kommen werden?* Einmal noch atmete sie tief ein und stählte ihren Willen. Sie zerrte an den Fesseln und zuckte vor Schmerzen zusammen. Die Kabelbinder hatten bereits tief in die Haut um ihre Handgelenke geschnitten. Sie saß auf einem Holzstuhl, die Hände waren hinter der geraden, schmalen Lehne gefesselt. Ihre Knöchel waren an den klobigen Stuhlbeinen fixiert, und egal wie sehr sie sich anstrengte, ihre Gelenke anzuwinkeln und die Fesseln zu sprengen – sie schnitt sich damit nur noch tiefer in ihr eigenes Fleisch.

Als er sich umdrehte und auf sie zuschritt, wimmerte sie und schüttelte den Kopf, obwohl sie sich vorgenommen hatte, um ihrer Tochter willen so lange wie möglich ruhig zu bleiben. Panik durchfuhr sie mit jedem Schritt, den der Mann auf sie zu machte. Ihre Augen richteten sich zuerst auf das silberne Tablett, das er trug, und dann auf den vierbeinigen Hocker, den er zwischen ihren und Hazels Stuhl schob und auf dem er das Tablett absetzte.

Sie sah ihn direkt an and versuchte, den Ausdruck in seinen dunklen Pupillen zu lesen, sein kaltes Lächeln zu deuten. Als sie zu verstehen begann, raubte ihr ihr hemmungsloses Schluchzen den Atem, während die Furcht, die ihren Körper flutete, absolut und gnadenlos aufbrandete.

Er würde sie niemals gehen lassen. Tod stand in seinen Augen geschrieben, ein stummer Richtspruch, den er bald vollstrecken würde und den er mit einem blutlüsternen Lächeln willkommen hieß. Sein lässiges Auftreten vermittelte den Eindruck, als ob er in eine vergnügliche Sonntagnachmittagsaktivität vertieft wäre.

Mein armes Baby, dachte sie, *das kann doch nicht wirklich geschehen. Ich kann das nicht zulassen.*

Verzweifelt versuchte sie wieder, sich zu befreien. Sie warf sich zu Boden und hoffte, dass der Stuhl unter ihrem Gewicht zerbrechen würde.

Sie fiel hart und der Sturz nahm ihr für einen Moment den Atem. Seine gnadenlosen Finger gruben sich in ihr Fleisch, als er sie packte und ohne Mühe wieder hochzog.

»Nein, nein«, flehte sie, während ihr Tränen die Kehle zuschnürten. »Bitte, lassen Sie uns gehen. W-wir werden kein Wort sagen, ich schwöre es.«

Er antwortete nicht; seine einzige Reaktion auf ihre Worte bestand darin, dass sein Lächeln noch breiter wurde. Alison verstummte.

Er nahm einen beigefarbenen Kamm vom Tablett und kämmte ihr bedächtig das Haar, bis es knisterte. Ihre Gedanken rasten, als sie versuchte, vorauszusehen, was als Nächstes kommen würde. Sie war dankbar, dass er sich auf sie und nicht auf Hazel konzentrierte.

Wenn er sie doch nur gehen lassen würde, dachte sie und klammerte sich an diese surreale Hoffnung wie ein Ertrinkender an einen Strohhalm.

Er scheitelte ihr Haar in der Mitte, von der Stirn bis hinunter in den Nacken, und trennte die langen Strähnen in zwei gleiche Teile. Jedes Mal, wenn seine Finger ihr Haar berührten oder über ihre Haut strichen, zuckte sie zusammen; ihre Zähne klapperten; ihr ganzes Selbst begehrte auf, weil sie nicht wusste, wann der Schlag kommen würde, geschweige denn, wie. Sie wusste nur, dass er kommen würde. Bald.

Er begann, ihr Haar zu flechten, langsam, geduldig,

scheinbar genießerisch, und summte leise ein Schlaflied. Ihm dabei zuzusehen, wie er sich bewegte, wie er in seinem Tun ganz entrückt wirkte, seine Finger auf der Kopfhaut zu spüren – all das fühlte sich an wie ein lebendig gewordener Albtraum, aus dem jemals zu erwachen sie nicht mehr zu hoffen wagte.

»Warum?«, flüsterte sie und drehte ihren Kopf leicht zu ihm hin.

Er zerrte an ihrem Haar, um ihren Kopf zu fixieren. »Rühr dich nicht. Wir sind fast fertig.«

Als der Zopf zu Ende geflochten war, machte er ihn mit einem ungewöhnlichen, handgefertigten Haarband fest, das aus Leder gemacht zu sein schien und mit winzigen Federn geschmückt war. Dann wechselte er auf die linke Seite und begann von Neuem zu flechten, während er dieselbe vertraute Melodie summte.

Zuerst erkannte sie die Melodie nicht, wusste nur, dass sie sie kannte. Doch dann begann ihr verzweifelter Verstand damit, Worte über die Melodie zu legen. Sie folgte ihrem Gefühl, schluckte die Tränen hinunter und fing an, leise zu singen.

»If that mockingbird won't sing, Mama's gonna buy you a dia…«

Sie erstarrte, als sie seine Reaktion auf den Gesang sah. Anstatt ihn, wie sie gehofft hatte, zu erweichen, waren seine Gesichtszüge geradezu versteinert, Muskelstränge verspannten sich unter seiner Haut, sein Blick hatte etwas Verbittertes, Loderndes, und seine Fingerknöchel knackten, als er seine Hände zu Fäusten ballte.

»Sing«, befahl er, aber nur ein Wimmern kam über ihre Lippen. »Sing, verdammt noch mal«, schrie er, packte ihren halbfertigen Zopf und zwang Alison, sich zu ihm umzudrehen.

Hazel schrie; ein kurzer, gedämpfter Schrei, der schnell in ein tränenreiches Schluchzen überging.

Alisons Stimme zitterte, als sie ganz falsch sang, aber das schien ihn nicht zu stören.

»If that diamond ring turns brass, Mama's gonna buy you a looking glass«, sang sie, dann schniefte sie und wimmerte: »Bitte, ich flehe Sie an.«

»Sing«, brüllte er.

Sie bibberte, denn der Text, den sie eigentlich so gut kannte, war plötzlich aus ihrem Gedächtnis verschwunden.

»Sing«, wiederholte er, seine Stimme duldete keinen Widerspruch. Er hatte ihr Haar fast fertig geflochten; was würde er dann tun?

Bitte, lieber Gott, mach, dass er meinem Baby nichts tut, betete sie im Stillen. Dann, ihre Stimme mehr Wimmern als Singen, beendete sie den Reim: »And if that looking glass gets broke, Mama's gonna buy you a ...«

Sie hielt inne, als er das Band um das Ende des Zopfes wickelte. Sie zitterte am ganzen Körper, ihr war kalt, eiskalt, trotz der späten Nachmittagssonne, die durchs Fenster schien. In der Totenstille hörte sie Vögel vor dem Fenster singen, vollkommen unberührt von dem Albtraum, der sich im Inneren der entlegenen Hütte abspielte.

Er sah Hazel einen bedrückenden Augenblick lang an, dann streckte er seine Hand aus und berührte das Haar des kleinen Mädchens. Er schien darüber nachzudenken, was er als Nächstes tun sollte.

Alison hielt den Atem an, ihre Gedanken überschlugen sich. *Nein, nein ...*

Als hätte er ihr Flehen gehört, ging er auf Alison zu und blieb direkt vor ihr stehen. Er betrachtete ihr Gesicht für einen langen Moment, ohne etwas zu sagen oder zu tun.

Sie schluckte schwer, ihre Kehle war vor unsagbarer Angst wie zugeschnürt, doch sie zwang sich, weiterzusingen: »And if that horse and cart fall down, You'll still be the sweetest little baby ...«

Ohne Vorwarnung riss er ihre Bluse auf. Sie keuchte und versuchte, sich von ihm fortzubewegen, indem sie sich mit den

Füßen gegen den Boden stemmte, aber er hielt sie fest, seine Hand brannte auf ihrer nackten Haut.

»Bitte, nicht vor meiner Tochter«, flehte sie. »Ich mache alles, was Sie wollen!«

Wenn Hazel nur nicht miterleben müsste, was passieren würde. Wenn sie sie nur nicht so sehen müsste.

Sein Lachen hallte von den leeren Wänden wider. Er beugte sich näher zu ihrem Gesicht, so nah, dass sie seinen heißen Atem auf ihrem Gesicht spürte.

»Ich weiß, dass du alles machen wirst, was ich will«, antwortete er und lachte immer noch. »Bist du so weit?«

Die Blauhäher, deren Gezwitscher das Tal erfüllt hatte, verstummten mit einem Mal, als ihr Schrei die klare Bergluft zerriss.

ZWEI

ZUHAUSE

Während der letzten Stunde der Heimfahrt war die Gegend genauso bezaubernd, wie Kay sie in Erinnerung hatte. Der schnurgerade Betonstreifen der Interstate, der durch ein flaches, menschenleeres Staubbecken schnitt, wurde allmählich von sanft ansteigenden Kurven abgelöst, die sich durch die dichten Wälder des Staatsforstes schlängelten. Mit zunehmender Höhe verschwand das Laub und wich immergrünen Bäumen, während die Hänge schroffer und die Kurven enger und unnachgiebiger wurden. Im Oktober färbte sich das Laub, ein Schauspiel, das die Fahrt in die Berge nördlich von San Francisco allemal wert war, und sei es nur, um die Farben des herrlichen kalifornischen Herbstes zu bewundern.

Sie schaltete die Klimaanlage des Fords aus und öffnete stattdessen ein Fenster. Der Wind spielte in ihrem welligen blonden Haar und brachte den fast vergessenen Geruch fallender Blätter mit sich, den Geruch von Morgentau auf grünen Grashalmen, von Wasserfällen und Tannennadeln und das Versprechen von Schnee.

Sie war auf dem Weg nach Hause.

Eine Reise, die sie nicht hatte antreten wollen, nie wieder.

Sie seufzte und ohne es zu merken, berührte sie den Karton auf dem Beifahrersitz mit langen, schmalen, eiskalten Fingern, die jede Konzertpianistin stolz gemacht hätten. Der weiße Karton trug die Insignien des Federal Bureau of Investigation und enthielt ihre persönliche Habe. Ein paar Stunden zuvor hatte sie ihren Schreibtisch geräumt und alles mitgenommen, was einen der Schreibtische im fünften Stock der Zweigniederlassung San Francisco zu dem ihren gemacht hatte. Die Kaffeetasse mit der Karikatur eines schnüffelnden Hundes war ein Geschenk eines Kollegen gewesen. Ein paar Bücher – eines über Ermittlungspsychologie und ein anderes über das Profiling von Gewaltverbrechern, beide gespickt mit roten und gelben Post-it-Zetteln. Ein Foto von ihr selbst, beim Angeln an der Pazifikküste, vor felsigen Klippen in Sea Cliff. Ein Schild – gebürstetes Gold auf massivem Nussholz – mit ihrem Namen und Titel: SPECIAL AGENT KAY SHARP. Nur an den Klang dieser Worte zu denken hatte immer dafür gesorgt, dass sie ihre breiten Schultern straffte und etwas mehr Elan in ihre Schritte legte; das wiederum hatte sie sofort einige Zentimeter größer erscheinen lassen, besonders wenn sie ihr zierliches Kinn hob, was ihr eine selbstbewusste, entschlossene Ausstrahlung verlieh.

Das war jetzt alles Vergangenheit, und sie war auf dem Weg nach Hause.

Sie dachte daran, wie schmerzhaft es gewesen war, all diese Dinge aufzusammeln und in den Karton zu packen, den sie sich aus der Asservatenkammer geliehen hatte, und dann durch die Tür zu gehen in dem Wissen, dass sie am nächsten Montag nicht wieder da sein würde. Erhobenen Hauptes hatte sie sich verabschiedet, hatte mit den Tränen gekämpft, als sie ein letztes Mal ihren Blick über das Büro schweifen ließ und dann zum Aufzug eilte. Auf dem Weg die fünf Stockwerke nach unten hatte sie noch eine Hand geschüttelt und dann das Gebäude verlassen. Als sie mit ihrem weißen Ford Explorer vom Parkplatz fuhr, hatte sie dem Hochhaus einen letzten Blick zugeworfen und – wie schon so viele Male zuvor – beobachtet, wie die verspiegelten Fenster den strahlend blauen Himmel reflektierten. Dann war sie links abgebogen, in Richtung Norden.

Heimwärts.

Nur weil Jacob sein verdammtes Temperament nicht zügeln konnte.

Ihr schüchterner, kleiner Bruder Jacob war zu einem ziemlich bulligen Mann herangewachsen. Die Arme und der Rücken waren muskelbepackt, weil er im Sommer, so oft er die Gelegenheit fand, auf dem Bau arbeitete. Jacob hatte sich schon immer schwergetan; er kam nicht gut mit anderen zurecht und hatte offensichtlich auch Probleme mit der Aggressionsbewältigung. Das war allerdings neu; solange sie sich erinnern konnte, war er immer sanftmütig gewesen, zurückhaltend: ein Mann, der keiner Fliege etwas zuleide tun konnte.

Als er sie vor ein paar Tagen angerufen hatte, hatte sie in seiner Stimme Schuldgefühle und Reue wahrgenommen.

»Ich muss ins Gefängnis, Schwesterherz«, hatte er gesagt und war wie immer direkt zum springenden Punkt gekommen. »Ich hab keine Ahnung, wie das passiert ist. Er hat mich proviziert, mir eine Flasche an den Kopf geschmissen, und ich hab nur einmal zugeschlagen. Aber ich hab ihn umgehauen.« Er hielt inne, räusperte sich und sagte dann fast flüsternd: »Ich hätte nie damit gerechnet, dass mich der Richter einbuchtet, deshalb hab ich dir nichts davon erzählt.«

»Wie lange?«, hatte sie gefragt, während ihr die Tränen in die Augen gestiegen waren. Ihr kleiner Jacob, ins Gefängnis. Trotz seiner Statur war er nicht für den Knast geschaffen; er würde nicht lange durchhalten. Seine liebenswürdige Art und sein schüchternes Wesen waren für die Berufsverbrecher, die sich da drinnen auskannten, wie eine Einladung, ihn zu peinigen. Wenn er es ihr nur gesagt hätte. Sie wäre erschienen, um für ihn auszusagen, um für seinen Charakter zu bürgen, und vielleicht hätte der Richter eine Bewährungsstrafe in Betracht gezogen.

»Sechs Monate«, antwortete er nach einer langen Pause. »Aber vielleicht komme ich ...«

»Mein Gott«, rutschte es ihr heraus. »Wie konntest du ...«

Sie hielt sich selbst davon ab, weiterzusprechen. Es hatte keinen Sinn, ihn noch mehr niederzumachen; er war sich selbst bereits voll im Klaren darüber, was er getan hatte und welche Folgen auf ihn zukommen würden. Und so, wie er sich anhörte, ertrank er in Schuldgefühlen. »Du weißt, was das heißt, Schwesterherz«, fügte er hinzu. »Du musst ...«

»Wann musst du die Haft antreten, und wo?«, unterbrach sie ihn.

»Kommenden Freitag, um neun in der Früh, im High Desert.«

Das High Desert State Prison war nur ein paar Autostunden von zu Hause entfernt. Sie würde ihn besuchen können und vielleicht ein gutes Wort beim Gefängnisdirektor einlegen – vielleicht gab es für ehemalige FBI-Agenten so etwas wie einen Gefallen unter Kollegen. Sie würde mit dem Richter sprechen wollen und ihn fragen, warum er sich gezwungen gesehen hatte, einen Ersttäter für etwas ins Gefängnis zu stecken, das anscheinend nichts weiter als eine Kneipenschlägerei gewesen war.

Sie musste einfach einen Tag nach dem anderen angehen und das Beste aus jedem Tag machen. Das Mantra eines Lebens, das von Widrigkeiten geprägt worden war.

Nichtsdestotrotz hatte sie keine andere Wahl, als an jenem Freitagabend nach Hause zu kommen.

Und das bedeutete, dass sie ihre Karriere hinter sich lassen musste, dass all die harte Arbeit, die sie in den letzten acht Jahren in ihre Rolle als Profilerin für das FBI gesteckt hatte, ganz umsonst gewesen und bald vergessen sein würde.

Stattdessen sollte sie an einen Ort zurückkehren, von dem

sie sich geschworen hatte, ihn nie wiederzusehen; sollte sich dort ein Leben aufbauen, in einer Stadt, in der sie von Erinnerungen heimgesucht werden würde, die sie jahrelang zu vergessen versucht hatte.

Ein dämlicher Faustschlag im Rausch, und ihre Karriere war zu Ende.

Sie wischte sich eine aufbegehrende Träne aus dem Augenwinkel und fluchte. Ihre Worte wurden vom Wind verschluckt, als sie mit offenen Fenstern weiterfuhr und die frische Bergluft ihre heiße Stirn kühlen ließ.

Verdammt noch mal, Jacob. Wie konntest du mir das antun? Uns?

Es war schon fast dunkel, als sie an dem Schild mit der Aufschrift MOUNT CHESTER, GEGRÜNDET 1910. 3823 EINWOHNER. vorbeifuhr. Sie nahm die erste Ausfahrt und brauchte dann etwa dreißig Minuten, bis sie vor der alten Ranch anhielt, inklusive eines fünfminütigen Stopps im Katse Coffee Shop für frischen Kaffee und ein paar Buttercroissants.

Es war genauso, wie sie es in Erinnerung hatte.

Seit der Beerdigung ihrer Mutter vor zehn Jahren war sie nicht mehr hier gewesen, aber sie konnte sich ganz genau an das Haus erinnern.

Sie fuhr langsam darauf zu, parkte ihr Auto in der Einfahrt und stellte den Motor ab, ließ jedoch die Scheinwerfer an. Als sie es aus der Nähe betrachtete, erkannte Kay das Haus nicht wieder. Obwohl es von Dunkelheit umgeben war, sah sie, dass der Rasen von Unkraut überwuchert und mit Gerümpel übersät war, die Farbe war abgeplatzt und blätterte ab, und die Veranda brauchte neue Bohlen, die das morsche, verwitterte Holz ersetzen könnten. Mehrere Geländerstäbe fehlten, andere waren zerbrochen, aber noch an ihrem Platz.

Sie ging durch das hohe Gras und bereute es schon im nächsten Augenblick, als sie über eine vom Unkraut verborgene rostige LKW-Felge stolperte und um ihr Gleichgewicht kämpfen musste. Dann fing sie sich und stieg die fünf knirschenden Holzstufen hinauf, die zur Eingangstür führten.

Sie war nicht verschlossen. Warum auch?

Fröstelnd zupfte sie an den langen Ärmeln ihres schwarzen Rollkragenpullovers, bis sie ihr über die Finger reichten. Dann trat sie ein und tastete die Wand nach dem Lichtschalter ab. In das fahle, gelbliche Licht einer zerbrochenen Deckenleuchte getaucht, empfing sie das Haus mit unerwünschten Erinnerungen. Manche Dinge änderten sich nie und überstanden den Lauf der Zeit ungestört, entweder als beständige Routine oder als Erinnerung an eine vergessene Vergangenheit. Der Geruch von abgestandenem Essen und schmutzigem Geschirr, das sich in der Spüle stapelte. Der Gestank von Schimmel, der von den Wänden, aus dem Bad, von überallher kam. Der fleckige Teppich in der Mitte des Wohnzimmers, der anscheinend schon lange nicht mehr gesaugt worden war.

Ein Familienfoto, aufgenommen, als sie etwa zehn und Jacob neun Jahre alt gewesen war, die Eltern standen hinter ihnen. Es hing schief über dem rissigen Kamin, gerahmt und geschützt durch dünnes, schon zerbrochenes Glas. Der Küchentisch war übersät mit leeren Bierdosen, alten Zeitungen und Tiefkühlkostverpackungen.

»Mensch, Jacob, was soll das?«, murmelte sie, während sie langsam durch das leere Haus ging. Das Knarren des Fußbodens war das einzige Geräusch, das sie hören konnte.

Was hatte sie denn erwartet, als sie das Haus zurückgelassen und es der Sorge eines Mannes, Jacobs noch dazu, anvertraut hatte? Er war nie besonders praktisch veranlagt oder handwerklich begabt gewesen. Selbst wenn er im Sommer auf dem Bau arbeitete oder im Winter die Skilifte wartete, war Jacob nie die Art von Mann gewesen, auf die sie sich verlassen konnte, wenn es darum ging, Dinge in Schuss zu halten. Jacob war ein gebrochener Mann, und sie wusste auch, warum. Es war vor allem ihre Schuld.

Sie schaltete überall das Licht ein und öffnete ein paar der vergitterten Fenster, um die Abendbrise aus den Bergen hereinzulassen – vielleicht konnte der Wind die Schatten vertreiben. Dann brachte sie den Müll nach draußen und stellte ihn direkt neben die Haustür, aus Angst, im Dunkeln den Rasen zu überqueren, um die Tonne zu suchen. Die Fußböden hatten eine gründliche Reinigung nötig, und wenn es irgendwo im Haus einen funktionierenden Staubsauger gab, dann war es höchste Zeit, ihn zu benutzen. Aber nicht jetzt. Morgen.

Ein Schauer durchlief ihren schlanken Körper, als ihr klar wurde, dass sie in diesem Haus schlafen musste, und sie erwog durchaus, stattdessen in ihrem Ford Explorer zu schlafen. Der war sauber und roch nach neuem Leder und frischen Croissants. Aber im Auto zu schlafen wäre feige gewesen; sie musste sich mit ihrer neuen Realität abfinden, je schneller, desto besser.

Sie wanderte von einem Zimmer zum anderen und überlegte, wo sie sich für die Nacht einrichten könnte. Der Boden in Jacobs Zimmer war mit schmutziger Kleidung übersät, und die Bettwäsche war schon lange nicht mehr gewechselt worden. In seinem Badezimmer gab es zwar Hygieneartikel und Toilettenpapier, aber trotzdem war es nach ihren Maßstäben nicht in einem benutzbaren Zustand.

Die Tür zum Schlafzimmer ihrer Eltern war geschlossen, und sie hielt den Atem an, bevor sie sie öffnete. Fast erwartete sie, dass ihr Vater sie ausschimpfen würde, weil sie ihn geweckt hatte. Das Bett war ordentlich gemacht, mit der gleichen Bettwäsche und den gleichen Kissen, die sie nach dem Tod ihrer Mutter darauf arrangiert hatte. Jacob hatte es nicht angerührt, und sie würde das auch nicht tun. Sie konnte es nicht ertragen, an ihre Mutter zu denken; trotz der Zeit, die verstrichen war, hatte sie den Schmerz noch immer nicht verarbeitet. Sanft schloss sie die Tür wieder, so als wolle sie die Erinnerungen, die sich in diesem Raum befanden, nicht stören.

Damit blieb nur ihr altes Zimmer übrig. Von der Tür aus starrte sie auf das schmale Bett, wollte den Raum nicht betreten, in dem so viele Tränen geflossen waren. Sie zog die Tür vorsichtig zu und ging zurück in die Küche. Vielleicht würde eine heiße Tasse Tee ihre Einstellung zum Leben im Allgemeinen ändern, und im Besonderen zu dem alten Haus mit den vielen alten Erinnerungen, in dem sich ihr Leben für die absehbare Zukunft abspielen würde.

Im Kühlschrank befanden sich Bier, Spirituosen und tiefgefrorene Fertiggerichte, die einzige Ausnahme bildete ein kleines Glas Senf. Sie tat ihren Hunger mit einem Achselzucken ab und schloss die Kühlschranktür, dann griff sie nach der Kanne der Kaffeemaschine und machte sich eine Tasse Tee, die nach abgestandenem Kaffeesatz roch. Mit der alten Tasse ihrer Mutter in den steifen Händen stand sie am Fenster und blickte auf den Garten, der in das schummrige Licht, das aus dem Haus nach draußen fiel, und in den trüben Schein des Mondes getaucht war.

Er war verwahrlost, genau wie der Rasen vor dem Haus, überwuchert von kniehohem Gras und Unkraut, und es schien, als hätte Jacob schon lange keinen Fuß mehr dorthin gesetzt. Aber er war noch genauso, wie sie ihn in Erinnerung hatte: eine weite Grasfläche, die auf der einen Seite bis zum Wald und auf der anderen bis zu den Weiden am Fluss reichte.

Die Trauerweiden waren gewachsen, ihre Blätter streiften den Boden, die Kronen berührten sich über den massigen Stämmen. Ihre ausladenden Silhouetten zeichneten sich bedrohlich gegen den dunklen Himmel ab, die vom Mondlicht geschaffenen Schatten waren groß und wogten im Wind, sodass sie fast das Haus berührten.

Fröstelnd schloss sie das Fenster mit einem lauten Knall und zog die Vorhänge zu.

»Ach, Jacob, du musstest unbedingt zuschlagen, oder?«,

flüsterte sie. Nur der Wind antwortete, brauste durch Kiefern-
nadeln und die langen Äste der Trauerweide.

Sie trank ihren Tee aus und stellte die leere Tasse auf den Tisch, dann schlug sie die gefaltete Zeitung auf, die dort gelegen hatte. Es war die Lokalzeitung vom Vortag, und das Erste, was ihr ins Auge fiel, war eine Überschrift in großen, fetten Buchstaben: ERSTE ERKENNTNISSE IM CUWAR-LAKE-FOREST-MORD. Fasziniert zog sie sich einen Stuhl heran und setzte sich. Sie achtete gar nicht darauf, wie schmutzig der Sitz war, hob den Blick nicht vom Kleingedruck-ten, das im schwachen Licht kaum zu erkennen war, und las aufmerksam jedes Wort. Sie vergaß völlig, wo sie sich befand.

Als sie mit dem Lesen fertig war, holte sie ihren Laptop aus dem Geländewagen und begann, einen Brief zu tippen, während sie hungrig in ein frisches Buttercroissant biss.

DREI

GEFANGENSCHAFT

Inzwischen hatte sie jegliches Zeitgefühl verloren, obwohl sie versucht hatte, die Tage zu zählen, indem sie sich immer wieder ins Gedächtnis rief, wie viele Male die Sonne aufgegangen war, seit sie entführt worden waren. Aber das Gehirn ist ein empfindliches Ding; es schafft sich alternative Realitäten, wenn die Wirklichkeit zu schmerzhaft ist, um sie zu ertragen. Alisons Verstand bildete keine Ausnahme. Nachdem sie schon einige Tage eingesperrt im Keller verbracht hatte – mit nichts als einer Ritze in dem Holzbrett, welches das kleine Fenster verbarrikadierte, durch die sie das Kommen und Gehen des Lichts abschätzen konnte –, hatte sie schließlich akzeptiert, dass sie nicht wusste, welcher Tag war. Nicht mehr und mit keinerlei Gewissheit.

Sie hatte kurze, senkrechte Striche in die Wand geritzt, um den Überblick zu behalten, aber immer, wenn sie aus ihrem unruhigen, angsterfüllten Schlaf erwachte, wusste sie nicht mehr, ob sie letzte Nacht oder erst vor einer Stunde eingeschlafen war. Sie hatte gelernt, die Ohren offen zu halten, auf das Motorengeräusch seines Wagens zu lauschen, in ängstlicher

Erwartung seiner Rückkehr. Sie wusste, was diese bringen würde.

An jedem Tag, gleich nach der Abenddämmerung. An manchen Tagen auch früher.

Sie hatte noch Zeit bis zu seiner Ankunft, oder zumindest hoffte sie das. Die Sonne stand noch am Himmel, denn sie konnte sie nicht durch den Spalt in dem hölzernen Brett untergehen sehen, und das bedeutete, dass es noch Hoffnung gab, einen Ausweg zu finden, bevor er zurückkehrte.

Es war nicht das erste Mal, das sie zu fliehen versuchte. Sie hatte es wahrlich versucht, hatte sich gegen die massive Tür geworfen, hatte an den Holzbrettern des Fensters gekratzt, bis ihre Finger bluteten, und gegen jeden Zentimeter der Wände geklopft. Das alles hatte sie am ersten Tag ihrer Gefangenschaft getan, und an jedem weiteren, und an vielen Tagen mehr als einmal. Sogar wenn ihr Körper so sehr schmerzte, dass sie kaum noch stehen konnte.

Aber heute war es anders. Sie war völlig verzweifelt, wollte unbedingt weg, koste es, was es wolle, sie war verzweifelter als jemals zuvor. Denn letzte Nacht hatte sie Hazel schreien gehört.

Das war gewesen, als er noch da gewesen war und sie gerade blutend auf dem kargen Zementboden liegen gelassen hatte. Er hatte die Tür abgeschlossen, dann hatte sie gehört, wie er mit schweren Schritten die Treppe hinaufgestiegen war, nicht ein Stockwerk, sondern zwei. Es folgten ein paar Minuten angespannter Stille, in denen Alison nicht zu atmen gewagt hatte. Dann hatte sie ihn gehört, den durchdringenden Schrei ihrer Tochter, weit entfernt und doch herzzerreißend. Mit einem Schluchzen war er verstummt.

Sie war noch da, ihr kleines Mädchen, und sie war noch am Leben. Zumindest das wusste sie seit gestern Abend. Aber warum hatte sie geschrien? Was hatte er mit ihr gemacht?

Sie mussten weg. Und es musste heute sein, bevor er sich ihr wieder nähern konnte. Koste es, was es wolle.

Zitternd und schluchzend warf sich Alison gegen die Tür, ohne sich um den Schmerz zu kümmern, der durch ihre Seite schoss. Die Erinnerung daran, wie der Mann Hazel angestarrt hatte, heizte ihre Qualen nur noch mehr an. Wie er mit dem Haar ihrer Tochter gespielt hatte, wie er ihr Gesicht berührt und ihre Tränen gekostet hatte.

Hazels Schrei hallte immer noch durch ihren Kopf, wieder und wieder.

Sie machte zwei zögerliche Schritte zurück, dann rannte sie los und warf ihren dünnen Körper erneut mit voller Gewalt gegen die Tür, nur um einen Augenblick später auf dem Boden zusammenzusacken. Diese Tür würde sich keinen Millimeter bewegen.

Sie richtete ihre Aufmerksamkeit auf den Lichtschimmer, der durch das Fenster brach, und schlug mit beiden Fäusten gegen das Holzbrett. Außer Atem gab sie immer noch nicht auf, griff mit einer Hand nach dem Fensterbrett, um höher zu gelangen, und schlug mit der anderen Hand so fest zu, wie sie konnte.

Nichts.

Sie ließ sich schluchzend zu Boden gleiten und umklammerte ihre Knie mit blutenden Händen. Sie weinte, bis ihre Tränen versiegten, und hielt sich die Hände vor den Mund, um ihr Schluchzen zu unterdrücken, aus Angst, Hazel könnte sie hören. So, wie sie den Schrei des kleinen Mädchens in der Nacht zuvor gehört hatte.

Dann sprang sie auf. Sie hatte erkannt, dass sie die ganze Zeit gegen das Holzbrett geschlagen hatte, obwohl sie doch versuchen sollte, es zu sich her, nach innen zu ziehen. Vielleicht funktionierte es so, irgendwie.

Sie schaffte es, ihren Finger so weit in den Spalt zu schieben, dass sie das Brett greifen konnte, und zog daran, wobei sich einige Holzsplitter lösten und sich die Lücke vergrößerte. Jetzt konnte sie zwei Finger hineinstecken. Nach und nach vergrößerte sich der Spalt und ihr Griff wurde stärker. Langsam zog sie an dem Holzbrett, das mit Nägeln befestigt war, während immer mehr Licht in den düsteren Raum fiel.

Sie konnte die rostigen Nägel jetzt fast vollständig sehen, und hinter dem Loch einen Teil des Fensterrahmens, der morsch wirkte, zerbrechlich. Sie holte tief Luft und zog erneut, ihre Finger waren wund und bluteten, und das Brett gab einen weiteren Bruchteil eines rostigen Nagels frei.

Noch einmal, und das Brett löste sich so plötzlich, dass es sie an der Stirn traf, aber das war ihr egal. Geschockt starrte sie auf das Fenster, das nun völlig frei lag – ein zwanzig mal fünfundzwanzig Zentimeter großes Loch in einer Betonwand.

Niemals würde sie dort durchpassen.

Ein heftiges Schluchzen stieg in ihr auf und sie ließ es entweichen. Sie schlug sich ihre blutigen Hände vor den Mund, während sie zu Boden sackte. Plötzlich hörte sie Gelächter. Sie öffnete die Augen und sah den Mann. Er beobachtete sie, lachte lauthals.

»Da warst du ja ganz schön fleißig, wie ich sehe«, sagte er und kicherte noch mehr.

»Nein, nein«, wimmerte sie und schob sich von ihm weg, bis in die hinterste Ecke des Zimmers.

»Nein?«, erwiderte er, Erheiterung immer noch in seinem Blick.

»Und wenn du heute Abend Hazel sehen könntest? Würdest du dann deine Meinung ändern?«

»M-meinen Sie das ernst?«

In einer Geste des Spottes, die sie einfach ignorierte – in ihrer Verzweiflung wollte sie ihm einfach glauben – legte er die Hand auf sein Herz. »Ich schwöre es.« Die Heiterkeit war wieder aus seinen Augen verschwunden und machte Platz für die Dunkelheit und Kälte, die sie gewohnt war.

Tränen liefen ihr über die Wangen. Sie war dem Mann, der sie entführt und tagelang gequält hatte, auf geradezu lächerliche Weise dankbar. Bei dem Gedanken daran wurde ihr schlecht, aber das war ihr egal; bald würde sie ihre Tochter sehen.

Alison schloss die Augen und stellte sich vor, wie Hazel mit weit ausgebreiteten Armen auf sie zulief, lachend, quietschvergnügt.

Als sie hörte, wie er seine Gürtelschnalle öffnete, hielt sie ihre Augen geschlossen. Und als er sie am Knöchel packte und über den Boden schleifte, wehrte sie sich nicht.

Heute Abend würde sie ihr geliebtes Mädchen sehen.

VIER

CUWAR LAKE

Kay wusste, dass sie den Tag damit hätte verbringen sollen, sich in ihrem alten Elternhaus einzurichten. Immerhin würde sie dort wohnen, bis Jacob entlassen wurde. Das war sie ihrem kleinen Bruder schuldig; sie hatten nur sich, und in einer Welt, in der Milliarden von Menschen lebten, konnten sie sich nur aufeinander verlassen. Sobald sich die Nachricht von seiner Inhaftierung in der Stadt herumgesprochen hätte, wäre es nur eine Frage von Tagen gewesen, bis alles, was er besaß, durchwühlt oder gestohlen worden wäre. Bei dem Gedanken daran, dass Fremde durch das Haus trampelten, bekam sie Bauchschmerzen. Nicht mit ihr!

Doch anstatt ihr neues Leben in Angriff zu nehmen, steigerte sie sich immer mehr in den Leichenfund im Cuwar Lake Forest hinein. Wer war sie? Wie war sie dort hingekommen? Wie war sie getötet worden? Sie hatte sich den Zeitungsbericht zweimal gründlich durchgelesen, aber sie wusste besser als jeder andere, dass viele wichtige Details eines Verbrechens in den polizeilichen Stellungnahmen gegenüber der Presse ausgelassen wurden; eine Strategie, die viele Ermittler anwendeten, um Falschaussagen und fingierte Geständnisse zu unterbinden.

Die einzige brauchbare Angabe, die der Artikel machte, war, dass die Leiche in eine Decke gehüllt gewesen war. Der Rest war sensationsheischendes Füllmaterial.

Sie hatte von dem Mord gewusst, noch bevor sie San Francisco verlassen hatte, und sie hatte alles gelesen, was die Medien darüber veröffentlicht hatten. Vor gut einer Woche war die vergrabene Leiche einer jungen Frau im Cuwar Lake Forest gefunden worden, nur wenige Meter vom Seeufer entfernt. Die Berichte sprachen von einer achtundzwanzigjährigen Frau, mit langen, braunen Haaren und braunen Augen, die brutal erwürgt worden war. In dem Artikel war von erheblichen Blutergüssen an ihrem Körper die Rede, die höchstwahrscheinlich in Zusammenhang mit dem ebenso brutalen sexuellen Übergriff standen, den der Lokalberichterstatter im Leitartikel in lebhaftem, redaktionellem Detail beschrieb. Doch seit der ersten Erwähnung der Leiche der jungen Frau in den Printmedien hatte kein offizielles Statement des Gerichtsmediziners zu dem Verbrechen die Darstellung des Reporters bestätigt.

Aber die Information genügte ihr, um damit zu beginnen, das Puzzle zusammenzusetzen. Sie behielt die Nachrichten aus ihrer Heimatstadt immer im Blick; sie hatte allen Grund, sich über das Geschehen in der kleinen Gemeinde auf dem Laufenden zu halten, vor allem, wenn es um Verbrechen ging. Natürlich hatte sie früher ihre FBI-Legitimation nutzen können, um an Informationen zu gelangen. Jetzt hatte sie allerdings keinen Zugang mehr zu diesen Systemen, und das war ein Ärgernis, das sie vom Verfolgen ihrer Pläne abhielt.

Während sie sehnsüchtig auf die Abenddämmerung wartete, wanderte sie auf dem Grundstück umher und machte sich im Kopf eine To-do-Liste, die sie dann sofort wieder vergaß, weil sie sich die Einzelheiten des ausgeklügelten Rituals des UTs vor Augen führte. Fragmente der Handlungen des unbekannten Täters tauchten deutlich in ihrem Kopf auf, Bruchstücke eines zerbrochenen Bildes, das sie freilegen und zusammenfügen musste, wobei noch viele Teile fehlten, noch vor ihrem Blick verborgen waren. Nur wenige Kilometer entfernt, im Cuwar Lake Forest, warteten einige dieser Teile darauf, von ihr aufgedeckt und ans Licht gebracht zu werden, was sie der Entlarvung der Identität des Täters einen Schritt näherbringen würde. Aber sie war keine FBI-Agentin mehr, sondern nur noch Jacobs Schwester, die nach Hause zurückgekehrt war, um auf das Haus aufzupassen, während ihr Bruder seine Zeit absaß. Alles, was sie mit ihren Erkenntnissen tun konnte, war Briefe zu schreiben und sie an die Ermittler zu schicken, in der Hoffnung, dass sie gelesen werden würden, bevor sie im Papierkorb landeten. Doch sie konnte nicht loslassen, sie konnte dem Drang nicht widerstehen, den Mörder dieser jungen Frau zu jagen. Tief in ihrem Inneren war sie sich nämlich sicher, dass er noch nicht fertig war.

Er hatte gerade erst angefangen.

Hin und wieder hob sie im Vorgarten Schrottteile vom Boden auf und trug sie zum Bordstein, in der Hoffnung, dass die Müllabfuhr sie mitnehmen würde – froh, den Moment hinauszögern zu können, an dem sie zurück ins Haus gehen musste. Aber vor allem war sie einfach draußen und sah der Sonne dabei zu, wie sie in aller Ruhe unterging, fast schon quälend langsam.

In dem Moment, als sie hinter den Bergen verschwand, setzte sich Kay hinter das Steuer ihres Explorers und fuhr zum Cuwar Lake. In dem Artikel war nicht angegeben, wo genau die Leiche gefunden worden war, aber sie kannte den See wie ihre Westentasche. Als sie hier aufwuchs, war ein Tag an den Sandstränden des Sees das, was für sie einem echten Urlaub am nächsten kam. Und es gab kilometerlange Strände, flankiert von dichten Wäldern, die im Sommer den dringend benötigten Schatten spendeten. Eiche, Ahorn und Pappel boten den Kindern der Gegend das ganze Jahr über Unterhaltung. Eichelschatzsuchen, Baumkletterwettbewerbe, die ihr viele Narben zum stolzen Vorzeigen eingebracht hatten, und aus zweiflügeligen Samaras angefertigte Halsketten beschäftigten die Kinder ganze Wochenenden lang, während sich die Eltern ein wenig ausruhen konnten.

Das war für sie nicht oft vorgekommen.

Mit Glück war sie manchmal dazu eingeladen worden, mit der Familie ihrer besten Freundin einen Ausflug an den See zu machen. Mit einem traurigen Lächeln dachte sie daran, wie lustig es in Judys Familie immer zugegangen war. Sie hatte sie schon lange nicht mehr gesehen und konnte selbst nicht begreifen, warum sie sich nie bei Judys Familie gemeldet hatte.

Als sie in die North Shore Road einbog, wurde sie langsamer und fragte sich, wie sie die Stelle finden sollte, an der die Leiche vergraben worden war. Am einfachsten wäre es, wenn das gelbe Absperrband noch da wäre und sie es in der Dunkelheit auch erkennen könnte. Mehrere Wege führten von der Straße zum See und eifrige Touristen, die mit Trucks oder Geländewagen unterwegs waren, bahnten sich jedes Wochenende neue Wege auf der Suche nach einem Stück verlassenen Strandes, das sie ihr Eigen nennen könnten. In dem Artikel hieß es, dass die Leiche in der Nähe des Strandes gefunden worden war, aber es war vom Cuwar Lake Forest die Rede, nicht vom Cuwar Lake. Das bedeutete, dass sie noch ein wenig weiterfahren und die südliche Grenze des Staatsforstes erreichen musste.

Sie kurbelte das Fenster herunter und richtete eine Taschenlampe auf den Wald, in dem es bereits so dunkel war, dass man von der Straße aus nichts mehr erkennen konnte. Als sie gerade umdrehen und die Suche vom Seeufer aus wieder aufnehmen wollte, fiel ihr in der Ferne ein flatterndes gelbes Plastikband ins Auge. Sie bog auf den Weg ein und fuhr langsam weiter, bis sie gut sechs Meter vor dem offenen Grab zum Stehen kam.

Nachdem sie den Motor abgestellt und das Licht ausgeschaltet hatte, gab sie ihren Augen ein paar Sekunden Zeit, um sich an die Dunkelheit zu gewöhnen. Dann näherte sie sich dem Grab. Sie kniete sich daneben nieder, wobei sie den Strahl der Taschenlampe mit der Hand abschirmte, und untersuchte das Grab Zentimeter für Zentimeter. Es war mit einer flachen Schaufel ausgehoben worden, die Spuren an den Rändern waren lang und verliefen parallel zueinander, was auf methodisches Vorgehen und einen kräftigen Oberkörper schließen ließ. Ein Mann in seinen besten Jahren. Es war etwa einen Meter tief ausgehoben worden, nicht übereilt, sondern sorgfältig ausgeführt von jemandem, dem es wichtig gewesen war, sich Zeit zu nehmen, um dem Opfer ein ordentliches Begräbnis zu geben, auch wenn er dabei riskierte, erwischt zu werden.

Reue?

Wahrscheinlich.

Sie müsste die Tatortfotos sehen, um sicher zu sein.

Kay kniete an der anderen Seite des Grabes nieder und projizierte den Lichtstrahl auf den Boden der Aushebung, wo sie etwas bemerkte, das da nicht hingehörte. Ein doppelflügeliges Samarablatt, obwohl alle abgefallenen Blätter um das Grab herum von Eichen und nicht von Ahornbäumen stammten. Aber ein Samarablatt war der Prototyp eines Samens, der schon im sanftesten Wind weit vom Baum wegflog und auf der Suche nach fruchtbarem Boden, auf dem er wachsen konnte, dynamisch umhergewirbelt wurde.

Es hatte wahrscheinlich nichts zu bedeuten.

Ein paar Minuten lang betrachtete sie die Reifenspuren, die auf dem Weg zu sehen waren, und fragte sich, ob die örtliche Polizeiwache Abdrücke davon gemacht hatte. Es gab nur wenige Abschnitte mit unbewachsenem Untergrund, wo die Reifenspuren erkennbare Abdrücke hinterlassen hatten. Das Oktoberlaub bedeckte fast jeden Quadratzentimeter, und Reifenspuren auf Blättern waren so flüchtig wie der Wind.

Sie hörte den Ruf einer Eule und lächelte, ohne sich zu

fürchten, obwohl die Eule in der lokalen Kultur ein Symbol des Todes war, ein böses Omen, das die Menschen fürchteten. Aber der Tod war schon da gewesen, hatte seinen grimmigen Tribut gefordert. Die Eule war nur ein Vogel, nichts weiter, eine der vielen quicklebendigen Lebensformen, die man am Nordufer des Cuwar Lakes finden konnte. Das Einzige, was die Eule voraussagte, war die Anwesenheit von Mäusen auf dem Boden, ihrer Lieblingsbeute.

Sie stand auf, strich mit den Händen über ihre Jeans, bürstete den Schmutz und die Blätter ab und sah sich um. Durch den dichten Wald konnte sie die schimmernde Oberfläche des Sees im Mondlicht kaum erkennen. Für einen Leichenablageort war diese Stelle nicht schlecht gewählt; die Tote hätte jahrelang dort liegen können, ohne dass jemand sie gefunden hätte.

Wie war sie überhaupt entdeckt worden? Das stand nicht in dem Zeitungsartikel.

Sie stieg in den Explorer und ließ den Motor an. Dann runzelte sie die Stirn, als sie im Scheinwerferlicht die vielen Fußabdrücke sah, die sie am Rande des Grabes hinterlassen hatte. Zum Glück würden die Spuren am Morgen schon alle verschwunden sein, vom Winde verweht und bedeckt von einer frischen Schicht Eichenblätter.

Sie legte den Rückwärtsgang ein und fuhr langsam davon, wobei sie darauf achtete, auf dem Rückweg nichts anzufahren. Ihre Augen, die auf die Rückfahrkamera gerichtet waren, bemerkten den Mann nicht, der sie aus der Ferne beobachtete, die Arme vor der Brust verschränkt und an sein Auto gelehnt.

Er stand dort schon eine ganze Weile.

FÜNF

ELLIOT

Kay hatte die zweite Nacht nach der Rückkehr in das Haus ihrer Kindheit am Küchentisch verbracht; den Kopf in die Arme geschmiegt war sie dort eingeschlafen, ihr Gesicht auf die neueste Ausgabe der Lokalzeitung gebettet. Im Licht der Morgendämmerung und des damit einhergehenden Konzerts – Vogelgezwitscher und Adlerschreie – erwachte sie steif und unausgeruht, aber froh darüber, dass die Dunkelheit endlich gewichen war.

Am helllichten Tag, wenn die Geister ihrer Vergangenheit von der Sonne besiegt schienen, konnte sie es ertragen, das Haus anzusehen. Mit dem Tageslicht als Verbündetem begann sie, es methodisch zu reinigen. Dabei dachte sie an die Tage und Nächte, die sie dort würde verbringen müssen.

Sie begann mit dem überlebenswichtigen Dreiklang – wie sie es zu nennen pflegte – von Küche, Bad und Schlafzimmer: das waren die wichtigsten Räume, in jeder Wohnung. Zuerst war ihr altes Schlafzimmer an der Reihe; freiwillig würde sie in dem Raum eigentlich nicht schlafen, aber unter den vorhandenen Alternativen war es das geringere Übel. Was eigentlich nicht länger als ein paar Stunden dauern sollte, nahm schließlich den größten Teil des Tages in Anspruch.

Der einzige Staubsauger im Haus war kaputt und um ihn zu ersetzen, musste sie zu Mount Chesters einzigem Walmart Markt fahren, eine fünfunddreißigminütige Fahrt. Auf dem Weg dorthin nutzte sie die Gelegenheit, in einer Bäckerei zu frühstücken, und war froh, dass sie dort niemand erkannte. Sie wollte sich nicht unterhalten, sondern einfach nur so schnell wie möglich anonym ihrer Wege gehen. Im Markt angekommen, beschloss sie, sich mit etwas Obst und Gemüse einzudecken, und legte Reinigungsmittel, Haushaltswaren und eine neue Garnitur Bettwäsche in ihren Einkaufswagen. Dann kehrte sie zur Ranch zurück und war stinksauer, weil sie vergessen hatte, Lufterfrischer und Shampoo zu besorgen.

Zur Mittagszeit auf das Haus zuzufahren war eine andere Erfahrung als an dem Abend, an dem sie angekommen war. Die Ranch wirkte weniger bedrohlich, eher morsch und schäbig, als würde sie bei etwas stärkerem Wind einfach auseinanderfallen. Bevor sie ihre Einkäufe auslud, ging sie über den Rasen und überlegte, was sie zuerst tun sollte. Da sie die Liste vom Tag zuvor vergessen hatte, entschied sie sich dafür, dem hohen Unkraut draußen noch ein paar Tage zu gönnen und stattdessen die Innenräume so weit zu säubern, dass sie es drinnen aushalten konnte.

Sie machte sich sofort wieder an die Reinigung des Schlafzimmers, und als sie mit dem Saugen, dem Staubwischen und dem Beziehen des Bettes mit der neuen dunkelgrünen Wäsche fertig war, sah es fast wohnlich aus.

Kay brachte die alten Laken in die Waschküche und füllte die Waschmaschine – nur um ein paar Minuten später noch einmal zum Walmart zu rasen. Das Ding war seit Monaten nicht mehr in Betrieb gewesen, wie man an der dicken Staubschicht auf dem Bedienfeld erkennen konnte, und ließ sich nicht mehr einschalten. Drei Stunden später war ein gut gebauter, bärtiger Mann namens Joe mit der Installation der neuen Waschmaschinen-Trockner-Kombination fertig, brachte die alten Geräte zum Bordstein und nahm mit einem Lächeln, das durch die Kautabakflecken auf seinen schiefen Zähnen gezeichnet war, dankbar ein Trinkgeld von zwanzig Dollar entgegen.

Die nächsten Tage verbrachte sie damit, die Böden zu schrubben, die Fenster zu putzen und eine Wäscheladung nach der anderen zu waschen, bis die beißenden Gerüche schließlich durch den Lavendelduft von Trocknertüchern ersetzt worden waren. Aber das Schrubben des Küchenbodens forderte seinen ganz eigenen Tribut, und sie musste sich über das brüchige Geländer der Veranda gebeugt übergeben, nachdem sie diese Stelle des Holzbodens gesäubert hatte. Als das Erbrechen nachließ, spülte sie sich den Mund mit einer Flasche Wasser aus und schlug die Tür hinter sich zu, die Autoschlüssel in der Hand.

»Scheiß drauf«, murmelte sie, als sie wenige Augenblicke später hinter dem Lenkrad ihres Fords saß und in einer Wolke aus Staub und Kieselsteinen davonfuhr. Fünfundzwanzig Minuten später schloss sie ein Zimmer im Best Western in der Innenstadt auf. Dort ließ sie sich sofort ein heißes Bad ein und ließ sich von glückseligem, reinigendem Frieden umschmeicheln, bis das Wasser kalt wurde. Ein paar Stunden später waren ihre Sinne durch die Wärme und Sauberkeit der Umgebung beruhigt. Sie fand die Willenskraft, sich von der Aussicht auf eine gute Nachtruhe zu verabschieden, und machte sich auf den Weg zurück zur Ranch.

Sie konnte es sich nicht leisten, das Haus auch nur eine Nacht lang unbewacht zu lassen.

Das war vor zwei Tagen gewesen, und sie konnte nicht glauben, dass sie fast schon eine Woche da war. Der Kühlschrank war sauber und enthielt jetzt einige richtige Lebensmittel, nicht nur Bier und Tiefkühlgerichte. Sie hatte sich aber noch nicht dazu durchgerungen zu kochen. Vielleicht würde sie es später tun ... vielleicht nie. Sie ernährte sich von Wurst, Käse, Erdbeeren und Äpfeln und von den Croissants, die sie immer wieder im Katse Coffee Shop auf der anderen Seite des Berges kaufte.

Ein paarmal hatte sie versucht, Judy anzurufen, aber es sprang nur die Mailbox an. Sie fand nicht die Worte, um eine Nachricht zu hinterlassen. Wie sollte sie erklären, dass sie ihre beste Freundin all die Jahre lang nicht angerufen hatte? Sobald die Aufräumarbeiten beendet waren, würde sie vorbeifahren und persönlich mit ihr sprechen. Das war ein Versprechen, das sie sich selbst gegeben hatte, ein Versprechen, das sie in freudiger Erwartung lächeln ließ, während sich die bitteren Schuldgefühle, dass sie sich so lange nicht gemeldet hatte, langsam auflösten.

Nachdem das Schrubben und Putzen größtenteils erledigt war, hatte sie nichts mehr zu tun. Aber aus irgendeinem Grund verschob sie den geplanten Besuch bei ihrer besten Freundin immer wieder. Stattdessen suchte sie nach einem Job, aber in Mount Chester, einer Stadt mit 3823 Einwohnern, gab es keinen. Sie war bereit, alles zu tun, sogar in einem der örtlichen Restaurants zu kellnern, aber bis zum Beginn der Wintersaison, die nur noch einen Monat entfernt war, stellte niemand ein. Und sie konnte sich nicht dazu durchringen, alte Bekannte zu besuchen und sie um Hilfe zu bitten. Das hätte nur noch mehr unerwünschte Erinnerungen, Fragen und Klatsch bewirkt. Es wäre besser, es allein zu schaffen; sie hatte es schon einmal geschafft. Zum Glück reichte ihr Sparkonto aus, um sechs Monate lang in Mount Chester leben zu können, bis Jacob entlassen werden würde und sie in ihr richtiges Zuhause zurückkehren könnte, nach San Francisco.

Sie sehnte sich danach, mit ihrem Bruder zu sprechen, und plante einen Besuch bei ihm. Er konnte keine Anrufe entgegennehmen; kein Insasse durfte das, es sei denn, der Anrufer war FBI-Agent, und das war sie nicht mehr. Jetzt nicht mehr. Sie dachte fast jeden Augenblick an ihn, fragte sich, wie es ihm hinter Gittern ging. Sie fürchtete sich vor dem Gespräch, das sie mit ihm führen würde, falls sie bis dahin noch keine Antworten gefunden hätte. Keine Lösung, keine Aussicht auf eine frühere Entlassung, auf Berufung, jedenfalls keine, die schnell genug durch das System gehen würde, um noch einen Unterschied zu machen.

Jeder Tag im Gefängnis ist ein Tag zu viel, kleiner Bruder, dachte sie und fragte sich plötzlich, ob sie bei den 3823 Einwohnern, die auf dem Ortsschild verzeichnet waren, miteingerechnet war oder nicht, oder ab wann sie wieder dazugehören würde, wenn überhaupt. Hoffentlich würde sie nicht lange genug dort sein, um das zu erleben.

Das erste Klopfen an der Tür nahm sie kaum wahr und ignorierte es völlig, weil sie dachte, dass es wohl ein Specht war, der oben in der alten Eiche nach Futter suchte. Aber das zweite, lautere Klopfen folgte einem Rhythmus, ein deutliches Zeichen dafür, dass es von einem Menschen stammte.

Sie erwartete niemanden.

Stirnrunzelnd wischte sie sich die Hände an einem farbbefleckten Lappen ab und ging ins Wohnzimmer, wobei sie unter ihrem lockeren Hemd nach der Waffe tastete, die sie an der Hüfte trug. Dann öffnete sie die Tür, erst zögernd und dann weit, als sie den Ausweis sah, den der Fremde ihr entgegenhielt.

»Detective Young, Polizeiwache Franklin County«, sagte der Mann und sein texanischer Akzent brachte sie zum Lächeln. »Darf ich reinkommen?«

Wieder runzelte sie die Stirn. »Ähm, sicher.«

Sie hatte noch nie einen Detective aus Franklin County

gesehen, der so aussah wie er – ein texanischer Cowboy, der den falschen Flug genommen haben musste. In abgewetzten Jeans und einem marineblauen T-Shirt, das sich über die gut definierten Muskeln spannte, sah er nicht wie ein Detective aus, vor allem nicht wie einer im Dienst. Normalerweise schrieben die Wachen im ganzen Land legere Geschäftskleidung vor – Hose, Hemd, Krawatte, Jackett –, aber der Detective, der vor ihr stand, hatte diese spezielle innerbehördliche Mitteilung scheinbar nie erhalten. Der schwarze, breitkrempige Hut und die Gürtelschnalle mit dem Lone Star waren ein deutlicher Hinweis darauf.

Als er das Haus betrat, nahm er seinen Hut ab und blieb an der Tür stehen. Ohne den Schatten, den der dunkle Filz warf, konnte sie eine hohe Stirn sehen, die von widerspenstigem, hellbraunem Haar bedeckt war, das sich leicht wellte. Die blauen Augen sahen sie direkt an, neugierig und rastlos. Der Hauch eines Lächelns zupfte an seinen Mundwinkeln, während er sie offen musterte, ohne zu versuchen, seinen Blick zu verbergen.

Verdammt irritierend.

»Was kann ich für Sie tun, Detective?«

»Ich habe gehört, dass eine der Top-Profilerinnen des FBIs nach Hause zurückgekehrt ist«, sagte er und ließ einen typischen Polizisten-Blick über das Wohnzimmer schweifen. »Da dachte ich mir, ich komme mal vorbei und stelle mich vor.«

Sie riss sich zusammen, um nicht herumzuzappeln, nicht zu zeigen, wie unangenehm ihr seine Anwesenheit war, vor allem, als sie bemerkte, wie sorgfältig er seine Umgebung musterte. War er schon einmal in diesem Haus gewesen? Sie konnte es nicht wissen, aber eines war sicher: Sie glaubte ihm kein einziges Wort, das er gesagt hatte, seit er über die Türschwelle getreten war.

Sie zwang sich, ihr Lächeln aufrichtig wirken zu lassen. »Nun, jetzt haben wir uns ja kennengelernt, Detective. Gibt es sonst noch etwas?«

Er lehnte sich an die Wand und kreuzte seine Beine am Knöchel. »Miss Katherine Sharp, ist das richtig?«

»Kay«, korrigierte sie ihn hastig. »Alle nennen mich Kay.« »Aha«, antwortete er und ein Hauch von einem Lächeln umspielte seine blauen Augen.

»Also, was macht eine hochkarätige FBI-Agentin wie Sie an einem Ort wie diesem?«

Der Kerl war sehr direkt, aber sie hatte nicht vor, seine unbegründeten Fragen zu beantworten. Überrascht von sich selbst brauchte Kay aber länger als einen Sekundenbruchteil, um zu erwidern: »Ich wüsste nicht, was ...«

»Hatten Sie 'nen Burn-out oder so?«, fragte er und das Lächeln erreichte seine Lippen, während er sie betrachtete. »Oder hat es etwas damit zu tun, dass Ihr Bruder im Gefängnis sitzt?«

Wütend stemmte sie die Hände in die Hüften und ging einen Schritt auf die Tür zu. Sie kannte diese Typen gut, sie war ihnen in ihren Jahren als FBI-Agentin nur allzu häufig begegnet. Neugierige Bullen auf einem Angelausflug, wenn die Tage zu friedlich waren, um ihre Existenz auf der vom Steuerzahler finanzierten Gehaltsliste zu rechtfertigen. »Ich glaube wirklich nicht, dass ich Ihnen helfen kann, Detective, und ich bin beschäftigt ...«

»Oh, ich glaube schon, dass Sie das können«, erwiderte er, wobei sein texanischer Akzent überhandnahm, eine ständige Erinnerung daran, dass er nicht ganz dazugehörte. Er zog ein gefaltetes Stück Papier aus seiner Gesäßtasche und reichte es ihr. »Ich glaube, Sie können mir helfen, den Inhalt dieses Briefes zu verstehen. Ihn zu begreifen.«

Sie nahm den zerknitterten, getippten Brief und schluckte einen Fluch hinunter. Sie erkannte die Schriftart, die sie verwendet hatte, das Layout der Seite. Noch bevor sie die ersten Worte las, wusste sie, dass es einer der Briefe war, die sie abgeschickt hatte. Dennoch tat sie so, als würde sie ihn durchlesen, während sie überlegte, wie sie am besten mit der Situation umgehen sollte. Wenn sie mit den Ermittlern, die den Mordfall Cuwar Lake untersuchten, von Angesicht zu Angesicht hätte sprechen wollen, hätte sie das verdammte Ding unterschrieben.

»Scheint mir ziemlich klar zu sein«, antwortete sie, faltete das Blatt wieder zusammen und hielt es ihm entgegen, damit er es nahm.

Was er aber nicht tat.

»Ma'am, ich bin nur ein Gesetzeshüter aus Texas, der hier gelandet ist und versucht, seinen Lebensunterhalt zu verdienen. Ich bin nicht so schlau wie Sie. Warum erklären Sie mir nicht, was dort steht, in einfachem Englisch, in Worten, die ich verstehen und verwenden kann, während ich den Hurensohn jage, der diese Frau ermordet hat?«

Sie starrte ihn einen Moment lang an und fragte sich, ob er sich nicht tatsächlich dumm stellte. Sie glaubte ihm immer noch kein Wort, beschloss aber, mitzuspielen.

»Der Brief deutet an, dass der Mörder wohl Erfahrung darin hat, Leben zu nehmen, und vor allem darin, die Leichen auf eine Art zu entsorgen, die von Geübtheit und Routine zeugt. Und es gibt einen Hinweis auf ein bestimmtes Ritual, wie man an der Weise sieht, wie das Opfer begraben wurde. Die Positionierung der Leiche, die Decke, in die er sie eingewickelt hat – das alles spricht für Reue.«

»Irgendetwas, mit dem ein einfacher Polizist aus Austin wirklich was anfangen kann?« Er verlagerte sein Gewicht von einem Fuß auf den anderen und lehnte immer noch an der Wand.

»Der Brief deutet an, dass es sich um das Werk eines Serienmörders handeln könnte«, fügte sie hinzu und stand dann abwartend still. Sie wollte, dass er so schnell wie möglich das Haus verließ. Irgendwie machte sie die Anwesenheit eines Polizisten in ihrem Haus zu einem nervösen Wrack, obwohl sie, wenn die gleiche Situation in San Francisco eingetreten wäre, den Polizeikollegen auf einen Kaffee eingeladen und mit ihm ausführlich über den Fall diskutiert hätte.

Dann wurde ihr klar, dass sie einen Fehler machte und sich anders verhielt, als sie es normalerweise in der Stadt getan hätte.

»Wie wäre es mit einem Kaffee, Detective?«, fragte sie, drehte sich um und ging zur Küchentheke hinüber.

Sein Lächeln dehnte sich zu einem breiten Grinsen aus. »Wie wäre es, wenn wir die Nummer mit den anonymen Briefen sein lassen? Und wie wäre es stattdessen mit einem Bier?«

Verdammt noch mal. Und es ist noch nicht mal elf Uhr morgens, Kumpel. So hütet man also das Gesetz in Austin, Texas? Mit einem kalten Bier in der Hand?

Sie hielt den Atem an, bis sie ihm den Rücken zugewandt hatte, während sie zwei kalte Bier aus dem Kühlschrank holte. Dann atmete sie langsam, leise und gleichmäßig aus, damit es nicht frustriert, sondern wie ein normaler Atemzug klang.

»Was genau meinen Sie?«, fragte sie und reichte ihm die Flasche.

Mit einer schnellen Handbewegung öffnete er die Flasche, sah sich dann um, um den Mülleimer ausfindig zu machen und beförderte den Kronkorken mit einem präzisen Schuss quer durch den Raum genau hinein. Er pfiff, als der Verschluss sauber im Mülleimer landete, dann hielt er ihr die Flasche entgegen, ohne sie jedoch zu berühren. »Cheers«, sagte er und kippte durstig fast die Hälfte des Inhalts hinunter. »Also, mal sehen. Sie sind die einzige Kriminalistin mit einem Diplom in Psychologie in einem Umkreis von hundertfünfzig Kilometern. Ich weiß auch, dass dies nicht der erste Brief ist, den wir von Ihnen erhalten haben, auch wenn Sie gerade erst wieder hierhergezogen sind. Zufälligerweise hatten die anderen Briefe

Poststempel aus San Francisco. Sie haben also die Vorkommnisse in der Heimat im Auge behalten, nicht wahr?«

Natürlich hatte sie das. Es ging ja um ihre Heimatstadt. Um die Leichen in ihrem eigenen Keller.

Der Südstaatler-Tonfall war immer noch da, aber der Anschein des einfachen Jungen aus Texas war völlig verschwunden. Sie wog ihre Optionen eine Weile ab und entschied sich dann dazu, mit offenen Karten zu spielen.

»Schuldig im Sinne der Anklage, Detective«, antwortete sie, ohne zu lächeln. »Aber als ich das letzte Mal nachgesehen habe, war das Schreiben von Briefen im Franklin County nicht illegal.« Sie nahm langsam einen Schluck und genoss den Geschmack des kühlen Bieres.

»Nein, aber die Einmischung in eine laufende Ermittlung schon«, antwortete er ruhig. »Sehen Sie, wir können jetzt eines von zwei Dingen tun. Ich kann mir einfach anhören, was Sie zu sagen haben, oder ich kann Sie dazu auffordern, sich von den Ermittlungen fernzuhalten. Ich scheue mich nicht davor, eine ehemalige FBI-Agentin zu verhaften, Miss Sharp, vergessen Sie das nicht.«

Sie hielt ihm die Flasche entgegen, bevor sie einen weiteren Schluck nahm. »Es sollte übrigens Dr. Sharp heißen. Cheers.«

Er schaute kurz an die Decke, das männliche, den ganzen Kopf miteinbeziehende Äquivalent eines Augenverdrehens. »Natürlich«, murmelte er. »Das wusste ich. Ich weiß so einiges über Sie.«

Kay deutete auf einen der Stühle am Küchentisch und nahm selbst auf einem anderen Platz. »Setzen Sie sich. Auf eigene Gefahr«, fügte sie schnell hinzu, verlegen über den Zustand der Möbel. »Ich frage noch einmal: was kann ich für Sie tun? Mir scheint, Sie haben alles, was ich da drin geschrieben habe, sehr gut verstanden.«

Mit einer schnellen Handbewegung kratzte er sich am

Hinterkopf. Er wirkte jetzt ein wenig unsicher, vielleicht auch frustriert.

»Sie hatten schon mit Serienmördern zu tun?«, fragte er und wich ihrem Blick aus.

»Ja, acht wunderbare Jahre lang, in denen ich die kränksten und gestörtesten Mörder der ganzen Region wegsperren durfte«, antwortete sie und fügte etwas dramatisches Flair hinzu, um seine Reaktion zu testen.

Er blieb ernst. »Nun, ich nicht. Alle meine Mordfälle waren einfach gestrickt, meist aus Gier begangen oder aus Leidenschaft, Eifersucht, oder einfach schiefgelaufene Einbrüche, solche Sachen halt. Aber so ein verdrehter Geist wie dieser hier ... Ich kann mich einfach nicht dazu durchringen, so zu denken wie er, geht einfach nicht. Und ich bin seit dreizehn Jahren Bulle.«

»Wo, in Texas?«

»Erst dort, dann hier«, antwortete er. »Ich bin vor ein paar Jahren hierhergezogen.«

»Warum?«, fragte Kay, und das war die erste Antwort, auf die sie wirklich gespannt war. Was würde einen Cowboy aus Austin dazu bringen, hierherzuziehen – an einem Ort zu leben, an dem sechs Monate im Jahr Schnee lag?

»Ah, lange Geschichte.« Er winkte ihre Neugierde mit einer Handbewegung ab. »Aber reden wir nicht von mir«, sagte er. »Sagen Sie mir, wie ich in den Kopf des Mörders gelange. Das ist alles, was ich wissen muss.«

Sie stand auf und schritt zwischen Küche und Wohnzimmer auf und ab, und er ließ ihr die Zeit zum Nachdenken. »So einfach ist das nicht, Detective.«

»Nennen Sie mich Elliot«, antwortete er, »das wenigstens sollte einfach sein.«

Sie lächelte. »Elliot, okay.« Sie schritt weiter und fragte sich, wie sie ihre jahrelange Ausbildung und Erfahrung in Informationen umwandeln konnte, die sie weitergeben konnte, während er sein Bier austrank. Denn eine zweite Flasche würde es auf keinen Fall geben.

Sie setzte sich wieder an den Tisch und traf ihre Entscheidung. »Warum erzählen Sie mir nicht von dem Opfer, Elliot? Fangen wir dort an.«

Kay erwartete ein gewisses Zögern, da die Strafverfolgungsbehörden in der Regel nur ungern Einzelheiten einer laufenden Untersuchung mit irgendjemandem teilten, aber Elliot antwortete so schnell, dass sie sich fragte, ob er nicht eigentlich von Anfang an genau darauf gewartet hatte.

»Das Opfer heißt Kendra Marshall, achtundzwanzig Jahre alt, eine Rechtsanwaltsgehilfin aus New York City. Sie war aus geschäftlichen Gründen hier. Sie wollte sich mit der Familie Christensen in einer Erbschaftsangelegenheit treffen. Sie hat ihren Termin dort nie wahrgenommen.«

»Danke«, sagte sie und dachte darüber nach, wie wenig sie mit dieser Information anfangen konnte. Obwohl sie ihr etwas verriet, das er wahrscheinlich übersehen hatte. »Ich könnte damit beginnen, Ihnen etwas in der Art zu erzählen wie: Sie haben es mit einem Jäger zu tun, der nicht auf der Pirsch ist, sondern einfach zuschlägt, der die Gelegenheit ergreift und der über eine schnelle und effektive Methode verfügt, das Opfer zu ergreifen, ohne dabei gesehen zu werden. Er ist mobil und verfügt über die Mittel. Er weiß, wie er seine Spuren verwischen muss und die seines Opfers ebenso. Er ist ortsansässig oder war es früher einmal, denn er kennt sich hier aus.«

»Ja, das ist nützlich«, antwortete er.

»Oder ich könnte Ihnen sagen, dass ich eine jahrelange Ausbildung zum Doktor der Psychologie absolviert und noch mehr Jahre im praktischen Einsatz verbracht habe, um genau diese Art von Fällen zu bearbeiten, zu lernen, wie diese Monster vorgehen, sie zu befragen und den soziopathischen Verstand besser zu verstehen, als es irgendjemand in den meisten Strafverfolgungsbehörden jemals könnte.«

»Wollen Sie damit sagen, dass meine Arbeit einen feuchten Kuhfladen wert ist?«, reagierte er und stieß sich mit einem lauten Quietschen von hölzernen Stuhlbeinen, die gegen Keramikfliesen schleiften, vom Tisch ab. »Ist es das, was Sie damit sagen wollen, *Dr. Sharp?*«

»Hey, immer langsam mit den jungen Pferden, Cowboy«, erwiderte sie lachend und amüsierte sich über die lehrbuchmäßige Zurschaustellung eines verletzten männlichen Egos. »Ich will damit nur sagen, dass es Zeit braucht, Ihnen das beizubringen, so zu denken und zu fühlen wie er, und bei diesem Killer haben Sie nicht den Luxus von Zeit. Er wird wieder töten, und zwar bald. Deshalb biete ich Ihnen an, mit Ihnen zusammenzuarbeiten.«

»In welcher Funktion? Sie sind keine FBI-Agentin mehr.«

»Stimmt, aber ich bin eine ausgebildete und erfahrene Zivilistin, eine qualifizierte Beraterin, um es mal so auszudrücken.«

»Wie viel wollen Sie den Steuerzahlern für diesen Auftritt berechnen, Dr. Sharp?«

»Nichts, ich mache es umsonst. Und Sie können mich Kay nennen.«

Er runzelte die Stirn, während er über ihr Angebot nachdachte.

»Warum Kay? Warum nicht Katherine?«

»Lange Geschichte«, antwortete sie und hoffte, dass er es dabei belassen würde.

»Ich habe Zeit«, sagte er und starrte auf den letzten Rest Bier in seiner Flasche.

Sie tat so, als hätte sie die unausgesprochene Bitte nicht bemerkt. »Ich hasse den Namen einfach, das ist alles. Ich habe nur die Initialen behalten, K. Dann kann man doch auch Kay sagen, oder?«

»Wer würde einen Namen wie Katherine hassen?«, murmelte er, trank sein Bier aus und stellte die Flasche vorsichtig auf den Tisch. »Ich danke Ihnen. Wo wollen Sie anfangen?«

»In der Gerichtsmedizin, und so schnell wie möglich.«

»Wie wäre es mit jetzt?«

Sprachlos gestikulierte sie in Richtung der leeren Flasche, aber er blinzelte nicht einmal. Resigniert griff sie nach ihrer Jacke. »Perfekt, dann hole ich uns ein paar Pfefferminzbonbons.«

Elliot schlenderte über den wuchernden Rasen und schien nach etwas Bestimmtem zu suchen, während Kay so tat, als würde sie die Haustür abschließen. Sie hatte keinen Schlüssel; Jacob hatte die Tür wahrscheinlich seit Jahren nicht mehr abgeschlossen.

»Da«, sagte Elliot, beugte sich vor und pflückte ein paar Blätter von einem kleinen Strauch. »Schwarze Pfefferminze«, erklärte er, steckte sich eines der Blätter in den Mund und kaute eifrig. »Das bewirkt Wunder, wenn es darum geht, eine Bierfahne zu überdecken. Möchten Sie auch?«

»Ich verzichte«, antwortete sie und stieg in seinen ungekennzeichneten Geländewagen. »Ihr Pech«, erwiderte er fröhlich und warf sich die restlichen Blätter in den Mund.

»Sie kennen sich mit Kräutern aus«, bemerkte sie, um nicht zuzulassen, dass ihr Schweigen falsche Fragen herausforderte. Er war schlauer, als er zugab, und diese Art von Intelligenz war gefährlich. Polizisten wie Elliot entwickelten oft eine starke Intuition, eine Mischung aus Instinkt und schnellem Denkvermögen, die sie trotz des offensichtlichen Mangels an Beweisen in die richtige Richtung lenkte. Das Letzte, was sie brauchte, war ein Elliot Young, der in ihrem Leben herumschnüffelte.

»Ja, das tue ich«, antwortete er, als er auf den State Highway abbog, auf dem Weg zur Leichenhalle des Countys. »Schade, dass Sie sich nicht auskennen, wo Sie doch hier aufgewachsen sind. Wie kommt das?«

»Ich kenne einige«, antwortete sie vorsichtig. »Ich mag Kräuter nur nicht so sehr. Jedenfalls nicht alle«, fügte sie hinzu und sah auf die Uhr am Armaturenbrett. Sie wusste, dass es eine Weile dauern würde, bis sie das Leichenschauhaus auf der anderen Seite des Berges erreichen würden.

»Nennen Sie eine Pflanze, die Sie mögen«, forderte er sie auf.

»Ich mag Schierlingstannentee«, antwortete sie. »Das ist mein Lieblingstee an einem kalten Herbstmorgen.«

»Die Schierlingstanne ist ein Baum, kein Heilkraut«, lachte er. »Ich dachte, Sie würden den Unterschied kennen, Dr. Sharp.«

Sie drehte sich zu ihm und sah, dass die Belustigung in seiner Stimme von einem echten Lächeln begleitet wurde, das kein bisschen sarkastisch war.

»Kein Witz«, lachte sie und fügte hinzu: »Ich mag auch Rosmarin. Wenn Sie ein Seelenklempner wären, würden Sie vielleicht abschweifen und meine Faszination für nadelförmige Blätter in der Pflanzenwelt hinterfragen.«

»Aber ich bin ja keiner, also werde ich das nicht machen«, antwortete er. Als er sprach, konnte sie einen Hauch seines minzigen Atems wahrnehmen. »Aber das werde ich Sie fragen, um uns die Zeit zu vertreiben: Warum sind Sie wirklich wieder hier, Kay?«

Sie presste die Lippen zusammen, bis all die Flüche, die ihr durch den Kopf gingen, nicht mehr Gefahr liefen, aus ihr herauszusprudeln. Als sich ihre Wut gelegt hatte, erinnerte sie sich daran, dass sie Erfahrung damit hatte, Serienmörder dazu zu bringen, ihre Grabstätten oder die Namen ihrer Opfer preiszugeben. Sie würde doch wohl mit einem Hilfssheriff aus Texas fertig werden, egal wie schlau er war, und ihn von der Witterung abbringen können, die er aufgenommen hatte.

Beginne mit der Wahrheit, war ein wertvoller Trick, den sie schon früh in ihrer Karriere gelernt hatte. *Erschaffe einen Eisberg: die Wahrheit, die man oberhalb der Wasseroberfläche verwenden kann, wo sie leicht zu sehen und zu überprüfen ist, und alles andere unter der Wasseroberfläche, wo niemand nachschauen wird. Damit kann man das Schiff eines jeden Verdächtigen versenken.* Das waren die Worte ihres Mentors gewesen, des Leiters der Abteilung für Verhaltensanalyse, Aaron Reese, während einer der fortgeschrittenen Vorlesungen in Kriminalistik, die er manchmal für vielversprechende Agenten hielt.

Natürlich wäre Aaron Reese entsetzt gewesen, hätte er erfahren, dass sie gerade dabei war, seine Ablenkungsmanöver bei einem Kollegen anzuwenden.

»Mein Bruder ist die einzige Familie, die ich habe«, sagte sie schließlich, als Elliot gerade anfing, die Stirn zu runzeln. »Er ist der netteste Kerl, den Sie je kennengelernt haben, und er würde nie jemandem absichtlich wehtun.«

Sie hielt inne, um zu sehen, ob Elliot mit diesem winzigen Stückchen Wahrheit, das sie ihm vorsetzte, zufrieden sein würde.

Das war er nicht.

»Und?«, fragte er weiter. »Trotzdem, warum sind Sie hier?«

»Ich möchte herausfinden, warum er wegen einer Schlägerei in einer Bar so hart verurteilt werden konnte. Soweit ich mich erinnere, passieren solche Schlägereien tagtäglich, und niemand wird deswegen ins Gefängnis gesteckt. Niemand ist gestorben, niemand wurde schwer verletzt oder musste auch nur genäht werden. Ich verstehe es einfach nicht.« Sie blickte zu den Bäumen hinüber, die den Highway säumten, und nahm die schnell vorüberziehende Landschaft einen Moment lang in sich auf. »Er wird hinter Gittern nicht gut zurechtkommen, Elliot. Er ist nicht für das Leben im Knast gemacht.«

»Und wie genau soll Ihre Anwesenheit ihm helfen?«, bohrte er weiter.

Es war eine berechtigte Frage, doch sie bewirkte, dass sie sich noch mehr Sorgen machte. »Ich werde in seiner Nähe sein, mich um sein Haus kümmern, um das wenige Vermögen, das er in diesem Leben besitzt. Ich werde mit dem Richter reden; ich habe bereits um einen Termin bei ihm gebeten. Und ich werde mit dem Gefängnisdirektor sprechen, wenn er mich empfangen will.«

»Bei dem Vorhaben hätten Sie als FBI-Agentin doch bessere Chancen gehabt, meinen Sie nicht? Warum haben Sie sich nicht einfach beurlauben lassen, anstatt den Dienst zu verlassen?«

Wie bitte, dachte sie, *das ging weit über eine beiläufige Frage hinaus.* Es war an der Zeit, den Spieß umzudrehen und ihn gegen diesen neugierigen Deputy zu richten.

»Woher wissen Sie denn, dass ich das nicht getan habe? Haben Sie mich überprüft?«, fragte sie ruhig und zwang sich, den Ärger und die Angst, die sie empfand, nicht in ihrer Stimme zum Ausdruck zu bringen.

»Ich habe ein paar Anrufe getätigt«, antwortete er beiläufig.

Er klang nicht so, als ob es ihm leidtäte, sondern als ob er jedes Recht dazu hätte. Vielleicht hatte sie das mit ihren verdammten Briefen bewirkt. Wenn sie sich nur um ihre eigenen Angelegenheiten gekümmert hätte, würde ihr jetzt kein Elliot Young hinterherschnüffeln. Aber sie hätte das nicht einfach so bleiben lassen können, nicht, wenn da draußen ein Killer auf freiem Fuß herumlief, der vielleicht schon bald wieder töten würde. Solche Typen hörten nie auf zu töten.

»Und was haben Sie herausgefunden?«, fragte sie ruhig und zwang sich, ihm ein amüsiertes Lächeln vorzuspielen.

»Ziemlich viel«, antwortete er. »Zum Beispiel, dass Sie

innerhalb der kürzest möglichen Frist beim FBI gekündigt haben, aber dass die Sie jederzeit und auf der Stelle wieder einstellen würden. Und ich habe gehört, dass Sie die seit Jahrzehnten beste Profilerin in der Außenstelle von San Francisco sind, dass kein anderer Profiler es auch nur annähernd so gut versteht wie Sie, sich in die Gedankengänge hinter einem kriminellen Verhalten einzudenken. Dann habe ich gedacht, da hätte ich gleich eine wertvolle Mitarbeiterin an meiner Seite. Jemanden, der lieber anonyme Briefe schreibt, als mit mir direkt zu sprechen – aus welchem seltsamen Grund auch immer.«

»Und?«, fragte sie und hielt den Atem an.

»Hey, ich nehme, was ich kriegen kann, und mit Handkuss«, antwortete er und richtete seinen Blick auf die abschüssige, kurvenreiche Bergstraße.

Auch jetzt glaubte sie ihm keine Sekunde lang. Sie hatte es nicht geschafft, ihn von der Fährte abzubringen.

»Jetzt sind Sie dran«, sagte sie. »Warum sind Sie hier in Mount Chester und nicht in Austin? Haben Sie eine plötzliche Leidenschaft für Wintersport entdeckt?«

Sein Kiefer verkrampfte sich, gerade lange genug, um Kay wissen zu lassen, dass sie einen Nerv getroffen hatte.

»Ich habe bei einem Fall Mist gebaut«, sagte er schließlich. »Damals in Austin. Meine Kollegin und ich hätten unserem Chef sagen sollen, dass er uns neu zuweisen soll; ach, lange Geschichte. Und ich bin gegangen. Ich wollte den Gestank dieses Schlamassels so weit wie möglich von mir fernhalten. Wäre ich in Texas geblieben, hätte er an mir geklebt wie Dreck an einem Schwein.«

»Seltsam«, reagierte Kay. »Sie kommen mir nicht wie jemand vor, der vor den Folgen seiner Fehler davonläuft.«

»Wir sind da«, verkündete er und seinen Worten folgte ein kaum verhohlener Seufzer der Erleichterung.

Er hielt ihr die Tür auf, als sie die Leichenhalle betraten, und nach einem kurzen Gespräch mit einem Laboranten in einem grünen Kittel betraten sie auch den Autopsieraum.

»Hey, Doc«, sagte Elliot.

Sie glaubte, die Silhouette des Mannes zu erkennen, der sich an einem Waschbecken aus Edelstahl die Hände wusch. Als er sich umdrehte, um sie zu begrüßen, musste sie lächeln.

»Dr. Whitmore«, sagte sie, »was für eine unerwartete Überraschung.«

Mit einem Achselzucken entschuldigte er sich für seine tropfenden Hände und wischte sie an einem Handtuch ab, aber Kay war das egal. Sie schloss ihn in die Arme und genoss die kurze Wärme der Bärenumklammerung, in die der Arzt sie im Gegenzug nahm.

Als sie zurücktrat, bemerkte sie aus dem Augenwinkel Elliots überraschtes Stirnrunzeln. Sie betrachtete den Gerichtsmediziner wie einen guten Freund, der lange weg gewesen war.

Dr. Whitmore war während ihrer ersten fünf Jahre als FBI-Agentin Gerichtsmediziner im San-Francisco-County gewesen und ihre Wege hatten sich oft an Tatorten und im Autopsiesaal gekreuzt. Sie hatte gehört, dass er in den Ruhestand getreten war, und bedauert, dass sie sich nicht von ihm hatte verabschieden können. Aber da stand er nun, genauso, wie sie ihn in Erinnerung hatte, über den Autopsietisch gebeugt. Er flüsterte leise Notizen in sein Diktiergerät und sprach beruhigend zu den Opfern, als wären sie noch am Leben und als wollten sie in Ruhe gelassen werden, um endlich ihren Frieden zu finden.

Er war gealtert, aber in Würde. Sein Bart war ganz weiß, ebenso wie seine Haare. Er hatte sein Haar nicht verloren wie die meisten Männer in seinem Alter. Um die Taille hatte er ein paar Pfund zugelegt, schien aber sonst noch der zu sein, den sie in Erinnerung hatte, einschließlich seiner dunkel gerahmten Brille und seines fröhlichen Lächelns.

»Wie lange ist es her, drei Jahre?«, fragte sie.

»Ja, so ungefähr«, antwortete er. »Die Zeit vergeht wie im Flug. Wie ist das Leben in San Francisco?«

»Immer dasselbe«, antwortete sie. »Viel zu tun und spannender, als uns lieb ist, aber das kommt davon, wenn man in dem Staat lebt, der sich damit brüstet, die meisten Serienmörder im ganzen Land zu beheimaten. Ich dachte, Sie sind im Ruhestand«, fügte sie hinzu.

»Das bin ich auch«, antwortete er. »Ich bin im Ruhestand. Wir haben hier ein Haus, oben auf dem Berg, an den Skipisten. Es gibt hier Gott sei Dank nicht viele Todesfälle, aber wenn es welche gibt, dann rufen sie mich an. Normalerweise sind es Touristen, die in Unfälle verwickelt waren; nicht so etwas wie jetzt.«

»Was ist mit dem County Coroner?«, fragte Kay.

»Sie wissen so gut wie ich, dass Coroner nicht einmal einen Hochschulabschluss haben müssen, geschweige denn einen Doktortitel. Aber Gerichtsmediziner sind eine andere Geschichte. Bei diesem Fall können wir uns keine Fehler leisten.«

Sie näherte sich dem Tisch aus Edelstahl, auf dem die Leiche einer Frau lag, die mit einem weißen Laken bedeckt war. Das warme Gefühl, welches das Zusammentreffen mit einem alten Freund ausgelöst hatte, wich abrupt der Kälte metallischer Instrumente und Röntgengeräte, die an dem Leuchtkasten an der Wand befestigt waren. Sie spürte, wie ihr ein Schauer über den Rücken lief, als sie sich dem Körper des Mädchens näherte, als ob die Kälte, die sie in ihrer Gewalt hatte, auf irgendeine Weise auch Kays Seele berührte.

»Was können Sie uns über sie sagen?«, fragte sie, wobei ihr Blick auf die dunklen Haarsträhnen fiel, die unter dem Laken hervorlugten.

Dr. Whitmore deckte das Gesicht des Opfers vorsichtig auf, indem er das Laken herunterzog, bis ihr Hals vollständig freigelegt war.

»Das ist Kendra Marshall, achtundzwanzig Jahre alt«, sagte Dr. Whitmore und seine Stimme war voller Trauer. »Die offizielle Todesursache ist Ersticken durch manuelle Strangulation.«

Kay konnte die verfärbten Stellen sehen, an denen die Hände des Mörders ihre Kehle gequetscht und Blutergüsse hinterlassen hatten, sowie Petechien um die Augen des Mädchens.

»Gebrochenes Zungenbein?«, fragte sie, da sie wusste, dass ein Bruch des Zungenbeins ein Indikator dafür war, wie heftig die Strangulation gewesen war.

»Ja«, bestätigte er. »Zerquetschte Luftröhre, zertrümmertes Zungenbein, um genau zu sein. Der Mörder war wütend.«

»Wann ist sie gestorben?«, fragte Elliot.

Er war näher an den Untersuchungstisch herangetreten und sah im Neonlicht ein wenig blass aus.

»Ich würde den Todeszeitpunkt aufgrund der Verwesung und der Insektenaktivität auf vor etwa zehn Tagen schätzen«, sagte Dr. Whitmore. »Es war kalt, die perfekte Temperatur, damit die Leiche langsamer verwest, und das vergrößert die Fehlertoleranz. Um sicherzugehen, werde ich einen Zeitraum von acht bis zwölf Tagen im Bericht vermerken.«

»Ich wollte gerade fragen, ob der Autopsiebericht schon fertig ist. Das bedeutet wohl, er ist es nicht?«, fragte Kay.

Dr. Whitmore seufzte. »Wir sind hier nicht in San Francisco, und ich bin kein offizieller Gerichtsmediziner mehr, sondern nur noch ein Rentner, für den niemand eilig Giftstoffe untersucht. Dies ist ein vorläufiger Bericht. Ich werde den Todeszeitpunkt in ein paar Tagen besser eingrenzen können.«

Kay begann zu begreifen, wie anders die Dinge hier waren, jetzt, da ihre Dienstmarke weg war; das Fehlen ihres offiziellen Status machte einen großen Unterschied. Für den Arzt im Ruhestand war es wahrscheinlich genauso.

»Erzählen Sie mir alles, was Sie können, und wir werden damit arbeiten«, bot sie an. Er zog das weiße Laken vollständig ab, sodass Kendras blutunterlaufener Körper dem starken Licht voll ausgesetzt war. Blass. Verwundbar. Kalt.

Kay unterdrückte ein Schaudern.

»Wow«, reagierte Elliot und wich zurück, als hätte er einen Geist gesehen.

Kay fand seine Reaktion seltsam. Er musste schon öfter Leichen gesehen haben, auch die von Kendra am Tatort. Sie nahm sich vor, ihn zu fragen, was es damit auf sich hatte, vielleicht auf der Rückfahrt.

Kendras Körper war übersät mit blauen Flecken und Schnittwunden, einige älter, andere perimortal. Die gleiche Art von Blutergüssen, die Kay an ihrem Hals gesehen hatte, war auch an ihren Armen, ihren Schultern und ihren Oberschenkeln zu sehen.

Sie zeigte auf eine Ansammlung gelblicher, fast verheilter Blutergüsse. »Sind das seine Finger?«

»Ganz genau. Er hielt sie gewaltsam fest und behandelte sie mit roher Gewalt. Sie wurde tagelang geschlagen, sexuell missbraucht und extensiv gefoltert; ich würde sagen, mindestens eine Woche lang. So lange braucht ein so tiefer Bluterguss, um zu heilen und gelb zu werden.«

»Hat der Angreifer DNA-Spuren hinterlassen?«, fragte Elliot.

»Keine, fürchte ich. Er war gründlich und vorsichtig, um keine Spuren an der Leiche zu hinterlassen. Ich glaube, dass er die Leiche wahrscheinlich gewaschen hat, bevor er sie begraben hat. Die Decke, in die sie eingewickelt war, war feucht, aber das könnte auch von Flüssigkeit im Erdreich stammen.«

»Nicht einmal unter ihren Fingernägeln ist etwas?«, beharrte Elliot und erntete dafür einen kurzen, missbilligenden Blick des Gerichtsmediziners.

»Es gibt keine Abwehrverletzungen«, stellte er klar, »zumindest keine frischen. Es war, als hätte sie den Kampf aufgegeben.

Ich habe unter den Nägeln ausgekratzt, aber ich erwarte nicht, dass das Labor etwas finden wird, was wir verwenden können.«

Ein auswärtiges, scheinbar zufällig gewähltes Opfer; ein Mörder, der wusste, wie man forensische Gegenmaßnahmen ergriff; und Tox-Screens, die mehr als fünf Tage brauchen würden, um irgendwelche Ergebnisse zu liefern. Nicht die Art von Hattrick, die Kay sich erhofft hatte.

»Wie wurde sie gefunden?«, fragte Kay.

Dr. Whitmore rief einige Tatortfotos auf dem großen Monitor auf, der neben ihnen an der Wand hing. »Sie war mit dem Gesicht nach oben begraben, die Hände auf der Brust gefaltet, völlig nackt und sorgfältig in eine neue Decke eingewickelt«, sagte er. »Ich habe Spuren von Ahornblättern und ein paar Samarasamen auf der Decke gefunden, aber die könnten auch vom Boden oder der Erde auf die Decke gelangt sein. Die Fasern und die Herkunft der Decke sind noch nicht geklärt.«

Die Bilder auf dem Bildschirm zeigten erst Kendras Körper, fein säuberlich in die Decke eingewickelt, als wäre sie ein Neugeborenes; dann sah man die Stellung ihrer vor der Brust verschränkten Arme, nachdem der Gerichtsmediziner ihren Körper am Tatort ausgewickelt hatte. Die Art und Weise, wie sie beigesetzt worden war, hatte etwas zutiefst Beunruhigendes, etwas, das Kay nicht zuordnen konnte.

»Das sieht nach einem Ritual aus. Aus Reue?«, fragte sie.

»Definitiv«, bestätigte er. »Das Grab war nicht tief, aber es war trotzdem reines Glück, dass sie entdeckt wurde. Nur dank eines Touristen, dessen Hund nicht gehorchen wollte.«

Er scrollte weiter durch die Bilder auf dem Bildschirm. Ein paar Nahaufnahmen von Kendras Kopf waren zu sehen, auf denen ihr Haar geflochten und mit indianischen Haarbändern zusammengebunden war.

Sie näherte sich dem Bildschirm und blinzelte. »Pomo«, sagte sie und bezog sich dabei auf einen indianischen Stamm mit Wurzeln in der Region. Die indigene Bevölkerung bestand noch aus einigen hundert indianischen Familien, die meisten von ihnen waren Pomo, aber auch der Shasta-Stamm war vertreten. Kay war inmitten der Überreste der lokalen indianischen Kultur aufgewachsen und konnte zwischen den verschiedenen Stämmen unterscheiden, egal wie klein die kulturellen Unterschiede auch waren.

»Nicht Shasta?«, fragte Dr. Whitmore.

»Das glaube ich nicht«, antwortete sie. »Sehen Sie, wie das Haarband aus Lederstreifen geflochten ist, vermutlich aus Kalbsleder? Das ist Pomo. Und die Federn sind von Wasservögeln, nicht von Raubvögeln.«

Dr. Whitmore holte eine durchsichtige Tüte mit den Haarbändern heraus. »Ich schicke diese heute an das Labor in San Francisco, als Sonderwunsch. Vielleicht findet man dort Epithelien des Mörders auf den Bändern. Hoffentlich hat er sie mit bloßen Händen angefasst, sodass einige Hautzellen an dem Leder haften geblieben sind. Ich konnte unter dem Mikroskop keine Hautzellen sehen, aber ich habe hier kein großes Labor«, fügte er entschuldigend hinzu.

Elliot machte mit seinem Handy ein Foto von den Haarbändern.

»Was ist mit ihrem Haar?«, fragte Kay. »Auf den Fotos sehe ich, dass es geflochten war, aber jetzt ist es das nicht mehr.«

»Ich habe jede Strähne sorgfältig durchgekämmt. Wenn der Mörder sie selbst geflochten hat, könnten wir einen Durchbruch erzielen. Die Epithelien, die in ihrem Haar gefunden wurden, lassen auf DNA schließen, aber halten Sie nicht den Atem an, es könnte alles von ihr selbst stammen.«

Kay starrte wieder auf die Kopfbilder. Die blasse Gestalt mit dem geflochtenen Haar, das mit Pomo-Haarbändern zusammengebunden war, kam ihr seltsam bekannt vor. *Wo habe ich das schon einmal gesehen?*, dachte sie. *Außer bei den meisten Powwows natürlich.*

»Begannen ihre Zöpfe weit unten, hinter den Ohren?«,

fragte sie. Die Fotos waren nicht detailliert genug, um das zu zeigen. »Oder hier, über den Ohren, auf kaukasische Art?«

»Die Zöpfe fingen weit unten an«, sagte Dr. Whitmore und deutete hinter Kendras rechtes Ohr. »Dann wurden sie hinter die Ohren gesteckt und schließlich nach vorne gezogen, über ihre Brust. Die Federn an den Bändern waren sorgfältig ausgerichtet, so wie sie natürlich fallen würden, wenn die Frau stehen würde.«

»Das ist auch Pomo« bekräftigte Kay ihre erste Einschätzung. »Das ist seine Signatur. Erzählen Sie mir von dieser Decke, dem Muster darauf, wie die Erde um ihren Körper herum aufgeworfen war, welche Feldsteine er benutzt haben könnte«, bat sie. »Ich möchte alles sehen, was zeigt, wie sie gefunden wurde. Vielleicht gibt es etwas in seiner Signatur, das mir hilf, ein Profil zu erstellen.«

»Sie denken, wir haben es mit einem Serienmörder zu tun?«, fragte Dr. Whitmore.

»Ja. Ich weiß, dass dies das einzige Opfer ist, das Sie bisher haben, aber ich wette, dass es da draußen noch weitere gibt. Ein Serienmörder wird nicht unbedingt durch die Anzahl der Opfer definiert; die Pathologie des Mordes ist der verräterische Beweis. Man kann seine Pathologie an der Art und Weise erkennen, wie er Kendra gequält hat, an der Anordnung der Blutergüsse auf ihrem Körper. Er ging methodisch vor, war sadistisch und hat den Genuss, den ihre Hilflosigkeit ihm bereitete, lange hinausgezögert.«

Dr. Whitmore tauschte einen kurzen Blick mit Elliot aus.

»Deshalb sind Sie die Beste«, erwiderte Dr. Whitmore. »Sie hatten schon immer ein Gespür für diese Killer und ihr Handwerk. Sie führt niemand so leicht in die Irre.«

»Was wollen Sie damit sagen?«, fragte Kay und schaute den Arzt aufmerksam an.

»Wir haben die Leiche einer weiteren Frau gefunden«, antwortete Elliot, »relativ nah an der Stelle, an der Kendra gefunden wurde. Aber dieses Opfer war schon seit Monaten tot. Wir haben noch keine Identifizierung.«

»Ja«, sagte Dr. Whitmore und zog eine Kühlschublade auf, in der er die Leichen vor und nach den Autopsien aufbewahrte. In der Schublade befand sich die Leiche einer Frau, die mit einem blauen Laken zugedeckt war. »Wir nennen sie Jane Doe. Alles, was ich bisher feststellen konnte, war die Todesart, ebenfalls manuelle Strangulierung, und auch ein zertrümmertes Zungenbein.«

Er legte den fast vollständig zersetzten Schädel des Opfers frei und trat zur Seite.

Kay betrachtete die Leiche einen Moment lang und sah dann Elliot ungeduldig an. »Ich muss die Begräbnisstätte sehen.«

SIEBEN

SCHREI

Er hatte sein Wort genau fünf Minuten lang gehalten, keine Sekunde länger.

Er ließ sie Hazel sehen, erlaubte ihr sogar, ihr kleines Mädchen zu umarmen, während sich die Tränen auf ihren sich berührenden Wangen vermischten. Er hatte sogar den Anstand, sie sich anziehen zu lassen, bevor er ihre Tochter zu ihr brachte.

»Mama«, hatte Hazel gesagt und Alisons Gesicht mit zitternden Fingern berührt. »Nicht weinen«, hatte das Mädchen gefleht, während Alison sie in die Arme nahm, weil sie fürchtete, er könne Hazel jeden Moment von ihr wegreißen und sie wieder irgendwo oben einsperren.

Sie zwang sich, die Umarmung zu lösen, und betrachtete das Gesicht ihres kleinen Mädchens, ihre Hände, ihre Arme und ihre Beine. Es gab nur einen blauen Fleck auf ihrem Unterarm, aber Hazel wirkte wie unter Schock und starrte ins Leere, wenn sie nicht gerade weinte.

Sie wischte sich die Tränen ab, lächelte und sah in Hazels rote, geschwollene Augen. »Ich werde nicht weinen, Baby, ich verspreche es.« Sie umarmte sie wieder, so fest, dass das

Mädchen sich fast herauszuwinden versuchte. »Was machst du eigentlich den ganzen Tag, mein Schatz?«

»Nichts«, antwortete sie und Alison spürte, wie eine Welle der Erleichterung durch sie flutete, als sie die Antwort hörte. »Es ist auch ein Junge hier.«

Alison verspürte einen Anflug von Angst. »Wie alt ist der Junge, Baby?«

»Er ist noch klein«, antwortete Hazel und hielt ihre Hand ungefähr auf Schulterhöhe.

Alison atmete tief durch.

»Können wir ihn mitnehmen, wenn wir nach Hause gehen, Mami?«

»Natürlich.« Sie wischte sich die Tränen mit dem Handrücken ab. »Er könnte dein kleiner Bruder sein.«

»Wann können wir nach Hause gehen, Mami? Können wir jetzt nach Hause gehen?«

Sie fand keine Worte, nur Tränen, die aus ihren Augen quollen. Sie umarmte ihre Tochter erneut und vergrub ihr Gesicht im Haar des Mädchens, als der Mann zurückkam und sie wegzog.

»Nein, nein, bitte nehmen Sie sie noch nicht mit«, flehte Alison, »geben Sie mir noch eine Minute, ich flehe Sie an.«

Aber er machte sich nicht einmal die Mühe zu antworten. Er zerrte die schreiende und strampelnde Hazel aus dem Zimmer. Sie konnte hören, wie sie den ganzen Weg nach oben mit ihm kämpfte und ihn mit ihren kleinen Fäusten schlug.

»Wehr dich nicht, Baby«, flüsterte sie, obwohl Hazel sie nicht hören konnte. »Das macht es nur noch schlimmer.«

Hazels Schluchzen wurde langsam leiser, bis sie es gar nicht mehr hören konnte, und so sehr sie sich auch anstrengte, sie hörte die Schritte des Mannes nicht wieder die Treppe hinunterkommen.

Was machte er dort oben, allein mit ihrer Tochter?

Fasste er sie an? Machte er mit Hazel das, was er mit ihr

gemacht hatte? Die Angst fuhr wie ein heißes Messer durch ihren Bauch.

»Oh, Gott, bitte, nein ... bitte lass das nicht wahr sein. Ich flehe dich an, pass auf mein Baby auf.«

Sie stand auf und begann im Zimmer auf und ab zu gehen, ohne den Schmerz zu bemerken, den jeder Schritt ihr bereitete. Sie hinkte leicht und ihr Bauch schmerzte stark, aber wenigstens blutete sie nicht mehr.

Aber wo war er? Warum kam er die Treppe noch nicht wieder herunter? Sie wollte, dass er in den Keller zurückkam, obwohl sie genau wusste, was sie von seiner Anwesenheit zu erwarten hatte. Aber sie würde alles tun, um dieses Monster von ihrer Tochter fernzuhalten, wenn auch nur für eine Minute.

Hatte er ihr wehgetan und sie hörte nichts, weil er sie geknebelt hatte, so wie am ersten Tag? Was wäre, wenn ...

Nein ... so durfte sie nicht denken. Zwanghafte Gedanken kreisten in ihrem Kopf und gaben immer wieder das gleiche Schreckensszenario wieder, in endlosen Schleifen puren Grauens.

Nein. Ihrer Tochter musste es gut gehen. Es würde ihnen beiden gut gehen, und bald würden sie wieder zu Hause sein. Sie würden beide entkommen, bald.

Aber was war mit diesem Jungen? Woher kam er? War seine Mutter wie sie eine Gefangene im Keller? Seit sie dort war, waren ihre eigenen Schreie die einzigen gewesen, die sie gehört hatte. Ihre eigenen und die von Hazel.

Völlig verzweifelt lief sie wie ein eingesperrtes Tier im Zimmer umher, murmelte Gebete und sinnlose Worte und beschwor eine Zukunft herauf, in der Hazel und sie wieder zu Hause sein würden, sicher und geborgen und zusammen. Zu Abend essen. Cartoons im Fernsehen anschauen. All die Dinge tun, die sie zusammen getan hatten und die sie so oft für selbstverständlich gehalten hatte.

Schließlich drehte sich der Schlüssel im Schloss und die Tür öffnete sich, sodass der Mann eintreten konnte. Wimmernd hastete sie in die gegenüberliegende Ecke des Raumes, kauerte sich auf den Boden, den Rücken an die kalten Betonsteine gepresst, und beobachtete ihn, wie er dastand und sie anstarrte.

Er war kein verrückter Hinterwäldler, mit dem sie sich nicht verständigen konnte. Mit großer Anstrengung zwang sie sich, ihn zu studieren, zu versuchen, ihn zu verstehen. Er war sauber gekleidet, trug eine Hose und ein blaues Hemd, gestärkt und gebügelt. Seine Schuhe sahen neu und teuer aus. Seine Haut schien weich zu sein, abgesehen von den blauen Flecken an den Knöcheln, die er sich zugezogen hatte, als er auf sie eingeschlagen hatte. Sie schluckte etwas aufsteigende Galle hinunter und gab zu, dass er fast attraktiv wirkte, wäre da nicht diese ekelhafte Blutgier in seinen furchteinflößenden Augen gewesen.

Sie zwang sich dazu, ihre Lungen mit Luft zu füllen, und stand auf, unsicher auf den Beinen und stark zitternd, um sich seiner Augenhöhe anzunähern.

»Es ist eine Schande, dass das hier passieren muss«, brachte sie hervor und wagte ein zaghaftes Lächeln. »Wenn Sie mich nach einem Date gefragt hätten, hätte ich ja gesagt.«

Er lachte herzhaft, und seine Stimme hallte unheimlich von den Kellerwänden wider.

Sie blinzelte ihre Tränen weg und fuhr mit brechender Stimme fort. »Wir hätten zu Abend essen können, reden und ...«

»Glaubst du wirklich, dass ich ein Date will?«, fragte er zwischen zwei Lachern. »Glaubst du, ich will dich sprechen hören?« Er kam einen Schritt näher und sie zuckte zusammen, wollte zurück in ihre Ecke huschen, aber er war schneller. Er packte sie und flüsterte ihr ins Ohr: »Ich will dich nur schreien hören.«

ACHT

SCHAUPLATZ

Es war eine relativ kurze Fahrt von der Leichenhalle zur nordöstlichen Spitze des Cuwar Lakes. Kay war in Gedanken versunken und betrachtete abwesend die atemberaubende Landschaft. Die Straße zum See, ein schmaler, kurvenreicher Streifen Asphalt, gesäumt von hohen Tannen und einer gelegentlichen Eiche oder einem Ahorn, war früher, bevor sie weggezogen war, ihre Lieblingsstrecke gewesen. Es schien ein ganzes Leben her zu sein, dass sie das letzte Mal den See besucht hatte, ohne nach einem Leichenfundort zu suchen; es war ein anderes Zeitalter, ein unschuldiges Alter, obwohl sie sich damals vehement gegen diese Bezeichnung gewehrt hätte. Sie hatte schon vor langer Zeit aufgehört, unschuldig zu sein.

Elliot kaute auf einem Stück Stroh herum, das er auf dem Rasen vor der Leichenhalle gepflückt hatte und starrte ein wenig zu sehr geradeaus auf die Straße, als wolle er ihrem Blick ausweichen. Vielleicht war es an der Zeit, dass er seine eigene Medizin zu schmecken bekam.

»Was war denn da drinnen los?«, fragte sie.

»Ich weiß wirklich nicht, wovon Sie reden«, antwortete er mürrisch.

Sie lenkte nicht ein. »Sie haben sich da drinnen verhalten, als ob Sie noch nie eine Leiche gesehen hätten.«

Er nahm den Strohhalm aus dem Mund, betrachtete ihn einen kurzen Moment lang, dann ließ er das Fenster herunter und warf ihn hinaus. Die frische Herbstluft erfüllte ihre Nasenlöcher mit dem Duft von fallendem Laub, nasser Rinde und feuchter Erde.

»Nein, noch nie auf diese Art«, gab er sichtlich verlegen zu.

»Ah«, reagierte sie. In Austin muss alles friedlich gewesen sein. Wenn sie sich richtig erinnerte, hatte es in Elliots Heimatstadt keinen Serienmörder mehr gegeben, seit der Servant Girl Annihilator zwischen 1884 und 1885 die Stadt Austin heimgesucht hatte und nie gefasst worden war. Austin hatte die unrühmliche Ehre, den ersten Serienmörder in der Geschichte der Vereinigten Staaten hervorgebracht zu haben, aber seit dem Annihilator hatte kein anderer Serienmörder die aufstrebende Metropole mehr als seine Heimat bezeichnet. »Das kann ganz schön abstoßend wirken«, fügte sie hinzu und wählte ihre Worte sorgfältig. »Aber ich dachte, Sie hätten Kendras Leiche schon einmal gesehen, am See?«

»Nicht, ähm, so«, murmelte er.

Wahrscheinlich meinte er, dass sie nicht nackt unter den kalten, unbarmherzigen Neonleuchten gelegen hatte, ihr Körper übersät mit Schnitten und blauen Flecken, die alle von ihrer schrecklichen Tortur zeugten.

»Was denken Sie über die Art und Weise, wie sie begraben wurde?«, fragte sie und stellte zufrieden fest, dass sich seine Schultern ein wenig entspannten, als sie das Thema wechselte. »Haben Sie so etwas schon einmal gesehen?«

»Wir haben das andere Opfer gefunden, und es war auf die gleiche Weise eingewickelt.«

»Ich meinte, abgesehen von diesen beiden Leichenfunden«, stellte sie klar.

»N-nein, nicht dass ich wüsste.«

Er warf ihr einen schnellen Blick zu, lang genug, dass sie seine hochgezogenen Augenbrauen bemerken konnte.

»Ich auch nicht«, antwortete sie, langsam sprechend, tief in Gedanken versunken. »Es hat Ähnlichkeit mit alten indianischen Bestattungsbräuchen. Aber zusammengewürfelt, nicht wie der Brauch eines einzelnen Stammes. Es ist eher so, dass der Mörder etwas von einem Stamm genommen hat, etwas anderes von einem anderen und so weiter.«

»Und Sie kennen diese Traditionen?« Er machte eine vage Geste mit seiner Hand.

»Einige davon, ja«, antwortete sie, während sie in Gedanken immer noch versuchte, die Puzzleteile des Zeremoniells zusammenzufügen. »Einige indianische Stämme wickeln ihre Toten in Decken ein, zusammen mit Schmuck oder anderen Besitztümern, Dingen, die die Geister in der anderen Welt brauchen würden. Wurde bei den Leichen noch etwas anderes gefunden?«

»Nein, sonst nichts.«

»Aber sie wickeln die Leichen nie so ein«, fügte sie hinzu und setzte damit ihren Gedankengang fort. »Nicht so schräg.«

Nach dem, was sie auf Dr. Whitmores Tatortfotos gesehen hatte, war die Leiche diagonal auf die Decke gelegt worden, der Kopf auf eine Ecke und die Füße auf die gegenüberliegende Ecke. Ein Ende der Decke war über den Füßen gefaltet worden, dann waren die Seiten über den Körper gelegt worden, zuerst die linke Seite, dann die rechte Seite. Wie beim Wickeln eines Babys, nur dass die Ecke über dem Kopf gefaltet war, um das Gesicht des Opfers zu bedecken.

Um es zu verhüllen? Oder um es vor Schmutz zu schützen? Schuldgefühle? Oder Scham?

»Auch das Flechten der Haare erinnert an die Bräuche der indigenen Bevölkerung«, fügte sie hinzu.

»Das habe ich mir schon gedacht«, antwortete er. »Was

halten Sie davon? Keines der Opfer war indigen. Doc Whitmore sagt, Jane Doe ist eine Weiße.«

Sie zuckte mit den Schultern. »Kommt mir irgendwie bekannt vor, aber ich kann es nicht einordnen.«

»Sie haben sicher schon öfter Frauen gesehen, die ihr Haar so tragen, nicht wahr? Das hier ist immerhin Indianer-Land.«

Sie lächelte, und eine ferne Kindheitserinnerung erfüllte ihr Herz mit einer Welle der Wärme. Der Geruch von Hammelfleisch am Spieß, der Duft von Salbei, der zum Räuchern verwendet wurde, und von Schierlingstannentee aus Keramikbechern. All das vor dem Hintergrund einer einsamen Canyon-Flöte, die die Geister anrief und um Regen bat. Sie hatte das Privileg genossen, nahe bei den Ureinwohnern der Region aufwachsen zu dürfen, und fühlte sich oft mehr zu deren Stamm als zu dem des weißen Mannes gehörig. Und in einem indianischen Haushalt hatte sie oft Zuflucht und Trost gefunden, was ihr in ihrem eigenen Haus immer gefehlt hatte.

Aber das hier war anders. Fast unheimlich in der Art, wie es sich persönlich anfühlte, aus irgendeinem Grund, der für sie nicht offensichtlich war. Als ob Kendras Haar nicht deren eigenes gewesen wäre, sondern das von jemand anderem.

»Ich habe schon geflochtenes Haar gesehen«, antwortete sie und zog es vor, die meisten ihrer Gedanken und Erinnerungen für sich zu behalten. »Aber dieser besondere Flechtstil und die offensichtlich handgefertigten Haarbänder erinnern mich an etwas Bestimmtes.«

Er runzelte die Stirn, sah sie kurz an und wandte dann seine Aufmerksamkeit der Straße zu.

Der Wald begann sich zu lichten; sie näherten sich der nordöstlichen Ecke des Sees, wo die Straße dem Wasser am nächsten war. Es waren nur noch zwei oder drei Minuten bis zur Begräbnisstätte, die man von der North Shore Road aus erreichte. Sie lag etwas mehr als einen Kilometer nach dem Aussichtspunkt, direkt an der südlichen Grenze des Staatswalds. Sie wusste sehr genau, wo es war, aber sie wollte diese Information lieber für sich behalten.

»An was zum Beispiel?«, fragte er, wohl wissend, dass er keine Antwort bekommen würde.

»Irgendwann wird es mir einfallen«, antwortete sie und streckte ihre Beine aus.

Sie waren angekommen.

Am helllichten Tag sah der Ort anders aus. An den Stämmen einiger Bäume hingen immer noch gelbe Absperrbänder, die sich sanft im Abendwind bewegten, obwohl sie zerrissen worden waren, als die Wache den Tatort freigegeben hatte. Zwei separate Abschnitte waren abgesperrt worden, aber das brauchte sie nicht zu sehen, um zu wissen, wo die Leichen begraben worden waren. Der Parkdienst war offensichtlich noch nicht da gewesen, um aufzuräumen und die Illusion der Normalität wiederherzustellen.

Sie hatte Kendras Grab am Abend zuvor gesehen, als sie es allein besucht und die noch aktive Polizeiabsperrung durchbrochen hatte, um das offene Grab aus der Nähe betrachten zu können. Sie hatte im Lichtkegel ihrer Taschenlampe die abgefallenen Ahornblätter und Samaras bemerkt, sich aber nicht viel dabei gedacht. In der Nacht zuvor war ihr der große Ahornbaum nicht aufgefallen, und sie hatte Kendras Leiche noch nicht gesehen. Sie hatte ihr geflochtenes Haar und die Haarbänder aus Leder und Federn noch nicht gesehen. Sie hatte das Muster auf den Decken nicht gesehen, ein geometrisches Shasta-Motiv auf dunkelbraunem Grund, das ein zentrales Muster mit Federn umrahmte, die mit einer blutroten Lederschnur zusammengebunden waren und von einem Pfeil getragen wurden.

Als ob ihre Körper auf einem Bett aus Federn zur Ruhe gelegt worden wären, um sie vor allem Bösen zu schützen.

Wie in den alten Zeiten, wenn ein Stamm den Tod eines geliebten Menschen betrauerte.

Bis auf ein winziges Detail.

Kay trat ein paar Schritte zurück und betrachtete den Ahornbaum über Kendras Grab. Seine Krone war breit genug, und auch die dicken Äste verzweigten sich tief genug, um eine natürliche Plattform zu bilden.

»Nehmen Sie Ihren Gürtel ab«, forderte sie Elliot auf, während sie den ihren mit schnellen Bewegungen öffnete.

»Wow«, sagte er lachend und hob die Augenbrauen über seine amüsierten Augen. »Wirklich?«

»Machen Sie sich keine Hoffnungen, Cowboy«, antwortete sie. »Ich muss da hochklettern«, sagte sie und deutete mit dem Finger auf die massive Krone des Baumes.

»Oh«, entgegnete er, wobei alle Belustigung aus seinem Gesicht wich und durch Verlegenheit und ein wenig Schwermut ersetzt wurde. »Warum zum Teufel würden Sie das tun wollen?«

»Weil das Einzige, was nicht stimmt, die Art der Beerdigung ist«, erklärte sie. »Viele Stämme nutzen einen Bestattungsbaum und legen die Körper der Verstorbenen an der Gabelung dieses Baumes ab.«

Er musterte den hohen Baumstamm und runzelte die Stirn. »Sind Sie sicher? Um einen Körper da hochzubringen, müsste man sich ganz schön anstrengen«, fügte er hinzu. »Überdurchschnittliche Kraft, oder vielleicht ein Seilsystem mit Flaschenzügen. Aber sie war doch begraben, oder? Wir haben sie *dort* ausgegraben«, fügte er hinzu und deutete mit der Hand auf das offene Grab, das nur ein paar Meter entfernt dunkel klaffte.

»Ja, und diese Art der Bestattung ist das Einzige, was nicht passt.«

Er nahm seinen breitkrempigen Hut ab und kratzte sich am Kopf, dann setzte er ihn wieder auf. »Wozu nicht passt?«

»Zu den alten Begräbnisritualen der Ureinwohner«, antwortete sie ruhig.

»Viele Stämme glaubten, dass der Kontakt mit dem Körper

des Verstorbenen Krankheit, Unglück oder sogar den Tod bringen könnte, weshalb die Bestattung ein einfacher, schneller Prozess war, an dem nur wenige teilnahmen. Einige Stämme verbrannten die Besitztümer der Verstorbenen;

andere, wie die Seminolen, warfen den ganzen Besitz des Verstorbenen in einen Sumpf und verlegten dann ihre gesamte Siedlung, um sich von dem Ort zu entfernen, den der Tod berührt hatte. Es gab aber auch Stämme, die ihre Toten in Grabhügeln bestatteten, vor allem die Völker des Ohio River Valley.«

»Ich mache es.« Elliot zögerte, überlegte, wie er am besten zur Baumgabel klettern konnte, und nahm dann den Ledergürtel, den sie ihm anbot. Er nahm seinen eigenen ab und verband die beiden Gürtel miteinander. Dann schlang er den verlängerten Gürtel um den Baumstamm und um seinen Körper, sicherte das Ende durch die Schnalle und testete mit ein paar kräftigen Zügen, ob es hielt.

»Wonach suche ich da oben? Weil mich die Aussicht nämlich nicht mehr interessiert als eine dampfende Ladung Mist.«

Sie wandte sich ab, um ihr Lächeln zu verbergen. Er war ebenso facettenreich wie klug, das war sicher. »Fasern. Beweise dafür, dass sie dort für längere Zeit gelegen hat. Nehmen Sie die besser mit«, fügte sie hinzu und reichte ihm mehrere kleine Beweismittelbeutel und eine Pinzette aus seiner Feldausrüstung.

Er nahm sie und steckte sie in seine Hemdtasche, dann begann er auf den Baum zu klettern und testete den Widerstand der Gurte nur ein paar Meter über dem Boden, indem er sich schwer gegen sie lehnte. Sie hielten.

Trotzdem hielt Kay den Atem an, bis er bei der Gabelung war. Als er sicher dort angekommen war, atmete sie auf, während ihr Erinnerungen durch den Kopf gingen. An das erste Mal, als sie ein indianisches Begräbnis gesehen hatte.

Daran, wie der Stamm die Begräbnisbäume auswählte und wo sie normalerweise standen. Wie sie an der Wurzel eines Baumes geweint hatte, als sie durch die Äste zu Großmutter Aiyanas Leiche hinaufgeschaut und ihren Namen gerufen hatte, bis Großvater Old Bear ihr mit seiner warmen, vertrockneten Hand den Mund zugehalten und sie gelehrt hatte, niemals die Toten anzurufen, sondern den Geist seinen Weg gehen zu lassen, ungestört vom Kummer der Lebenden. Sie waren nicht ihre Großeltern gewesen, sondern Judys, aber sie hatten sie genauso aufgezogen wie ihre eigenen Eltern, vielleicht sogar mehr.

»Sie hatten recht«, hörte sie Elliots Stimme über ihrem Kopf. Sie schreckte sie auf, riss sie aus ihren schönen Erinnerungen und ließ sie wieder in die kalte Realität eintauchen. Als sie aufblickte, sah sie, wie er mit einem Beweismittelbeutel in der Luft herumfuchtelte. »Ich habe Fasern der Decke gefunden.«

»Sie können jetzt runterkommen«, rief sie. »Wenn wir noch mehr brauchen, können wir uns vom Elektrizitätswerk einen Pritschenwagen leihen und einen Tatorttechniker hinaufschicken, der jeden Zweig durchforstet.«

»Es tut mir leid, Sie zu enttäuschen, aber hier in der Provinz machen wir unsere eigene Spurensicherung«, sagte er und begann, vorsichtig wieder hinunterzuklettern. »Es gibt hier keinen Tatorttechniker.«

»Warten Sie«, sagte sie und glaubte, einen gedämpften Fluch zu hören. »Sehen Sie sich um, ob Sie in der Nähe einen weiteren Bestattungsbaum entdecken können. Die sind normalerweise groß, haben eine breite Gabelung, in die man die Leiche legen kann, und sie sind laubabwerfend.«

Er starrte sie wortlos an, aber sie verstand seine unausgesprochene Frage. »Die einzigen Bäume, die sich als Bestattungsbäume eignen, sind solche, die jeden Herbst ihre Blätter abwerfen und so den Kreislauf von Leben, Tod und Wiedergeburt nachahmen, in denen sich also das heilige Ritual genau widerspiegelt.

Er sah sich um, wobei er sich vorsichtig drehte, um einen Dreihundertsechzig-Grad-Blick auf das Gelände zu erhalten. Dann kletterte er hinunter. Sie stand in der Nähe von Kendras Grab, studierte die Zufahrtsstraße und die Reifenspuren im Boden.

»Kann sein, dass es noch andere Begräbnisbäume gibt«, sagte er entschuldigend. »Das ist schwer zu sagen, bei all dem Laub. Wir müssten den Boden ablaufen und nach oben schauen, denke ich. Aber ich habe die Stelle gefunden, an der er sie an der Baumgabel festgebunden hat, falls das hilft.«

»Was haben Sie gesehen?«

Er wedelte lächelnd mit ein paar Beweisbeuteln vor ihrer Nase herum. »Direkt neben der Gabelung war die Rinde von einem Ast weggerissen, und es hingen noch Fasern von einem Seil daran. Ich habe uns ein paar Proben besorgt.«

Alles war bei den Ermittlungen hilfreich, jedes winzige Beweisstück konnte ein Teil des Puzzles werden, das ihr, wenn es zumindest zu einem bedeutenden Teil vervollständigt wurde, helfen konnte, sich ein Bild davon zu machen, wer der Mörder war. Denn alles, was er zu tun oder zu lassen beschloss, konnte Hinweise auf die Vorgänge in seinem Kopf, auf seine Obsessionen, seine Zwänge und seine Fantasien geben.

»Er hat sie mit einem Truck hergebracht«, sagte sie, »und die Erde um beide Grabstätten herum war aufgewühlt. War es so, als sie gefunden wurde? Oder hat die Spurensicherung den Boden so aufgewühlt?«

»Der Boden war aufgewühlt, als wir sie fanden«, bestätigte er, »aber hier herrscht ein raues Klima, und jede Spur im Boden verschwindet in höchstens ein oder zwei Wochen. Wir haben Regen, Schneeregen, Schnee, wilde Tiere, alles Mögliche.«

»Das wusste ich ja gar nicht«, antwortete sie sarkastisch. »Ich bin neu in der Gegend, wissen Sie.«

Er schüttelte den Kopf und murmelte etwas, das sie nicht hörte und wahrscheinlich auch nicht hören wollte. Sie ging schnell zu der anderen Grabstelle und entdeckte, als sie nach oben blickte, einen Baum, bei dem es sich ebenfalls um einen Begräbnisbaum hätte handeln können. Diesmal war es eine alte Eiche, deren Gabelung viel größer und viel näher am Boden war, die aber einen dickeren Stamm hatte, der das Klettern erschwert hätte.

Sie sah sich den Weg an, den er genommen hatte, um diesen Ort zu erreichen. Wie an der anderen Stelle waren viele Reifenspuren zu sehen, die den Waldweg in einen zweispurigen Pfad verwandelten, der nach Regenfällen schwer zu begehen sein musste.

Wenn sie sich richtig erinnerte, führten viele dieser Wege durch den Wald am Cuwar Lake, der im Sommer eine der beliebtesten Touristenattraktionen in der Gegend war. Junge Paare, die die Einsamkeit suchten, Familien, die am Seeufer zelteten und angelten, Touristen, die einen Nachmittag in der milden Sonne verbringen wollten – alle, die von der Hauptstraße in Richtung See fuhren, suchten sich solche unbefestigten Wege oder legten sie mit ihren großen Geländewagen selbst an, schlugen neue Pfade durch den Wald.

So konnte er die Eichengabelung erreichen. Er hatte seinen Truck bis zum Baum gefahren und war dann auf das Fahrerhaus geklettert, wobei er ihren Körper in seinen Armen gehalten hatte. Von dort aus hätte er sie leicht anheben und auf die Gabel legen können. Selbst ein Geländewagen hätte es geschafft, wenn auch nicht so leicht wie ein Truck.

Sie ging langsam, schaute sich den Fuß des Baumes an und suchte nach einer Reifenspur, die fast den Stamm berührte. Das Wetter hatte bereits seinen Tribut gefordert. Starke Regenfälle hatten frisches Laub aufgewirbelt und Schmutz weggespült.

»Er nahm für jedes der Mädchen einen anderen Weg«,

sagte Kay und runzelte die Stirn. Es war jetzt fast dunkel und von den Bergen kam ein eisiger Wind herab, der sie frösteln ließ. »Können wir hier in der Provinz Leichenspürhunde bekommen?« In dem Moment, in dem sie die Frage ausgesprochen hatte, lief ihr ein Schauer über den Rücken, ausgelöst durch den Geruch feuchter, laubbedeckter Erde.

»Sicher können wir das«, antwortete er und klang dabei fast stolz, als sei die K9-Einheit seine persönliche Errungenschaft. »Glauben Sie, dass da noch mehr sind?«

»Ich traue mich wetten, dass es noch mehr gibt«, antwortete sie, wobei ihr ihre düsteren Gedanken deutlich anzuhören waren. Es gab keine Möglichkeit, ohne Hilfe herauszufinden, wie viele es waren. Es machte keinen Sinn, durch den Wald zu laufen und nach Bestattungsbäumen und aufgewühltem Boden zu suchen; einige seiner Opfer könnten schon vor langer Zeit begraben worden sein.

Elliot lehnte sich an eine große Douglasie und rückte die Krempe seines Hutes zurecht. »Sie haben mir nicht gesagt, warum sie in der Erde begraben wurden, wenn das Ritual stattdessen diese Baumbestattung vorsah und er diese bereits vorgenommen hatte.«

Das hatte sie sich auch schon gefragt. »Der Geist sollte leicht entweichen können, das ist der Hauptgrund, warum die Körper in den Bäumen platziert werden, um näher an den Sternen zu sein. Aber nachdem der Geist die Enge seiner menschlichen Form verlassen hat, kann der Körper in der Erde begraben werden. In den alten Zeiten war das nur selten der Fall.« Sie seufzte und wischte sich so gut es ging den Schmutz von den Händen, dann rieb sie sich ein paarmal mit den Händen über die Arme, um sich zu wärmen. »Aber ich glaube, er hat es als forensische Gegenmaßnahme getan. Er wollte nicht, dass die Leichen gefunden werden, und so hat er sie vergraben. Er konnte nicht riskieren, dass Touristen auftauchen und die Leichen dort oben entdecken, über ihren Köpfen.«

»Ein schlauer Kerl. Ich frage mich, was er im Winter mit ihnen macht, wenn der Boden so hart gefroren ist wie ein Felsbrocken in der Wüste«, sagte Elliot. Er hatte bisher geschwiegen und nicht viel gesagt, aber sie konnte sehen, dass er sich Gedanken machte.

»Das heißt, wenn er wirklich mehr als die zwei, die wir gefunden haben, getötet hat. Aber ich schätze, wir hätten inzwischen etwas gehört«, fuhr er fort. »Was macht er dann? Hört er für die Saison mit dem Töten auf?«

»Ich werde Ihnen sagen, was er tut«, antwortete sie ruhig. »Erinnern Sie sich, dass die Autopsie neue und verheilte Wunden gezeigt hat? Er hält sie als Geiseln und foltert sie, bis der Boden so weit aufgetaut ist, dass er sie begraben kann. Wie lange war Kendra verschwunden?«

NEUN

SHERIFF

»Was zum Teufel haben Sie sich dabei gedacht?«

Stephen Logan, Sheriff von Franklin County, schrie selten, aber Elliot war ihm wohl – ohne es zu wissen – gehörig auf den Schlips getreten. Logan stand genau in der Haltung hinter seinem Schreibtisch, die er normalerweise bei Videokonferenzen oder Interviews einnahm. Hinter ihm waren das Sternenbanner und die Bear-Flagge seines Heimatstaates, der Republik Kalifornien, drapiert.

Logan lehnte sich nach vorne und legte seine Handflächen flach auf die Schreibtischoberfläche. Elliot hielt den Blickkontakt aufrecht und räusperte sich.

»Boss, ich dachte, dass sie uns vielleicht nützlich sein könnte, das ist alles. Weil sie ist, was sie ist.«

»Und was genau ist sie? Eine Zivilistin. Sie haben einfach eine Zivilistin in die Ermittlungen mit hineingezogen und dabei nicht einmal daran gedacht, dass ich zumindest vorher darüber Bescheid wissen sollte?«

»Tut mir leid, Boss«, antwortete Elliot und senkte kurz den Blick. »Sie hat das schon oft gemacht, und sie kann uns dabei helfen, diesem Kerl einen Schritt voraus zu sein. Ich dachte, Sie hätten bestimmt nichts dagegen.«

»Wenn ich gewollt hätte, dass die Verhaltensanalytiker vom FBI einbezogen werden, hätte ich sie angerufen. Warum brauchen wir jemanden von denen, und noch nicht einmal jemand, der aktiv im Dienst ist, um uns zu helfen, einen Mörder zu fangen? Können Sie Ihren Job nicht machen?«

Elliot stellte sich die gleiche Frage. Was hatte ihn eigentlich dazu gebracht, Kay Sharp am Vortag aufzusuchen? Er war ein guter Polizist, mit einer anständigen Erfolgsbilanz bei der Lösung von Fällen – einer, der wusste, wie man einen Mörder fängt. Es war ja nicht so, dass er an die Hand genommen werden müsste.

Er hob die Augen und begegnete dem Blick seines Chefs. »Verdammt noch mal, natürlich kann ich das«, antwortete er. »Aber keiner von uns hatte bisher mit einem Serienmörder zu tun, und sie schon«, fügte er hinzu.

»Welcher Serienmörder?«, fragte Logan und senkte seine Stimme etwas, als hätte er Angst, die Worte könnten aus seinem Büro hinausgetragen werden und sich wie ein Lauffeuer verbreiten. »Wir haben zwei Leichen, soweit ich weiß. Nicht mehr.«

»Sie sagt, es geht um die Pathologie der Tötung, nicht um die Anzahl der Toten. Früher ist man von mindestens fünf Morden ausgegangen, dann von drei. Das war mein Stand der Dinge. Aber sie hat gesagt ...«

»Hören Sie schon auf mit dem, was sie gesagt hat«, schnauzte Logan und setzte sich mit einem frustrierten Stöhnen in seinen Ledersessel. »Hier hat es noch nie einen Serienmörder gegeben. Verdammt, wir haben nichts mehr mit *Mord* zu tun gehabt seit Dick Joshua 1989 betrunken nach Hause gekommen ist und seine Frau mit dem Klempner im Bett gefunden hat. Sind Sie sicher, dass es ein Serienmörder ist?«

Elliot nickte, wobei die Krempe seines Hutes die Bewegung

seines Kopfes unterstrich. »Deshalb dachte ich, sie könnte helfen, FBI-Dienstmarke hin oder her.«

Logan rieb seine Nasenwurzel mit Daumen und Zeigefinger seiner rechten Hand und hielt die Augen einen Moment lang geschlossen. Dann fuhr er mit denselben beiden Fingern über die Linien, die seinen Mund umrahmten, als wolle er die Anspannung wegwischen, die seinen Gesichtszügen trotz der frühen Morgenstunde und der fast leeren Kaffeetasse auf seinem Schreibtisch schon einen ausgesprochen müden Ausdruck verlieh.

»Wir können keine Zivilistin in die Ermittlungen miteinbeziehen«, sagte Logan, dessen Stimme nun wieder dieselbe war, die Elliot gut kannte. »Wenn das herauskommt, wird die Hölle los sein; die Leute und vor allem die Medien werden sich auf uns stürzen. Wie viel Zeit brauchen Sie, um diesen Schlamassel zu bereinigen?«

Da er so wenig über die Verfolgung von Serienmördern wusste, hatte Elliot keine Ahnung, was er antworten sollte. Er hatte genug Kriminalfilme im Fernsehen gesehen, aber die Zeitabläufe bei der Verbrechensbekämpfung im wirklichen Leben waren etwas völlig anderes.

Etwa vierzig Prozent der Morde blieben von Vornherein unaufgeklärt, vor allem solche mit willkürlich gewählten Opfern, die nicht mit ihren Angreifern in Verbindung gebracht werden konnten. Und wenn ein Mordfall nicht gleich während der ersten Tage aufgeklärt wurde, war die Wahrscheinlichkeit groß, dass er in der Versenkung verschwand.

»Ich brauche ein paar Tage, vier oder fünf«, sagte er. »Bis dahin haben wir ...«

»Sie haben zwei Tage«, antwortete Logan frostig.

Ihm war klar, dass es sinnlos war, weiter zu argumentieren.

»Ja, Sir.« Elliot war schon zwei Schritte auf die Tür zugegangen, als Logan ihn mit einer Handbewegung aufhielt.

»Ich hoffe, Sie machen das hier aus den richtigen Gründen,

Detective. Ich habe schon erlebt, dass gute Leute wegen weit weniger gefeuert wurden.«

Elliot nickte und verließ den Raum, dann ging er direkt zu seinem Auto und fragte sich, ob er es *wirklich* aus den richtigen Gründen machte. Die Frau machte ihn sowieso wahnsinnig mit ihren Fragen, ihren Vermutungen und der Art, wie ihr Verstand arbeitete. Was es noch schlimmer machte, war, dass sie so verdammt oft recht hatte; das wiederum brachte ihn auf den Gedanken, dass er es vielleicht gar nicht verdiente, das Abzeichen mit den goldenen Sternen in seiner Brieftasche zu tragen, nicht wenn da draußen ein Serienmörder auf freiem Fuß war. Die Frau hatte ein Gehirn so groß wie ein Pick-up und eine entsprechende Einstellung.

Auf einem Baum? Ehrlich! Nicht in einer Million Jahre wäre er auf den Gedanken gekommen, dort oben nach Beweisen zu suchen. Das sprach für ihre Fähigkeiten als Profilerin, vor denen er absolute Ehrfurcht hatte. Es war die Art und Weise, wie sie ihre Briefe geschrieben hatte, adressiert an »Den leitenden Ermittler im Mordfall Cuwar Lake«, die ihn am Tag zuvor dazu gebracht hatte, an ihre Tür zu klopfen. Sie war wortgewandt, brachte den Sachverhalt auf den Punkt, bot eine neue Perspektive und viele Blickwinkel, an die er nie zuvor gedacht hatte – und all das, bevor er Dr. Kay Sharp überhaupt *kennengelernt hatte*. Seitdem, seit sie am Morgen zuvor ihre Haustür geöffnet hatte, in ihren farbverschmierten Jeans und dem übergroßen Hemd, das wahrscheinlich ihrem Bruder gehörte, hatte er an nichts anderes mehr denken können als an sie.

Und das letzte Mal, als es ihm so ergangen war, war es schlecht ausgegangen.

Er war gerade Detective im Travis County, Texas, geworden und man hatte ihm eine neue Partnerin zugewiesen, eine Anfängerin, die er on the Job ausbilden sollte.

Charlene Sealy.

In der gesamten Geschichte des Lone Star States hatte es

noch nie jemanden gegeben, der für den Job als Detective weniger geeignet gewesen wäre.

Oder besser.

Sie war die umwerfende, fünfundzwanzigjährige Tochter eines texanischen Farmers. Unter einem Farmer verstand Elliot jemanden, der auf einer Acht-Hektar-Ranch Rinder züchtete, während sie darunter einen Farmer verstand, der einen großen Teil von Zentraltexas und eine ganze Reihe von Industriebetrieben in der Lebensmittelbranche besaß, von Fleischverpackungsanlagen bis hin zur Fleischverarbeitung, Lebensmittelherstellung und zum Vertrieb.

Zunächst brachte er den Nachnamen seiner neuen Partnerin nicht mit der teuersten Marke von T-Bone- oder Ribeye-Steaks in den Regalen der örtlichen Supermärkte in Verbindung.

Als er es dann begriffen hatte, versuchte er zu verstehen, warum eine millionenschwere Erbin für ein mickriges Detective-Gehalt in der sengenden, staubigen Hitze auf Verbrecherjagd gehen würde. Aber anscheinend hatte Charlene ihr ganzes Leben lang davon geträumt Polizistin zu werden und hatte sich entsprechend darauf vorbereitet – auch wenn sie damit die vergoldeten Herzen ihrer Eltern brach. Sie hatte ihr Studium der Strafjustiz an der Universität von Texas mit Auszeichnung abgeschlossen, und sie war klug. Um nicht zu sagen brillant. Sie war so raffiniert, dass sie die Schachzüge der hartgesottensten Verbrecher voraussehen konnte, und mit ihrem Aussehen brachte sie es fertig, dass sie so weit aus ihrer Deckung kamen, dass sie ihnen erst auf die Schliche kommen und dann ihre Rechte vorlesen konnte.

Es war unmöglich, sich nicht in Charlene Sealy zu verlieben. Elliot hatte sich lange dagegen gesträubt, da er wusste, dass er mit der Sealy-Erbin außer der Leidenschaft für den Job wenig gemeinsam hatte. Doch schon bald konnte er an nichts anderes mehr denken als an sie. Er zählte die Stunden bis zum nächsten Dienstbeginn.

Als sie mit einem Fall betraut wurden, bei dem es um Drogenhandel über die mexikanische Grenze hinweg ging und der Auswirkungen auf beide Seiten der Grenze hatte, ergriffen sie die Gelegenheit. Eine große Drogenrazzia wäre ein Karrieresprung gewesen, und sie hatten beide geglaubt, dass sie im Krieg gegen den weißen Tod etwas bewirken könnten.

Als ihre Ermittlungen sie zu einem entfernten Verwandten des mächtigen Sealy-Clans führten, sprachen sie kurz darüber. Elliot als ranghöherer Detective hatte vorgeschlagen, den Sheriff zu informieren und zu fragen, ob er sie vom Fall abziehen wolle. Aber Charlene war eine verdammt gute Polizistin und sie wollte auf keinen Fall lockerlassen; sie wusste, dass sie kurz vor einer Verhaftung standen, und es war ihr egal, dass es ein entfernter Onkel war, der das Haus seiner Familie als Schlepperzentrale nutzte und pro Ladung ein Kilo Kokain in Rechnung stellte.

Aber dem Staatsanwalt und dem Sheriff vom Travis County war es nicht egal, als das Verfahren gegen Charlenes entfernten Verwandten vor Gericht in sich zusammenfiel – dank hochbezahlter Verteidiger, die die familiäre Verbindung aufgedeckt hatten und behaupteten, die Ermittlungen seien durch eine seit Generationen andauernde Vendetta um ein großes Stück Ackerland belastet gewesen.

Das Einzige, was ihre Jobs gerettet hatte, war, dass sie den Fall in allen Punkten genau nach Vorschrift bearbeitet hatten, außer dass sie Charlenes persönliche Verbindung zu einem der Hauptverdächtigen verschwiegen hatten. Die anderen Angeklagten in dem Fall wurden alle entsprechend verurteilt, was im Großen und Ganzen wenig Sinn machte, wenn man bedachte, dass Charlenes entfernter Onkel einfach so davonkam.

Bei einem Treffen mit dem Sheriff, das Elliot immer wieder im Kopf herumspukte, wurden den beiden die Bedingungen mitgeteilt, unter denen sie dem Bezirk weiterhin als Detectives dienen konnten. Charlene schluckte Tränen der Frustration hinunter und erklärte, dass sie in dem Moment, in dem ihr Onkel eine Ampel oder ein Stoppschild überfahren würde, zur Stelle sein würde, um ihn zu verhaften. Elliot verdiente sich einen Verweis in seinem Führungszeugnis und wurde für die absehbare Zukunft zur Nachtschicht eingeteilt.

Und sie würden nicht mehr zusammenarbeiten. So war es geschrieben.

Noch bevor die Besprechung zu Ende war, kündigte Elliot. Draußen fröstelte er trotz der Julihitze. Er umarmte Charlene und ließ sie dann einfach stehen. Mit einem Kopfschütteln tat er ihre Einwände ab, seine Augen verborgen unter der Krempe seines Hutes. Er ging weg, ohne ihr gesagt zu haben, was er fühlte, ohne sie in den Arm genommen zu haben, abgesehen von dieser letzten Umarmung zum Abschied.

Ein paar Monate später nahm er den Job als Detective in Mount Chester an, dankbar für das kühle Klima, denn alles, was mit Hitze zu tun hatte, erinnerte ihn an Charlene. An ihre ärmellosen weißen Oberteile, die sie bei der Arbeit getragen hatte. An winzige Schweißtropfen, die sich über ihrer Oberlippe bildeten. Ihr Lächeln, die Art, wie sie ihr Haar zurückwarf und ihn über die Schulter ansah und sagte: »Verdammt, Partner, kommst du jetzt? Wir können die Kerle bei dieser Hitze doch nicht warten lassen, oder?«

Mount Chester hatte ihm Frieden gegeben mit seinen eisigen Wintern, dem unberührten weißen Schnee, der die Berge sechs Monate im Jahr bedeckte, und einem kristallblauen Himmel, wie er ihn noch nirgendwo sonst gesehen hatte. Er hatte sich etabliert, mit einer soliden Bilanz und einer guten Abschlussquote, und hatte sich den Respekt seiner Adoptivgemeinde verdient.

Dann war Kay Sharp aufgetaucht, mit ihren Briefen, ihrer Fähigkeit, Profile zu erstellen, und einer unerwarteten Verletzlichkeit, die er unter ihrer scheinbaren Stärke zu spüren glaubte. Und er konnte an nichts anderes mehr denken als an sie.

Das letzte Mal, als er sich jeden Tag so sehr auf die Arbeit gefreut hatte, endete in einem wütenden Feuersturm, der ihn so sehr verbrannt hatte, dass er sein geliebtes Texas hinter sich lassen und sein Herz in den eisigen Bergwintern erfrieren lassen musste, um Charlene zu vergessen. Die Arbeit mit persönlichen Dingen zu vermischen, das war eine schlechte Idee, und er wusste das besser als jeder andere.

Diesmal war der Sheriff eingeschritten und hatte seiner Zusammenarbeit mit Dr. Kay Sharp eine zeitliche Grenze gesetzt. Dennoch wollte er sich über den wahren Grund, warum er seinem Chef nicht erzählt hatte, dass er Kay in den Fall miteinbeziehen wollte, nichts vormachen.

»So, jetzt schießt du dir wieder selbst in den Fuß«, murmelte er vor sich hin, als er sich hinter das Steuer seines Geländewagens setzte. »Mal sehen, wohin du dieses Mal ziehen wirst. Alaska vielleicht?«

Trotzdem lächelte er, als er sich auf den Weg zu Kay machte.

ZEHN

ZERBROCHEN

Elliot war die meiste Zeit der Fahrt über still, und Kay fragte sich, ob sie etwas mit seinem Schweigen zu tun hatte. Er hatte sie wie geplant abgeholt, um die Familie Christensen zu besuchen, aber er hatte kaum ein Wort gesprochen, seit er »Howdy« gesagt und den Hut geschwenkt hatte.

Es war ein milder Oktobertag, an dem die Sonne noch zeigte, dass sie die Kraft hatte, die kalten Schatten der Nacht zu besiegen, und die Fahrt über den Berg zu den Christensens war unerwartet angenehm. Sie hätte nicht gedacht, dass sie so über irgendeinen Aspekt ihres Lebens in Mount Chester denken würde, aber sie musste zugeben, dass es Dinge in ihrer Heimatstadt gab, die sie vermisst hatte. Die Düfte, die die Luft erfüllten, wenn die Sonne an einem Herbstmorgen auf das taufeuchte Gras traf. Das Zwitschern der Häher und Goldwaldsänger, das manchmal von Adlerschreien unterbrochen wurde. Die Adler brachten alle anderen Vögel, die Angst vor dem Raubtier hatten, das über ihren Köpfen kreiste, für eine Weile zum Schweigen. Die schneebedeckten Kämme der Berge, die für immer weiß blieben, ein Postkartenmotiv vor dem blauen Himmel Kaliforniens.

»Die Christensens haben uns geholfen, Kendra zu identifizieren«, brach Elliot das Schweigen, als er in die Straße einbog, in der die Familie wohnte. »Sie haben den TV-Spot gesehen, den wir geschaltet hatten, und haben sich gemeldet.«

»Aha«, antwortete sie, während sie das Puzzle zusammensetzte. Eine Rechtsanwaltsgehilfin aus New York, die eine Familie in Mount Chester nur wegen einer Erbschaft besuchen wollte. Und doch erkannten sie sie in einem Fernsehspot? »Wo hatten sie sie schon einmal gesehen? Wenn sie sich noch nie begegnet waren?«

»Um sie identifizieren zu können, meinen Sie? Das haben sie gar nicht.«

»Sie haben doch gerade gesagt ...«

»Sie haben angerufen und gesagt, dass eine Person, mit der sie sich treffen sollten, nicht angekommen war. Und ab da haben wir übernommen.«

Elliot hielt am Bordstein vor dem bescheidenen Haus an und stellte den Motor ab. Sie gingen auf die Haustür zu, kamen aber gar nicht dazu, anzuklopfen. Eine Frau mittleren Alters öffnete die Tür mit einem freundlichen Lächeln und bat sie herein.

»Sie müssen die Detectives sein«, sagte sie, und Kay glaubte nicht, dass sie ihren genauen Status erklären musste. »Bitte, kommen Sie herein. Wir haben Sie schon erwartet.« Das Haus der Christensens zu betreten, war, als ob sie ein weiteres Kapitel ihrer Kindheit aufschlagen würde. Das mit Steppdecken bezogene Sofa, sauber, aber ein wenig abgenutzt, war hier ein fester Bestandteil jedes heimischen Wohnzimmers. Auf dem Esszimmertisch stand eine frische Kanne Kaffee auf einem silbernen Tablett, umgeben von einfachen weißen Keramiktassen, bereit zum Einschenken. Frau Christensen beschäftigte sich mit den Tassen, dann eilte sie

in die Küche, um Milch und Zucker zu holen.

Ein Mann stand mit sichtlicher Mühe auf und ging mit

gebeugtem Rücken und ausgestreckter Hand auf sie zu. Er hatte die Statur eines Tagelöhners, aber freundliche Augen und eine warme Baritonstimme. Er richtete seinen Rücken auf und lächelte, wobei das Lächeln seine harten Augen nicht ganz berührte. »Paul Christensen«, sagte er und schüttelte erst Kays Hand, dann die von Elliot. »Bitte, fühlen Sie sich wie zu Hause.«

Er betrachtete sie mit unverhohlener Neugierde und rieb sich mit der Hand über seinen Dreitagebart. »Das ist kein schöner Anlass, aber wenn ich das trotzdem sagen darf: wir haben gerne Leute zu Besuch.«

Kay lächelte. »Vielen Dank, dass Sie uns empfangen, Mr. Christensen.«

»Bitte, nennen Sie mich Paul«, antwortete er schlicht.

Es war schwer, ihn nicht zu mögen. Er war vierundfünfzig Jahre alt und hatte sein ganzes Leben lang im Staatsforst gearbeitet. Seine Frau Madeline war Krankenschwester und fünf Jahre jünger als er. Das war alles, was die Polizei über das Paar hatte herausfinden können. Das und die Tatsache, dass sie nicht vorbestraft waren und ihre Steuern immer pünktlich bezahlt hatten.

»Und mich können Sie Maddie nennen«, sagte die Frau und bot Kay eine Tasse Kaffee an.

Sie nahm sie mit einem Nicken entgegen. Die Frau hatte etwas Angenehmes an sich, fast etwas Mütterliches. Ihr Haar war kurz geschnitten, doch das tat ihrer Weiblichkeit keinen Abbruch, ganz im Gegenteil. In ihren Augen lag eine Wärme, ein Leuchten. Kay hatte das immer nur bei Menschen gesehen, die ihren Beruf wirklich liebten. Statt einem Ausdruck der Härte, die Jahre der Arbeit über die Gesichtszüge legen konnten, war da ein Hauch davon, etwas vollbracht, etwas erreicht zu haben, einen Unterschied gemacht zu haben. Maddies innere Wärme war ein Zeugnis davon, obwohl Krankenpflege bestimmt nie ein leichter Job war.

Neugierig geworden erwiderte Kay: »Maddie, bitte nennen Sie mich Kay. Und das ist Elliot.«

Sie nickte und ihr Lächeln wurde breiter.

»Was machen Sie beruflich, wenn ich fragen darf?«

»Ich bin Krankenpflegerin für Neugeborene«, antwortete sie mit Stolz in der Stimme. »Ich arbeite in Redding. Es ist jeden Tag eine lange Fahrt, im Winter ganz schön anstrengend, aber ich kann mit Babys arbeiten, und das ist es wert.«

Das erklärte alles. Kay schaute sich im Zimmer um und sah keine Fotos einer großen Familie; nur Maddie und Paul auf ein paar der Fotos, aber das war es auch schon. Das Paar hatte wahrscheinlich keine eigenen Kinder.

»Wir haben ein paar Fragen zu Kendra Marshall«, sagte Elliot und nahm eine Tasse Kaffee aus Maddies Händen entgegen. »Vielen Dank, Ma'am.«

Das Lächeln der Frau verschwand. »Was für eine unsagbare Tragödie«, flüsterte sie. »Und das gerade hier, im Herzen unserer Gemeinde, wo wir uns immer so sicher gefühlt haben.«

»Was möchten Sie wissen?«, fragte Paul.

»Alles, was Sie uns sagen können«, antwortete Kay. »Wie haben Sie Kendra kennengelernt?«

Maddie zog einen Stuhl heran und setzte sich, dann nahm sie einen Schluck Kaffee aus ihrer Tasse.

»Wir kannten Sie überhaupt nicht«, sagte Maddie. »Irgendwann Mitte September hat sie uns angerufen. Sie arbeitete für eine Anwaltskanzlei, ähm, wie hieß sie noch gleich?« Sie wandte sich mit einem fragenden Blick an Paul. »Abrams, DeSanto, und wie weiter?«

»Parsons, glaube ich«, antwortete Paul. »Ja, Parsons.«

»Ja, genau die. Die arme Kendra hat angerufen und gesagt, dass Pauls entfremdeter Vater kürzlich verstorben ist.«

»Es tut mir leid, das zu hören«, bot Kay an. »Ich möchte Ihnen mein Beileid aussprechen.«

»Danke«, antwortete der Mann und schaute einen Moment lang zur Seite. »Ich habe ihn seit meiner Highschoolzeit nicht mehr gesehen. Aber ich schätze, diese Anwälte haben mich hier aufgespürt und Kendra geschickt.«

»Warum wollte Sie zu Ihnen kommen?«

»Um seine Nachlasspapiere mit mir durchzugehen«, antwortete Paul, »und das waren ihre Worte, nicht meine. Keine Ahnung, was das wirklich bedeutet.«

»War Ihr Vater wohlhabend?«, fragte Elliot, der sich offensichtlich fragte, ob es eine finanzielle Verbindung zu dem Mord gegeben haben könnte. Aber selbst wenn der alte Mr. Christensen als reicher Mann gestorben war, hatte der Mörder eine Anwaltsgehilfin getötet, nicht den Erben des Christensen-Vermögens.

»Ich habe keine Ahnung«, antwortete Paul achselzuckend. »Als er meine Mutter und mich verließ, erwartete ich nicht, jemals wieder von ihm zu hören, und ehrlich gesagt hätte ich nie gedacht, dass dieser Mann irgendetwas von Wert hinterlassen würde, schon gar nicht ein sogenanntes Vermögen.«

Der Tod von Mr. Christensen senior stieß hier also nicht auf großes Mitgefühl. Aber das alles war für den Fall wahrscheinlich irrelevant, stellte Kay fest.

»Wann haben Sie das letzte Mal mit Kendra gesprochen?«, fragte Elliot und sah erst Paul, dann Maddie an.

»Ich habe mit ihr gesprochen, ich würde sagen, etwa eine Woche oder zehn Tage bevor sie hierherkommen sollte«, antwortete Maddie. »Sie schien eine nette Person zu sein. Sie wirkte hilfsbereit und wollte gerne den weiten Weg auf sich nehmen, nur um uns zu treffen und uns zu erklären, wie das Nachlassverfahren genau abläuft.«

»Wann sollte Sie sich mit Ihnen treffen?«

»Am Dreißigsten«, antwortete Maddie. »Das war ein

Donnerstag. Wir haben gewartet, aber sie hatte uns ohnehin nicht angerufen. Wir nahmen einfach an, dass sich ihre Ankunft durch irgendetwas verzögert hätte, und machten uns nicht weiter Gedanken darüber.« Während sie sprach, schloss sie kurz die Augen und fuhr sich mit der Hand über die Stirn.

Aus Scham oder vielleicht auch aus Schuldgefühl, nahm Kay an. Aber weswegen genau?

»Ohnehin nicht?«, fragte Kay.

»Kendra hatte gesagt, sie würde uns anrufen, wenn sie angekommen sei und ein Hotelzimmer habe. Sie hatte ein Flugticket für den Tag davor. Die Verabredung für den Dreißigsten war nur vorläufig; sie sollte anrufen, um die Zeit zu bestätigen.«

Das war vor drei Wochen gewesen. Offenbar war sie am 29. September in der Gegend angekommen, und Dr. Whitmore schätzte, dass sie um den 10. Oktober herum gestorben war.

»Haben Sie in der Kanzlei angerufen und gefragt, was los ist?«

Maddie stand auf und ging zu Pauls Sessel hinüber, setzte sich auf die breite Armlehne und lehnte sich leicht gegen die Schulter ihres Mannes.

»Nein«, antwortete sie schließlich, senkte den Blick und umklammerte ihre Hände. Als sie Kay ansah, standen ihr Tränen in den Augen. »Sie müssen verstehen, dass wir uns damals nichts dabei gedacht haben. Es war ja nicht so, dass wir viel mit dem Nachlass von Pauls Vater zu tun haben wollten, wissen Sie.« Sie hielt einen Moment inne. »Jetzt machen wir uns Vorwürfe. Hätten wir etwas gesagt oder die Kanzlei angerufen und gesagt, dass sie nicht angekommen sei – vielleicht wäre sie heute noch am Leben.«

Paul griff nach Maddies Hand und drückte sie fest. Er starrte auf den Boden, der grimmige Gesichtsausdruck zeichnete tiefe Falten auf seine Stirn. Als er sprach, war seine Stimme voller Bitterkeit.

»Wir leben in einem Zeitalter der Gleichgültigkeit«, sagte

Paul, »die Menschen kümmern sich nicht mehr umeinander. Wir sehen fern und tun so, als ob wir im Internet sozial wären. Ich dachte, wir wären anders, Maddie und ich, aber wie es scheint, haben wir bewiesen, dass wir es nicht sind, wenn man uns auf die Probe stellt. Es tut uns wirklich leid«, fügte er hinzu und drückte erneut die Hand seiner Frau. Er sah kurz zu Kay, dann zu Elliot. »Wir sind genauso schuld an ihrem Tod wie dieser kranke Bastard.«

»Das ist nicht wahr«, wollte Kay sagen, aber Maddie unterbrach sie.

»Ich hoffe, Sie schnappen ihn, bevor er noch jemandem etwas antut.«

Sie verließen das Haus der Christensens und fuhren eine Weile schweigend im Wagen, während die Schuldgefühle von Paul und Maddie schwer auf Kay lasteten. Hatten sie recht? Hatte das Zeitalter der Gleichgültigkeit sein Leichentuch über die Menschheit gebreitet und den Kern der Gesellschaft regelrecht verdunkelt? Wie sonst ließe sich erklären, dass niemand Kendra bei den örtlichen Behörden als vermisst gemeldet hatte, obwohl sie am Neunundzwanzigsten ankommen sollte und zumindest ihr Arbeitgeber ihr Ziel gekannt hatte? Und da sie wahrscheinlich nach San Francisco geflogen war, wie war sie überhaupt von dort nach Mount Chester gekommen? Und wo hatte der Mörder sie ins Visier genommen?

»Irgendetwas stimmt hier nicht«, sagte sie und brach das Schweigen auf halbem Weg in die Stadt. »Warum fahren wir nicht zurück zum Haus meines Bruders? Ich muss ein paar Leute anrufen, und wir könnten auch einen Happen essen.«

»Mhm«, antwortete er und warf ihr einen kurzen Blick zu. »Was geht Ihnen durch den Kopf?«

»Sie wurde seit siebzehn Tagen vermisst, als ihre Leiche

gefunden wurde, und niemand hat eine Vermisstenanzeige aufgegeben. Ihr Arbeitgeber hätte sie doch ausfindig machen müssen. Ich bin mir ziemlich sicher, dass die Firma ihre Reisekosten bezahlt hat, höchstwahrscheinlich mit einer Firmenkarte. Wir müssen mit jemandem dort sprechen.«

Er stimmte ihr mit einem Nicken zu, drehte sich dann kurz in ihre Richtung und fragte: »Was ist mit Jane Doe? Sie wurde in dieser Gegend auch nicht als vermisst gemeldet. Wenn sie wie Kendra eine Reisende aus einem anderen Teil des Landes war, macht das stutzig.«

»Warum?«, fragte sie, nicht sicher, ob sie seinem Gedankengang folgen konnte. Er hielt vor ihrem Haus und sie erschauderte, als sie den Zustand des Rasens sah. Wenn ihn der Zustand des Grundstücks abschreckte, ließ er sich das immerhin nicht anmerken.

»All das, was Paul Christensen über das Zeitalter der Gleichgültigkeit gesagt hat. Wie können diese Frauen verschwinden, ohne dass jemand nach ihnen sucht? Dass Menschen einfach so durchs Raster fallen, das ist nicht normal.«

Sie fragte sich, ob sie die Geschichte des Mannes erzählen sollte, der an seinem Schreibtisch gestorben war, in dem Großraumbüro, das er sich mit über zwanzig anderen Leuten geteilt hatte, und von dem mehrere Tage lang niemand in seiner Umgebung Notiz genommen hatte. Sie hatte seine Geschichte in der New York Times gelesen, aber das traurige Ableben des Mannes war für sie keine Überraschung. Es war nicht das Zeitalter der Gleichgültigkeit, wie Paul behauptet hatte, sondern das Zeitalter der Selbstverliebtheit und der Informationsüberflutung, das die Menschen durch den Stress eines übermäßig anspruchsvollen Lebens, das es mit sich brachte, in den Wahnsinn trieb und die Grundwerte der Menschheit zersetzte.

»Das stimmt«, antwortete sie stattdessen und öffnete die

Haustür, widerwillig, den ersten Atemzug Luft im Haus zu nehmen. Es war zwar nicht so schlimm, wie sie es bei ihrer Ankunft aus San Francisco empfunden hatte, aber sie hätte trotzdem Lufterfrischer aufstellen sollen. »Ich setze einen Kaffee auf, und dann gehen wir nach draußen auf die Veranda, während ich ein paar Anrufe mache, in Ordnung?«

Elliot stand in der Tür, den Hut in der Hand, und beobachtete mit einem neugierigen Gesichtsausdruck, wie sie in der Küche herumhantierte. Sie lächelte kurz und warf ihm einen fragenden Blick zu, während sie Wasser in die Kaffeemaschine schüttete. »Ich würde zu gerne wissen, woran Sie gerade denken.«

Er fuhr sich mit der Hand durch sein gewelltes Haar und schob es nach hinten aus seiner Stirn. »Ich frage mich nur, warum Sie zurückgekommen sind, um ausgerechnet hier zu leben«, antwortete er, und sie bereute sofort, ihn gefragt zu haben. »Niemand, der bei klarem Verstand ist, würde das zurücklassen, was Sie dort hatten, nur um hierher zu kommen«, fügte er hinzu und unterstrich seine Worte mit einer vagen Handbewegung.

»Hm«, schmunzelte sie leise und wandte ihr Gesicht von ihm ab, während sie die Maschine mit einem frischen Filter und ein paar Löffeln gemahlenen Kaffees füllte. »Nichts für ungut«, fügte sie mit einem Hauch von Humor in der Stimme hinzu.

Zum Glück hörte er mit den Fragen auf und lehnte sich resigniert an die Wand, den Hut immer noch in der Hand, als wolle er so schnell wie möglich wieder von hier verschwinden. Das konnte sie sehr gut nachvollziehen.

Sie öffnete einen Schrank und holte zwei Tassen heraus, doch dann hielt sie in der Bewegung inne. Eine davon hatte einen abgebrochenen Henkel, die Bruchstelle des Henkels war kantig, fast verwittert, wie abgebrochene Weisheitszähne, und von dunklen Rissen wie von Spinnweben durchzogen. Sie spürte, wie ihr die Farbe aus dem Gesicht wich, griff nach der Tasse und warf sie in den Müll, so heftig, dass sie in zahllose Scherben zersprang und das laute Geräusch sie aufschreckte.

Wenigstens *die* muss sie nicht mehr sehen. Nie wieder.

ELF

SCHERBEN

Ihr Vater brüllte schon wieder herum, dass die Fetzen flogen, und so, wie es sich anhörte, würde es kein gutes Ende nehmen.

Katherine schluckte ihre Tränen hinunter, nahm Jacobs Hand und zog den kleinen Jungen hinter das Sofa, wo sie sich beide hinhockten und darauf warteten, dass der Sturm vorüberzog.

Manchmal ging das ganz schnell. Aber manchmal brachte das Gebrüll ihres Vaters die Fenster stundenlang zum Wackeln.

»Verdammt, Pearl, was habe ich dir gesagt, hm?«, schrie er, jedes zweite Wort ein Fluch. »Wie oft muss ich noch zu rotzigen Gören und einem ungedeckten Tisch nach Hause kommen?«

Er warf sich auf das Sofa und das alte Möbelstück ächzte nur so unter seinem Gewicht. Katherine und Jacob zogen sich ganz in die hinterste Ecke zurück, hinter einen Sessel, um mehr Abstand zwischen sich und ihren wütenden Vater zu bringen.

»Gavin, ich bitte dich«, sagte ihre Mutter, die Stimme belegt, voll von nicht vergossenen Tränen. »Es ist ja nicht so, dass ich nicht auch jeden Tag in die Arbeit gehen würde.«

»Und was tust du dort schon?«, antwortete der Mann mit Gift in seiner donnernden Stimme. »Auf einem bequemen Stuhl

sitzen und den ganzen Tag lang Papiere mischen, während ich mir den Rücken krumm mache, um dich und deine Brut zu ernähren?« Er wischte sich die Hände an der Vorderseite seines ärmellosen Unterhemdes ab und hinterließ Schweiß- und Schmutzspuren auf dem abgenutzten Stoff. Dann wischte er mit der Hand über die Oberfläche des Couchtischs und hielt sie in die Luft, damit seine Frau sie sehen konnte. »Wie lange ist es her, dass du diesen verdammten Tisch abgewischt hast, hm? Ist es zu viel verlangt, an einem sauberen Tisch essen zu wollen?«

Pearl ließ alles stehen und liegen und beeilte sich, den Tisch mit einem nassen Lappen abzuwischen. Sie räumte alles vom Tisch, die Fernbedienung des Fernsehers, ein paar Weingläser vom Vorabend und den schmutzigen Teller vom Frühstück.

Katherine sah zu und fragte sich, warum ihr Vater seinen Teller und sein Weinglas nicht in die Spüle stellen konnte, so wie sie und Jacob es mit ihrem eigenen Geschirr machten.

Ihre Mutter wollte gerade den Tisch abwischen, als ihr Vater aufsprang, ihr den Lappen aus der Hand riss und ihn ihr ins Gesicht schleuderte.

»Damit wischst du meinen Tisch ab? Du putzt damit das Klo! Willst du mich umbringen, Weib?«

Zitternd wich Pearl zurück, eine Träne kullerte über ihre Wange. »Nein, Gavin, ich benutze den blauen für das Badezimmer, das weißt du doch.«

»Ich erkenne eine Lügnerin daran, wie sie redet, mir machst du nichts vor«, rief er, stand auf und machte zwei bedrohliche Schritte auf sie zu. Der Boden knarrte unter seinen schweren Schritten. »Ich weiß, dass ich nur deshalb in einem Schweinestall leben muss, weil du eine faule, nichtsnutzige Schlampe bist. Verflucht sei der Tag, an dem ich dir begegnet bin!«

»Es tut mir leid, Gavin«, wimmerte sie und wischte sich die Tränen mit dem Ärmel ab. Sie war rückwärts zurückgewichen, bis sie gegen die Wand stieß. »Ich mache es wieder gut, ich verspreche es dir.«

»Wie willst du es denn wieder gutmachen? Ist das Essen jetzt wenigstens fertig?«

Ihre panischen Augen warfen einen kurzen Blick auf den Herd, dann auf die Wanduhr über dem Fernseher. »In ein paar Minuten, Gavin. Ich bin gerade erst von der Arbeit nach Hause gekommen.«

Für einen langen Moment schwieg ihr Vater und starrte seine Frau mit unaussprechlicher Verachtung an.

»Warum schenke ich dir nicht etwas Wein ein, während du wartest?«, fragte Pearl mit einer scheinbar heiteren Stimme, die Katherine zu leisen Tränen rührte.

»Ja, mach das, bevor ich dich ins Jenseits befördere«, sagte er und hob die Hand, als wolle er sie schlagen.

Sie kauerte sich zusammen und wimmerte leise, die Arme über den Kopf gehoben, um ihr Gesicht vor dem bevorstehenden Schlag zu schützen.

Er lachte und ließ seine Hand sinken. »Du blöde Schlampe«, murmelte er, dann setzte er sich wieder auf das Sofa und wartete darauf, bedient zu werden.

Pearl richtete ihren Rücken auf und warf Katherine einen kurzen Blick zu, wobei sie nicht einmal mehr versuchte, ihre Tränen zu verbergen. »Hol mir einen Becher für deinen Vater, einen der weißen, ja, Süße?«, flüsterte sie und hielt sich am Griff der Kühlschranktür fest, um das Gleichgewicht zu halten.

Katherine verließ die Ecke, in der sie und Jacob Zuflucht gesucht hatten, und eilte mit unruhigen Schritten in die Küche, wobei sie so viel Abstand wie möglich zu ihrem Vater hielt. Zum Glück hatte er den Fernseher eingeschaltet und sah sich irgendein Spiel an. Zumindest für eine Weile würden sich all seine Flüche und seine Wut auf irgendwelche Fremden richten, die sich dazu entschieden hatten, für ihren Lebensunterhalt mit einem Ball zu spielen, und die nicht anwesend waren, um die Wucht seiner Wut persönlich zu nehmen. Aber wenn seine

Lieblingsmannschaft verlor, konnte sich diese Wut im Handumdrehen wieder gegen Pearl und die Kinder richten.

Mit zitternden Händen öffnete Katherine den Schrank. Auf Zehenspitzen stehend griff sie nach einem Becher und nahm ihn. Er war schwer und rutschte zwischen ihren verschwitzten, zitternden Fingern hindurch, bis er mit einem lauten Geräusch am Boden zerbrach.

»Du gottverdammtes, wertloses Stück Scheiße!«, schrie ihr Vater, sprang durch das Wohnzimmer und stürmte wie ein Verrückter in die Küche.

Aber ihre Mutter war schneller, schritt ein und schirmte Katherine mit ihrem Körper ab. »Nein, Gavin, sie hat es nicht gewollt. Es war ein Versehen, ganz bestimmt.« Sie konnte ihren Vater nicht sehen, da er vom Körper ihrer Mutter verdeckt war, aber sie hörte die verräterischen Geräusche des Öffnens seiner Gürtelschnalle, bevor er sich den Gürtel entschlossen aus den Hosenschlaufen zog.

»Glaubst du, ich bin aus Geld gemacht?«, brüllte er weiter und versuchte, Katherine zu erreichen, den schweren Gürtel zur Schlaufe gelegt und hocherhoben, bereit zu einem Schlag, der Spuren hinterlassen würde. »Hast du in deinem ganzen Leben jemals auch nur einen lausigen Dollar verdient? Du Ausgeburt des Teufels, du erbärmliches Stück Scheiße. Ich schlag dich windelweich, an Ort und Stelle!«

Mit jedem Wort wurde ihr Vater wütender und Katherine wünschte sich, sie hätte den Mut, sich ihm zu stellen, die Prügel einzustecken, damit er schon zufrieden wäre, zufrieden mit dem Blut, das er vergossen hatte, um dann einfach seinen Wein zu trinken und sie einen weiteren Tag lang am Leben zu lassen.

»Nein, nein«, flehte Pearl. »Bitte, Gavin, sie ist doch nur ein kleines Mädchen.«

»Geh mir aus dem Weg, Weib«, forderte Gavin in einem tiefen, bedrohlichen Ton.

Ein Ton, der Katherine Schauer über den Rücken jagte. Sie

griff nach dem Rock ihrer Mutter und schluchzte laut, ohne sich darum zu kümmern, ob ihr Vater ihr Weinen hörte und ihre Schwäche sah.

»Nein, Gavin, bitte«, flehte ihre Mutter, und die Angst ließ ihre Stimme immer lauter werden. »Tu meinem Baby nicht weh, ich flehe dich an.«

Gavin nahm den Gürtel in die linke Hand. Mit der rechten schlug er Pearl hart ins Gesicht und schleuderte sie gegen den Schrank. Dann folgte ein zweiter Schlag und die Frau fiel weinend zu Boden, wobei sie ihr Gesicht hinter dem angewinkelten Ellbogen verbarg.

Der Gürtel fand seinen Weg zurück in seine rechte Hand, während Katherine schreiend das Weite suchte. Er schlug Pearl zweimal mit der Gürtelschlaufe, dann grunzte er und hob den Becher vom Boden auf. Er betrachtete ihn eingehend, während Katherine in der gegenüberliegenden Ecke des Wohnzimmers den Atem anhielt.

»Er ist noch gut«, murmelte er und sah, dass nur der Griff abgebrochen war.

Dann nahm er eine Flasche billigen Weins aus dem Kühlschrank und schenkte sich ein, wobei das gurgelnde Geräusch und der beißende Geruch Katherine die Galle in die Kehle trieben. Er schluckte durstig, dann goss er sich nach und setzte sich wieder vor den Fernseher.

»Auf gehts, Niners!«, schrie er und schlug mit seiner schweren Faust auf die Tischoberfläche, wobei die Fernbedienung und die Tasse klapperten. Ein paar Tropfen Wein fanden ihren Weg aus der Tasse auf die fleckige Oberfläche des Tisches.

Aber das schien ihn nicht zu interessieren. Er saß auf der Sofakante und lehnte sich nach vorne, die Augen auf den Ball gerichtet, und stieß ständig Flüche und Anfeuerungsrufe aus, die Katherine in den Ohren dröhnten.

Sie eilte zu ihrer Mutter und ließ den wimmernden, zu Tode

erschrockenen Jacob zurück, der sich immer noch in der dunkelsten Ecke hinter dem Sessel versteckt hielt.

Sie fand ein sauberes Handtuch und tränkte es mit kaltem Wasser, dann wrang sie das überschüssige Wasser aus und legte das Handtuch sanft auf das Gesicht ihrer Mutter, wo eine Schwellung das linke Auge bereits geschlossen hatte. Sie hatte das schon öfter getan ... zu oft, als dass sie sich daran erinnern wollte.

Als sie zum Sofa eilte, um ihrer Mutter eine Tablette zu bringen, packte ihr Vater sie am Handgelenk und sie schrie vor Angst.

»Komm, setz dich zu mir«, sagte er. »Lass uns das Spiel zusammen anschauen.«

ZWÖLF

JEEP

»Was sollte das denn?«, fragte Elliot, der sich dem Mülleimer näherte, um das von Kay in ihrer Wut zerbrochene Objekt näher zu begutachten.

Sie zuckte mit den Schultern und schüttelte die unerwünschten Erinnerungen ab, die sie am liebsten zusammen mit den Keramikscherben in den Müll geworfen hätte. »Gar nichts«, antwortete sie, sich schmerzlich bewusst, wie armselig ihre Lüge klingen musste. »Ich hasse es nur, dass Jacob diesen ganzen Müll aufhebt«, konnte sie improvisieren. »Kaputte Möbel, zerbrochenes Geschirr, zerrissene Teppiche und diese blöde Tasse. Ich kann seine Möbel nicht austauschen, aber wenigstens die hier bin ich losgeworden.« Schließlich wagte sie es, ihren Blick von den Resten des Bechers abzuwenden. Sie begegnete seinem gerade lang genug, um in den blauen Augen lesen zu können, dass sie ihn kein bisschen überzeugt hatte. Der Hauch eines Stirnrunzelns hatte sich über seine Brauen gelegt, während er sie studierte, und er versuchte nicht, es zu verbergen. Aber was sie in diesen Augen las, war Besorgnis, nicht die Unruhe eines Polizisten, der auf eine Fährte gestoßen war und bereit war, die Jagd aufzunehmen.

»Warum lassen wir das Thema ›Hausstand meines Bruders‹ nicht einfach fallen und konzentrieren uns auf Kendra?«, sagte sie, wobei sie einen Enthusiasmus in ihre Stimme legte, den sie nicht einmal vortäuschen musste. Sie forderte Elliot mit einer Geste dazu auf, sich Kaffee einzuschenken. Kendras Mörder zu fassen war bei Weitem wichtiger, als sich mit Dingen zu beschäftigen, die längst Geschichte waren. Vor allem, wenn sich ihre schlimmsten Befürchtungen bewahrheiten sollten und der Täter sich schon eine neue Frau geschnappt hatte, kurz bevor oder gleich nachdem er Kendra getötet hatte.

Elliot hielt ihr die Tür auf und sie gingen nach draußen auf die Veranda, wo sie sich mit der Kaffeekanne in der einen und der Milchflasche in der anderen Hand etwas verloren vorkam, da es keinen Tisch gab, auf dem sie etwas hätte abstellen können. Der alte schmiedeeiserne Tisch, an den sie sich erinnerte, war zwar immer noch da, verrostet und schmutzig, aber keineswegs in einem Zustand, in dem er seinen Zweck erfüllen konnte. In Ermangelung anderer Möglichkeiten stellte sie alles auf dem Handlauf der Veranda ab und hoffte, dass das verrottete Holz halten würde.

Das Gleiche galt für die Stühle; da war der alte Adirondack-Schaukelstuhl ihrer Mutter, dessen gelbe Farbe abgeblättert oder verblasst war und der so mit Staub bedeckt war, dass er fast wie mit Schlamm übergossen aussah. Der andere Stuhl war der letzte der schmiedeeisernen Garnitur, zu der auch der Tisch gehört hatte, und seine Beine waren so verrostet, dass sie eine Gefahr für jeden darstellten, der es wagte, sich zu setzen.

»Wie wäre es mit dem Garten?«, fragte Elliot.

»Nein«, antwortete sie ein wenig zu schnell. »Da ist es sogar noch schlimmer, glaube ich«, fügte sie hinzu. »Ich bin noch nicht dort gewesen, seit ich angekommen bin. Auch ein Mädchen kann nicht alles an einem Tag putzen.«

»Das kann ich Ihnen nicht verdenken«, antwortete er und half ihr, den Kaffee in die beiden Tassen zu füllen. »Wir können auch einfach hier draußen sitzen, so wie wir es in Texas machen«, fügte er mit einem knappen Lächeln hinzu. Demonstrativ nahm er auf der obersten Stufe der Holztreppe Platz, die zur Veranda führte. »Möchten Sie sich nicht zu mir setzen?«

Wenigstens hatte der Regen diese Stufen ab und zu von Staub und Schmutz befreit, und unter diesen Umständen schienen sie eindeutig die beste Wahl zu sein. Sie setzte sich und lehnte sich mit dem Rücken gegen die Geländerstäbe, aber Elliot hielt ihren Ellbogen fest und half ihr, das Gleichgewicht wiederzufinden, als einer der Stäbe mit einem lauten Knacken nachgab.

»Schlechte Idee«, sagte Elliot und sie dankte ihm mit einem Nicken, wobei sie es zu schätzen wusste, dass er nicht mit hochgezogener Augenbraue über ihre Lebensumstände urteilte. Er stellte Fragen, und sie konnte es einem guten Polizisten nicht verübeln, Fragen zu stellen, wenn Dinge wenig oder gar keinen Sinn ergaben.

Sie zückte ihr Handy und suchte im Internet nach der Anwaltskanzlei, die Paul und Maddie erwähnt hatten.

»Hier habe ich sie«, verkündete sie, »Kendras Arbeitgeber. Wir sollten jeden Schritt aufzeichnen, den Kendra gemacht hat, ab dem Zeitpunkt, an dem sie New York verlassen hat, bis hin zu dem Moment, an dem sie verschwunden ist.«

»Denken Sie, der Mörder ist schon in New York auf sie aufmerksam geworden? Dass er ihr vielleicht bis hierher gefolgt ist?«

Sie dachte einen Moment lang nach, bevor sie antwortete. Jeder gute Profiler berücksichtigt bei der Formulierung von Theorien die Statistik, insbesondere wenn erst wenige Opfer identifiziert waren und eine gewisse Viktimologie nicht mit Sicherheit bestimmt werden konnte.

»Wenn wir herausfinden, dass unsere Jane Doe ebenfalls aus New York stammt, wäre ich bereit, diese Theorie in

Betracht zu ziehen«, antwortete sie. »Ansonsten würde ich aufgrund dessen, was wir über den Ort und die Art und Weise, wie er die Leichen entsorgt hat, erfahren haben, behaupten, dass er aus der Gegend stammt. Alles, was wir bisher über ihn erfahren haben, deutet darauf hin: Seine Kenntnis der Umgebung, der indigene Einfluss, die Art und Weise, wie er sich in die Umgebung einfügt und es schafft, hier in einer so kleinen Gemeinde unbemerkt zu bleiben.«

»Warum dann Kendra?«, fragte Elliot. »Das kann ich mir nicht erklären. Wenn sie nur so kurze Zeit hier war, wann und wo hat sie dann seine Aufmerksamkeit erregt?«

»Leider werden siebzehn Prozent aller Opfer von Serienmördern zufällig ausgewählt, was die Ergreifung der Mörder erheblich erschwert. Wenn die Opfer zufällig ausgewählt werden, kann man keine Gemeinsamkeiten feststellen, die die Opfer qualifizieren, und wenn das fehlt, fehlt auch ein wichtiger Teil des Profils. Das müssen wir kompensieren«, fügte sie hinzu und wählte die Nummer, die sie für Kendras Arbeitgeber gefunden hatte.

Eine Empfangsdame nahm den Anruf sofort entgegen und machte Mr. Abrams für sie ausfindig, den Seniorpartner, der an erster Stelle im Namen der Firma genannt wurde. Als er erfuhr, worum es bei dem Anruf ging, verwies er sie sofort an Kendras Chef, einen Juniorpartner namens Mitchell Gallagher.

»Mr. Gallagher«, sagte Kay, sobald er abnahm, »ich bin Dr. Kay Sharp, und hier bei mir ist Detective Elliott Young von der Franklin County Polizeiwache.«

»Ja«, sagte er, »es geht um Kendra, richtig?«

»Genau«, antwortete Kay. »Wir haben ein paar Fragen an Sie. Passt es gerade?«

Sie war immer auf der Hut, wenn Anwälte im Spiel waren. Bei ihnen wusste sie nie, woran sie war, und Kendras Anwaltskanzlei war eine wichtige Spur in den Ermittlungen. Aber das

Letzte, was sie tun wollte, war, wertvolle Zeit damit zu verschwenden, nach New York zu fliegen und sich mit dem System anzulegen, um Informationen aus ihnen herauszubekommen.

»Ja, bitte fahren Sie fort.«

»Wir haben erfahren, dass Kendra seit dem Neunundzwanzigsten vermisst wurde, aber Sie haben sie nicht als vermisst gemeldet. Wie konnte das passieren?«

»Sie hat zwei Wochen Urlaub genommen«, antwortete Gallagher. »Sie sollte erst am Montag, dem Achtzehnten, wieder zurückkommen, und am Vierzehnten haben Sie bei uns angerufen und von Kendra erzählt.«

Das war praktisch oder vielleicht sogar wahr in seiner unbestreitbaren Einfachheit. Ockhams Rasiermesser stützte Gallaghers Erklärung, aber sie musste es trotzdem überprüfen. Kay war ein großer Fan des Problemlösungsprinzips, für das es mindestens so viele Definitionen gab wie Schreibweisen, das aber im Wesentlichen einen einfachen Sachverhalt beschrieb: Wenn man alle Umstände auf die gleiche Art berücksichtigte, dann war die einfachste, unkomplizierteste Lösung in der Regel die richtige. Der Problemlöser sollte immer die Option wählen, die die wenigsten Mutmaßungen erforderte.

»Und Sie haben Unterlagen, die das belegen?« Elliot schaltete sich ein.

»Natürlich haben wir das. Wir haben sogar noch mehr als das. Die Assistentin unserer Geschäftsführung hat die Reise inklusive Rückflug am Sechzehnten selbst gebucht«, antwortete er ruhig. »Wie ich schon sagte, wir hatten keinen Grund, uns irgendwelche Sorgen um Kendra zu machen.«

»Erzählen Sie uns von ihrer Familie?«, bat Kay, obwohl sie die Antwort bereits kannte. »War sie verheiratet? Hatte sie Kinder?«

»Soweit wir wissen, nicht«, antwortete Gallagher. »Es gab niemanden in ihrem Leben, nicht seit sie sich letztes Jahr von ihrem Freund getrennt hat. Sie studierte, wollte Anwältin werden, arbeitete und bereitete sich auf ihre Prüfung vor. Wenn man das tut, gibt es während der Zeit kein Privatleben mehr.«

»Aber sie hat beschlossen, zwei Wochen ihrer kostbaren Zeit irgendwo in der Wildnis zu verbringen?«, drängte Elliot weiter.

»Nein«, antwortete Gallagher. »Sie wollte sich mit dem Kunden treffen und dann die kalifornische Küste bereisen, von San Francisco nach L. A. und zurück. Sie hatte sich sehr darauf gefreut, und diese Geschäftsreise gab ihr die Möglichkeit, endlich etwas zu tun, was sie schon immer machen wollte, sich aber nicht leisten konnte. Wir übernahmen die Kosten für den Flug, den Mietwagen und ein paar Hotelübernachtungen.«

»Welche Autovermietung nutzen Sie?«, fragte Kay.

»Wir haben ein VIP-Konto bei Enterprise«, antwortete Gallagher. Er deckte das Mikrofon seines Telefons ab und einen Moment lang hörten sie nur einen gedämpften Wortwechsel und das Rascheln von Papier. »Ich habe ihren geplanten Reiseverlauf jetzt vor mir«, fügte Gallagher hinzu, als er wieder am Apparat war. »Sie hat einen Nachtflug nach San Francisco genommen und ist dort am Neunundzwanzigsten kurz vor Mittag angekommen. Meine Assistentin hat das überprüft; Kendra hat ihr Auto pünktlich abgeholt. Ihr Plan war, nach Mount Chester zu fahren, dort zu übernachten, mit dem Kunden zu sprechen und dann die Westküste entlangzufahren.«

»Und Sie waren damit einverstanden, ihre Urlaubsrechnungen zu übernehmen?«, fragte Kay und runzelte die Stirn. Die Großzügigkeit des Arbeitgebers erschien ihr ungewöhnlich, besonders für eine Anwaltskanzlei.

»Wir haben ein Konto bei Enterprise und vereinbarte feste Wochenraten, es war also keine große Ausgabe. Und Kendra war eine unserer Besten. Sie hat jede Woche sechzig, siebzig

Stunden gearbeitet, und wir bezahlen keine Überstunden. Zumindest so viel konnten wir für sie tun, so wie wir es für alle unsere Mitarbeiter tun. Nennen Sie es eine inoffizielle Sonderzulage für eine Mitarbeiterin, die wir sehr vermissen werden.«

Einen Moment lang herrschte Schweigen, während Gallagher geduldig auf weitere Fragen wartete. Kay und Elliot tauschten einen kurzen Blick aus, dann fragte Kay: »Weiß ihre Assistentin zufällig, was für ein Auto sie bei Enterprise abgeholt hat?«

»Ich werde sie bitten, es für Sie herauszufinden«, bot er an und für ein paar Sekunden war wieder gedämpfter Wortwechsel zu hören. »Gibt es bis dahin noch etwas, das ich klären kann?«

»Was ist mit ihrem Hotel? Wo wollte sie während ihres Aufenthalts in Mount Chester übernachten?«, fragte Kay.

»Ähm, sie wollte im Best Western übernachten, direkt in der Stadt.«

Das ergab Sinn, denn es war das einzige anständige Hotel in der Gegend. Kay fragte sich, ob Kendra eingecheckt hatte, bevor sie verschwunden war, aber das würde sich leicht herausfinden lassen.

»Fällt Ihnen vielleicht jemand ein, der Kendra schaden wollte?«, fragte Elliot.

»N-nein«, antwortete Gallagher, sein Zögern war kurz, aber ganz natürlich für einen Anwalt, der wahrscheinlich alle Implikationen einer Aussage bedachte, bevor er den Mund aufmachte. »Sie arbeitete im Hintergrund und hatte nur selten direkt mit den Mandanten zu tun, die wir in Strafsachen verteidigen. Außerdem gewinnen wir immer«, fügte er stolz hinzu. »Unsere Mandanten haben keinen Grund, nachtragend zu sein oder unseren Mitarbeitern zu schaden.«

»Vielen Dank, Mr. Gallagher«, sagte Kay. »Wenn Ihnen noch etwas einfällt, zögern Sie bitte nicht, uns anzurufen.«

»Natürlich mache ich das«, antwortete er. »Bevor Sie auflegen, ich habe jetzt die Informationen, um die Sie gebeten haben. Kendra fuhr einen roten Jeep Grand Cherokee.«

Kay bedankte sich und beendete das Gespräch, dann blickte sie zum fernen Waldrand, wo sich die Baumkronen in der Nachmittagsbrise leicht bewegten. Schließlich wandte sie sich an Elliot und fragte: »Also, wo zum Teufel ist dieser Jeep?«

DREIZEHN
NOCH EINS

Dieses Mädel kennt sich aus in der Welt, gestand Elliot sich ein, obwohl er gleichzeitig frustriert darüber war, dass Kay die Leitung der Ermittlungen übernommen hatte, während er sich damit abfand, nur das dritte Rad am Wagen zu sein, der stille Teilhaber oder wie auch immer man es sonst nennen wollte. Sie sollte ihn beraten, und selbst das nur inoffiziell. Stattdessen war sie ihm die ganze Zeit einen Schritt voraus, dachte an Dinge, die ihm nie im Leben in den Sinn gekommen wären, und war ihm in dem, was er für sein ureigenes Spiel hielt, weit überlegen.

Verdammte Serienmörder und wer auch immer sie erschaffen hat, fluchte er in Gedanken, während er sich als Beifahrer am Türgriff festhielt, eine weitere Premiere seit vielen Jahren. Kay wollte fahren und hatte versprochen, eine rasante Fahrt zum San Francisco International Airport hinzulegen, und das hatte sie auch getan. Natürlich hatte sie das getan. Sie fuhr wie ein Rennfahrer, schlängelte sich durch den Verkehr und schlug seine Bestzeit um Längen, wobei sie keinerlei Respekt vor der doppelten gelben Linie auf dem Asphalt oder irgendeinem Straßenschild zeigte.

Dennoch saß er auf dem Beifahrersitz, sah sie an und konnte sich ein Lächeln kaum verkneifen. Er war von ihr mehr angetan, als er sich eingestehen wollte, selbst vor sich selbst, selbst in den Grenzen seiner eigenen Gedanken. Kay hatte Mumm und konnte in die Abgründe der dunkelsten, krankhaftesten Seelen blicken, ohne auch nur das geringste bisschen Angst oder Abscheu zu empfinden, sondern nur den tiefen Wunsch, die Mörder zu fassen und sie der Gerechtigkeit zuzuführen, so wie es jeder gute Polizist tun sollte. Vielleicht war sie für seinen Geschmack etwas zu fasziniert davon, sich in die Gedankenwelt von Serienmördern einzufinden, und vielleicht machte ihr ihr Job auch ein bisschen zu viel Spaß. Aber ihr bei der Arbeit zuzusehen, war es wert, auf dem Beifahrersitz zu sitzen, selbst im übertragenen Sinne, wenn es um seine eigenen Ermittlungen ging.

Trotzdem gab es etwas an Kay Sharp, das er nicht ganz verstand. Manchmal hatte er das Gefühl, dass er kurz davor war, etwas über sie zu erfahren, etwas Wichtiges, das sie sorgfältig hütete, das sie nicht preisgeben wollte. Es lag an ihrem vorsichtigen Verhalten, an der Art, wie sie den Blick von ihm abwandte, wenn er bestimmte Fragen stellte, an ihren ungewöhnlich nervösen Reaktionen auf bestimmte Worte, die er benutzte. Er war sich sicher, dass sie ein Geheimnis hütete, etwas, das Kay Sharp zu der machte, die sie war, oder etwas, das sie vielleicht sogar zu zerstören drohte. Wahrscheinlich ging es ihn rein gar nichts an, aber seine Natur trieb ihn dazu, nichts unversucht zu lassen, bis die ganze Wahrheit aufgedeckt war. Denn mit der Wahrheit war es so eine Sache: Sie kam immer ans Licht, und wenn es so weit war, konnten einige der Schatten, die sie warf, manche Menschen für immer in Dunkelheit stürzen.

»Warum runzeln Sie denn die Stirn?«, fragte Kay und warf ihm einen kurzen Blick zu, als sie auf die Auffahrt zum San Francisco International Airport einbog.

»Ich denke nur, dass dies das einzige Verkehrsschild ist, auf das Sie während der gesamten Fahrt wirklich geachtet haben«, antwortete er und war froh, dass er vor ihrem prüfenden Blick sicher war. Wenn sie sich nicht darauf konzentrieren müsste, auf der Zufahrt mit der gleichen Geschwindigkeit zu fahren wie auf dem Highway, hätte sie ihn wahrscheinlich sofort durchschaut. Und er war noch nicht bereit dazu, dieses Gespräch zu führen.

Sie schmunzelte und das war ihre einzige Antwort. Ihre schlanken Finger umklammerten das Lenkrad fest, als die Reifen des Fords quietschten und sie auf den Kundenparkplatz von Enterprise einbog. Wenige Augenblicke später hatte sie die Leute in der Autovermietung verzaubert und sie waren bereit, ihr einfach so zu helfen, ohne richterliche Anordnung und ohne die Dienstmarke vorzeigen zu müssen, die sie nicht mehr besaß.

»Hey, Leute«, hatte sie gesagt, als würde sie sie schon ihr ganzes Leben lang kennen. »Das ist Detective Elliot Young, und ich bin Dr. Kay Sharp. Wir brauchen Ihre Unterstützung bei einer Untersuchung. Wer kann uns helfen?« Dann lächelte sie breit und nahm Blickkontakt mit allen drei Angestellten auf, selbst mit denen, die mit Kunden beschäftigt waren und jetzt alles stehen und liegen ließen, um ihr zu helfen.

»Ich kann das machen«, sagte ein junger Mann, der seinen Platz verließ und sich schnell dem Tresen näherte. Er trug ein weißes Hemd und eine schwarze Baseballmütze und auf seinem Namensschild stand RODERICK – MANAGER.

»Danke, Roderick«, antwortete Kay, immer noch strahlend lächelnd. »Sie könnten uns eine Menge Zeit ersparen, und wir wissen das sehr zu schätzen. Wo können wir unter vier Augen sprechen?«, fragte sie und senkte ihre Stimme ein wenig.

»Bitte folgen Sie mir«, antwortete er und lud sie ein, hinter den Tresen zu treten und in sein kleines Büro im hinteren Bereich zu gehen. Sie nahmen auf schwarzen Leinenstühlen Platz, während Roderick sich hinter seinen melaminbeschichteten Schreibtisch setzte und den Computer freischaltete, dann nahm er seine Kappe ab. Er hatte kurzgeschnittenes Haar und sah jung aus, war vielleicht nicht einmal zwanzig Jahre alt und wirkte etwas nerdig, nachdem er eine schwarz umrandete Brille aufgesetzt hatte. »Also, was kann ich für Sie tun?«

»Eine Miss Kendra Marshall hat am 29. September einen Jeep Grand Cherokee gemietet«, sagte Kay, und während sie sprach, begannen Rodericks Finger auf der Tastatur zu tanzen.

»Ja, ich habe sie hier«, antwortete er. »Der Mietvorgang ist noch nicht abgeschlossen.«

»Sollte dieses Fahrzeug nicht schon zurück sein?«, fragte Elliot, Kays Gedankengänge vorausahnend.

»Nein, noch nicht«, antwortete er ruhig. »Das Auto kommt erst im Laufe des Tages zurück. Es wurde für drei Wochen gemietet.«

»Das ist seltsam«, reagierte Kay. »Miss Marshalls Rückflug war am Sechzehnten.«

»Oh«, reagierte er und runzelte prompt die Stirn. »In diesem Fall hätte es schon zurück sein müssen.«

»Ist es nicht unüblich, ein Auto über den Aufenthalt hinaus zu buchen?«, fragte Elliot.

»Nicht bei VIP-Unternehmenskunden mit wöchentlichen Raten«, erklärte er. »Wenn sie das Fahrzeug für zwei Wochen und vier Tage buchen, würde es mehr kosten als die vollen drei Wochen. Ist etwas mit dem Fahrzeug passiert?«

Seine Finger fanden die Tastatur wieder und klapperten drauflos.

»Wir wissen nicht ...«, begann Elliot, aber Roderick unterbrach ihn.

»Das GPS des Fahrzeugs blinkt hier auf, auf dem San-Francisco-Flughafen-Parkplatz.«

Elliot sah Kay kurz an. Ihre Augenbrauen schossen überrascht in die Höhe. »Wurde der Wagen abgeholt?«, fragte sie.

»Ja, er wurde am Neunundzwanzigsten um dreiundzwanzig Uhr dreiundvierzig von unserem Parkplatz abgemeldet und steht jetzt auf dem Langzeitparkplatz.« Roderick stand auf und schloss seinen Computer. »Darf ich fragen, worum es geht?« Ohne eine Antwort abzuwarten, drehte er sich um und ging in einen großen Tresorraum, um etwas zu suchen. Er kam mit einem Autoschlüssel zurück, der mit einer langen Seriennummer, Farbe, Marke und Modell beschriftet war. »Wollen Sie ihn sehen?«

Kay stoppte ihn mit einer sanften Berührung am Arm, bevor er die Privatsphäre seines kleinen Büros verlassen konnte. »Wir untersuchen den Tod von Kendra Marshall«, verriet sie mit leiser Stimme, woraufhin Elliot ungläubig den Kopf schüttelte. Sie hätte diese Information nicht an einen Zivilisten weitergeben dürfen, nicht ohne das vorher mit ihm abzuklären. Bald würde es überall in den Boulevardzeitungen von San Francisco stehen. »Diese Angelegenheit muss absolut vertraulich behandelt werden«, fuhr sie fort und Roderick nickte mit großen Augen zustimmend. »Sie dürfen niemandem etwas verraten, verstehen Sie? Das wäre ein strafbares Vergehen.«

»Ich schweige wie ein Grab, Ehrenwort«, antwortete er schnell und eilte dann mit den beiden Ermittlern im Schlepptau zur Tür hinaus.

Er lud sie ein, in einen Geländewagen mit dem Firmenemblem zu steigen, und fuhr direkt zum Langzeitparkplatz, um die Suche nach dem roten Jeep zu beginnen. Es war nicht schwer, ihn zu finden; Roderick hatte ein Handgerät mitgebracht, das die Position des Wagens mit unerwarteter Genauigkeit anzeigte, nur die Höhe konnte es nicht bestimmen. Er befand sich im dritten Stock, genau dort, wo das Gerät anschlug, und Roderick entriegelte mit der Ersatzfernbedienung schnell die Türen.

»Lassen Sie mich nachsehen, ob ...«, begann er, aber Elliot legte dem jungen Mann beruhigend die Hand auf die Schulter. »Dieser Jeep ist jetzt Teil einer aktiven Untersuchung. Könnten

Sie bitte hier warten, in Ihrem Fahrzeug? Es wird nicht lange dauern.«

Roderick nickte und Elliot schloss sich Kay an, die das Fahrzeug umkreiste und es sorgfältig untersuchte. Sie hatte bereits Handschuhe angezogen und hielt eine kompakte Taschenlampe in der Hand. Nichts an ihrem Verhalten deutete darauf hin, dass sie nicht mehr als Gesetzeshüterin tätig war; vielleicht hatte sie, als sie ihre Dienstmarke abgegeben hatte, einfach beibehalten, was früher ihre Routine als FBI-Agentin gewesen war. Elliot wusste, dass er das auch getan hätte, wenn er an ihrer Stelle gewesen wäre.

»Glauben Sie, er wird sein Wort halten und nichts ausplaudern?«, fragte Elliot leise.

»Ja, das glaube ich«, antwortete Kay. »Ich weiß, dass Sie den Tod von Kendra bereits an die Medien weitergegeben haben, aber das war vor Ort, in Mount Chester. Ich hoffe, dass die Medien in San Francisco erst in ein paar Tagen davon erfahren, nur für den Fall, dass ich mich irre und der Mörder sich hier irgendwo aufhält.«

»Ich bin überrascht, dass Sie ihm überhaupt etwas erzählt haben«, sagte Elliot. »Und ein bisschen sauer auch, um ehrlich zu sein.«

Sie sah ihn kurz an und ließ den Griff der Fahrertür für einen kurzen Moment aus den Augen. »Wirklich?« Sie kniete neben dem Fahrzeug und untersuchte den Unterboden sorgfältig, wobei sie mit ihrer Taschenlampe jeden Winkel ausleuchtete.

Ihre Reaktion ließ ihn einen Schritt zurücktreten. »Ich bin es nicht gewohnt, einen Partner zu haben. Ich hatte schon eine Weile keinen mehr.«

»Sind wir das?«, lachte sie. »Also gut, Partner, schauen wir mal rein. Ich sehe keine Drähte oder irgendetwas, das auf die Gefahr von Sprengstoff hinweist.«

»Sprengstoff? Wie kommen Sie darauf?« Seine Stimme war

ein oder zwei Stufen lauter geworden. Kays Gedanken gingen in Richtungen, denen er nicht folgen konnte.

»Es gibt keinen Grund, ich bin nur vorsichtig. Ich habe viel gesehen, und dieses Auto, das hier abgestellt wurde, genau dort, wo es herkam – da schrillen bei mir einige Alarmglocken.«

»Warum das denn? Weil sie damit den San-Francisco-Flughafen nicht verlassen hat?«

»Wir wissen nicht sicher, ob sie das getan hat oder nicht«, antwortete Kay. »Nein ... das erinnert mich an ein altes Rätsel, das ich als Kind gerne mochte. Wo versteckt man einen grünäugigen Elefanten?«

»Ich weiß es nicht. Wo denn?«

»In einer Herde grünäugiger Elefanten«, antwortete sie und gestikulierte zu dem riesigen Parkplatz, der bis zum Rand mit Autos gefüllt war.

Sie öffnete vorsichtig die Fahrertür und lauschte aufmerksam, während Elliot den Atem anhielt. Roderick beobachtete jede ihrer Bewegungen von seinem Auto aus; er hatte sich nicht gerührt, seit man ihm gesagt hatte, er solle an Ort und Stelle bleiben, schien aber von ihren Aktivitäten fasziniert zu sein.

»Die Frage ist«, sagte Kay, »wenn Kendra in Mount Chester getötet wurde, wie um alles in der Welt ist ihr Fahrzeug hierher zurückgekommen? Oder ist sie mit jemand anderem mitgefahren und hat den Wagen auf dem Flughafen-Langzeitparkplatz stehen lassen? Vielleicht mit dem Mörder?«

Bei der Inspektion des Autos bemerkte Kay, dass ein Handy in einer der Becherhalterungen lag. Sie hob es auf. Wie erwartet, blieb der Bildschirm dunkel; wahrscheinlich war die Batterie schon lange leer. Sie nahm es und steckte es in einen kleinen Beutel, versiegelte ihn und steckte ihn in ihre Tasche.

Elliot öffnete den Kofferraum und sagte: »Ihr Gepäck ist noch hier.«

»Vielleicht hat er sie direkt auf dem Parkplatz entführt?

Aber warum sollte sie hier gehalten haben, wenn sie den Mietwagen doch gerade erst übernommen hatte. Sie hätte doch vom Flughafen wegfahren müssen, oder? Ist Ihnen aufgefallen, dass man das Flughafengelände komplett verlassen muss, wenn man aus dem Terminal der Autovermietung fährt, und dass man dann wieder hinauffahren muss, um hierherzugelangen? Das macht keinen Sinn.«

Elliot ging zur Vorderseite des Jeeps und schaute hinein, dann sagte er: »Sie ist nicht mit dem Mörder mitgefahren. Sie hat es bis nach Mount Chester geschafft.«

»Woher wissen Sie das?«

Elliot nahm einen Kaffeebecher aus der zweiten Becherhalterung und hielt ihn zwischen zwei behandschuhten Fingern hoch. Er nahm den Deckel ab und schnupperte an dem getrockneten, schimmeligen Inhalt. »Eistee«, sagte er, »aus unserem eigenen Katse Coffee Shop. Sehen Sie dieses furchtbare Gänseblümchenmuster? Ich glaube nicht, dass Starbucks seinen Eistee in dieser Form verkauft.«

»Sie haben recht«, antwortete sie, »das habe ich auch noch nirgendwo anders gesehen. Das heißt, sie war dort und ist wieder zurückgefahren? Oder ist der Mörder mit dem Mietwagen zurückgefahren, um ihn hier zu verstecken, wo niemand nach ihm suchen würde?« Sie grinste und zog ihre Handschuhe mit einem Schnippen des Nitrilkautschuks aus. »Das heißt, wir haben ein paar Spuren, Partner. Katse ist die eine und das hier ist die andere«, antwortete sie und zeigte auf die an der Decke des Parkhauses installierte Überwachungskamera.

Wie ein Hund mit zwei saftigen Knochen, dachte Elliot und amüsierte sich über ihre Begeisterung. »Katse, was für ein interessanter Name für ein Café«, sagte er und durchsuchte die Ablagefächer im Fahrzeug. Mietvertrag, Minzbonbons, eine kleine Tüte Oreos.

»Katse bedeutet in der Sprache der Pomo schwarz«, antwortete Kay. »Der Name des Cafés heißt übersetzt ›Schwarzer Kaffee‹. So wie der Cuwar Lake in Wirklichkeit der ›Stille See‹ ist. Cuwar bedeutet in der Sprache des Shastan-Volkes Mond. Nun, es bedeutet auch Sonne; ich weiß, das ist schwer zu verstehen, aber ich vermute, es bedeutet ›ein gut beleuchtetes Objekt am Himmel‹«, fügte sie mit einem breiten Lächeln hinzu. »Von dort aus ist der Gedankensprung zu still nicht so weit, wenn man vom Mond ausgeht, und der Mond ist nachts sichtbar, wenn alles still ist, auch der See.«

Er lebte seit fünf Jahren in Mount Chester und kannte die fast viertausend Einwohner zählende Stadt in- und auswendig, aber er unterbrach sie nicht. Er hörte sie gern reden, und das hatte nichts mit dem Fall oder seinem Wissen über die indigenen Wurzeln der Gemeinde zu tun, die er jetzt sein Zuhause nannte. Nein, es hatte alles mit ihr zu tun.

»Was denken Sie?«, fragte sie und erwischte ihn ganz in Gedanken versunken.

»Worüber?«

»Verstehen Sie, warum man ihn Silent Lake nennt?«

»Auf jeden Fall«, antwortete er ein wenig zu schnell.

Er bemerkte, dass sie sich ein Kichern gerade noch so verkneifen konnte, dann wurde sie ernst und sagte: »Wir sollten dieses Baby beschlagnahmen lassen. Roderick?«, rief sie und der junge Mann ließ sein Fenster herunter.

»Ja?«

»Wir müssen den Wagen zur Wache in Mount Chester bringen lassen«, sagte sie. »Wenn Sie möchten, unterschreiben wir direkt die Papiere und machen uns auf den Weg. Vielen Dank für all Ihre Hilfe, Sie waren großartig.«

»Sicher, ich werde es arrangieren«, bot Roderick an. »Ach übrigens, wir haben noch eine weitere Mieteinheit, die verschwunden ist, falls Sie sich das schon gefragt haben sollten. Sie ist im Bericht von heute Morgen aufgelistet. Jemand anderes kümmert sich um die Wiederbeschaffung nicht zurückgegebener Wagen, aber ich dachte, ich mache ihn ausfindig, und wissen Sie was? Es blinkt wieder hier, in demselben Parkhaus.«

VIERZEHN

RÜCKKEHR

Roderick hatte das Abschleppen von Kendras Mietwagen veranlasst, und während sie auf den Abschleppwagen warteten, ging er mit Elliot voraus und fand das andere Fahrzeug auf Ebene fünf. Dann schrieb Elliot ihr, dass er zurück zu Rodericks Büro laufen müsse, um den Ersatzschlüssel für den Nissan Altima zu holen.

Kay konnte ihre Anspannung kaum unter Kontrolle halten. Seit Roderick das andere Fahrzeug erwähnt hatte, hatte sie dieses richtig schlechte Gefühl, als ob sie im Begriff wäre, etwas Schreckliches zu entdecken, das weit über das hinausging, was sie bereits wussten. Was könnte schrecklicher sein, als herauszufinden, dass der Täter eine andere Frau entführt hatte? Aber andere Fragen wirbelten in ihrem Kopf herum und trieben sie dazu, ungeduldig auf dem fleckigen Betonboden der Garage herumzulaufen. Konnte es sein, dass dieser Täter zwei verschiedene Frauen entführt hatte, die beide Autos von derselben Autovermietung am selben Flughafen gemietet hatten und beide nach Mount Chester gefahren waren? Wie hoch standen die Chancen für so einen Zufall?

Sie waren verschwindend klein. So nahe an null, dass sie so gut wie irrelevant waren.

Auf dem Gelände des internationalen Flughafens von San Francisco waren neun verschiedene Mietwagenfirmen tätig. Im Durchschnitt landeten oder starteten täglich über zwölfhundert Flüge an diesem Flughafen, die über hundertfünfzigtausend Passagiere täglich oder siebenundfünfzig Millionen Passagiere pro Jahr beförderten. Wie konnte er aus dieser riesigen Zahl genau die Frauen auswählen, die nach Mount Chester wollten? War er jemand, der für den Flughafen oder eine der Fluggesellschaften arbeitete oder vielleicht sogar für die Autovermietung? An welchem Punkt ihrer Route würde eine Reisende wie Kendra ihren Zielort als Mount Chester bekannt geben? Kurze Antwort: Gar nicht. Die Reisenden landeten, holten ihre Mietwagen ab und verschwanden wieder. Aber vielleicht hatten die Autovermieter ein Auge auf die Standorte ihrer Fahrzeuge und konnten feststellen, wann ein Auto nach Mount Chester unterwegs oder dort angekommen war. Ein Angestellter der Autovermietung könnte tatsächlich der Mörder sein, nach dem sie suchten.

Gerade als ihr dieser Gedanke durch den Kopf ging, kam Roderick zurück und hielt seinen Geländewagen in einiger Entfernung vom Abschleppwagen an.

Sie warf dem jungen Manager einen langen, fragenden Blick zu, verwarf den Gedanken dann aber wieder. Der junge, sommersprossige Mann passte kein bisschen in das Profil. Wenn der Täter ein Angestellter der Autovermietung war, musste es jemand anderes sein. Jemand älteres, stärkeres; jemand, der einen Körper auf einen Baum heben konnte. Die Tatsache, dass sie im Langzeitparkhaus ruhelos umherlief, bedeutete nicht, dass jeder Mann, der ihren Weg kreuzte, der war, den sie suchten.

Sie konnte es kaum erwarten zu sehen, was mit dem Fahrzeug auf Ebene Fünf los war, und sobald der Fahrer des

Abschleppwagens den Jeep auf die Plattform geladen hatte, sagte sie ihm, er solle ihnen in den fünften Stock folgen und warten, bis sie mit dem anderen Fahrzeug fertig waren. Sie wollte den Jeep nicht aus den Augen lassen, bis er sicher in der Verwahrstelle der Wache in Mount Chester untergebracht war.

Roderick fuhr voraus in die fünfte Etage des Parkhauses, wo Elliot gerade das Fahrgestell eines weißen Nissan Altima untersuchte.

»Bingo«, sagte er, als sie aus Rodericks Geländewagen sprang, bevor dieser überhaupt zum Stehen gekommen war. »Ich glaube, das ist ein Katse-Gänseblümchen-Becher da drin.«

Roderick drückte auf die Fernbedienung und der Nissan entriegelte sich mit einem Zirpen und einem vierfachen Blinken.

Kay schlüpfte in ein frisches Paar Handschuhe, öffnete die Fahrertür und schaute hinein. Die Tasse stand da, und als sie den Deckel abnahm, roch es im ganzen Fahrzeug nach abgestandenem, schimmeligem Kaffee.

Wer auch immer den weißen Nissan gefahren hatte, war in Mount Chester gewesen. Dann bemerkte sie etwas anderes und spürte, wie ihr das Herz schwer wurde.

Der Beifahrersitz und die Fußmatte waren mit Krümeln übersät, als hätte jemand Kekse gegessen und dabei nicht die geringste Rücksicht auf die Sauberkeit des Autos genommen. Ein Kind.

»Ihr Koffer ist hier«, sagte Elliot. »Genau wie bei der anderen.«

»Elliot«, rief sie und spürte, wie sich ihr Magen zusammenzog. Schwindel erfasste sie wie eine Welle. »Sieh mal«, sie zeigte mit erstickter Stimme auf das offene Handschuhfach. »Gummibärchen.«

Sie eilte zum hinteren Teil des Fahrzeugs und leuchtete mit ihrer Taschenlampe erst auf den Rücksitz und dann auf den

Boden. Oh nein, dachte sie und griff nach dem Plüschteddybär auf dem Boden. Bitte, lass es nicht wahr sein.

»Dieser Bastard hat ein Kind in seiner Gewalt«, sagte sie und die Wut übermannte sie so sehr, dass sie nur mit Mühe sprechen konnte. »Diesmal hat er ein Kind, Elliot. Das habe ich nicht vorhergesehen. Ich habe es nicht kommen sehen.«

»Vielleicht hat er ...«, begann Elliot, aber sie unterbrach ihn und richtete ihre Aufmerksamkeit auf Roderick.

»Wer hat dieses Fahrzeug gemietet?«, fragte sie mit einer Intensität, die Roderick aufschrecken ließ.

»Ähm, eine Alison Nolan aus Atlanta«, antwortete er. »Ich habe den Scan ihres Führerscheins, falls Sie ...«

»Ja, natürlich brauchen wir den. Wie alt war – ähm, ist sie?«

»Siebenundzwanzig«, antwortete Roderick, dann räusperte er sich.

»Wann ist sie angekommen?«

Er überprüfte sein Gerät und tippte auf der kleinen Tastatur herum, wobei jede Taste beim Drücken einen leisen Piepton von sich gab.

»Am 15. Oktober«, antwortete er. »Sie sollte den Wagen gestern Abend wieder abliefern.«

Der Fünfzehnte lag nur ein paar Tage nach Kendras Tod. Dr. Whitmore hatte geschätzt, dass sie frühestens am 8. oder spätestens am 12. Oktober gestorben war.

Nach nur wenigen Tagen hatte er jemand anderen entführt. Er hatte Alison Nolan aus Atlanta zusammen mit ihrem Kind entführt.

»Wer hat Alisons Auftrag bearbeitet?«

»Das war ich selbst«, antwortete Roderick mit einem leichten Zittern in der Stimme. Im schwindenden Licht wirkte er blasser und trotz der Abendkühle stand ihm der Schweiß auf der Stirn. »Ich habe mich an sie erinnert, als ich ihr Führerscheinfoto sah.«

»Wie viele Kinder waren bei ihr?«, fragte Kay.

Er zögerte einen Moment und schloss kurz die Augen. »Nur eins, ein kleines Mädchen mit langen braunen Haaren, etwa sieben oder acht«, antwortete er. »Da bin ich mir sicher.«

»Wie kommt es, dass Sie sich daran erinnern?«, fragte Elliot mit forschenden Augen und runzelte die Stirn. »Sie müssen doch jede Woche Tausende von Menschen sehen.«

»Ich erinnere mich an sie, weil sie wie meine Freundin aussah«, sagte er. Die Worte kamen schnell heraus, während seine Wangen flammend rot wurden. »Während ich sie abfertigte, dachte ich, so würde Abby mit einem Kind aussehen, und der Gedanke gefiel mir.«

Während Elliot mit seinem Chef telefonierte, um ihn auf den neuesten Stand zu bringen, bat Kay Roderick um den Schlüssel und kehrte zum Fahrzeug zurück. Sie ließ den Motor an und warf einen Blick auf das Media Center, wobei sie alle Klingeltöne und die Lichter auf dem Armaturenbrett ignorierte. Das Fahrzeug verfügte über GPS und wenn sie Glück hatten, hatte das System die Orte gespeichert, an denen Alison unterwegs gewesen war und angehalten hatte.

»Den müssen wir auch beschlagnahmen«, verkündete sie und winkte den Abschleppwagenfahrer heran.

»Das dachte ich mir«, antwortete Roderick. »Sind die Wägen, ähm, wird mit ihnen alles in Ordnung sein?«, fragte er leise.

Kay berührte seinen Unterarm. »Ich bin mir nicht sicher, aber wir werden alles tun, was wir können, um sie wohlbehalten zurückzubringen.«

Er wirkte eingeschüchtert, so als ob ihn die Teilnahme an den Ermittlungen einer Gefahr ausgesetzt hätte. Es war das, was sie den Ansteckungseffekt von Unheil nannte.

Eine Vorahnung, die Menschen überkam, wenn Tod nahe war, auch wenn es einen anderen traf, auch wenn er in einigem Abstand zuschlug.

Kay konzentrierte sich wieder auf den Jeep, der nun gesichert auf der Ladefläche des Abschleppwagens stand, und stellte sich Kendras Ankunft in San Francisco, ihre Fahrt nach Mount Chester und ihr Verschwinden vor. Aber wo? Wo endete ihre Reise und wo begann ihre Gefangenschaft?

»Hat der Jeep ein GPS?«, fragte Kay.

»Damit sind alle unsere Fahrzeuge ausgestattet«, antwortete Roderick und seine Worte klangen wie einstudiert. Er sagte diesen Satz sicherlich mehrmals täglich.

»Wir müssen wahrscheinlich die Navigationsgeräte auseinandernehmen. Wir müssen herausfinden, wo diese Fahrzeuge gewesen sind und wann genau sie hierher zurückgekommen sind.«

»Dafür muss man sie nicht auseinandernehmen«, antwortete Roderick. »Darf ich?«, fragte er und öffnete halb die Tür.

Kay nickte und reichte ihm ein Paar Handschuhe. Er lehnte sich in den Nissan, ohne sich hinter das Lenkrad zu setzen, und begann, das Navigationsgerät zu bedienen.

»Sie gehen auf *Navigation*, dann auf *Verlauf*«, sagte er. »Sie können sich die Routen auf einer Karte anzeigen lassen, auf der die Halte mit blauen Kreisen markiert sind, so wie hier«, sagte er und berührte den Bildschirm mit der Spitze eines behandschuhten Fingers.

Die Linien auf der Karte zeigten, dass der Nissan nach Mount Chester gefahren war, und der Katse Coffee Shop war durch einen blauen Kreis markiert, was die im Auto gefundenen Beweise bestätigte.

»Seltsam«, sagte Roderick. »Es wird kein Rückweg angezeigt.«

»Wie meinen Sie das?«, fragte Elliot und starrte hinter den knochigen Schultern des jungen Mannes auf den Bildschirm.

»Ich meine, sie ist mit dem Auto bis zu diesem Punkt hier gefahren, ein paar Meilen von diesem Ort namens Katse entfernt, und dann wird nichts mehr angezeigt. Im Flughafen gibt es natürlich viel örtlichen Verkehr und daher viele sich überlagernde Routen, sodass wir nicht wirklich sagen können, welcher Wagen wann und wo genau gefahren ist, ohne dass wir uns die Daten Zeile für Zeile ansehen. Unsere Kunden wissen nicht, dass sie ihren GPS-Verlauf löschen müssen, oder sie kümmern sich nicht darum. Jeder unserer Kunden hat dieses Auto hier am Flughafen gefahren, entweder bei der Abholung oder bei der Rückgabe. Aber es ist kein Rückweg von Mount Chester nach San Francisco vermerkt.«

»Wie kann das sein?«, fragte Kay und runzelte die Stirn. Wenn der Täter das GPS-Gerät des Fahrzeugs manipuliert hatte, dann waren auch die übrigen Daten nichts wert; dann waren sie nur das, was er sie finden lassen wollte.

»Wenn jemand herausfindet, wie man einen Teil der Navigationsdaten löschen kann, vermute ich«, sagte Roderick. »Vielleicht muss man das Gerät wirklich auseinandernehmen. Ich sehe mir Krimis im Fernsehen an«, fügte er hinzu. »Ich weiß, dass Polizisten erstklassige Computerspezialisten haben, die so ziemlich alles können, nicht wahr?«

»Richtig«, antwortete sie, während Elliot ihr überrascht in die Augen sah. Vielleicht hatte sie in einem früheren Leben Zugang zu den Top-Analysten des FBI gehabt, die das Gerät auseinandernehmen und jedes Geheimnis aufspüren konnten. Aber das war damals. Jetzt mussten sie es auf eigene Faust herausfinden.

Ein UT, der die GPS-Daten von Mietfahrzeugen manipulieren konnte, veränderte das Spiel. Das und die Tatsache, dass er dieses Mal eine Frau und ihr Kind entführt hatte.

FÜNFZEHN

GESTOHLENES LEBEN

Er dachte sehr gerne daran, wie seine Mutter mit ihm umgegangen war, als er noch klein gewesen war und sie noch keine anderen Kinder hatte, nur ihn. Diese Erinnerungen waren verblasst und weit weg, kaum noch wiederzuerkennen, ausgehöhlt von der verrinnenden Zeit, aber sie waren das Wertvollste, was er besaß.

Er, der zu Füßen seiner Mutter auf dem Boden saß und ihr dabei half, kleine Federn mit Kalbslederstreifen zu binden, mit denen sie dann die von ihr gefertigten Traumfänger verzierte. Seine Schwester war damals nicht mehr als ein glucksendes, wimmerndes Stoffbündel gewesen und sein Bruder nur eine Beule im Bauch seiner Mutter. Von dort aus, zu ihren Füßen, schien ihr Haar ihren Kopf im Sonnenlicht wie ein Heiligenschein zu umgeben, sodass er sich fragte, ob sie ein Engel war, während sie mit sanfter, liebevoller Stimme von kleinen Babys und Spottdrosseln sang, immer und immer wieder.

Sie war weder ein Engel, das hatte sie ihm schon oft erklärt, noch war sie ein Geist. Sie war nur seine Mutter, eine Frau, die er mehr liebte als alles andere. Mit ihr an seiner Seite ergab seine ganze Welt Sinn.

Als er etwa fünf Jahre alt war und seine Schwester anfing, mit ihrer winzigen Hand nach seinem Finger zu greifen, freute er sich immer darauf, sie in den Kinderwagen zu setzen und mit ihr in der sanften Sommerbrise nach draußen zu fahren, sie langsam zu schieben, wenn sie schlief, oder so schnell er konnte, wenn sie wach war, bis sie laut lachte und quietschte. Doch eines Tages kippte der Kinderwagen um, als sein rechtes Vorderrad über ein Schlagloch holperte; seine Schwester flog in einem hohen Bogen durch die Luft. Sie landete hart auf ihrem Rücken und ihr durchdringendes Geschrei lockte seine Mutter, die immer noch ihre Küchenschürze trug, sofort nach draußen.

Aber er hatte sie nicht kommen sehen. Seine Augen waren vom nackten Körper seiner kleinen Schwester wie gefesselt. Die Decke, in die sie eingewickelt gewesen war, hing noch immer an der Seite des Kinderwagenverdecks, und ihre Windel hatte sich gelöst. Sie strampelte und schlug um sich, Arme und Beine in der Luft, wehrlos, und doch wühlte ihre Verletzlichkeit ihn innerlich auf, ließ ihn steif werden, erstarren, seine Augen auf ihre blasse Haut fixiert, unfähig, sich zu bewegen.

Das war das erste Mal, dass seine Mutter ihn geschlagen hatte, und die Erinnerung an ihre heftige Ohrfeige brannte selbst in der fernen, verstaubten Erinnerung noch auf seiner Wange, obwohl so viele Jahre vergangen waren. Sie war nach draußen geeilt, hatte ihre Tochter behutsam in die Arme genommen und sich schnell vergewissert, dass es ihr gut ging. Dann hatte sie sich wütend zu ihm umgedreht und geschrien: »Komm ihr nie mehr zu nahe! Hast du mich verstanden? Geh mir aus den Augen ... Ich kann dich gerade nicht einmal mehr *ansehen*.«

Sie drehte sich um und ging hinein, seine Schwester in den Armen, die immer noch weinte, und ließ ihn allein auf dem Hof zurück, verloren, und eine Flut von Tränen brannte in seinen Augen. Er hatte dem kleinen Mädchen nie wehtun wollen, aber wer würde ihm das glauben, wenn ihm nicht einmal seine eigene Mutter glaubte?

Er hörte, wie der Wagen seines Vaters vor dem Haus vorfuhr. In Panik stellte er fest, dass sein Vater bald von der ganzen Geschichte erfahren würde und wahrscheinlich nicht sehr erfreut darüber sein würde. Schnell stellte er den Kinderwagen wieder auf die Räder, dann rannte er in die Scheune und wünschte sich, die Erde würde sich öffnen und ihn verschlucken.

In dieser Nacht ging er nicht ins Haus, nicht einmal zum Abendessen, obwohl sein Magen heftig zu knurren begonnen hatte. Er glaubte nicht, dass er Essen oder die Wärme seines Zuhauses verdiente, und aus Angst, seiner Mutter wieder zu begegnen, zog er es vor, sich auf dem Stroh zusammenzurollen und so zu tun, als höre er die Mäuse nicht, die an herumliegenden Körnern nagten.

Es war sein Vater, der ihn schließlich suchte. Anstatt ihn zu schlagen oder anzuschreien, setzte er sich neben ihn auf einen Strohballen und erklärte ihm, dass seine Mutter Angst gehabt und sich geärgert, es aber nicht böse gemeint habe. Und dass sie sich jetzt nicht mehr ärgere und darauf warte, dass er mit der ganzen Familie zu Abend esse.

Mit gesenktem Kopf, die Hände fest vor sich verschränkt, folgte er seinem Vater ins Haus und aß dann zu Abend, ohne ein Wort zu sagen oder den Blick von seinem Teller zu heben. Auch seine Mutter sprach nicht mit ihm, denn sie war damit beschäftigt, ein Kleinkind und einen Säugling, seinen kleinen Bruder, zu füttern. Er ging zu Bett, ohne dass ein Wort mit ihm gesprochen worden war, und lag bis zum frühen Morgen wach. Daran erinnerte er sich gut, denn das war der Tag gewesen, an dem sich die Liebe seiner Mutter zu ihm zum ersten Mal verändert hatte.

Nach diesem unglücklichen Vorfall durfte er nur noch unter der strengen Aufsicht seiner Mutter mit seinen jüngeren

Geschwistern spielen. Sie schien Angst vor ihm zu haben, vor dem, was er seinem Bruder und seiner Schwester antun könnte. »Spiel nicht so grob, du brichst ihr noch alle Knochen«, sagte sie mit lauter Stimme, die über den ganzen großen Hof zu hören war. »Pass auf, sie ist nicht so stark wie du.« Oder noch schlimmer: »Führ dich nicht wie ein Tier auf.«

Allmählich, aber ohne jeden Zweifel hatte sie aufgehört, ihn zu lieben. Das letzte Mal, an das er sich erinnerte, dass sie liebevoll mit ihm umgegangen war, war kurz vor seinem zwölften Geburtstag gewesen. Sie hatte ihn für die Kirche herausgeputzt, so wie sie es immer tat, und ihn danach umarmt, eine warme Umarmung, die in seinem ganzen Körper nachhallte und etwas in ihm, das er noch nicht kannte, erweckte. Dann hatte sie ihn abrupt zur Seite geschoben und ihn nicht mehr angeschaut. Vielleicht war es etwas, was er gesagt hatte, oder vielleicht würde er nie erfahren, was er falsch gemacht hatte.

Ungefähr zu dieser Zeit – zum ersten Mal an diesem Tag – hatte er begonnen, sich zu verändern, sein eigener Körper hinterging ihn. Unerwünschte Gedanken quälten ihn tagsüber und in seinen Träumen, wenn er schlief. Es war, als hätte sein ganzes Wesen beschlossen, ihn zu beschämen. Seine Stimme konnte sich nicht entscheiden, ob sie hoch wie die eines Kindes bleiben oder eher wie der Bariton seines Vaters klingen sollte. Eines Nachts wachte er pitschnass in seinem eigenen Urin auf. Ein anderes Mal konnte er den Esstisch nicht verlassen, weil er Angst hatte, alle könnten seine Erektion sehen. Aber die kleinsten, unschuldigsten Gesten lösten in seinem Körper ganz unvorhersehbare, peinliche Reaktionen aus.

Seine Mutter hatte ein Stück Hühnerbrust auf ihrem Teller geschnitten, um es unter den Kindern aufzuteilen. Wie das Wort Brust auf ihren Lippen klang, als sie ihn gefragt hatte, ob er ein Stück wolle. Die Art, wie ihr Kleid die Form ihrer vollen

Brüste nachzeichnete, der rote Stoff im Kontrast zu den warmen Schattierungen ihrer Haut.

An jenem Abend ging er durch den Flur, als seine Mutter gerade unter der Dusche stand. Wie von einer mächtigen, unsichtbaren Hand gezogen, hatte er sich vor die Badezimmertür gehockt und durch das Schlüsselloch geschaut. Er sah nicht viel, nur die Umrisse des Körpers seiner Mutter unter dem heißen Wasserstrahl, verschwommen hinter dem dampfenden Duschvorhang, aber wo seine Augen keine Details sehen konnten, stellte sich sein Verstand sie schnell vor. Sein Vater hätte ihn fast erwischt, aber er hatte seine Schritte gehört und schaffte es, zurück in sein Zimmer zu eilen, die Hände vor den Körper gehalten, um seine schmerzende Härte zu verbergen.

Dort, in der Einsamkeit seines Zimmers, berührte er sich zum ersten Mal selbst, um den Schmerz zu lindern, um den Teil seines Körpers zu studieren, der so oft gegen seinen Willen handelte, um zu lernen, wie er ihn kontrollieren konnte, oder um ein gewisses Maß an Selbstbeherrschung wiederzuerlangen.

Das genaue Gegenteil passierte.

Er entdeckte die Lust, eine Belohnung, die er am Ende von so viel Elend und Demütigung nicht erwartet hatte. Diese erste Erkundung seiner Sexualität, die zutiefst befriedigende Glücksquelle von Emotionen und Gefühlen, veränderte ihn für immer. Anstatt vor seinem Körper und den Dingen, die ihn erregten, wegzulaufen, suchte er den Nervenkitzel und musste sich einfach immer wieder dem todesähnlichen Vergnügen hingeben.

Um jeden Preis.

Er hörte auf, sich schuldig zu fühlen, als sein Körper darauf reagierte, wenn er seine Schwester und ihre Freundinnen in ihren kurzen Kleidern sah und sich ihre knospenden Brüste durch bunte Stoffe drückten. Er wandte seinen Blick nicht ab, wenn seine Mutter über den Tisch griff, um den Salzstreuer zu nehmen, und er in ihr Dekolleté starren konnte. Im Sommer hielt er sich gern in der Nähe der Picknickplätze auf, wo sich die Touristen oft auszogen, um sich zu sonnen. Bei jeder Gelegenheit verführte er seinen Körper zu einer Reaktion und suchte das flüchtige Vergnügen der Befriedigung.

Das machte allerdings nicht im Geringsten wett, dass er die Liebe seiner Mutter verloren hatte. Mit der Zeit schob sie ihn immer weiter weg, schien damit aber immer noch nicht zufrieden zu sein. Sie tat ihr Bestes, um alle von ihm fernzuhalten, eine Grausamkeit, die er nicht verstand.

Er war etwa fünfzehn, als er seinen ganzen Mut zusammennahm und seine Mutter fragte: »Warum sagst du allen, sie sollen sich von mir fernhalten?« Zu seiner größten Schande bebte seine Unterlippe, er war nahe daran zu weinen – etwas, womit er nicht gerechnet hatte, als er die Worte in seinem Kopf einstudiert hatte. Sein Wunschdenken ließ seine Mutter sagen: »Oh, Liebling, es tut mir so leid, dass du das so empfindest! Es wird nicht wieder vorkommen.«

Die Realität sah jedoch ganz anders aus. Seine Mutter starrte ihn kalt an und antwortete: »Ich weiß nicht, wovon du redest. Hast du deine Gebete aufgesagt?«

Seit er sich erinnern konnte, hatte seine Mutter, die mit sechsundzwanzig Jahren katholisch getauft worden war, um seinen Vater heiraten zu können, immer dann, wenn sie ein Gespräch mit einem Familienmitglied vermeiden wollte, von Gebeten gesprochen.

In dieser Nacht hatte er aufgegeben, verstehen zu wollen, warum seine Mutter ihn ablehnte. Stattdessen verbrachte er unzählige Nächte damit, über alles nachzudenken, was er falsch gemacht haben könnte, was sie so verärgert hatte oder sie dazu veranlasst hatte, ihn von sich zu stoßen.

Er beschloss, um ihre Zuneigung zu kämpfen, sie sich erneut zu verdienen. Er übernahm mehr Aufgaben im Haushalt, ohne dass sie ihn darum bat, und verbesserte seine Schulnoten so schnell, dass seine Lehrer ihn lobten, aber sie ließ ihn nicht mehr in ihr Herz. Etwa ein Jahr später durfte er nicht einmal mehr mit seiner kleinen Schwester und deren Freunden im Garten spielen. Er sollte wie ein bösartiges Tier in sicherer Entfernung bleiben, während er sich doch so sehr nach Gesellschaft sehnte.

Trotzdem war sie immer noch nicht zufrieden.

An einem solchen Abend, nachdem seine Schwester zu Bett gegangen war, hatte seine Mutter ihn am Arm gepackt und zur Tür geführt, während sein Vater mit traurigen Augen zugesehen hatte. Sie hatte die Tür geöffnet und ihn aus dem Haus geworfen. Eine Abscheulichkeit hatte sie ihn genannt und ihm gesagt, er solle nie wiederkommen.

Seine Mutter, die Frau, die er mehr liebte als das Leben selbst, hatte ihn wie Müll auf den Bordstein geworfen.

Die Erinnerung an jene Nacht vor fast zwanzig Jahren drückte noch immer auf seine Brust, als hätte sich das Gewicht der ganzen Welt in einem einzigen Gedanken verdichtet, unerträglich schwer, erbarmungslos und kalt.

Diese Schlampe ...

Was hatte er ihr jemals getan?

Leider nichts, aber oh, wie er das jetzt bedauerte.

Durch den Einwegspiegel betrachtete er das kleine Mädchen, das traurig und verängstigt auf der Bettkante saß. Manchmal weinte sie, manchmal saß sie einfach nur da oder rollte sich auf der Seite zusammen, die Augen zusammengekniffen. Hazel war ihr Name, und doch erinnerte sie ihn an seine Schwester, dieses winzige, zerbrechliche Ding, das er nicht einmal hatte ansehen dürfen, so als wäre er ein Aussätziger.

Aber jetzt hatte er die Kontrolle, er hatte die Macht zu tun, was er wollte, und das Mädchen konnte nicht mehr nach ihrer Mutter rufen. Dafür hatte er gesorgt.

Eine Welle von Bildern und Gedanken wirbelte durch

seinen Geist und setzte seinen Körper in Brand. Er ließ es zu, dass die Fantasien die Oberhand gewannen, lehnte sich entspannt in seinem Sessel zurück und ließ sich von ihnen forttragen. Er lud sie dazu ein, sein Bewusstsein zu erobern, träumte mit weit geöffneten Augen und bereitete sich auf den perfekten Familienabend vor, an dem er die Schlampe im Keller für das Leben, das sie ihm gestohlen hatte, bezahlen lassen würde.

Wieder.

Und wieder.

SECHZEHN

FRAGE

Es war fast drei Uhr morgens, als sie bei der Wache in Mount Chester ankamen, da sie sich an die Höchstgeschwindigkeit des Abschleppwagens anpassen mussten, der die beiden Mietwagen transportierte. Alle Lichter waren eingeschaltet, und Elliot erkannte Sheriff Logans Auto auf dem Parkplatz, neben mindestens einem halben Dutzend anderer.

Elliot sagte dem Fahrer des Abschleppwagens, wo er die beiden Mietwagen abladen sollte, und bat einen uniformierten Deputy, ihm dabei zu helfen. Dann begleitete er Kay ins Haus. Sie eilte schnurstracks zur Kaffeemaschine, die zum Glück jemand eingeschaltet hatte, und schenkte zwei große Tassen ein.

Sheriff Logan wartete nicht, bis sie sein Büro erreicht hatten. Er eilte mit zwei Deputies an seiner Seite auf sie zu.

»Wie sicher sind Sie sich?«, fragte er und kam damit direkt zum Punkt.

»Absolut positiv«, antwortete Kay, obwohl die Frage nicht an sie gerichtet war. »Er hat eine andere Frau und ihre Tochter entführt, und ich glaube, dass wir sie vielleicht noch lebend finden können.«

Sheriff Logan runzelte die Stirn, ohne seinen Blick von Elliot abzuwenden.

»Wir haben zwei Frauen, die das Fahrzeug gemietet und dann zurückgelassen haben, und wir haben Beweise, dass ein Kind im Fahrzeug war«, antwortete Elliot. »Und niemand hat sie seitdem gesehen oder von ihnen gehört.«

»Das war am Fünfzehnten? Vor einer Woche?«

Elliot hatte Logan aus dem Parkhaus des Flughafens von San Francisco angerufen und ihn informiert, doch er wollte jedes Detail nochmals gründlich durchgehen.

»Zuerst müssen wir uns vergewissern, dass sie wirklich vermisst werden«, sagte Logan und Kay blickte ihn mit hochgezogenen Augenbrauen an. Er schien es weder zu bemerken noch sich darum zu scheren.

»Sie waren vorgestern Abend nicht auf ihrem Flug zurück nach Atlanta«, antwortete Elliot. »Wir haben uns bei der Fluggesellschaft erkundigt, bevor wir San Francisco verlassen haben. Die örtliche Polizei hat bereits mit der Mutter von Alison Nolan gesprochen.«

»Mitten in der Nacht?«, fragte der Sheriff.

»Als Alison und Hazel nicht rechtzeitig zurückkamen, versuchte sie, sie zu erreichen, und erstattete dann eine Vermisstenanzeige bei der Polizei. Sie sagte, es passe nicht zu ihrer Tochter, dass sie so viele Tage am Stück nicht erreichbar sei. Aber da sie wusste, dass sie an abgelegenen Orten reisen würde, machte sie sich noch keine Sorgen. Aber Alison hatte in der Vergangenheit wohl immer angerufen, bevor sie in ein Flugzeug stieg.«

»Hat sie uns irgendwelche brauchbaren Informationen gegeben?«

»Nicht wirklich«, antwortete Elliot. »Das letzte Mal, dass sie mit Alison gesprochen hat, war am Fünfzehnten, nachdem sie in San Francisco gelandet war. Er verlagerte sein Gewicht von einem Fuß auf den anderen. »Sie sagte auch, dass sie ein schlechtes Gefühl bei dieser Reise gehabt habe – aber ihre Tochter habe nicht hören wollen.«

»Großartig«, murmelte Logan. »Das wird uns verdammt viel helfen.« Kay beobachtete den Sheriff nur und mischte sich zum Glück nicht weiter ein. Jedes Wort, das sie sagte, ja sogar ihre bloße Anwesenheit schien seinen Chef zu irritieren und er fragte sich, warum. War es ihr jugendliches Auftreten? Sie war neunundzwanzig, und für dieses Alter hatte sie schon eine ganze Menge erreicht. Vielleicht mochte der erfahrene Sheriff das nicht, vielleicht fühlte er sich dadurch verunsichert. Das musste es sein, denn Elliot hatte in den fünf Jahren, in denen er für seinen Chef arbeitete, keine geschlechtsspezifischen Vorurteile bemerkt.

»Aktionsplan?«, fragte Logan, und zwei weitere Deputies kamen einen Schritt näher, um die Details zu hören.

»Wir haben Suchtrupps organisiert, die bei Tagesanbruch mit der Suche beginnen werden.«

»Haben Sie das Raster zum Ort ihres Verschwindens hin zentriert?«, fragte Kay.

Drei missbilligende Augenpaare richteten sich auf sie.

»Und woher sollen wir wissen, wo das ist, wenn ich fragen darf, Miss ...?«

Kay grinste für den Bruchteil einer Sekunde, dann wurde sie ernst. Den würde sie zum Frühstück verspeisen, pur.

»*Dr.*, wenn es Ihnen nichts ausmacht. Sie können mich Dr. Sharp nennen. Und Sie sollten an dem Ort beginnen, an dem Alisons Mietfahrzeug seine letzte Position per GPS aufgezeichnet hat, also gleich hinter dem Kamm, nördlich vom Katse. Das heißt natürlich nur, wenn Sheriff Logan damit einverstanden ist.«

Logan nickte. »Sie können gerne dort beginnen«, sagte er. »Auch wenn ich höre, dass die GPS-Geräte manipuliert worden sind.«

»Wir untersuchen das gerade«, antwortete Elliot. »Der

UT ...« »Wie kommen Sie auf diese UT-Geschichte? Wir sind hier nicht beim FBI. Täter genügt«, reagierte Logan, der plötzlich wütend wurde.

»Es macht einfach Sinn, ihn so zu nennen, einen unbekannten Täter«, erklärte Elliot ruhig, obwohl seine Geduld langsam am Ende war. Sein Chef war eine Nervensäge, völlig geblendet von seiner Abneigung gegen Kays Anwesenheit. »Er ist der Mörder von Kendra, aber der Entführer von Alison und Hazel. Wie soll ich ihn denn sonst nennen?«

»Ach, kommen Sie mir doch nicht so«, fuhr Logan ihn an.

Er wusste, dass er es gut sein lassen sollte. Der Chef war wahrscheinlich müde, eine schlaflose Nacht war in Logans Alter viel anstrengender als in seinem.

»Wie ich schon sagte«, erklärte er ruhig, eine Ruhe, um die er sich jetzt bemühen musste, »er *könnte* das GPS manipuliert haben, aber diese Information ist immer noch die beste Spur, die wir haben, wenn es darum geht, eine Rastersuche zu starten.«

»Okay, fangen Sie dort an. Ich will stündliche Berichte«, sagte er, zog sich einen Stuhl heran und setzte sich mit einem Stöhnen. »Bis dahin sollten wir die üblichen Verdächtigen zusammentrommeln. Schaffen Sie zuerst Tommy MacPherson her. Der Name seines Cafés taucht überall in den Ermittlungen auf. Es muss eine Verbindung geben.«

Kay sah Elliot an, die unausgesprochene Frage ins Gesicht geschrieben. »MacPherson ist der Besitzer des Katse Coffee Shops«, erklärte er schnell. »Er hat ein kilometerlanges Vorstrafenregister. Überfall, Körperverletzung, Hausfriedensbruch. Er ist ein zorniger Kerl mit einer kurzen Zündschnur, aber er ist kein registrierter Straftäter.«

»Ein so organisierter Täter würde nicht die Aufmerksamkeit auf sein eigenes Café lenken, Elliot«, antwortete sie. »Das Profil passt nicht. Er ist nicht die Person, nach der wir suchen. Aber er ist eine gute Spur; wenn wir die richtige Art von Druck ausüben, wird er uns vielleicht etwas über Kendra und Alison erzählen und darüber, was sie ins Katse gebracht hat, bevor sie verschwanden. Sheriff, wenn es Ihnen nichts ausmacht, lassen Sie ihn uns stattdessen befragen. In seinem eigenen Umfeld ist er vielleicht kooperativer.«

»Gott sei Dank haben wir Dr. Sharp hier, die uns beibringt, wie wir unsere Arbeit machen sollen«, sagte Logan, wobei seine Stimme vor Sarkasmus triefte.

»Ich wollte nicht respektlos sein, Sheriff«, antwortete Kay. Sie wirkte gefasst, aber er kannte sie bereits gut genug, um zu ahnen, dass es unter der Oberfläche dieser perfekt ausbalancierten Höflichkeit brodelte. »Ich bin davon ausgegangen, dass wir unter Ihrer Leitung als Team zusammenarbeiten, um das Leben zweier unschuldiger Menschen zu retten und einen gefährlichen Mörder zu fassen, der nicht von selbst aufhören wird. Wenn ich mich geirrt habe, entschuldige ich mich.«

Logan war einen peinlichen Moment lang sprachlos. Kay wusste ganz genau, wann sie es kurz machen musste.

»Ich bin Ihre Ressource, Sheriff. Setzen Sie mich so ein, wie Sie jeden Ihrer Deputies einsetzen würden.«

»Natürlich«, sagte er, schluckte dann schwer und räusperte sich, bevor er fortfuhr. Einer der Deputies wandte sich ab, um ein Lächeln zu verbergen. Ihr Chef hatte eine Lektion erhalten, die er nicht so schnell vergessen würde, wie ein Rodeo-Pferd, das zum ersten Mal mit Handschuhen aus Kalbsleder gesattelt wurde. »Wen haben wir noch? Ist Eggers aus dem Knast draußen?«

»Ja«, antwortete einer der Deputies. »Seine letzte Nummer war Körperverletzung, aber er hat seine Zeit abgesessen. Ist letztes Jahr rausgekommen.«

»Wer ist Eggers?«, fragte Kay.

Dieses Mal hatte der Sheriff eine ganz andere Haltung, als er antwortete. »Unser persönlicher registrierter Sexualstraftäter. Er hat wegen Unzucht, Vergewaltigung und schwerer Körperverletzung gesessen, die ganze Palette.«

»Er ist nicht unser Mann«, antwortete Kay. »Wenn es Ihnen nichts ausmacht ...«, fügte sie hinzu und hielt inne, um den Sheriff zu Wort kommen zu lassen. Er forderte sie mit einer Handbewegung auf zu sprechen. »Wir suchen nach jemandem, der sehr gut organisiert und intelligent ist und über die technischen Fähigkeiten verfügt, das Navigationssystem eines Autos zu manipulieren. Er ist in der Lage, Frauen unbemerkt zu entführen und ihre Fahrzeuge schnell und effektiv zu entsorgen, indem er sie – zumindest in den uns bekannten Fällen – an einen Ort bringt, an dem sie so lange wie möglich unentdeckt bleiben. Er ist ein sadistischer, sexuell motivierter Serienmörder, der sich Zeit nimmt, um Schmerzen zuzufügen. Bei der Beseitigung der Leichen seiner Opfer legt er eine detaillierte, rituelle Vorgehensweise an den Tag, die auf eine starke, auf einem Trauma beruhende Motivation hindeutet, höchstwahrscheinlich ein Trauma in der Kindheit oder im frühen Erwachsenenalter. Ist Eggers so jemand, Sheriff?«

Logan zuckte mit den Schultern, bevor er antwortete, wahrscheinlich eine eher unwillkürliche Reaktion, die er höchstwahrscheinlich bereute. »Nein, aber wir werden ihn trotzdem herbringen. Vielleicht hat er etwas gesehen.«

Die Dunkelheit vor dem Fenster hatte sich gelichtet, ein Zeichen, dass die Suche nach Alison und ihrer Tochter endlich beginnen konnte.

»Ich glaube, die wichtigste Frage, die wir jetzt beantworten sollten, ist: Wie bekommt er die Autos zurück nach San Francisco?«, sagte Kay. »Wenn wir das herausfinden, erwischen wir ihn vielleicht irgendwo vor einer Kamera, obwohl ich mir nicht vorstellen kann, dass er einen solchen Fehler machen würde. Aber vielleicht haben wir Glück; vielleicht gab es eine Kamera, die er nicht vermeiden konnte.« Sie hielt einen Moment inne, während der Sheriff sich mit den Deputies absprach. Sie hatten

Unterstützung aus den benachbarten Bezirken angefordert und deren Einheiten fuhren gerade auf den Parkplatz. Das aufgeregte Bellen eines deutschen Schäferhundes in einer Hundestaffel ertönte laut und deutlich und signalisierte den Deputies, dass es Zeit war, mit der Suche zu beginnen.

»Deputy, ähm, Hobbs«, sagte Kay und las den Namen des Beamten von seinem Schild ab. »Bitten Sie die Teams, nach Hinweisen zu suchen, nach allem, was uns etwas darüber sagen könnte, wann und wo er sie aufgegriffen hat, und wie.«

»Ja, Ma'am«, antwortete Hobbs und eilte zur Tür hinaus. Elliot griff nach der Tür und hielt sie für Kay auf.

»Bevor Sie gehen«, rief der Sheriff, »ich habe eine Nachricht von Dr. Whitmore, die soeben eingetroffen ist. Die DNA des anderen Opfers ist da. Ihr Name ist Shannon Hendricks«, sagte er, nachdem er die Notizen auf einem Stück Papier gelesen hatte. »Sie war zweiunddreißig Jahre alt und Mutter von zwei Kindern.« Er sah plötzlich müde aus, so als wären die schwarzen Ringe unter seinen Augen beim Lesen der Notizen noch dunkler geworden. Er fuhr sich mit der Hand über den Hinterkopf, um die Steifheit zu lösen, die seinen Rücken verspannte, aber er war offensichtlich noch nicht fertig mit den Neuigkeiten.

Elliot und Kay standen in der Tür und warteten, bis er fortfuhr.

Der Sheriff fügte mit leiser, erstickter Stimme hinzu: »In ihrer Vermisstenanzeige steht, dass sie letzten November zusammen mit ihrem fünfjährigen Sohn verschwunden ist.«

SIEBZEHN

SUCHE

Die Sonne war noch nicht aufgegangen, als sie das Zentrum des Suchrasters erreichten, das anhand der GPS-Aufzeichnungen des Nissan genau hatte ermittelt werden können. Es handelte sich um eine abgelegene Stelle gleich über dem Bergrücken, einen guten Kilometer vom Katse Coffee Shop entfernt – eine Stelle, an der selbst Kays Smartphone der neuesten Generation keinen einzigen Balken Empfang hatte. Die leicht abfallende zweispurige Straße führte zu einem zwischen Bergkämmen gelegenem Tal, das wahrscheinlich auf seiner gesamten Länge ein toter Winkel für Mobiltelefone war.

Die Straße war auf beiden Seiten von dichten Wäldern gesäumt, während die Landschaft in der Ferne atemberaubend war: felsige, schneebedeckte Berggipfel, deren helles Rosa sich vor einem glühenden Lichtspiel in tiefem Violett und leuchtendem Orange abzeichnete – und das Versprechen eines makellosen azurblauen Himmels, sobald die Sonne aufgegangen sein würde. Kein Hinweis auf die Tragödie, die sich irgendwo in diesen dichten Wäldern abspielte, kein Bruchstück eines Hinweises auf den Ort, an dem eine junge Frau und ihre Tochter festgehalten wurden.

Kay hielt sich dicht an der K9, der Hundestaffel, und wartete ungeduldig darauf, dass der Beamte seinen Hund an die Leine nahm, einen großen Malinois mit einer Arbeitsweste, die mit NINER gekennzeichnet war. Sie öffnete eine Tasche mit Beweismitteln und bot dem Hund den Plüschteddy an, der aus dem Nissan geborgen worden war. Der Malinois beschnüffelte ihn gründlich und gehorchte den kurzen Kommandos seines Hundeführers, dann winselte er und signalisierte, dass er bereit war, die Spur aufzunehmen. Niner hob seine Nase am Straßenrand in die Luft, drehte sich um, suchte dort, wo der Geruch stärker war, und beschloss dann, sie bergauf zu führen.

Die Deputies hatten mit der Rasterfahndung begonnen und waren in die Wälder auf beiden Seiten des Highways vorgedrungen. Außer ihnen beiden, dem K9-Beamten und seinem Hund, befand sich niemand auf der Straße, die auf beiden Seiten mit eilig errichteten Absperrungen blockiert worden war. Aber sie hörte Stimmen aus dem Wald, die Alisons Namen riefen, manchmal auch den von Hazel. Während sie zügig auf dem Asphalt hinter dem Malinois hergingen, verschwanden die Stimmen immer weiter im Wald.

Weder Alison noch Hazel antworteten, die Stille des Waldes war der einzige Zeuge ihres Aufenthaltsorts.

Niner blieb stehen und schnüffelte wütend an einer bestimmten Stelle, lief im Kreis und winselte leise. Reifenspuren waren noch zu sehen, dort, wo ein Auto angehalten hatte. Niners Hundeführer zog ihn weg und tätschelte ihn.

»Hier verliert sich die Spur, Detectives«, sagte er in der Annahme, dass Kay in offizieller Funktion anwesend war.

Kay zückte ihr Handy und studierte das Foto, das sie vom Navigationsverlauf des Nissans gemacht hatte. Der blaue Punkt im System des Autos war kaum zweihundert Meter von der Stelle entfernt, an der sie standen.

Nachdem er sein Handy herausgenommen hatte, steckte Elliot es mit einem frustrierten Seufzer zurück in seine Tasche.

»Kein Empfang«, sagte er. »Lassen Sie uns diese Reifenspuren sicherstellen«, forderte er den K9-Beamten auf.

»Das wird uns nicht viel bringen, nur unsere Theorie bestätigen«, antwortete Kay. Sie hockte am Straßenrand und untersuchte jeden Zentimeter des Seitenstreifens genau. Sie konnte sich vorstellen, was passiert war. Aus irgendeinem Grund hatten Alison und Hazel angehalten und dann beschlossen, zu Fuß zum Katse zu gehen. Hatte Alison zu diesem Zeitpunkt den Kaffee gekauft, dessen schimmelige Reste im Nissan gefunden worden waren? »Wir wissen, wessen Reifenspuren das sind.«

Aber warum hatten sie in einem Gebiet angehalten, in dem es keinen Handyempfang gab?

Weil sie es mussten, dachte sie. Es war die einzige logische Antwort. Sie stand auf und schloss die Augen, um sie vor der stechenden Sonne zu schützen und sich auf das Bild des Armaturenbretts des Nissan zu konzentrieren, so wie sie es gesehen hatte, als Roderick den Motor gestartet hatte.

Sie versuchte, die Bilder, die sich in ihr Gedächtnis eingebrannt hatten, zurückzuspulen und sie dann noch einmal abspielen zu lassen. Der junge Mann hatte den Motor für sie angelassen und damit Lichter und Warnsignale auf dem Armaturenbrett ausgelöst, die sie ignoriert hatte, da sie auf das Media Center und das GPS fixiert gewesen war.

In ihrer Erinnerung konzentrierte sie sich nun auf das Armaturenbrett und darauf, welche Lichter aufleuchteten, als der Motor ansprang, so wie es passierte, um dem Fahrer zu zeigen, dass die jeweiligen Sensoren funktionierten und man sich auf sie verlassen konnte. Dann gingen sie alle wieder aus, nachdem sie nur eine Sekunde lang geleuchtet hatten.

Nicht alle.

Eine war eingeschaltet geblieben. Die Kontrollleuchte für den Motor.

Sie öffnete ihre Augen und sah Elliot an. »Ihr Auto hatte

eine Panne«, sagte sie und begann bereits, bergab zu seinem Geländewagen zu gehen. »Deshalb waren sie zu Fuß unterwegs, mitten im Nirgendwo. Es ist an der Zeit, den Katse Coffee Shop und seinen Ex-Knacki-Besitzer zu besuchen. Obwohl er nicht ins Profil passt, glaube ich, dass er ihr Auto sabotiert haben könnte, als sie vom Flughafen kam und dort angehalten hat, um Kaffee zu trinken.«

Einen kurzen Gang zum Auto und eine noch kürzere Fahrt später hielt Elliot auf dem Kies vor dem Café, als der Besitzer, ein massiger Mann um die fünfzig, gerade das verrostete Vorhängeschloss aufschloss, das den Laden über Nacht sicherte. Er trug ein dunkelblaues Hemd mit weißen Streifen, aber das half wenig, um seinen Bauch zu verbergen, der eines Meisteressers würdig war.

»Thomas MacPherson?«, fragte Elliot und zeigte seinen Ausweis.

Für einen kurzen Moment flackerte Angst in den Augen des Mannes auf und er zuckte fast unmerklich zurück, so als wolle er weglaufen.

»Denken Sie nicht einmal daran«, sagte Elliot, sein Tonfall wurde schärfer, die Hand an der Waffe.

Der Mann schüttelte mit einem traurigen Lächeln den Kopf. »Ich bin doch kein Idiot«, antwortete er. »Sie würden mich im Handumdrehen erwischen. Es war nur ein Impuls, Mann, was soll ich sagen? Wenn man einmal drinnen war, hat man eine Heidenangst vor den Bullen, auch wenn man nichts getan hat.«

»Wollen Sie uns nicht hineinbitten?«, fragte Kay. »Immerhin ist das Café ja jetzt geöffnet, oder?«

Er murmelte etwas, trat aber aus der Tür, um sie hereinzulassen. Elliot gab ihm ein Zeichen und er ging voran, wobei er einen frustrierten Seufzer ausstieß. »Was brauchen Sie, Officers?«, fragte er, wobei er Elliots Rang absichtlich herabsetzte, aber der war zu klug, um sich davon beeindrucken zu lassen.

»Einer Ihrer Kunden ist verschwunden«, sagte Elliot und die Aussage bewirkte, dass MacPherson hochging wie eine Ladung Dynamit.

»Ach, jetzt bin ich also verdächtig?«, fragte er und schmiss die Küchenutensilien hin, die er zum Aufwärmen von Bagels hervorgeholt hatte. Die Arbeitsgeräte prallten mit einem lauten Knall gegen die Edelstahlspüle hinter dem Tresen. »Es geht um die Leichen, die am Silent Lake ausgegraben wurden, nicht wahr? Ich werde nicht zulassen, dass Sie mir das anhängen!«

»Warum kommen Sie nicht hier rüber«, sagte Elliot, »und halten Ihre Hände so, dass ich sie sehen kann?«

MacPherson gehorchte, das Glitzern des Hasses in seinen Augen war greifbar und scharf wie die Klinge eines Jägers.

»Na, zufrieden?«, fragte er, als er ein paar Meter von ihnen entfernt war und sich mit den pummeligen Händen auf die Hüften stützte.

»Setzen Sie sich«, befahl Elliot und deutete mit dem Finger auf einen Stuhl in der Nähe.

Er zog den Stuhl heraus, setzte sich und murmelte Schimpf-wörter vor sich hin.

»Danke«, sagte Kay. Es war ein bisschen spät, um zu versuchen, eine Verbindung zu dem Mann aufzubauen, aber es war nicht unmöglich. »Und nein, Mr. MacPherson, Sie sind kein Verdächtiger«, bestätigte sie und erntete dafür einen kurzen Blick von Elliot.

»Gut, denn ich habe mir den Arsch aufgerissen, seit ich aus dem Knast raus bin und mir den Laden hier selbst aufgebaut habe. Und das ist nicht viel.« Er klang ein wenig erleichtert, aber immer noch misstrauisch.

»Es ist das einzige Café zwischen Redding und dem Stadt-zentrum von Mount Chester, nicht wahr? Es muss doch schon ein paar Kunden haben, oder?«, erkundigte sich Kay.

»Ich kann es mir kaum leisten, das Licht brennen zu lassen, und ich schlafe im Hinterzimmer bei den Vorräten, damit ich nachts nicht in die Sterne gucken muss, wenn Sie verstehen, was ich meine.«

»Sie hätten wahrscheinlich schon etwas anderes aus Ihrem Leben machen können, wenn das hier nicht das ist, was Sie sich vorgestellt haben«, sagte Elliot.

»Niemand würde mich einstellen, mit meiner Akte. Niemanden interessiert es, dass ich seit meiner Entlassung vor fünf Jahren auf dem rechten Weg bin. Du machst einen Fehler und das war's, dein Leben geht den Bach runter.«

Er hatte mehr als einen Fehler gemacht, mindestens drei verschiedene, hatte Verbrechen begangen, für die er angeklagt und verurteilt worden war, aber Kay hatte nicht vor zu streiten. Stattdessen senkte sie ihre Stimme fast zu einem Flüstern und sagte: »Ich verstehe, und ich weiß Ihre Bereitschaft zu schätzen, uns zu helfen, besonders unter diesen Umständen.«

»Aha«, murmelte er, »also, was brauchen Sie von mir?«

»Wie mein Partner schon sagte, hat es eine Ihrer Kundinnen nicht an Bord ihres Fluges geschafft, und sie war hier, bevor sie verschwand. Vielleicht erinnern Sie sich an sie, eine siebenundzwanzigjährige Frau mit langem, lockigem Haar? Sie kam vielleicht mit ihrer Tochter herein«, fügte Kay hinzu und dachte, dass Alison Hazel gebeten haben könnte, draußen zu warten.

MacPherson fuhr sich mit den Fingern über seine Dreitage-Bartstoppeln und kratzte sich gründlich am Kinn, als würde er überlegen, ob er sich an sie erinnern *sollte* oder nicht. »Ja, ich erinnere mich«, sagte er schließlich. »Sie sagte, ihr Auto sei kaputt gegangen, und sie musste einen Kilometer weit laufen, um mein Telefon benutzen zu können. Kein Handyempfang im Tal, wissen Sie? Sie kaufte etwas, ich weiß nicht mehr, was, machte einen Anruf und ging. Ende der Geschichte.«

»War sie vorher schon einmal hier gewesen?«, fragte Kay. »Vielleicht auf ihrem Weg vom Flughafen hierher?«

»Wann war das? Letzten Freitag?«

»Das haben wir nicht gesagt, aber das klingt richtig, ja«, antwortete Elliot.

»Sie könnte schon früher hier gewesen sein, ohne dass ich sie bemerkt habe. Freitags habe ich Hilfe. Am Wochenende haben wir viel zu tun. Wenn sie beim ersten Mal nicht telefonieren musste, habe ich sie wahrscheinlich nicht gesehen, wenn sie vorbeikam.«

»Wissen Sie, was für ein Auto sie fuhr?«, fragte Kay. Sie wusste, dass direkte Fragen ihr selten etwas anderes einbrachten als defensives Verhalten von Menschen, insbesondere von solchen mit einem langen und beeindruckenden Vorstrafenregister.

»Keine Ahnung, was für ein Auto sie fuhr«, antwortete er, ohne zu zögern, ohne den kleinsten Funken Angst in seinen Augen. »Ich kann freitags kaum eine Toilettenpause machen, so viel ist los. Ich muss ständig Bagels und Donuts nachliefern. Ich arbeite pausenlos am Ofen, mache Kaffee, Sandwiches und Omeletts und kümmere mich um alle Kunden, die an der Bar statt an einem Tisch sitzen.«

Sie konnte sehen, dass er die Wahrheit sagte.

Wenn er Alisons Auto nicht sabotiert hatte, wie war dann der Nissan in diesem abgelegenen, signallosen Straßenabschnitt liegen geblieben? Hatte sich der Täter auf den Parkplatz des Cafés geschlichen und ihn sabotiert, weil er wusste, dass er in einem Bereich eine Panne haben würde, in dem seine Opfer hilflos und verwundbar waren? Wie präzise müsste jemand arbeiten, um ein solches Ergebnis zu erzielen? War die Stelle, an der die Panne auftrat, ein Akt des Zufalls oder des technischen Könnens? Die Fragen wirbelten in Kays Kopf herum.

»Ist so etwas schon einmal passiert?«, fragte Kay und kehrte zu dem Punkt zurück, an dem sie zuvor aufgehört hatte. »Frauen, die hierherkommen und sagen, dass ihr Auto kaputt sei?«

»Ein paarmal, und nicht nur Frauen«, antwortete er. »Autos

haben oft Pannen, wenn sie von den Bergen kommen. Diese Stadtfahrer haben keine Ahnung, wie man Bergstraßen hinunterfährt, und treten mit dem Fuß auf das Bremspedal, bis es raucht. Jeden Monat haben wir einen oder zwei davon, im Winter noch mehr.« Er lachte herzhaft, seine raue Stimme hallte in dem leeren Café wider. »Ein lukratives Geschäft, wenn Sie mich fragen. Sie kommen hier rein, wollen telefonieren, setzen sich dann hin und warten, während sie etwas bestellen. Dann geben sie gutes Trinkgeld. Kann mich nicht beklagen.«

»Wirklich?« Kay reagierte und lachte mit ihm. »Was ist mit Stammkunden, vielleicht Einheimischen? Haben Sie viele Stammkunden?«

»Ein paar«, antwortete er zögerlich, wahrscheinlich wollte er nicht so viel über seine Stammkunden verraten. »Aber das meiste Geschäft kommt von den Touristen. Von denen und den Leuten, die Hütten auf dem Berg besitzen.«

»Danke«, sagte Kay und stellte sich mit geschlossenen Augen vor, was passiert sein musste. Alison hatte hier auf dem Weg vom Flughafen für einen Kaffee angehalten. Dann war sie noch eine Meile weitergefahren, als ihr Auto plötzlich eine Panne gehabt hatte. Deshalb war sie zu Fuß hierher zurückgelaufen, zum Katse, mit Hazel, und hatte einen Anruf getätigt. Es machte mehr Sinn, sich vorzustellen, dass sie hier auf denjenigen gewartet hatte, den sie angerufen hatte, als anzunehmen, dass sie mit dem Kaffee in der Hand zum Auto zurückgelaufen war. Aber sie konnte sich nicht sicher sein.

Sie lächelte und sah Elliot an, dann wandte sie sich an MacPherson und fragte: »Wen hat sie angerufen?«

Aber Elliot kam ihm mit seiner Antwort zuvor. »Einen Abschleppwagen.«

»Mhm«, sagte MacPherson.

»Eine Sache noch«, sagte Kay und machte sich bereit zu gehen. »Hat sie hier auf den Abschleppwagen gewartet?«

Er kratzte sich erneut am Kinn. »Eine Zeit lang, ja«, sagte er. »Dann hat der Abschleppunternehmer angerufen und gesagt, dass sie ihn am Auto treffen solle. Sie ist allein gegangen, nur sie und ihr Kind.«

Als sie das Café verließen, brachten die stechenden Sonnenstrahlen ein wenig Wärme in die morgendliche Kühle. Kays Lächeln wurde breiter.

»Ich weiß, wie die Autos zurück zum San Francisco Airport gekommen sind, ohne dass das GPS etwas anzeigt.«

»Ja«, antwortete Elliot, »Abschleppwagen.«

ACHTZEHN

SPIELEN

Kathy liebte es, in Judys Haus zu spielen. Es war ganz in der Nähe ihres Hauses, und ihre Eltern ließen sie die Straße überqueren und die vier Häuser weiter zu Judy hinuntergehen, ganz allein, sodass sie sich wie eine Erwachsene fühlte. Wenn es spät wurde, machte Judys Mutter den Mädchen Abendessen, und ihr Essen war köstlich. Manchmal wünschte sie sich insgeheim, Judys Eltern wären ihre eigenen, aber dann fühlte sie sich schuldig, weil sie ihre Mutter sehr liebte.

Sie war etwa zwölf Jahre alt, an jenem sonnigen Septembernachmittag, als sich die Blätter auf den Hügeln gerade zu färben begannen und die Abendkühle immer stärker wurde. Sie hatte ihrer Mutter gesagt, dass sie zu Judy gehen wolle, aber anstatt sie mit einem Kuss auf die Stirn gehen zu lassen, hatte ihre Mutter ihr gesagt, sie solle noch ein paar Minuten warten. Dann hatte ihr Vater ihre widerstrebende Hand in die seine genommen und sie dorthin begleitet, um mit Judys Vater, Mr. Stinson, auf der Veranda ein Bier zu trinken.

So ein Mist.

Von ihrem Vater getrennt zu sein, war mindestens der halbe Grund, warum sie es so sehr genoss, bei Judy zu sein. Es bedeutete, dass sie vor dem Schreien und den Schlägen sicher war. Aber vielleicht würde er sich benehmen, wenn Mr. Stinson dort war und zusah.

Die beiden Männer unterhielten sich auf der überdachten Veranda, während die Mädchen vor dem Hause spielten. Judy hatte mit gelber und grüner Kreide einige Kreise auf den Asphalt gemalt, während Kathy wie ein Affe an Mr. Stinsons Abschleppwagen hing. Sie liebte es, auf das Heck des Fahrzeugs zu klettern, sich an all den Stangen, Kabeln und Ketten festzuhalten und dann wieder herunterzuspringen.

»Runter von dem Laster«, rief ihr Vater und sie ließ traurig los und ging weg davon. Mr. Stinsons Lastwagen war knallrot und hatte hinten etwas, das wie ein Kreuz aussah. Dort kletterte sie am liebsten hinauf, auf die Plattform, hielt sich an dem schiefen Kreuz fest und baumelte an den Seilen.

Aber sie gehorchte, gerade als ihr Vater, kurzatmig wie immer, von seinem Stuhl aufgestanden war, um sie selbst herunterzuholen.

Sie ging zur Einfahrt hinüber, wo Judy neben einer Handvoll Kieselsteine wartete. Aus dem Augenwinkel sah sie, wie ihr Vater sich wieder neben Mr. Stinson setzte und eine weitere Bierflasche öffnete. Wenigstens für eine Weile würde er sie in Ruhe lassen.

Sie hob ein paar Kieselsteine auf und warf sie auf die Kreise, die Judy gezeichnet hatte. Ihr Spiel war einfach, namenlos und machte viel Spaß. Für jeden Kieselstein, der den Kreis verfehlte, musste sie machen, was Judy ihr befahl. Dann war Judy an der Reihe, und für jeden ihrer Fehlwürfe durfte sie die Befehle geben und zusehen, wie sie ausgeführt wurden, während sie beide lachten und lachten, bis sie keine Luft mehr bekamen.

Kathy warf jeden Kieselstein vorsichtig und wog ihn zuvor in ihrer Hand, um sicherzugehen, dass sie nicht zu weit oder zu wenig weit warf. Dennoch sprang ein Kieselstein direkt wieder aus dem grünen Kreis heraus, nachdem er zuerst genau darin gelandet war.

»Nein«, quiekte sie, dann sah sie Judy an und wartete auf ihr Urteil.

»Leg dich flach in den Dreck«, befahl Judy.

Ohne ein Wort zu sagen, legte sie sich in der Einfahrt auf den Rücken, die Arme unter dem Kopf verschränkt.

»Mit dem Gesicht nach unten«, beharrte Judy und lachte.

»Das hast du nicht gesagt!«, erwiderte Kathy, sprang auf und wischte sich den Staub von ihrem Kleid.

Sie sammelte die Kieselsteine aus den Kreisen auf und gab sie ihrer Freundin, dann nahm sie wieder ihre Position an der Seite ein. Judy verfehlte und Kathy befahl sofort: »Mach ein Rad.«

Während Judy ihre Kieselsteine warf, schweifte ihr Blick umher und sie sah Nick in der Ferne bei der Scheune. Er sah die beiden Mädchen an und Kathy winkte ihm zu.

»Warum kann Nick nicht mit uns spielen?«, fragte sie.

»Mama hat gesagt, er muss Hausarbeiten machen.«

Ihr Lächeln wurde schwächer. Sie mochte Nick. Er musste ungefähr sechzehn gewesen sein, ging auf die Highschool, und Judy konnte immer mit ihrem älteren Bruder angeben. Außerdem hatte sie einen endlosen Vorrat an bereits fertigen Hausaufgaben, die Nick vor Jahren schon gemacht hatte, als er die gleichen Aufgaben durchgenommen hatte. Alle seine Hefte waren in einer Kiste unter seinem Bett aufbewahrt und er teilte sie bereitwillig, wenn er gefragt wurde. Nick war cool.

Sie winkte ihm zu, aber er winkte nicht zurück. Stattdessen zeigte er ihr die Harke, die er in der Hand hielt, hob sie in die Luft und deutete übertrieben darauf, dann ging er hinter den Zaun, um zu arbeiten. Er warf ihr einen langen Blick zu und bedauerte offensichtlich, dass er nicht mit ihnen spielen konnte.

»Nick!«, rief Mrs. Stinson. »Geh in die Scheune und leg schon mal das Stroh aus. Es ist schon fast dunkel.«

Sie winkte ihm noch einmal zu, aber er sah sie nicht. Dann spürte sie, wie die verschwitzte Hand ihres Vaters nach ihrer griff und sie zuckte vor Schreck zusammen.

»Lass uns nach Hause gehen«, befahl er, der Gestank des Alkohols lag schwer in seinem Atem. »Du und Judy könnt heute Abend bei uns spielen.«

Sie wandte sich an ihre Freundin, die genauso verwirrt schien wie sie, und dann an Mr. Stinson, der lächelte und sagte: »Los, Mädels, viel Spaß!«

Auf dem Rückweg zur Wache hielten sie an der Chevron-Tankstelle und Kay eilte hinein, während Elliot den Tank auffüllte. Ein paar Minuten später kam sie mit einer Schachtel frischer Donuts und Kaffeebechern heraus, als er gerade telefonierte. Nachdem sie ins Auto gestiegen waren und Elliot den Motor angelassen hatte, nahm er einen Bissen von dem Donut, den sie ihm angeboten hatte. Er kaute schnell, dann sagte er: »Es war ein No-show.«

»Wovon redest du?«, fragte Kay.

»Alison war schon weg, als der Abschleppwagenfahrer gekommen ist«, stellte er klar. »Er hat bei Katse nachgesehen und ist das Tal in beide Richtungen abgefahren, aber sie war weg.«

Sie war einen Moment lang still. Wenn Alison schon weg war, als der Abschleppwagen ankam, musste der Täter sehr schnell gehandelt haben. Er hatte sich sowohl Alison als auch Hazel geschnappt, und ...

»War der Nissan noch da?«, fragte sie.

»Nein«, sagte er, pfiff und machte eine Handbewegung, die

ein Auto nachahmte, das mit hoher Geschwindigkeit davonfuhr. »Weg.«

Sie runzelte die Stirn. Wie sollten sie Alison und ihre Tochter finden, wenn sich jede einzelne Spur, die sie hatten, in Luft auflöste und nichts zurückließ? Das Auto hatte augenscheinlich eine Panne gehabt. Wie zum Teufel konnte es einfach so verschwinden?

»Mr. Stinson, richtig?«, fragte sie und Traurigkeit schnürte ihr für einen kurzen Moment die Kehle zu. »Der Abschleppwagenfahrer?«

»Richtig«, antwortete er und warf ihr einen kurzen Blick zu. »Woher wissen Sie das?«

»Seine Tochter war meine beste Freundin, als ich klein war. Ich hatte noch keine Gelegenheit, sie zu besuchen, seit ich zurück bin, aber ich glaube, die Theorie über die Beteiligung des Abschleppwagens ist gerade einfach in sich zusammengebrochen und abgebrannt. Mr. Stinson hat auf keinen Fall etwas damit zu tun; er ist der netteste Mann, den ich je getroffen habe.«

Elliot nahm einen weiteren Bissen vom Donut. »Das sehe ich auch so. Ich habe lange genug mit ihm gearbeitet, um zu wissen, dass er es nicht ist. Er ist mein Ansprechpartner, wenn es um Alkohol am Steuer und Verkehrsunfälle geht; da so viele Touristen unter Alkoholeinfluss fahren, kreuzen sich unsere Wege häufig. Aber die Idee, dass der Täter die Autos nach San Francisco abschleppt, ergab trotzdem Sinn.

Es wäre ganz einfach, niemand würde ihn unterwegs aufhalten.«

»Ist Mr. Stinson immer noch der einzige Abschleppdienst in der Stadt?«

»Außer ihm ist der nächste in Redding, und das ist fast eine Stunde entfernt. Und es gibt keinen anderen abschleppfähigen Lkw, der auf irgendjemanden in der Gegend zugelassen ist.«

Sie starrte schweigend auf die Straße vor sich, verloren in

Erinnerungen, die sie fast völlig vergessen hatte. Judy und sie, die beim Abschleppwagen spielten. Judys Mutter, die den Abendbrottisch deckte. Die beiden Mädchen, die gemeinsam einen süßen sechzehnten Geburtstag feierten und sich in Judys Garten über Jungs unterhielten. Dann zog sie weg, um aufs College zu gehen, und Judy blieb zurück. Sie schickten sich noch eine Weile E-Mails, telefonierten, aber bald hatten sie keinen Kontakt mehr, obwohl Kays Herz immer noch wehtat, wenn sie an Judy dachte. Sie vermisste ihre Freundin.

»Ich hatte sie völlig vergessen«, sagte sie leise und in ihrer Stimme lagen Tränen, die sie nicht erwartet hatte. »Sie waren meine zweite Familie, mir manchmal näher als meine erste, und ich ...«

»Sie sind weitergezogen und haben sich ein eigenes Leben aufgebaut«, antwortete er. »Ich wette, das war alles andere als leicht.«

»Es war nicht leicht, das ist sicher«, kicherte sie und wischte sich eine verräterische Träne aus dem Augenwinkel. »Wissen Sie, dass ich früher auf diesem Abschleppwagen gespielt habe? Und trotzdem, als wir MacPherson befragten, hat es nicht klick gemacht. Es ist mir nicht eingefallen. Ich war so sicher, dass wir die charakteristische Vorgehensweise des Täters herausgefunden hatten. Aber nein. Wir sind wieder am Anfang.« Sie biss für einen kurzen Moment auf die Spitze ihres Zeigefingernagels, eine längst vergessene Geste, die ihre angespannten Nerven beruhigte.

Mr. Stinson konnte es nicht gewesen sein, darauf würde sie ihr Leben verwetten. Aber die Abschleppwagen-Theorie machte so viel Sinn, dass sie sie nicht einfach aufgeben konnte. Sie war elegant, polizeisicher und anonym. Wie viele Polizisten halten beladene Abschleppwagen an? Gar keine. Die meisten transportieren Fahrzeuge mit Unfallberichten oder arbeiten sogar mit der Polizei zusammen, bei Beschlagnahmungen oder Falschparkern. Der Täter wusste, dass er nicht aufgehalten werden würde. Er konnte die kaputten Fahrzeuge einfach beiseiteschaffen, wenn sie nicht mehr fahrtüchtig waren. Fahrzeuge, denn Kay hatte keinen Zweifel daran, dass der Techniker sie bald anrufen und bestätigen würde, dass auch der Jeep mit einer Panne liegen geblieben war. Aber wenn der Abschleppwagen wirklich an der Entsorgung der Autos der Opfer beteiligt gewesen war, dann sollte es davon Videoaufzeichnung aus dem Langzeitparkhaus am Flughafen geben. Sobald sie diese Videos hatten, würden sie es mit Sicherheit wissen.

»Nicht unbedingt«, antwortete Elliot, nachdem er den Rest des Donuts verschlungen und den Zucker von seinen Fingern geleckt hatte. »Wir haben Eggers in Gewahrsam. Sie wissen schon, der örtliche Sexualstraftäter. Ich würde sagen, es ist weitaus wahrscheinlicher, dass er diese Frauen entführt und getötet hat als der Vater ihrer besten Freundin, oder?«

Sie stieß einen kurzen, aber tiefen Seufzer aus. »Ehrlich gesagt, glaube ich, dass wir unsere Zeit mit dem bloß verschwenden. Das ist ein unorganisierter Sexualstraftäter, einer von der Sorte ›finden und vergewaltigen‹, nicht der Mann, nach dem wir suchen.«

»Trotzdem hat Logan ihn im Verhörraum an den Tisch gekettet«, sagte er mit einem breiten Grinsen. »Sie können mit ihm spielen, während ich einen Durchsuchungsbefehl für sein Haus besorge.«

»Wir verschwenden Zeit, Elliot«, sagte sie und war sich bewusst, dass sie ihre Stimme erhoben hatte. »Ich sage Ihnen, er ist es nicht.«

»Und ich sage Ihnen, ich habe einen Chef und muss für meinen Lebensunterhalt arbeiten«, antwortete er ruhig, aber sie wusste, dass sie ihm seine scheinbare Gelassenheit nicht abkaufen sollte. »Aus Sicht der Polizei macht es Sinn«, fügte er hinzu. »Auch wenn Sie vielleicht keinen Pfifferling darauf geben – es könnte die Karriere einiger guter Polizisten beenden, wenn die Sache schiefgeht und wir nicht einmal sagen können, dass wir die Musterbürger des Viertels in Gewahrsam genommen haben.«

Sie antwortete nicht; es gab nichts mehr dazu zu sagen. Stattdessen verbrachte sie die wenige Zeit, die sie vor der Befragung Eggers hatte, mit der Analyse der Signatur des UTs.

Sie war einzigartig und komplex und erforderte sowohl geistige als auch körperliche Agilität, Kraft, Wissen und die finanziellen Mittel. Sie trennte das Beerdigungsritual nicht von der Fahrzeugentsorgung und bezog beide in die Signatur mit ein, da beide von demselben Mann ausgeführt wurden. Definitionsgemäß umfasst die Signatur eines Mordes die besonderen Elemente, die für das Verbrechen selbst nicht notwendig waren, aber Hinweise darauf gaben, was den Mörder antrieb und welche fantasiegesteuerten Rituale er hatte. Die Entsorgung der Fahrzeuge könnte eine forensische Gegenmaßnahme gewesen sein, die es ihm ermöglichte, die Autos zu verstecken, ohne zu riskieren, Partikel und Fingerabdrücke darin zu hinterlassen. Aber sie glaubte, dass mehr dahintersteckte als nur eine hervorragende Planung und eine noch bessere Ausführung. Das Zeitfenster, das ihm blieb, um Alison und Hazel zu entführen und das Auto zu verstecken, bevor der Abschleppwagen eintraf, war unglaublich eng. Jetzt, da sie sich an Mr. Stinson erinnerte, verdächtigte sie den Abschleppwagenfahrer nicht mehr, in das Verbrechen verwickelt zu sein, aber sie hatte immer noch das drängende Gefühl, dass sie mit ihm sprechen sollte, nicht nur, um sich zu informieren, sondern auch, um einen genauen Zeitplan der Ereignisse zu erstellen. Um wie viel Uhr hatte er den Anruf von Alison erhalten? Selbst wenn er sich nicht mehr genau erinnerte, konnten Telefonaufzeichnungen beschafft werden. Wie lange hatte er gebraucht, um auf den Anruf zu reagieren? Um wie viel Uhr war er bei dem Fahrzeug eingetroffen, nur um dann festzustellen, dass Alison verschwunden war?

Aber vielleicht, so musste sie sich eingestehen, war sie nur so von dem Aspekt der Fahrzeugentsorgung besessen, weil sie sonst keine solide Spur hatte; nicht mehr. Wenn sie Alison und Hazel lebend finden wollte, musste sie irgendwo eine Abkürzung finden, denn der Weg, der von der Flugplatz-Videoüberwachungsanalyse zu den Telefonaufzeichnungen des Abschleppunternehmens führte, war lang und verschlungen, und es gab keine Erfolgsgarantie, aber es würde garantiert Tage dauern, wenn nicht Wochen.

Alison und Hazel konnten sich das nicht leisten. Der Täter hatte Kendra nach nur zehn Tagen Gefangenschaft getötet, und Alison hielt er bereits seit sieben Tagen fest. Die Zeit wurde knapp.

Sobald Elliot auf den Parkplatz der Wache gefahren war und den Motor abgestellt hatte, eilte Kay hinein. Ein paar Minuten nach neun betrat sie den Verhörraum und fand einen mageren, nach Alkohol stinkenden Mann vor. Die frühe Morgenstunde schien keine Rolle zu spielen, denn für Eggers nahm die Party anscheinend nie ein Ende.

Kay hatte sich gerade seine Akte angesehen, während er mit einem Grinsen auf dem Gesicht wartete, als Elliot zu ihnen stieß. Sie beschloss, sich kurz zu fassen, da es sich um eine Formalität handelte, und ging direkt zu der entscheidenden Frage über. »Mr. Eggers, wo waren Sie am 15. Oktober zwischen zwei und sechs Uhr nachmittags?«

»Wie soll ich mich daran erinnern?«, antwortete er mürrisch. »Lassen Sie mich meine Sekretärin fragen«, fügte er hinzu, wobei der Sarkasmus wie Gift aus seiner Stimme tropfte. »Oh, jetzt erinnere ich mich, ich war auf einem Angelausflug mit einem Haufen Bullenlümmel.«

»Ich schlage vor, Sie erinnern sich«, betonte sie. »Es ist in Ihrem besten Interesse.«

»Ja, als ob Sie sich um mein Bestes scheren würden«, antwortete er und lehnte sich in seinem Stuhl so weit zurück, wie es die an den Tisch geketteten Handschellen zuließen.

»Wissen Sie, was in meinem besten Interesse ist? Ein verdammter Anwalt, sonst gar nichts. Und nehmen Sie mir diese verdammten Ketten ab, denn ich bin ja nicht verhaftet, oder?«

Elliot sah Kay kurz an, dann nahm er Eggers die Handschellen ab. Der Mann rieb sich kräftig die Handgelenke, dann verschränkte er die Finger hinter dem Kopf und nahm eine trotzige Haltung ein.

»Sie sind nicht verhaftet, Mr. Eggers«, antwortete Elliot. »Sie müssen uns nur ein paar Fragen beantworten …«

»Sie müssen mir etwas Wichtiges anhängen, oder, Texas Ranger? Sind Sie nicht ein bisschen weit weg vom OK Corral?«

Elliot versuchte zu antworten, wurde aber schnell wieder unterbrochen. »Das ist in Arizona, nicht in Texas. Mr. Eggers, Sie brauchen wirklich …«

»Ich brauche das, was ich sage, das ich brauche, und was ich brauche, ist ein Anwalt. Ich kenne meine Rechte.«

»In Ordnung«, antwortete Kay, »Sie bekommen Ihren Anwalt. Können Sie sich einen leisten? Oder sollen wir einen dieser jungen Leute holen, die frisch von der Uni kommen, um Ihr Schicksal zu besiegeln?«

»Selbst der grünste Anwalt wird Ihnen ausrichten können, dass ich nicht mit Bullen spreche.« Er spuckte auf den Boden, nur Zentimeter von Kays Fuß entfernt. Sie wich nicht zurück.

»Bis Ihr Anwalt hier ist …«, sagte Kay. »Wenn Sie einen Abschleppwagen bräuchten, wo würden Sie sich einen besorgen?«

»Aus den verdammten *Gelben Seiten*, wo denn sonst? Keine Fragen mehr ohne meinen Anwalt; versuchen Sie nicht, mich reinzulegen.«

Elliot winkte Kay, ihm aus dem Zimmer zu folgen. Sobald die Tür hinter ihnen geschlossen war, sagte er: »Wir werden sein Haus stürmen und Alison und Hazel finden, falls sie dort zu finden sind. Ebnen Sie diesem Kerl nicht den Weg zur Freilassung wegen eines Formfehlers in der Befragung. Er hat um einen Anwalt gebeten. Wir sind hier fertig.«

»Ich bin kein Gesetzeshüter«, antwortete Kay mit einem schwachen Lächeln.

»Ja, aber ich. Und meine Anwesenheit in diesem Raum garantiert seine Rechte.«

»Können Sie nicht einfach, ähm, einen Kaffee trinken gehen?«, fragte Kay. »Er ist nicht der Täter, Elliot, das schwöre ich Ihnen. Aber vielleicht hat er da draußen etwas gehört, vielleicht kann ich ihn zum Reden bringen. Die Sache ist die, dass wir sonst nicht viel haben, worauf wir aufbauen können. Es ist, als hätten sich Alison und Hazel in Luft aufgelöst.«

»Auf keinen Fall, tut mir leid«, antwortete Elliot. »Logan würde mich auf der Stelle feuern, und was immer wir während des Verhörs herausfinden würden, wäre völlig wertlos; er würde einfach als freier Mann gehen. Das wissen Sie doch, Partner.«

Ja, das wusste sie. Sie hasste es, aber das Gesetz war klar und heute schien nicht der Tag zu sein, an dem sie die Regeln ein wenig biegen konnte.

»In Ordnung. Mal sehen, was die Durchsuchung ergibt, vielleicht haben wir ein Druckmittel und können ihn noch einmal befragen. Denn das sage ich Ihnen, Elliot, wir werden die Mädchen nicht im Keller dieses Mannes finden.«

ZWANZIG

ERSTE BEUTE

Nachdem seine Mutter ihn aus dem Haus geworfen hatte, stand er einige Minuten lang wie betäubt da. Es war nicht wahr; es durfte nicht wahr sein. Sie musste einen Scherz gemacht haben und bald würde sie die Tür öffnen und ihn wieder hereinbitten, ihn umarmen und mit den Fingern durch sein Haar streichen, um es zu ordnen, so wie sie es immer getan hatte, als er noch klein gewesen war.

Sie tat es nicht. Das Haus blieb still, und die Haustür blieb verschlossen.

Etwa zwanzig Minuten später wurde das Licht auf der Veranda ausgeschaltet, sodass er allein in der unwirtlichen Dunkelheit war.

Er hämmerte an die Tür, bettelte und flehte, aber niemand schien ihn zu hören. Er schwor, ab jetzt brav zu sein, obwohl er nicht verstand, was er falsch gemacht hatte. Dann kauerte er auf dem Boden, umklammerte seine Knie und lehnte sich gegen die Tür. Die kalte Nachtluft ließ sein Blut zu Eis werden.

Aber sie öffnete die Tür nicht wieder.

In aller Herrgottsfrühe kam sein Vater heraus und sagte: »Junge, du bist alt genug. Du wirst da draußen gut zurechtkommen. Du musst fortgehen. Es tut mir wirklich leid.« Und er drückte seinem Sohn ein paar Zwanzig-Dollar-Scheine in die zitternde Hand. Dann wurde die Tür wieder verschlossen, diesmal für immer.

Er hatte verstanden, obwohl er immer noch nicht wusste, warum. Er verstand, dass seine Mutter ihn nicht mehr liebte, dass sie ihn vielleicht nie geliebt hatte. Er erkannte, dass sein Vater niemals auf seiner Seite stehen würde. Und er ging fort. Tränen brannten in seinen Augen.

Seine erste Anlaufstelle war die Kirche. Er wusste, dass der Priester Menschen in Not half; deshalb hatten sie immer alle seine alten Kleider und Dinge, die die Familie nicht mehr brauchte, der Gemeinde gespendet. Aber Vater Reaves hatte sich seinen Hilferuf nur mit Abstand angehört und ihm dann gesagt, dass er in der Kirche nicht mehr willkommen sei.

»Bete zum Herrn, um Vergebung zu erlangen, und er wird dir den Weg zurück aus dem dunklen Reich der Konkupiszenz zeigen.« So hatte Vater Reaves gesprochen und dabei Worte ausgespuckt, die er nicht verstanden hatte. »Dann wird die Gemeinschaft ihren Schoß wieder für dich öffnen, mein kleines verlorenes Schaf.«

»Aber, Vater, was habe ich getan?«

»Du hast den falschen Weg gewählt, mein Sohn, einen Weg, auf dem du Satan durch selbstsüchtig nach Innen gerichtete Fleischeslust dienst, und das ist eine schreckliche Sünde«, sagte der Priester mit einem langen Seufzer. Während er diese Worte sprach, betraten einige ältere Frauen die Kirche und warfen ihm und dem Priester besorgte Blicke zu. »Erforsche deine Seele und finde den Weg zurück zur Rechtschaffenheit. Und bete zum Herrn, dass er dich führen möge.« Dann fasste er ihn leicht, aber bestimmt am Ellbogen und führte ihn zur Tür hinaus. »Geh mit Gott, mein Sohn. Ich werde für dich beten.«

Es schien, als hätte seine Mutter die ganze Gemeinde mit Lügen über ihn vergiftet. Er konnte nicht bleiben und sich dieser Verachtung stellen; er würde immer ein Ausgestoßener in der Stadt sein, die er einst sein Zuhause nannte. Niemand würde ihm helfen, niemand würde ihn aufnehmen oder ihm auch nur Essensreste hinwerfen. Er musste gehen.

An jenem Tag fuhr er per Anhalter nach San Francisco, und der Fahrer nahm ihm die Hälfte seines Geldes ab, nur um ihn am Fuß der San Francisco-Oakland Bay Brücke abzusetzen, nachdem er ihn gründlich nach seinem Alter ausgefragt hatte. Er hatte ihm versichert, dass er schon achtzehn sei; in Wirklichkeit war er noch ein Jahr und einige Monate von diesem Meilenstein entfernt, aber San Franciscos Tenderloin-Viertel hatte wenig dagegen, einen weiteren Bettler an einer seiner Straßenecken zu haben, vor allem einen, der so jung war wie er. Das berüchtigte Viertel beherbergte einige Theater und andere Formen der Unterhaltung, aber auch die Verhaltensgestörten, die Nutten und die Landstreicher der Stadt. Die schmutzigen Verhältnisse, der Drogenhandel auf der Straße und die illegalen Striplokale hatten dem Viertel seinen Namen eingebracht, der sich nach Meinung vieler auf die zarten Lenden einer Nutte bezog. Andere glaubten, dass das Viertel, ein kulturelles und gesellschaftliches Duplikat des Tenderloin-Viertels in New York City, seinen Namen der Tatsache schuldete, dass die Polizisten des Viertels so viel Geld verdienten, dass sie es sich leisten konnten, jeden Tag Filet zu essen. Unabhängig davon, welche zwielichtigen Praktiken dem Viertel seinen Namen eingebracht hatten, konnte es für ihn keinen besseren Ort geben, um unterzutauchen und sein neues Leben auf der Straße zu beginnen.

Nach wenigen Tagen hatte er herausgefunden, wo er schlafen konnte, wie er seinen schmerzenden Bauch jeden Tag sattbekam und welche Müllcontainer es sich zu durchwühlen lohnte. Die Tage waren lang und er wagte sich aus dem Tenderloin hinaus, auf der Suche nach wohlhabenderen Leuten, die bereit waren, ihm etwas mehr Kleingeld in den Hut zu stecken. Er hatte schnell gelernt, Polizisten zu meiden, nachdem er nur knapp einer Streife entkommen war, die ihn beim Herumlungern vor dem falschen Gebäude erwischt hatte. Und drei Tage nach seiner Ankunft hatte er einem älteren Landstreicher den Schlafsack unter dem Kopf weggeschnappt und festgestellt, dass ihm das keinerlei Gewissensbisse bereitet hatte. Drei Nächte im kalten Nebel von San Francisco hatten ihm seine Prioritäten kristallklar vor Augen geführt.

Es war zwei Monate vor seinem achtzehnten Geburtstag, als er zum ersten Mal vergewaltigt wurde.

Er hatte sich eine ruhige Ecke hinter einem Restaurant gesucht, wo er seit einigen Wochen schlief. Nach Ladenschluss brachten die Angestellten des Restaurants den Müll nach hinten raus, schlossen dann die Türen ab und gingen nach Hause. Hinter dem Gebäude befand sich die Rückseite eines dreistöckigen Produktionsgebäudes, das in ein Lagerhaus umgewandelt worden war und das durch hohe Zäune gesichert war. In dieser dunklen Sackgasse hatte er sich sicher gefühlt.

Bis zu dieser Nacht.

Der Nebel war dicht gewesen und hatte die Stadt und all ihre Geräusche in einen milchartigen Schleier gehüllt, der ihm kalte Feuchte in die Knochen getrieben hatte. Als der Geländewagen angehalten hatte, war er noch ein Stück zurückgerobbt und hatte gehofft, dass man ihn nicht entdecken würde.

Aber die drei Männer waren auf der Suche nach ihm gewesen. Er hatte sie wiedererkannt; sie hatten ihm früher am gleichen Tag etwas Kleingeld in den Hut gesteckt, während sie laut lachend und mit rauer, lüsterner Stimme alle möglichen Kommentare über seinen Körper, seinen Mund, seinen strammen Hintern und die Dinge, die sie mit ihm machen wollten, gemacht hatten. Zu dem Zeitpunkt hatte er sich nicht viel dabei gedacht; seit er im Tenderloin wohnte, war Missbrauch kein Fremdwort mehr für ihn, vor allem nicht in verbaler Form.

Er hatte keine Chance – ein junger, unterernährter Junge

gegen drei starke Männer Mitte zwanzig. Als die drei Angreifer mit ihm fertig waren und in ihrem blauen Cadillac Escalade davonfuhren, lag er einfach da auf dem kalten Asphalt und schluckte Tränen hinunter, vermischt mit Blut.

Er zog um an diesem Tag, und jeder Schritt tat ihm weh. Er schleppte das Bündel mit seinem ganzen Hab und Gut mit sich herum, bis er eine andere Sackgasse fand, in der er hoffte, für eine Weile sicher zu sein. Er begann, mehr zu essen, und kämpfte gegen die Abscheu, die er empfand, wenn er das Essen aus dem Müll holte. Er machte es zur Priorität, anständige Müllcontainer zu finden, die besseren Restaurants dienten, und vertrieb andere Obdachlose aus der Gegend, indem er sie als Sandsäcke benutzte, wann immer er konnte. Er wusste, dass er eines Tages in der Lage sein musste, besser zu kämpfen als beim letzten Mal.

Als die drei Männer später im selben Monat zurückkehrten, dachte er, er sei bereit für sie. Er war überrascht, dass sie ihn wiedergefunden hatten, aber sie mussten ihm gefolgt sein, denn sie zögerten keinen Augenblick, als sie in seine dunkle Gasse einbogen und lauthals lachten.

Er kämpfte mit ihnen, so gut er konnte, und landete ein paar magere Treffer, die die Männer nur noch mehr erregten, bis sie ihre lüsterne Raserei in den alles verschlingenden Nebel brüllten. Dann wechselten sie sich so lange ab, bis sie erschöpft waren und jegliches Interesse an dem Jungen verloren hatten, der regungslos zu ihren Füßen in einer Lache seines eigenen Blutes lag.

Er wusste, dass sie zurückkommen würden. Sie würden immer wieder kommen, weil er da war, ein leichtes Opfer, jemand, der keine Anzeige erstatten konnte, jemand, den niemand vermisste und um den sich niemand kümmerte.

Diesmal zog er nicht weiter, suchte nicht nach einer besseren Ecke des Tenderloin, um sich dort zu verstecken.

Diesmal hatte er einen Plan, und wenn sie zurückkämen, würde er bereit für sie sein.

Die ersten beiden Männer stach er blitzschnell nieder, rammte wieder und wieder ein Tranchiermesser in ihre Bäuche, das er in einem Müllcontainer hinter dem Restaurant gefunden hatte. Den dritten musste er ein paar hundert Meter die Straße hinunter verfolgen, aber er war schnell und holte ihn schließlich ein. Er schnitt dem Mann, ohne auch nur einen Moment zu zögern, von hinten die Kehle durch, wobei er ihn an den Haaren packte und festhielt. Dann ließ er den Körper mit einem dumpfen Schlag auf das Pflaster fallen, der das Klopfen seines rasenden Herzens nachahmte. Er zerrte ihn zurück in die Gasse und warf ihn in den Müllcontainer, dann sah er nach den beiden anderen, die noch lebten und sich in einer wachsenden Blutlache quälten. Genauso, wie sie ihn ein paar Wochen zuvor zurückgelassen hatten.

Ein Gefühl des Rausches, der überragenden Kraft strömte durch seine Adern und erquickte jeden Tropfen seines erhitzten Blutes mit flüssiger Euphorie. Er atmete tief ein, füllte seine Lungen mit dem salzigen Nebel und fühlte sich wie neugeboren, als ob die Leben, die er in seiner Hand hielt, mit seinem eigenen verschmolzen. Er stand aufrecht da und überlegte, ob er ihnen den Garaus machen oder sie von selbst sterben lassen sollte, um es ihnen mit gleicher Münze heimzuzahlen. Sie hätten sowieso nicht mehr lange zu leben gehabt, aber sie hatten es verdient zu leiden. Dann fragte er sich, warum der dritte Mann nicht in ihrem Luxusauto abgehauen war. Die Antwort lag direkt vor seinen Füßen, in einer rot gefärbten Regenwasserpfütze. Ein schicker Schlüsselbund und ein Schlüssel mit dem stilisierten Zeichen einer heiß begehrten Marke, den er wohl auf der Flucht aus der Gasse verloren hatte. Er bückte sich, nahm den Schlüssel und hielt ihn einen langen Moment in der Hand, um das anhaltende Gefühl der Freiheit, der vollständigen und berauschenden Macht zu genießen, das er zum ersten Mal in seinem Leben verspürte. Jetzt wusste er, was er wollte.

Macht.

Um jeden Preis. Ohne Grenzen. Die Macht zu überleben, Erfolg zu haben.

Zu töten.

EINUNDZWANZIG

RANCH

Kay wartete draußen, während Elliot und die Deputies das Grundstück der Eggers gründlich durchsuchten, eine alte, heruntergekommene Ranch mit ein paar Hektar Land und einem großen Schuppen auf der anderen Seite der mit Schlaglöchern übersäten Einfahrt.

Alison und Hazel waren seit einer Woche verschwunden, und sie hatten gerade von Shannons kleinem Sohn Matthew erfahren, der ebenfalls seit November letzten Jahres vermisst wurde. Bei dem Gedanken an Matthew fragte sie sich, wie viele andere vermisste Kinder sie wohl finden würde, wenn sie eine Datenbanksuche durchführte. Doch die traurige Realität war, dass allein im Jahr zuvor im Bundesstaat Kalifornien über sechsundsiebzigtausend Kinder als vermisst gemeldet worden waren. Nadeln in einem sehr großen Heuhaufen und keine Möglichkeit, eine solche Meldung mit dem Täter in Verbindung zu bringen. Sie waren besser dran, wenn sie den Beweisen dahin folgten, wohin sie sie führten.

Aber wie groß waren die Chancen, sie dort, auf dieser verlassenen Ranch, noch lebend zu finden? Sie schaute ungeduldig auf ihre Uhr. Es war fast Mittag und sie hatten immer noch nichts, keine Hoffnung, Alison und die Kinder zu finden.

Oliver Eggers stand ein paar Meter entfernt, flankiert von seiner Anwältin, einer jungen Frau, die nicht älter als siebenundzwanzig, vielleicht achtundzwanzig Jahre alt sein konnte, die sich aber als redegewandt und scharfsinnig erwiesen hatte und Eggers ohne Verzögerung freibekommen hatte.

Als er aus dem Haus kam, winkte Elliot Kay zu sich. Sie ging schnell auf ihn zu, da sie bereits wusste, was er sagen würde, klar ersichtlich an seinem hängenden Kopf, den zusammengepressten Lippen und der Hand, die er zur Faust ballte und in seiner Tasche vergrub.

»Sie sind nicht hier«, sagte er. »Wir hätten auf Sie hören und nicht noch mehr Zeit verschwenden sollen. Sie sind nie hier gewesen«, fügte er hinzu und deutete auf das K9-Team. Niner saß ruhig im Schatten einer großen Eiche, ein Zeichen dafür, dass Hazels Geruch nicht da war, um aufgespürt und verfolgt zu werden.

»Detective«, rief einer der Deputies. Er hatte Eggers Truck genauestens durchsucht und öffnete gerade den hinteren Laderaum, der mit einer schwarzen Plastikabdeckung mit dem Dodge-Ram-Logo abgedeckt war. Er holte einen großen, schmutzigen Abschleppriemen mit D-Ringen an beiden Enden hervor und zeigte ihn ihnen.

»Könnte er die Fahrzeuge damit nach San Francisco geschleppt haben?«, fragte Elliot.

»Wohl kaum«, antwortete sie. »Die Polizei hätte ihn fünfzehn Mal auf der Autobahn angehalten. Er hätte es nie bis in die Stadt geschafft.«

Zwei Beamte hatten das Vorhängeschloss aufgeschnitten und waren dabei, die Doppeltür des Schuppens aus Wellblech zu öffnen. Sie achtete nicht darauf, was sie taten, sondern schaute auf den Abschleppgurt. Es gab viele unschuldige

Gründe, warum Menschen, die in ländlichen Gebieten lebten, einen solchen Gurt besaßen. Um landwirtschaftliche Geräte oder Gartengeräte auf einem Anhänger zu sichern. Um große Lasten auf der Ladefläche eines Lastwagens zu befestigen. Aber das Abschleppen eines anderen Fahrzeugs über größere Entfernungen gehörte nicht dazu.

Es sei denn …

»Detective«, rief ein Mann aus dem Inneren des Schuppens, »das müssen Sie sich ansehen.«

Sie eilten hinein und nachdem sich ihre Augen an die Dunkelheit gewöhnt hatten, sahen sie einen großen Nutzfahrzeuganhänger, der hinten eine Rampe eingebaut hatte, die sich anheben und verriegeln ließ. Die hölzerne Oberfläche des Anhängers zeigte Anzeichen von wiederholtem Gebrauch im Laufe der Jahre. Er war nicht neu, ganz im Gegenteil. Das Holz war teilweise verrottet und es fehlten Teile, welche die Metallstruktur darunter freilegten.

»Meinen Sie, der Nissan würde da draufpassen?«, fragte sie, aber anstatt zu antworten, zog Elliot sein Handy heraus.

Nach einem kurzen Augenblick hob er den Blick von seinem Gerät und sagte: »Das Modell Nissan Altima ist vierhundertsiebenundachtzig Zentimeter lang. Schauen wir mal. Hat jemand ein Maßband?«, fragte er und erhob seine Stimme, um außerhalb des Schuppens gehört zu werden.

Jemand eilte mit einem Maßband herbei, und Elliot packte das Ende und zog daran, um es am anderen Ende des Anhängers zu befestigen. »Sechzehn Fuß«, verkündete er. »Das sind, verdammt will ich sein, ganz genau vierhundertsiebenundachtzig Zentimeter.«

Kay trat näher und betrachtete die schmutzige Pritsche. Mehrere Reifenspuren waren auf dem alten Holz zu sehen – schwarze, ausgefranste Linien in verschiedenen Musterungen. Vielleicht passte eine der jüngeren Spuren zu den Reifen des Nissan.

»Was ist mit dem Jeep? Würde der passen?«

Elliot prüfte es und sagte dann: »Da wäre sogar noch Platz übrig. Der Jeep ist vierhundertachtzig Zentimeter lang. Er ist auch höher, noch höher als die vordere Stirnwand. Mit diesem Anhänger könnte man den Jeep leicht transportieren. Alles, was sie brauchen, ist ein …«

»Ein Gurt, um ihn festzumachen«, sagte Kay und deutete auf den Lkw. »Können Sie im Büro anrufen und die Techniker fragen, ob der Nissan Kratzer an den Kotflügeln hatte? Es wäre sehr eng gewesen, nicht viel Spiel. Vielleicht ist er dabei zerkratzt worden.«

Als sie Tumult hörte, eilte sie zum Haus, dicht gefolgt von Elliot, der gerade telefonierte. Zwei Beamte nahmen Eggers förmlich fest und lasen ihm seine Rechte vor, während seine Anwältin rief: »Was wird meinem Mandanten vorgeworfen?«

Einer der Deputies hielt mit zwei behandschuhten Fingern ein kleines Päckchen mit weißem Pulver hoch. »Kokain. Ich schätze, wenig genug, um als Eigenbedarf zu gelten, also ohne die Absicht, es zu vertreiben, aber wir lassen das lieber das Labor auf die Goldwaage legen.« Er lachte schroff und zeigte zwei Reihen gelber, schiefer Zähne, wahrscheinlich amüsiert über sein eigenes Wortspiel. Er klang, als hätte er diesen Witz schon mindestens ein paarmal gemacht. »Bei seinen Vorstrafen wird es eine Weile dauern, bis Ihr Mandant wieder Tageslicht sieht.«

»Das ist Bullshit«, schrie Eggers und rang mit den beiden Polizisten, die seine Arme festhielten, während ein dritter die Handschellen um seine Handgelenke legte. »Du hast mir das untergejubelt, du Wichser, ich habe dich genau gesehen!« Er spuckte einen der Deputies an und warf sich in seine Richtung. »Du hast mich reingelegt, und dafür bringe ich dich um.«

»Mr. Eggers, ich muss Ihnen raten zu schweigen«, schaltete sich seine Anwältin ein. »Kein Wort mehr, und hören Sie auf, sich zu wehren.«

Eggers spuckte erneut und fluchte, während die Beamten ihn in ihren Interceptor verfrachteten, aber zumindest schien er sich den Rat seiner Anwältin zu Herzen zu nehmen.

Seine Verhaftung eröffnete einige Möglichkeiten und Kay ergriff sie sofort. Sie wandte sich an die Anwältin und sagte: »Wir könnten einen Weg finden, dieses kleine Problem zu umgehen, wenn Ihr Mandant zur Zusammenarbeit bereit ist.«

»Woran genau denken Sie?«, fragte die Anwältin.

»Lassen Sie uns später darüber reden«, antwortete sie und beendete das Gespräch, bevor Elliot näher kam.

»Am Nissan sind keine Kratzer zu sehen«, erklärte er. »Beim Jeep leuchtet beim Einschalten dieselbe Kontrollleuchte auf und beide Fahrzeuge geben dieselben Codes aus: Kühlmittelmangel und überhitzter Motor. Aber bei beiden ist die Kühlflüssigkeit im grünen Bereich. Jetzt müssen sie die Autos auseinandernehmen und herausfinden, warum sie liegen geblieben sind.«

Toll, dachte sie. *Konnten sie nicht einmal Glück haben?*

Dieser Täter wusste, wie man Fahrzeuge schnell und auf eine Art und Weise sabotierte, die sie zum Stillstand brachte, den Techniker aber im Unklaren über die Ursache ließ. Das rundete seine Fähigkeiten gut ab, genau wie die Fähigkeit, sich Opfer schnell und ungesehen zu schnappen und Fahrzeuge spurlos verschwinden zu lassen, nur um sie fast fünfhundert Kilometer entfernt wieder auftauchen zu lassen, sauber geparkt, an einer Stelle, wo niemand auf die Idee kommen würde nachzusehen.

»Wir werden ihn zum Schwitzen bringen, keine Sorge«, sagte Hobbs und zeigte auf Eggers. »Ich wette, er wird bereit sein, sein Herz auszuschütten, wenn wir wieder im Haus sind.«

»Im Haus?«, fragte Kay verwirrt.

»Wir nennen die Wache das Haus, kurz für das Weiße Haus. Es ist weiß, wissen Sie, und unser Präsident wohnt dort«, fügte er mit einem Augenzwinkern hinzu.

»Tun Sie Ihr Bestes«, sagte sie und sah Eggers an. »Finden Sie heraus, ob er für jemanden Fahrzeuge transportiert hat oder ob er den Anhänger kürzlich an jemanden verliehen hat. Bieten Sie ihm einen Deal an, wenn er redet.«

Eggers schien in der Lage zu sein, die Fahrzeuge nach San Francisco zu schleppen, aber alles andere an ihm war falsch. Der Mörder war immer noch da draußen, hielt Alison Nolan und zwei Kinder gefangen und folterte sie.

Wenn sie überhaupt noch am Leben waren.

Elliots Telefon surrte und er schaute auf das Display. »Sie stellen die Suche ein«, sagte er und seine Stimme klang traurig. »Es ist fast dunkel, und sie müssen morgen wieder anfangen. Sie bringen Spürhunde aus Sacramento.«

Sie starrte einfach auf den Horizont, als ob sie ihn nicht hören würde. Was sollte sie tun? Nach Hause gehen und in diesem traurigen Wohnzimmer fernsehen, während Alison Stunde um Stunde die Folter des Täters ertrug? Essen, duschen, schlafen, wie es ein normaler Mensch am Ende eines Arbeitstages tun würde, weil es immer ein Morgen gab?

Was wäre, wenn es für Alison und diese Kinder kein Morgen gab?

Elliot berührte sanft ihren Arm. »Kommen Sie schon, lassen Sie uns gehen. Ich lade Sie zum Essen ein.«

»Hören Sie, wenn Sie müde sind, können Sie nach Hause gehen«, sagte sie und drückte seinen Unterarm, »und ich weiß, dass das, worum ich Sie bitte, gegen die Vorschriften verstößt, aber ich muss mir Ihren SUV ausleihen. Ich brauche dort, wo ich hinfahre, Blaulicht und eine Sirene.«

»Und wo genau ist das?«

»San Francisco«, antwortete sie. »Ich möchte die Familie von Shannon Hendricks besuchen. Wenn ich Gas gebe, könnte ich um zehn Uhr dort sein.«

»Warum?«, fragte er und eilte bereits zum Fahrzeug. Er warf ihr die Schlüssel zu und setzte sich auf den Beifahrersitz.

»Ich weiß nicht, was mich erwartet, aber es gibt keine anderen Spuren, denen wir heute Nacht sonst noch folgen könnten.« Sie startete den Motor und fuhr los, wobei sie Kieselsteine und Staub aufwirbelte.

Vielleicht würde sie dieses Mal etwas Glück haben.

ZWEIUNDZWANZIG
GEFUNDEN

Kay fuhr so schnell, wie sie es auf der Interstate wagte, und nutzte das geringere Verkehrsaufkommen, während Elliot sich auf dem Beifahrersitz zurückgelehnt hatte und eingedöst war. Sein Cowboyhut verdeckte sein Gesicht fast vollständig und schirmte seine Augen von dem rot-blauen Blinklicht der Lichthupe ab, die sie seit der Abfahrt von Mount Chester nicht mehr ausgeschaltet hatte.

Sie war weder langsamer geworden noch hatte sie auch nur einmal angehalten. Sie wollte so früh wie möglich an der Tür von Shannons Haus klingeln, an dem schwierigsten Tag, den die Familie je durchstehen musste. Nachdem sie bereits eine Nacht nicht geschlafen hatte, hatte die Müdigkeit sie dazu gezwungen, mit heruntergelassenem Fenster zu fahren und sich darauf zu verlassen, dass die kalte Luft ihre Sinne wieder auf Hochtouren bringen würde.

Shannon war seit November verschwunden, ebenso wie ihr fünfjähriger Sohn Matthew. Fast ein Jahr war vergangen, seit sie entführt worden waren. Sie erinnerte sich vage daran, dass im Fernsehen über ihr Verschwinden berichtet worden war, damals, als sie noch in der San-Francisco-Außenstelle des FBIs arbeitete, aber sie konnte sich nicht mehr an alle Einzelheiten erinnern. Damals hatte es zahlreiche Theorien gegeben, nur Gedanken und Ideen, die zwischen den Ermittlern ausgetauscht worden waren, mehr nicht. Aber keine von ihnen konnte auch nur annähernd erklären, warum Shannon – frisch geschieden, umwerfend schön – spurlos verschwunden war.

Kay erinnerte sich an das Foto in Shannons Führerschein. Sie war blond und hatte langes Haar, zumindest auf diesem Bild und auf den Bildern, die ihre Mutter den Medien zur Verfügung gestellt hatte, um sie in den Anzeigen und Appellen für eine unversehrte Rückkehr zu verwenden. Beim Durchforsten des Systems stieß Kay auf die Vermisstenmeldung eines Kindes, die immer noch aktiv war, aber einige Änderungsdatensätze aufwies, was bedeutete, dass der Inhalt der Meldung seit seiner ursprünglichen Veröffentlichung geändert worden war, wahrscheinlich weil mehr Informationen verfügbar geworden waren.

Und doch warf die Erinnerung an Shannons Physiognomie nur noch mehr Fragen auf. Kendra war eine Kaukasierin mit langem, glattem Haar in einem dunklen, rötlichen Braunton und mit braunen Augen. Alisons rabenschwarzes Haar war eine Mähne aus langen, widerspenstigen Locken, ihre Haut war blass und ihre Augen waren ebenfalls dunkelbraun, fast schwarz. Shannon hingegen war von Natur aus blond und hatte blaue Augen. Wenn diese Frauen Stellvertreterinnen für das Objekt der Wut des Täters waren, gab es kein Muster, das sie erkennen konnte.

Sie hielt jedoch an der Hoffnung fest, dass Shannon vielleicht das erste Opfer des Täters gewesen war. Das könnte möglicherweise wertvolle Informationen liefern, denn die meisten Serienmörder begannen in der Nähe ihres Zuhauses, indem sie ein Ziel wählten, das ihren Weg kreuzte. Jemanden, den sie täglich sahen, oder jemanden, mit dem sie eine Beziehung hatten. Wenn sie Shannons Hintergrund im Detail verstehen würde, könnte sie vielleicht einen Hinweis auf die Identität des Täters finden.

Da Shannons Identität erst am frühen Morgen desselben Tages entdeckt worden war, war die Viktimologie noch lange nicht abgeschlossen, aber Kay wusste, dass sie nicht viel erwarten konnte. Kendra kam aus New York City, Alison aus Atlanta und Shannon aus San Francisco. Man konnte davon ausgehen, dass die Frauen, wenn überhaupt, nur wenig gemeinsam hatten, und es schien, dass sie nicht einmal einen gemeinsamen Physiognomietyp hatten. Abgesehen von Alter und Rasse konnte Kay sich keine Gemeinsamkeiten zwischen den dreien vorstellen. Alison und Shannon waren Mütter und hatten ihre Kinder mitgenommen, aber Kendra war keine Mutter. Die einzige Gemeinsamkeit war, dass sie alle zwischen fünfundzwanzig und zweiunddreißig Jahre alt waren, wobei Shannon die Älteste war. Das und die Tatsache, dass alle drei Frauen nach Mount Chester gereist waren.

Vielleicht Gelegenheitsopfer, überlegte Kay, als sie vor dem Haus von Shannon Hendricks hielt. Dachte der Mörder, dass Reisende in dieser Gegend schwerer nach Mount Chester zurückverfolgt werden könnten?

Sie stellte den Motor ab und stupste Elliot an der Schulter an. »Wir sind da«, sagte sie. »Wachen Sie auf, Cowboy.«

Stirnrunzelnd zog Elliot seinen Hut vom Gesicht und schaute sich blinzelnd um. Sie hatten vor einem zweistöckigen Stadthaus in Glen Park geparkt. Von außen sah es nicht nach viel aus, aber Kay wusste, dass es einen Wert von etwa zwei Millionen Dollar hatte, und die Aussicht vom oberen Stock- werk musste spektakulär sein. Es war auf der Spitze eines Hügels gebaut und nach Nordosten ausgerichtet, mit Blick auf einen Teil des Stadtzentrums von San Francisco und die Bucht in der Ferne. Aus den Unterlagen wusste Kay, dass Shannon dort mit ihrer Mutter, Joann Hendricks, gewohnt hatte. Es gab nichts Schlimmeres, als die Umstände des Todes eines Kindes mit der Mutter besprechen zu müssen. Kay spürte ein Frösteln und rieb ihre Hände aneinander, wobei sie scharf einatmete.

»Es ist halb zehn«, bemerkte Elliot, nachdem er einen Schluck Wasser aus einer der Plastikflaschen genommen hatte, die er in einer kleinen Kühlbox auf dem Rücksitz aufbewahrte. »Wie schnell waren Sie denn unterwegs? Sie sind die vier Stunden Interstate in knapp drei Stunden gefahren. Haben Sie mit unserem Leben gespielt, Dr. Sharp?«

»Ich verweigere die Aussage«, antwortete Kay und ging rasch zur Haustür. Das Licht war noch an, und kaum hatte sie geklingelt, hörte sie Schritte, die die Treppe herunterkamen und sich der Tür näherten. Eine Frau in den Sechzigern öffnete die Tür. Sie hatte geweint; ihre Augen waren rot und geschwollen und die Tränen quollen wieder hervor, als sie Elliots Abzeichen sah.

»Haben Sie Matthew gefunden?«, fragte sie und in ihrer Stimme schwang eine Hoffnung mit, die Kay sofort zerstören musste.

»Nein, Ma'am, das haben wir nicht«, antwortete sie sanft. »Dürfen wir reinkommen?« Joann Hendricks lud sie ein, auf einer Couch Platz zu nehmen, und setzte sich auf einen der beiden Sessel gegenüber. Sie war zierlich, aber die Art und Weise, wie sie Haltung bewahrte, obwohl sie von Trauer gezeichnet war, zeigte innere Stärke. Sie trug ihr natürlich graues Haar kurz geschnitten, was von ihrer direkten Art zeugte.

»Ich bitte um Entschuldigung«, flüsterte sie und tupfte sich mit einem Taschentuch die Augenwinkel ab. »Ich habe erst heute Morgen die Nachricht vom Tod meiner Tochter erhalten. Ich bin noch nicht bereit, mich wieder dem Leben zu stellen.«

»Sie brauchen sich nicht zu entschuldigen«, antwortete Kay. »Es ist schon spät und ich möchte Ihnen dafür danken, dass Sie sich heute Abend die Zeit nehmen, mit uns zu sprechen.«

»Ich kann die Situation einfach noch nicht akzeptieren«, sagte sie mit fester Stimme, bevor sie in ein unterdrücktes Schluchzen überging. »Und das werde ich auch so schnell nicht können, zumindest nicht für eine Weile.«

»Ich kann mir nur vorstellen, wie Sie sich fühlen müssen. Wenn Sie mehr Zeit brauchen, könnten wir ...«

Joann wies Kays unausgesprochene Frage mit einer Handbewegung zurück. »Sagen Sie mir, was Sie wissen möchten.«

»Wann haben Sie Ihre Tochter das letzte Mal gesehen?«, fragte Kay.

»Am 27. November letzten Jahres«, antwortete sie, »der Dienstag nach Thanksgiving.« Sie hielt eine Weile inne, umfasste sich mit den Armen und beugte sich mit gesenktem Kopf vor. »Wir hatten so eine schöne Zeit. Sie war gerade dabei, nach ihrer Scheidung wieder etwas glücklich zu werden.«

Tränen kullerten ihr über die Wangen, und ein unterdrücktes Wimmern entwich ihren Lippen, das sich zu einem Schluchzen steigerte, bevor sie sich beherrschen konnte.

Ein durchdringender Schrei, der einem das Blut in den Adern gefrieren ließ, kam aus dem oberen Stockwerk.

Einen Moment später sah Kay ein junges Mädchen auf dem Treppenabsatz im zweiten Stock stehen, blass und scheinbar unter Schock, ihre blauen Augen starrten ins Leere. Sie trug ein langes, weißes Nachthemd, das mit frischen Tränen befleckt war.

Beim Anblick des Kindes hielt Kay den Atem an. Das Mädchen sah genauso aus wie seine Mutter, eine viel jüngere und verzweifeltere Version der schönen Blondine mit dem langen, lockigen Haar, die auf vielen Fotos an der Wand zu sehen war.

»Oh nein, Tracy«, flüsterte Joann und eilte zu dem Kind. Sie stieg die Treppe so schnell wie möglich hinauf, setzte sich dann auf die oberste Stufe und sprach leise mit dem Mädchen. Nach einer Weile ließ sich das kleine Mädchen von Joann an die Hand nehmen und beide stiegen langsam, Stufe für Stufe, hinunter.

Joann saß im Sessel, das Mädchen in ihrem Schoß zusammengerollt, die Knie fest an die Brust gepresst. Nach einer Weile normalisierte sich die hektische Atmung unter den sanften Streicheleinheiten der Großmutter und das Kind schlief schließlich ein.

»Mein armes Baby«, sagte Joann und streichelte immer noch das Haar des Mädchens. »Mein kleines Wunder. Es ist ein Wunder, dass sie zu uns zurückgekommen ist.«

Kay sah Elliot einen kurzen Moment lang an. Er schien genauso verblüfft zu sein wie sie. Sie war zurückgekommen? Von wo?

»Was meinen Sie?«

»Wissen Sie das nicht?«, fragte Joann, ihre Stimme war ein kaum hörbares Flüstern. »Stand das nicht in den, ähm, Polizeiberichten, oder so?«

»Ich weiß nicht genau, was Sie meinen«, sagte Elliot und klang rechtfertigend, fast peinlich berührt.

»Als Shannon verschwand, hatte sie beide Kinder bei sich«, sagte Joann und senkte ihre Stimme noch weiter. »Tracy wurde auf der Straße gefunden, hier in San Francisco, ein paar Wochen nachdem sie alle verschwunden waren.«

Kay sprang auf, setzte sich aber schnell wieder, als Joanns fester Blick den ihren traf. Sie konnte nicht glauben, dass in der Vermisstenmeldung das andere Kind nicht erwähnt wurde. Sie schaute kurz zu Elliot. Er überprüfte gerade etwas auf seinem Telefon und rief bereits den Bericht aus dem System ab.

Sie erinnerte sich Wort für Wort daran, denn sie hatte ihn viele Male gelesen, jedes Mal in der Hoffnung, dass der Bericht falsch war, in der Hoffnung, dass Shannon allein entführt worden und dass ihr Sohn zu Hause in Sicherheit war. Jedes Mal las sie denselben Satz: »Zuletzt wurde sie gesehen, als sie ihr Haus in Glen Park in einem blauen Subaru Forrester verließ, zusammen mit ihrem Sohn Matthew, Alter fünf.« Dann wurde in dem Bericht die entsprechende Vermisstenmeldungs-Aktivierungsnummer aufgeführt. Tracy wurde nirgends erwähnt.

»Tracy steht nicht in der Vermisstenmeldung«, sagte Elliot und bestätigte damit ihre Erinnerung an die Fakten. »Ich bin mir nicht sicher, warum ...«

»Sie hat ein paar Wochen in einer Pflegefamilie verbracht, das arme Kind«, sagte Joann traurig. »Es hat eine Weile gedauert, bis man sie identifizieren konnte, obwohl ich ihnen DNA-Proben von allen dreien gegeben hatte. Aber da sie ganz verloren auf der Straße gefunden worden war, konnten sie nicht davon ausgehen, dass sie zusammen mit ihrer Mutter und ihrem Bruder entführt worden war, nehme ich an. Niemand hatte sich die Mühe gemacht, mir das zu sagen; warum auch?« Die Bitterkeit in ihrer Stimme war unüberhörbar.

»Wann können wir mit Tracy sprechen?«, fragte Kay.

»Sie hat noch kein Wort gesagt, seit man sie gefunden hat«, antwortete Joann. »Glauben Sie nicht, ich hätte etwas gesagt, wenn ich irgendetwas gewusst hätte, irgendein kleines Detail, das dazu hätte führen können, dass Shannon und Matthew gefunden werden?«

»Haben Sie versucht, mit einem Psychiater zu sprechen?«, fragte Elliot. »Manchmal gelingt es Ihnen, zu Kindern wie Tracy durchzudringen.«

»Sie meinen zu Kindern, die unbeschreiblich traumatisiert sind?«, erwiderte Joann. »Ja, das habe ich versucht. Ich habe Tracy zu einem Professor der Universität Stanford gebracht, der sie wochenlang jeden Tag gesehen hat. Er versuchte es mit Hypnose und anderen Methoden, aber Tracy scheint zu geschockt zu sein, um sprechen zu können, und er empfahl uns, sie nicht zu drängen. Irgendwann, wenn ihr Gehirn in der Lage ist, das Trauma zu verarbeiten, wird sie anfangen, sich zu erinnern, und sie wird uns erzählen, welche Schrecken sie erlebt hat.«

Sie verschluckte das letzte Wort, und das kleine Mädchen wälzte sich im Schlaf und wimmerte leise vor sich hin.

»Niemand weiß, wie es dazu kam, dass sie sich verlaufen hat, oder wo ihr Bruder ist«, fügte sie hinzu. »Sie schreit nur, wenn sie mich weinen hört, und es war unglaublich schwierig, besonders heute.«

Kay betrachtete die beiden, die mit gebrochenen Herzen und ganz zerbrechlich in dem Ledersessel auf und ab wippten. Eine Million Fragen wirbelten in ihrem Kopf herum, die meisten davon hatten mit der polizeilichen Untersuchung zum Verschwinden Shannons zu tun. »Was haben die Polizisten gesagt, nachdem Shannon und die Kinder verschwunden waren?«

Joann atmete tief durch, bevor sie antwortete, als ob sie ihre Kräfte sammeln wollte, als sie diese schmerzhaften Erinnerungen wachrief.

»Shannon wollte den Kindern das Skifahren beibringen«, sagte sie und wischte sich mit dem Finger eine Träne aus dem Auge. »Sie hat sie einfach in den Subaru gepackt, mit Winterkleidung und allem. Und das an einem Dienstag«, fügte sie mit einem traurigen Lachen hinzu. »Das hatte sie nicht geplant; sie hat einfach auf den ersten Schnee gewartet, damit es schön, aber nicht überfüllt und noch nicht so kalt ist. Shannon hasste die Kälte.«

»Und dann?«, fragte Elliot, als die Frau aufhörte zu sprechen und sich auf die Lippe biss, um ihre Tränen zu kontrollieren.

»Sie sollte an dem Abend anrufen, was sie aber nicht tat. Also rief ich sie an, aber es ging nur die Mailbox ran. Am nächsten Morgen rief ich erneut an, aber erst gegen Mittag geriet ich langsam in Panik. Ich fing an, das Hotel und im Ferienort anzurufen und nachzufragen, ob jemand sie gesehen hatte. Dann rief ich die Polizei an.«

Sie kannten Shannons Identität erst seit ein paar Stunden; sie wünschte sich jetzt, sie hätte die Zeit gehabt, die Ermittlungsergebnisse mit der Polizei von San Francisco zu besprechen, bevor sie Joann Hendricks getroffen hatte.

»Was haben sie gesagt?«, fragte Elliot ruhig.

»Es ging eine Weile hin und her«, antwortete Joann, »als ob sie nicht genau wüssten, was sie tun sollten. Sie stellten immer wieder Fragen über Larry, Shannons Ex. Er hat das Sorgerecht für beide Kinder verloren und sie nahmen an, dass er rachsüchtig sei und sie vielleicht selbst entführt habe.«

»Ist er ein gewalttätiger Mann?«, fragte Kay und überlegte, ob er derjenige sein könnte, nach dem sie suchten. Wenn Shannon sein erstes Opfer gewesen war, war es möglich, dass der Täter eine persönliche Beziehung zu ihr hatte. Die Scheidung und der verlorene Sorgerechtsstreit könnten der Auslöser gewesen sein, der ihn auf seinen wutgeschürten Weg brachte, Frauen zu töten. Alles passte, mit Ausnahme der Verbindung nach Mount Chester.

»Er ist drogenabhängig«, antwortete Joann kalt. »Er hat Kokain geschnupft, um in seinem gut bezahlten Job zu bestehen, und hat meine Tochter in den Wahnsinn getrieben. Sie war in der Lage, denselben Job ohne Drogen zu machen und zwei Kinder großzuziehen, aber er, nein. Ein Süchtiger und ein Versager, das ist alles, was Larry Pickett ist.«

»War er verärgert über das Sorgerecht? Für einen Mann muss es schmerzhaft sein, seine Kinder nicht sehen zu dürfen«, sagte Elliot.

»Ich glaube nicht, dass er sich genug gekümmert hat, um sich verletzt zu fühlen«, antwortete Joann und aus ihren Worten sickerte Verachtung. »Er suchte sich ein paar Mädchen, mit denen er koksen konnte, und fing an, sein Leben zu leben, wobei er vergaß, die Unterhaltszahlungen für seine Kinder zu überweisen. Ein paar Monate nach der Scheidung wurde er gefeuert und von da an ging es mit ihm bergab. Ich war froh, dass Shannon ihn nicht mehr jeden Tag im Büro sehen musste; das war schrecklich, eine furchtbare Situation. Sie arbeiteten zusammen, beide waren Analysten für diese große Investmentbank, ähm, Rolfe Sanders Trust.«

Sie schniefte leise und war sichtlich untröstlich, dass sie in der Vergangenheitsform über den Beruf ihrer Tochter, über ihr Leben sprach.

»Woher kommt er?«, fragte Kay. Ein weiterer wichtiger Teil der ohnehin schon dünnen Viktimologie war zerbrochen, als sie erfahren hatte, dass Shannon mit ihrem eigenen Auto nach Mount Chester gefahren war, was bedeutete, dass die Autovermietung, die Alison und Kendra gemeinsam hatten, nur ein Zufall war, ebenso wie die Verbindung zum San Francisco International Airport.

»Ich bin mir nicht sicher, aber ich kann Ihnen sagen, wo er jetzt ist«, antwortete sie. »Im Knast. Wo er hingehört. Und so traurig ich auch bin, dass meine Enkelkinder mit dem Wissen aufwachsen werden, dass ihr Vater ein verurteilter Verbrecher ist, glaube ich, dass dies für alle besser ist.«

»Seit wann?«, fragte Kay.

»Sie haben ihn im Mai verhaftet, glaube ich. Er war high und hat einer Undercover-Polizistin Drogen und Geld für Sex angeboten.«

Wenn er im Gefängnis war, konnte Larry weder Kendra umgebracht noch Alison und ihre Tochter entführt haben. Eine weitere Sackgasse. Kay unterdrückte einen Seufzer der Frustration.

Tracy erschauderte und begann im Schlaf zu zittern. Sie murmelte unverständliche Worte. Joann schlang ihre Arme um das Kind und flüsterte ihr ins Ohr: »Psst, Baby, ich bin hier und du bist in Sicherheit. Du bist zu Hause und ich habe dich lieb. Psst ... schlaf jetzt, meine Kleine.« Nach ein paar herzzerreißenden Momenten beruhigte sich das kleine Mädchen.

»So ist sie eben«, sagte Joann und berührte sanft das Haar des Mädchens. »Sie weint oder zittert; sie hat Nachtangst und schreit; und sie ist nie entspannt. Wer weiß, was mit meinem armen Baby passiert ist, was dieses Monster ihr angetan hat.«

Einen kurzen Moment herrschte Schweigen. Kay dachte darüber nach, wie sie die Geheimnisse entschlüsseln könnte, die in der traumatisierten Erinnerung des Mädchens vergraben waren, während Elliot anscheinend mit etwas anderem beschäftigt war, da er immer wieder seine Notizen durchging.

»Sie haben uns von den polizeilichen Ermittlungen erzählt«, sagte er und flüsterte so leise, dass sie ihn kaum hören konnte.

»Ja«, antwortete Joann. »Sie haben nicht viel getan, und ich glaube, sie waren sich nicht so sicher, ob sie entführt wurde. Am Anfang waren sie von Larry besessen. Dann haben sie ihr Auto gefunden ...«

»Wo?«, fragte Kay.

»Ausgerechnet auf dem Langzeitparkplatz des Flughafens«, antwortete sie und runzelte die Stirn. »Subaru hat eine Methode, die sie genutzt haben – STARLINK heißt das, glaube ich – um das Auto zu orten. Die Polizei hat bequemerweise angenommen, dass sie mit dem Flugzeug weg ist, obwohl ihr Gepäck noch im Auto war. Sogar ihr Kaffeebecher war noch da, unangetastet.«

Der Flughafen. Eine Gemeinsamkeit blieb bestehen: die bevorzugte Methode des Täters, die Fahrzeuge der Opfer zu entsorgen. Sie schaute auf die Uhr und stellte fest, dass es fast Mitternacht war. Morgen früh, wenn sie die Fotos des Falls sehen würde, würde sie feststellen können, ob der unberührte Kaffee aus dem Katse Coffee Shop in Mount Chester stammte.

»Wo ist das Auto jetzt?«, fragte Kay. Sie wollte sehen, ob bei diesem Auto auch die Motorkontrollleuchte aufleuchten würde und die gleichen Fehlercodes angezeigt würden wie bei Kendras Jeep und Alisons Nissan.

»Es ist noch bei der Polizei. Ehrlich gesagt, habe ich keine Ahnung, warum Shannon zum San Francisco International Airport gefahren ist«, fuhr Joann fort. »Sie ist zum Mount Chester Ski Resort gefahren; das liegt nördlich von hier, nicht östlich.«

»Hat das FBI nachgeforscht?«, fragte Kay, die wusste, dass das FBI bei vermissten Kindern in Matthews und Tracys Alter normalerweise ein spezielles Team einsetzte.

»Ja, sie arbeiteten alle zusammen, konnten sie aber nicht, ähm, nicht finden. Dann wurde Tracy gefunden und sie sagten, dass es sehr wahrscheinlich sei, dass Shannon ihre Kinder verlassen habe und unter falscher Identität aus San Francisco weggeflogen sei, wahrscheinlich um einen Liebhaber zu treffen. Sie ließen den Fall ruhen«, sagte sie, während ihr die Tränen in die Augen stiegen. »Sie haben sie aufgegeben. Uns.« Sie räusperte sich leise. »Meine Tochter hätte ihre Kinder nie im Stich gelassen. Niemals.«

DREIUNDZWANZIG

MONOGRAMM

Nachdem er gegangen war, lag Alison stundenlang auf der Seite, unfähig, sich zu bewegen. Sie konnte nicht mehr unterscheiden, woher der Schmerz kam; ihr ganzer Körper tat weh. Aber das Schlimmste war, dass sie Hazel nicht mehr gesehen hatte, seit zwei Tagen nicht. Sie hatte sie auch nicht gehört, obwohl sie oft den Atem anhielt in der Hoffnung, ein noch so kleines Geräusch zu hören, das ihr sagen würde, dass es ihrer Tochter gut ging.

Sie hatte ihn vorhin gefragt, aber er hatte nur gelacht und gesagt: »Du und deine kleinen Mädchen ... bist du nicht etwas ganz Besonderes?« Als sie erneut fragte, wurde er sofort wütend, packte sie an ihrem geflochtenen Haar und zog ihren Kopf nach hinten. Er versenkte seine Zähne in das Fleisch ihrer Brust, hart, bis seine Zähne die Haut durchbohrten, und sie schrie, so sehr sie sich auch geschworen hatte, nicht mehr zu schreien.

Weil Hazel sie vielleicht hören konnte.

Dann, diese Lektion hatte sie gelernt, wehrte sie sich nicht mehr, kämpfte nicht mehr, weil sie wusste, dass es nutzlos war und es nur noch mehr wehtun würde. Er war wütend und gewalttätig gewesen, noch mehr als sonst, und hatte unsinnige Dinge gesagt wie: »So viel zu deinem Mutterinstinkt ... du kümmerst dich nur um deine kleinen Mädchen, nicht um deine Jungs. Scheiß auf die Jungs, richtig? Du kannst mich mal!«

Sie wusste, dass es besser war, nicht zu fragen, worum es ging. Sie ertrug es, schluckte ihre Tränen hinunter und versuchte, an etwas anderes zu denken, an Hazel, die in der heißen Sommersonne von Atlanta im Garten ihres Hauses spielte.

An den Tag, an dem sie beide wieder barfuß durch das Gras laufen und den Morgentau an ihren Füßen spüren würden.

Als er mit ihr fertig war und ging, wagte sie nicht, sich zu bewegen, denn sie fürchtete den neuen Schmerz, den sie empfinden würde, sobald sie versuchte, aufzustehen und zu gehen. Doch nur wenige Augenblicke später näherten sich die gefürchteten Schritte, und ein Teil von ihr klammerte sich an die Hoffnung, dass er vielleicht Hazel zu ihr bringen würde. Denn sie war brav gewesen. Sie hatte sich nicht gewehrt, hatte ihm nicht ins Gesicht gegriffen und ihn gezwungen, sie wieder zu fesseln. Die Tatsache, dass sie sehnsüchtig auf die Rückkehr des Mannes wartete, der sie seit ihrer Entführung jeden Tag vergewaltigt hatte, brachte ihren Kopf durcheinander und verursachte ihr Übelkeit, fraß sie innerlich auf wie ein Krebsgeschwür, das von ihrem Entführer gesät worden war und jeden Tag neue Nahrung bekam.

Sie hob den Kopf ein wenig, als er den Raum betrat, nur um zu sehen, dass er allein war.

»Hazel?«, flüsterte sie durch frische Tränen hindurch.

Er lachte, ein kurzes Lachen, das in ein schiefes Grinsen überging. »Nicht bevor du diesen Schweinestall aufgeräumt hast.«

Er stellte den mitgebrachten Eimer auf den Boden, der zu drei Vierteln mit schaumigem Wasser gefüllt war, das nach

Bleiche und Reinigungsmittel roch. »Da ist ein Lappen drin«, fügte er hinzu. »Schrubb alles sauber, die Böden, die Wände, alles, was du angefasst und schmutzig gemacht hast. Auch unter der Matratze und auf dem Badezimmerboden.«

Dann verließ er das Zimmer, schloss die Tür hinter sich ab und stieg die Treppe hinauf, wobei er dieses ekelhafte Schlaflied pfiff.

Sie hatte keine Ahnung, wie viel Zeit vergangen war, seit er gegangen war. Sie verlor immer wieder das Bewusstsein, geschwächt durch den Blutverlust, dessen Spuren die Innenseiten ihrer Oberschenkel und die verschmutzten Bodenfliesen bedeckten. Nach einer Weile kämpfte ein winziges Fünkchen Hoffnung gegen die Dunkelheit in ihrem Kopf an und sie fragte sich, ob er es wirklich ernst gemeint hatte, als er versprochen hatte, dass sie Hazel sehen könnte, wenn sie fertig geputzt hätte. Vielleicht hatte er die Wahrheit gesagt. Vielleicht sollte sie sich beeilen.

Sie zwang sich auf die Knie und fischte den Lappen vom Boden des Eimers, dann drückte sie ihn mit zitternden Händen aus. Als sie schrubbte und immer weiter schrubbte, färbte getrocknetes Blut die Lauge, der Schaum wurde rosa, eine unschuldige Farbe, die in der Hölle nichts verloren hatte.

Wie lange würde sie es noch aushalten?

Eine Zeit lang hatte sie geglaubt, sie könne entkommen. Diese Hoffnung war nach ein paar Tagen, in denen sie alles Erdenkliche versucht hatte, um auszubrechen, schnell gestorben. Dann hatte sie gehofft, dass es ihm langweilig werden und er sie freilassen würde, oder dass vielleicht eines Tages die Polizei die Tür aufbrechen und sie retten würde, wie sie es in den Medien gelesen und im Fernsehen immer wieder gesehen hatte. Sie hatte gerade eine solche Geschichte über einen Mann gesehen, der Kindermädchen ans Bett gekettet und als Sexsklavinnen gehalten hatte. Sie hatten den Mann gefasst und die Frauen befreit. Wer würde sie befreien? Und wann?

Was wäre, wenn niemand käme?

Tränen kullerten ihr über die Wangen und fielen auf den Boden, während sie sich durch den Raum schrubbte.

Wenn niemand käme, was würde dann mit ihr geschehen? Würde er sie über Jahre hinweg hierbehalten?

Sie erreichte die Ecke, in der die Matratze, die direkt auf dem Boden lag, fast ein Viertel des Raumes einnahm. Sie schrubbte bis zum Rand und hob dann mit zitternden Fingern eine Ecke an, um zu sehen, ob sich darunter auch Schmutz befand.

Darunter lag ein zerrissenes Höschen, dessen cremefarbene Seide sich von den dunklen Fliesen abhob. Sie hob es vorsichtig auf, wie um die Frau, die es einst getragen hatte, nicht in ihrer Ruhe zu stören. Es war an den Nähten zerrissen und wies Blutflecken auf, da, wo einige Tropfen den sinnlichen Stoff erreicht hatten.

Sie fühlte etwas in dem Stoff und drehte es auf die andere Seite. Sie entdeckte eine Stickerei – den Namen *Janelle* gestickt in kursiven Seidenfäden. Wer war Janelle, und was war mit ihr geschehen? War er ihrer überdrüssig geworden? Hatte er sie freigelassen?

War der kleine Junge da oben das Kind von Janelle?

Als die Erkenntnis in ihren müden Geist kroch, warf sie das Höschen auf den Boden und kroch rückwärts, bis sie an die Wand stieß, als wäre die Berührung mit dem Kleidungsstück der anderen Frau irgendwie schicksalhaft, als würde sie von Janelles grausamen Schicksal eingeholt werden.

»Nein, nein, nein«, wimmerte sie und schüttelte den Kopf. »Oh Gott, nein.«

Janelle war weg, und bald würde sie folgen, um Platz für jemand anderen zu machen.

Bald.

VIERUNDZWANZIG

GEIST

Kay erinnerte sich kaum an die Rückfahrt. Sie war mehr als glücklich darüber gewesen, Elliot ans Steuer zu lassen, während sie vor sich hin grübelte, manchmal eindöste oder Aspekte des Falles mit ihm besprach und versuchte, mit so wenigen Informationen ein brauchbares Profil zu erstellen. Zu Hause war sie auf ihr Bett gefallen und hatte gedacht, sie würde bis zum Klingeln des Weckers durchschlafen, aber mit dem ersten Tageslicht war sie schon wieder aufgewacht.

Sie stand auf und kochte eine Kanne frischen Kaffee, dann stellte sie die dampfende Tasse an ihr Schlafzimmerfenster, öffnete die Vorhänge und ließ die Sonne herein. Sie nahm große Schlucke, die ihr in der Kehle brannten, und betrachtete den Garten mit kritischen Augen. Der Rasen war überwuchert, außer Kontrolle, das Unkraut stand kniehoch, man musste sich schämen. Diese Arbeit musste erledigt werden, ob es ihr nun gefiel oder nicht.

Das starke Gebräu verlieh ihrem müden Körper neue Energie. Als sie auf die Uhr schaute, stellte sie fest, dass sie noch etwa eine Stunde Zeit hatte, bis Elliot sie abholen würde. Sie hatten gestern Abend auf dem Rückweg ausführlich über den

Fall gesprochen und waren übereingekommen, dass sie ihre Zeit am besten damit nutzen sollten, die Aufzeichnungen der Polizei von San Francisco und des FBI über die Ermittlungen im Vermisstenfall Hendricks durchzusehen. Vielleicht konnten sie in diesen Dokumenten etwas finden, das ihnen helfen würde, Alison und die vermissten Kinder zu finden.

Der Gedanke, dass Alison und ihre Tochter eine weitere Nacht in Gefangenschaft verbracht hatten, ließ ihr die Galle aufsteigen. War Matthew noch am Leben? Hatte der Täter ihn irgendwo freigelassen, nur damit er zur Beute eines anderen wurde? Sie murmelte einen langen Fluch, während sie sich eine alte, zerrissene Jeans anzog, und ging dann nach draußen in die Garage, wo sie den alten Rasentraktor entdeckt hatte. Sie hoffte, dass er noch funktionierte.

Sie öffnete das Garagentor und schob ein paar verstreute Gegenstände aus dem Weg: verrostetes Werkzeug, einen leeren, zerbrochenen Eimer, ein paar Stücke Brennholz. Dann begann sie, den Sitz des alten Traktors mit einem Lappen, den sie mit spitzen Fingern von einer Werkbank aufgesammelt hatte, abzustauben, und hoffte, dass keine Spinne diesen Lappen als Zuhause gewählt hatte. Vorsichtig griff sie nach dem Lenkrad des Traktors und rutschte auf den Sitz, dann drehte sie den Zündschlüssel um. Sofort erfüllten ein lautes, stotterndes Knattern und der Geruch von Benzin die Garage.

»Howdy«, hörte sie Elliots Stimme hinter sich. Sie drehte den Schlüssel des Traktors zurück und der stotternde Motor verstummte. Froh, dass er so früh dran war, kletterte sie vom Sitz und strich mit den Händen über ihre Hose, wodurch Staub in die frische Morgenluft gewirbelt wurde.

»Sie sind früh dran«, sagte sie und konnte sich ein erleichtertes Lächeln nicht verkneifen. Er sah frisch aus, als hätte er acht Stunden geschlafen, nicht die drei, für die er Zeit gehabt hatte. Er trug ein schwarzes T-Shirt, das einen Hauch zu eng an seinem gut gebauten Oberkörper saß, und eine weiß gewaschene Jeans. Die Art und Weise, wie er sie ansah, hätte normalerweise ihr Lächeln breiter werden und ihren Blick – verborgen von ihren langen Wimpern – zur Seite schweifen lassen. Stattdessen wurde ihr Lächeln schwächer und ihre Augen trafen seine direkt.

»Könnte es sein, dass dieser Täter die Frauen foltert und tötet, aber die Kinder am Leben lässt?«

»Könnte sein«, antwortete er und schob die Krempe seines Hutes mit dem Zeigefinger ein wenig nach oben. »Vielleicht lässt er sie irgendwann gehen. Aber warum nimmt er sie dann mit? Und wie viele hat er entführt, von denen wir nichts wissen?«

»Es sind Zeugen«, antwortete sie, obwohl sie wusste, dass es viel mehr sein musste als das. »Vielleicht hat er Matthew gehen lassen, aber er wurde nie gefunden«, fuhr Kay fort und klang dabei nicht besonders überzeugt. »Darauf können wir uns aber nicht verlassen. Wir sollten immer noch davon ausgehen, dass der Serienmörder Alison und die beiden Kinder hat und sie alle noch am Leben sind.«

Eine Weile stand sie in der Garagentür und zögerte, ihn ins Haus zu bitten, wo seine erfrischende Gegenwart so sehr mit ihren Erinnerungen kollidierte. Es war, als ob die Traurigkeit ihrer Vergangenheit ihn irgendwie beschmutzen könnte, sich an ihm reiben könnte und sie ihn dann in einem anderen Licht sehen würde.

Die einfachste Definition des Wahnsinns, dachte sie, drehte sich um und winkte ihm, ihr zu folgen. Ihre Erinnerungen gehörten nur ihr, waren tief in ihrem Geist vergraben. Sie konnten nichts aus ihrer Gegenwart oder ihrer Zukunft berühren, es sei denn, sie lud sie dazu ein. »Es gibt frischen Kaffee, wenn Sie möchten.«

»Ich könnte Ihnen mit dem Rasen helfen«, bot er an, »aber zuerst sollten wir zurück zur Leichenhalle. Die Spürhunde haben letzte Nacht zwei weitere Leichen am Silent Lake entdeckt.«

Ihr Schritt geriet ins Stocken. »Bitte sagen Sie mir nicht, dass es die Kinder sind«, flüsterte sie.

»Der Gerichtsmediziner scheint nicht davon auszugehen«, antwortete er, nahm einen Apfel aus dem Korb auf dem Küchentisch und sah sich nach einem Messer um. »Es handelt sich um erwachsene Frauen, und sie sind schon eine Weile tot.«

Sie atmete tief durch. Vielleicht gab es noch eine Chance, Alison und die Kinder rechtzeitig zu finden.

Elliot lehnte sich an seinem Lieblingsplatz neben der Tür gegen die Wand und hielt den Apfel in die Luft. »Ein Messer, bitte?«

Sie ging ein paar Schritte nach links, wo der Messerblock auf dem Tresen stand, dann erstarrte sie in ihrer Bewegung. Alle Messer waren an ihrem Platz, bis auf das größte. Der dunkle Schlitz, der früher die Klinge ummantelt hatte, klaffte bedrohlich, als wolle er sein Geheimnis preisgeben. Elliot näherte sich und griff nach dem kleinsten Messer, wobei sein Ellbogen den ihren berührte, was sie wie ein Blitz durchfuhr.

»Darf ich?«

Sie nickte, ihre Kehle war trocken und wie zugeschnürt. Mit Mühe schluckte sie und trat zur Seite. »Sicher.«

Er nahm das kleine Messer heraus und schnitt den Apfel geschickt in vier Teile, dann bot er ihr ein Stück an. Sie starrte auf die Apfelscheibe, die in seiner Handfläche lag und vor ihrer Nase schwebte.

»Was ist passiert?«, fragte er. »Sie sehen aus, als hätten Sie einen Geist gesehen.«

FÜNFUNDZWANZIG

ERINNERUNGEN

Katherine war gerade dreizehn geworden und ihr Geburtstag war eine triste und wenig feierliche Angelegenheit gewesen; schnell – bevor ihr Vater von der Arbeit kam – hatten sie und Jacob den kleinen Kuchen gegessen, den ihre Mutter gebacken hatte.

Sie verstand, warum ihre Mutter den Vater nicht daran erinnern wollte, dass Kathy Geburtstag hatte, und sie war dankbar, dass sie den feuchten Schmatzern entging, die er ihr auf die Wangen drückte, und seiner verschwitzten Umarmung, die ihren Körper nach seinem Alkohol stinken ließ.

Auf Kathys dreizehnten Geburtstag waren ein paar Tage relativen Friedens gefolgt, jeder auf seine Weise ein Wunder, obwohl Pearl und die Kinder nie sicher wussten, ob ein Tag friedlich bleiben würde, bevor er ganz zu Ende ging. Die Angst war immer da, rüttelte an ihren Leben und machte alle drei schreckhaft. Sie sehnten sich danach, dass der Tag vorbei war und ein neuer begann, damit Kathy wieder zur Schule und ihre Mutter zur Arbeit gehen konnte. Wo sie sicher sein würden.

Aber dieser Tag sollte anders werden. Ihr Vater kam spät von der Arbeit nach Hause, bereits betrunken und wütend. Er hatte den Ruhestand eines Kollegen gefeiert oder etwas in der Art; es gab immer einen Grund für seine alkoholgeschwängerten Touren, auch wenn Kathy den übergeordneten Grund inzwischen gut kannte. Ihr Vater war Alkoholiker.

Er war an jenem Abend gegen acht Uhr nach Hause gekommen und hatte sich schwer auf das Sofa fallen lassen, genau auf die Stelle, an der der Stoff ständig von seinem Schweiß durchtränkt war, direkt vor den Fernseher, und hatte den Sportkanal eingeschaltet. Er würdigte Pearl kaum eines Blickes. Sie war damit beschäftigt, die Küche zu putzen, nachdem sie das Abendessen gekocht hatte. Kathy und Jacob hatten auf dem Wohnzimmertisch Karten gespielt, aber als der Truck ihres Vaters vor dem Haus zum Stehen gekommen war, hatten sie schnell ihre Karten eingesammelt und in der hintersten Ecke des Zimmers, auf dem Boden hinter dem Sessel, Zuflucht gesucht.

Pearl hatte einen Teller mit Rindereintopf gebracht und ihn leise vor Gavin abgestellt. Der beachtete sie kaum. Dann hatte sie ihm eine Gabel und ein Glas Wasser gebracht, die sie ebenfalls leise abgestellt hatte, bevor sie sich schnell zur Spüle zurückgezogen hatte.

Die Kinder hatten ihr Spiel wieder aufgenommen und flüsterten leise miteinander, als die schweren Schritte ihres Vaters Kathys Aufmerksamkeit weckten. Sie lugte hinter dem Sessel hervor und sah, wie Gavin sich ihrer Mutter näherte, sie dann an den Hüften packte und zu sich heranzog.

»Komm her, Baby«, sagte er mit rauer Stimme, die von jahrelangem Rauchen von billigem Zeug und starkem Alkoholkonsum geprägt war.

»Leise, Gavin, nicht hier vor den Kindern«, flüsterte sie, wischte sich die Hände an ihrer Schürze ab und schob ihn sanft von sich. Dann öffnete sie den Kühlschrank, nahm eine Flasche Wein heraus und goss die restliche Flüssigkeit in ein Glas, das kaum bis zur Hälfte voll wurde. »Hier, bitte«, bot sie an, und

Kathy hoffte, ihr Vater würde den Wein nehmen und sich wieder auf das Sofa setzen, um sein Spiel zu sehen.

Er kippte den Wein in einem Zug hinunter und stellte das Glas geräuschvoll auf dem Tisch ab. »Ist das alles, was du für deinen Mann erübrigen kannst?«, fragte er mit bedrohlich leiser Stimme. »Das ist alles, was ich nach einem langen Arbeitstag verdiene?«

»Es tut mir leid«, flüsterte Pearl und warf einen kurzen Blick auf ihre Tochter, als wolle sie sehen, ob sie weit genug vom aufziehenden Sturm entfernt war. »Wir haben keinen Wein mehr, und Geld gibt es erst am Freitag, wenn du deinen Lohn bekommst.«

»Und wofür zum Teufel arbeitest du, hm? Wirst du jemals bezahlt?«, rief er, und Kathy hörte Jacob leise wimmern.

»Ja, Gavin«, antwortete Pearl und löste sich aus seiner erneuten Umarmung. Ein Gefühl der Resignation, der Akzeptanz des bevorstehenden Schmerzes sickerte in ihre brüchige Stimme und trieb ihrer Tochter brennende Tränen in die Augen. »Am Fünfzehnten habe ich mein Geld bekommen, und ich habe die Miete und die Versicherung und alles andere bezahlt, und von dem Rest habe ich Essen gekauft. Es ist nicht so viel ...«

»Halts Maul, Weib«, schrie er. »Willst du mir sagen, dass kein Wein mehr da ist?«

»Ja, Gavin, es ist kein Wein mehr da«, antwortete sie mit erstickter Stimme und blickte auf den Boden.

Kathy brauchte all ihre Willenskraft, um nicht aus ihrem Versteck aufzuspringen und ihren Vater zu beschimpfen, aber sie wusste, dass sie nicht gewinnen konnte; das würde die Sache nur noch schlimmer machen.

»Was ist mit dem Keller?«

»Du hast alles getrunken«, flüsterte Pearl und hob die Hand, um ihr Gesicht zu schützen, da sie einen Schlag erwartete. Ihr linkes Auge war immer noch geschwollen von der letzten

Ohrfeige, die Gavin ihr verpasst hatte, der Bluterguss war nun gelblich, aber immer noch sichtbar.

Ihre Mutter sah müde und gezeichnet aus, ihre Augen waren von dunklen Ringen umgeben, und ihr Blick war hohl, als wäre etwas in ihr zerbrochen, unheilbar beschädigt worden. Nur wenn sie ihre Kinder sah, wenn sie Zeit mit den beiden verbrachte, leuchtete ihr Blick auf. Das war der Moment, in dem Kathy für kurze Zeit das Gefühl hatte, eine Familie zu haben.

»Komm schon, besorgs mir«, drängte ihr Vater, packte Pearl am Hals und drückte sie gegen die Wand, während er sie mit der anderen Hand begrapschte.

»Gavin, bitte, nein«, wimmerte sie und versuchte, sich aus seinem Griff zu befreien.

»Du musst doch irgendwo ein Fläschchen versteckt haben, vielleicht hebst du es für Weihnachten auf oder so«, beschwor er sie. »Es sind nur noch zwei Tage bis Freitag, und ich kaufe sie für dich zurück.«

»Ich habe wirklich nichts mehr zu trinken, Gavin«, flüsterte sie.

Ihre Worte machten ihn augenblicklich wütend, als hätte ihre doppelte Zurückweisung seine Wut angeheizt und das Feuer, das bereits in ihm brannte, weiter geschürt. Er schleuderte Pearl gegen die Wand und sie fiel zu Boden, augenscheinlich zu schwach, um sich seinem Angriff zu widersetzen.

Kathy sprang auf und Jacob tat es ihr gleich. Beide eilten an die Seite ihrer Mutter und Jacob versuchte, die Aufmerksamkeit seines Vaters von seiner Mutter wegzulenken.

»Wenn du willst, kann ich den Nachbarn fragen, ob er eine Flasche für dich übrig hat«, bot der kleine Junge mit leicht zittriger Stimme an.

»Ah ja, mach das, mein Junge«, antwortete ihr Vater, drehte sich zu seiner Tochter um und leckte sich über die Lippen. Seine Augen waren blutunterlaufen und lüstern. »Ich wette, dieses junge Ding

wird nicht nein zu mir sagen«, sagte er, während seine ungeschickten Finger sich abmühten, seine Gürtelschnalle zu öffnen. »Kathy, hübsche Kathy, meine süße Kathy, Daddy hat dich wirklich lieb«, sagte er mit einer Singstimme, die in einem Hustenanfall endete. »Komm her, Kathy, du sollst deinen Daddy auch liebhaben.«

Kathy starrte ihn mit großen Augen an und wusste nicht, wohin sie weglaufen sollte. Pearl stöhnte, schaffte es aber, wieder aufzustehen. Sie hielt ihre Tochter fest, um sich zu stützen, und schirmte sie dann mit ihrem geschwächten, schmerzenden Körper ab.

»Es ist deine eigene Tochter, Gavin, dein eigenes Fleisch und Blut«, flehte sie. »Rühr sie nicht an.«

Gavin öffnete den Reißverschluss seiner Hose, sein Entschluss schien festzustehen. Er machte zwei Schritte auf Kathy zu, aber Pearl schob das Kind aus dem Weg und stellte sich zitternd vor ihn.

»Hier, nimm mich«, bot sie an und öffnete mit zögernden Fingern den obersten Knopf ihrer Bluse.

Er stieß sie zur Seite und griff nach Kathy, wobei er Worte murmelte, die das kleine Mädchen nicht verstand. Kathy stieß einen kurzen Schrei aus und flüchtete auf die andere Seite des Zimmers zur Kommode, wo sie verzweifelt nach etwas suchte, das sie als Waffe benutzen konnte, da ihre eigenen Finger vor Angst schwach, zitternd und nutzlos waren.

Kathy wandte ihren Blick kurz von ihm ab und ging so schnell sie konnte durch die Schubladen, als sie eine Bewegung wahrnahm. Aus dem Augenwinkel sah sie, wie ihre Mutter ihrem Vater mit einer Bratpfanne auf den Kopf schlug.

Er hatte kaum gezuckt.

Er stieß ein schallendes Gelächter aus, stürzte dann, wie von Pearl angestachelt, in die Küche, wo sie an der Theke Zuflucht gesucht hatte, und schlug sie hart, sodass sie zu Boden stürzte. Dann drehte er sich um, nahm das größte Messer aus dem

Messerblock und hob den Arm, bereit, einen tödlichen Stoß auszuführen.

»Ich werde dich umbringen, du Abschaum«, brüllte er.

»Nein«, rief Kathy, während sie mit zitternden Händen die oberste Schublade durchsuchte und die Pistole fand, von der sie wusste, dass er sie dort aufbewahrte.

Ihre Hände zitterten stark und die Waffe schien schwer zu sein, zu schwer, um sie halten zu können. Sie ergriff sie mit beiden Händen, das kalte Metall ließ sie bis auf die Knochen frösteln, aber dann ließ sie sie fallen, bevor sie zielen konnte, der laute Aufprall wurde von Gavins höhnischem Gelächter aufgegriffen. Sie stöhnte laut auf, dann, als die erhobene Klinge ihres Vaters auf die wehrlose Brust der Mutter niederging, fiel sie auf die Knie, griff nach der hinuntergefallenen Waffe, streckte die schweißbedeckten Handflächen so weit aus, bis sie sie erreichen konnte, und führte sie wie im Rausch in einem großen Bogen unter dem Tisch durch.

Sie feuerte genau in dem Moment, als Jacob mit seinem Baseballschläger angriff, und die Kugel verfehlte ihren kleinen Bruder nur knapp. Entsetzt schrie sie auf, doch dann sah sie, wie Jacob aus der Schusslinie zurückwich und ihm der Schläger klappernd aus der Hand fiel. Er stand noch, und er war unverletzt.

Ihr Vater stöhnte auf, das Messer immer noch in der Hand, und führte es mit aller Kraft auf Pearls Brust zu.

Sie drückte noch einmal ab.

SECHSUNDZWANZIG

DIE ANDEREN

Kay war froh, als sie in der Leichenhalle angekommen waren. Es war immer schwieriger geworden, Elliots Fragen auszuweichen und ihre verräterischen Tränen zu verbergen. Sie konnte es dem Detective allerdings nicht verübeln; ihr Verhalten in letzter Zeit hätte jeden anständigen Polizisten dazu gebracht, sie in einen Verhörraum zu stecken und so lange Druck auszuüben, bis sie all ihre Geheimnisse preisgegeben hätte, gebrochen, unentschuldbar.

Oder vielleicht auch nicht ... Unabhängig davon, wie nervös und irrational sie erschienen sein mochte – ihr Verhalten konnte nicht wirklich Verdacht erregen, jedenfalls nicht so, dass es Sache der Strafverfolgung gewesen wäre. Vielleicht auf einer persönlichen Ebene, bei einem Mann, der sie vielleicht attraktiv fand, der sie besser kennenlernen wollte. So gut Elliot als Polizist auch war, er konnte nicht wissen, welche Ungeheuer sich in ihrer Vergangenheit verbargen.

Dennoch zuckte sie zusammen, als er ihren Ellbogen berührte und fragte: »Im Ernst, was war da los?« Er sah sie mit dem gleichen unnachgiebigen Blick an, der ihr bei unzähligen Polizisten begegnet war, wenn sie einem Verdächtigen kritische

Fragen stellten. Er hatte das Fahrzeug vor der Leichenhalle geparkt und sie konnte ihm nicht entkommen.

»Gar nichts«, sagte sie mit verräterisch gebrochener Stimme. »Es ist wegen meiner Mutter. Sie, ähm, hatte diesen Messerblock zu Weihnachten gekauft, ein paar Jahre bevor ich wegging. Sie hatte einen Gutschein bekommen, in der Post, und ...« Kay ließ den aufgestauten Tränen freien Lauf und versuchte nicht länger, sie zu verbergen. »Ich habe irgendwie einfach nicht damit gerechnet, dass es so schwer sein würde, dort zu sein, in dem Haus, in dem sie lebte und in dem sie gestorben ist ...«

Er drückte sanft ihre Hand, die Aufdringlichkeit in seinem Blick wurde weicher. »Das tut mir leid«, sagte er. Seine sanften Worte trösteten sie und drohten, sie noch schwächer werden zu lassen. Sie zog scharf die Luft ein und rief sich ins Gedächtnis, dass sie ja zum größten Teil gelogen hatte und dass er sich wahrscheinlich ganz anders verhalten würde, wenn er die ganze Wahrheit wüsste. Sie konnte es sich nicht leisten, unaufmerksam zu werden, nicht jetzt. Niemals.

»Danke«, flüsterte sie, löste sanft ihre Hand aus seiner und kletterte aus dem Geländewagen. Als ihre Füße den Asphalt berührten, spürte sie die Festigkeit des Bodens, der sie stützte, und sie wusste, dass sie vor seinem prüfenden Blick sicher war – zumindest für einen kurzen Moment –, erst dann atmete sie auf. Sie hatte nicht bemerkt, dass sie die Luft angehalten hatte, als ob sie beim Ausatmen riskiert hätte, alle ihre Geheimnisse preiszugeben.

Sie betrat das Leichenschauhaus und die kalte, übelriechende Luft ließ sie erschauern und versetzte alle ihre Sinne in höchste Alarmbereitschaft. Alle drei Tische in der Leichenhalle waren belegt. Die dünnen, knochigen Silhouetten waren mit weißen Laken bedeckt, die unter dem bläulichen Fluoreszenzlicht zu leuchten schienen. Dr. Whitmore saß vor dem Mikroskop und bereitete eine Reihe von Objektträgern vor, und als er einen unter die leistungsstarke Linse hielt, erschien ein vergrößertes Bild auf dem Wandschirm, farbenfroh und doch unverkennbar ohne jegliches Leben.

»Das ist bestimmt nicht das, was Sie sich für den Ruhestand vorgestellt haben, Doc, darauf könnte ich wetten«, sagte sie und näherte sich dem Tisch, der mit kleinen Tabletts und Probenhaltern übersät war. Sie berührte seine Schulter und er drehte sich nur kurz zu ihr um, mit dem Anflug eines Lächelns.

»Ganz und gar nicht«, antwortete er. Er legte ein weiteres Dia unter die Linse, seufzte dann und fuhr fort: »Ich hatte erwartet, dass ich mich langweilen würde und Zeit hätte, die gesamten Werke von Tolstoi zu lesen, gefolgt von etwas Steinbeck und vielleicht sogar noch einmal Jules Verne, den Liebling meiner Kindheit.« Er speicherte ein paar Bilder und wechselte dann wieder das Dia. »Aber nein, da draußen ist ein kranker Mistkerl, der mich an den Autopsietisch kettet.« Er speicherte ein paar weitere Bilder mit Mausklicks, die in der kalten Stille des Leichenschauhauses seltsam widerhallten, und wandte sich dann ihr zu.

»Bitte schnappen Sie den Bastard, Kay. Ich habe meiner Frau versprochen, mit ihr zu Thanksgiving nach Cancún zu fahren.«

Er stand auf, ging zum ersten Tisch hinüber und bedeutete ihnen, ihm zu folgen.

»Ich habe alle unsere Gäste für euren Besuch vorbereitet«, sagte er und reichte Kay ein kleines Glas Wick VapoRub. Sie rieb sich ein wenig Salbe unter die Nasenlöcher und reichte das Glas dann an Elliot weiter, der es mit einem dankbaren Nicken entgegennahm.

»Ich dachte, Sie benutzen das Zeug nicht, Doc«, sagte sie und gab das Glas mit einem schiefen Lächeln zurück.

»Ich habe den Teil meiner Prüfung abgeschlossen, bei dem es auf meinen Geruchssinn ankommt«, antwortete er. »Aber ihr zwei solltet euch das nicht antun müssen. Diese armen Frauen waren schon eine Weile unter der Erde.«

Dr. Whitmore schlug das Laken von den Überresten zurück, die auf dem ersten Tisch lagen. »Das ist Shannon Hendricks – ihr habt sie am Mittwoch kennengelernt, richtig?«

»Mhm, ja«, antwortete Kay, die zunächst zögerte, den Mund zu öffnen. Elliot war ein paar Schritte zurückgewichen.

»Seit unserem letzten Gespräch konnte ich ein paar Dinge bestätigen«, sagte er und setzte sich auf einen vierbeinigen Hocker auf Rollen. Dann schob er sich näher an den Untersuchungstisch heran. »Ihr Tox-Screen war sauber; sie wurde nicht vergiftet oder unter Drogen gesetzt, jedenfalls nicht in den letzten Tagen ihres Lebens. Ich habe ein paar ihrer Haarsträhnen in das Labor in San Francisco für eine detaillierte Tox-Analyse geschickt. Da ihr Haar so lang ist, haben wir in jeder Faser eine Vielzahl von Informationen über alle Chemikalien, denen sie ausgesetzt war. Das könnte euch dabei helfen, den Ort näher zu bestimmen.«

»Wann können wir mit den Ergebnissen rechnen?«, fragte Kay.

»Nicht vor Ende nächster Woche«, antwortete er. »Ich habe den Todeszeitpunkt auf Ende Mai korrigiert ...«

»Dieses Jahr?«, fragte Elliot und bedeckte seinen Mund mit der Hand, während er sprach. Wahrscheinlich widerstrebte es ihm ebenso wie ihr, die Luft einzuatmen, die vom Miasma des menschlichen Verfalls erfüllt war.

»Ja, dieses Jahr«, antwortete Dr. Whitmore und runzelte leicht die Stirn. »Sie wurde am siebenundzwanzigsten November letzten Jahres als vermisst gemeldet, habt ihr gesagt, und das bedeutet, dass sie mindestens sechs Monate in Gefangenschaft verbracht hat.«

»Das bestätigt Ihre Theorie«, sagte Elliot, »dass er sie so lange bei sich behält, bis der Boden wieder weich genug ist, um das Grab zu schaufeln.«

»Vielleicht«, antwortete Kay und betrachtete die Überreste genau. Ihre Kehle trug noch immer die Spuren der brutalen Strangulierung, die ihren Tod verursacht hatte. »Was ist mit den anderen?«, fragte sie.

Sie presste die Lippen zusammen und schluckte einen Fluch hinunter. Sie hätte vor Ort sein müssen, als die anderen Leichen ausgegraben worden waren. War sie aber nicht gewesen, Chance vorbei. Sie musste sich wieder auf Tatortfotos verlassen statt auf all ihre Sinne.

Dr. Whitmore enthüllte beide Leichen. Der Zustand der Verwesung war sichtbar fortgeschritten.

»Wir haben noch keine Identifizierung; die Fingerabdrücke haben kein Ergebnis geliefert«, sagte er. »Ich musste die verbliebene Haut rehydrieren, um einen Abdruck der Fingerabdrücke zu nehmen, und ich hatte gehofft, wir wüssten jetzt, wer sie sind. Ich finde selten Haut an den Fingern, nachdem sie so lange im Boden gelegen haben. Ich war überrascht.«

»Wie sind sie gestorben?«, fragte Elliot.

»Dazu kommen wir noch«, sagte Dr. Whitmore. »Ich bin noch nicht fertig mit der Identifizierung. Sie sind ungefähr im gleichen Alter wie die anderen beiden, aber da hören die Gemeinsamkeiten auf.«

Großartig, dachte Kay. Sie hatte auf mehr Gemeinsamkeiten gehofft, nicht auf weniger.

»Dem Knochenbau nach zu urteilen, war diese hier schwarz«, er deutete auf den mittleren Tisch, »und die andere asiatisch. Meine Vermutung: Chinesin, aber das ist die genetische Abstammung und hat nichts mit der Nationalität zu tun. Ihre Zähne sind tadellos, was auf ein wohlhabendes Leben hier in den USA hindeutet. Das gilt eigentlich für beide Frauen.«

Seine ersten beiden Opfer waren weiß gewesen, und auch Alison war weiß. Ein weiteres Teil des Viktimologie-Puzzles fiel auseinander; der unbekannte Täter überschritt Rassengrenzen. Nur ein kleiner Prozentsatz von Serienmördern tat das. Wenn er keinen Ersatz für das Objekt seiner Wut tötete – Frauen, die ihn an die Person aus seiner Vergangenheit erinnerten, die ihn so angestachelt hatte, die ihm Unrecht getan hatte – warum tötete er dann gerade diese Frauen? Warum hatte er sie ausgewählt? Sie musste das gesamte Profil neu überdenken.

»Diese hier, Jane Doe Eins«, sagte Dr. Whitmore und zeigte auf den Tisch ganz rechts, »die Asiatin, hat ein Kind geboren, aber nicht erst vor Kurzem. Jane Doe Zwei war nulliparous.« Er bemerkte Elliots Blick und erklärte. »Sie hat nie entbunden.«

»Wie wurden sie gefunden?«, fragte Kay. »War die Signatur ähnlich?«

»Nein«, antwortete er, »sie war identisch.« Er zeigte einige Fotos auf dem Wandschirm und sie ging so nah wie möglich heran, um die Details auf jedem Foto zu sehen. »Sie waren in dieselbe Art von Decke eingewickelt, ebenfalls neu, mit demselben indianischen Muster. Ich wage zu behaupten, dass sie denselben Ursprung haben. Ihre Haare waren geflochten und mit denselben Leder- und Federhaarbändern gebunden. Und es gab genügend Samara-Blätter, die darauf hinweisen könnten, dass diese beiden Frauen vielleicht auch zuerst ein Baumbegräbnis erhalten hatten, zu einer Zeit im Jahr, als es viele Samen gab.« Er räusperte sich und lächelte mit Traurigkeit in den Augen. »Was für eine interessante Idee, Kay, nach Bestattungsbäumen zu suchen. Ich bin froh, dass ich nicht in Ihrer Haut stecke und versuchen muss, so zu denken wie diese Mörder. Ich würde den Verstand verlieren.«

Kay lächelte ebenso düster zurück. Vielleicht hatte sie den ihren schon lange verloren. Vielleicht verstand sie deshalb die Killer so gut. Weil sie eine von ihnen war. Ja, sie hatte das Leben ihrer Mutter verteidigt, ihr eigenes und das von Jacob, aber sie hatte auch das Leben ihres Vaters genommen. Sie erinnerte sich noch daran, wie sie nicht gezögert und keine Reue empfunden hatte, auch nicht, nachdem die Schüsse bereits lange aufgehört hatten in ihrem Kopf zu hallen. Sie erinnerte sich auch noch an die Kühle des Abzugs unter ihrem Finger, an den lauten Knall jedes Schusses und daran, wie sie gegen den Drang ankämpfen musste, das gesamte Magazin in den leblosen, blutenden Haufen auf dem Boden zu entleeren.

»War die Todesursache dieselbe, Doc?«, fragte sie und spürte, wie ihre Kehle trocken wurde.

»Ja, gewaltsame manuelle Strangulierung bei beiden Opfern, mit zertrümmertem Zungenbein und zerquetschter Luftröhre. Aufgrund des fortgeschrittenen Stadiums der Verwesung ist ein sexueller Übergriff wahrscheinlich, aber forensisch nicht kugelsicher.«

»Wann sind sie gestorben?«, fragte Elliot.

»Irgendwann letztes Jahr. Ich brauche mehr Zeit, um das Zeitfenster einzugrenzen, aber wenn ich raten müsste, und Sie wissen, wie sehr ich es hasse zu raten, würde ich sagen, dass Jane Doe Eins im letzten Sommer getötet wurde, irgendwann im Juli, und Jane Doe Zwei ein paar Monate später, aber vor dem Winter. Sagen wir, im Oktober.«

Dr. Whitmore fuhr fort, ihnen seine Ergebnisse zu erläutern, indem er ihnen die Dias zeigte, die er zuvor aufgenommen hatte, und Proben von Gewebe präsentierte, das durch stumpfe oder scharfe Gewalt beschädigt worden war und auf das immergleiche Muster ständigen Missbrauchs hinwies; jede Gewebeprobe bildete ein anderes Stadium der Heilung ab. Aber Kays Gedanken schweiften ab, zu dem, was von dem ursprünglichen Profil übriggeblieben war, das sie zu skizzieren begonnen hatte. Es war nicht viel. Es war, als hätte sie ihr Profil mit Bleistift gezeichnet und die Welle der Beweise hätte das meiste davon wegradiert und das Blatt fast völlig leer zurückgelassen.

Doch dann schoss ihr ein Schauer über den Rücken, als sie sich daran erinnerte, was der Arzt über den Todeszeitpunkt der zweiten Unbekannten gesagt hatte.

Oktober.

Vor dem Wintereinbruch, als der Boden noch weich war.

Ihr Blick fiel auf den Wandkalender, den Dr. Whitmore immer noch führte, obwohl die meisten modernen Geräte das Datum anzeigten. Es war der 23. Oktober.

Würde der Täter Alison bis zum nächsten Frühjahr behalten? Oder sie jetzt töten, schnell, bevor die Erde gefror? Was war mit den Kindern? Was würde er mit ihnen den Winter über machen?

Sie schaute aus dem Fenster in den grauen Himmel und erinnerte sich an die Kälte, die sie an diesem Morgen in der Luft gespürt hatte, an den stechenden Nordwind, an das hohe Gras auf ihrem Rasen, das vom nächtlichen Frost gebeugt war. Kleine, vereinzelte Schneeflocken tanzten in der Luft, legten sich für ein, zwei Minuten auf die Landschaft und schmolzen dahin.

Sie hatten keine Zeit mehr.

SIEBENUNDZWANZIG

BEWEISE

»Sie hatten recht«, sagte Elliot, als sie in seinen Geländewagen gestiegen waren und die Türen geschlossen hatten. »Ich muss zugeben, dass ich Ihnen die Serienmördergeschichte nicht wirklich abgekauft habe, nicht hundertprozentig jedenfalls, nicht bis jetzt. Ich hoffe, Sie verzeihen mir.«

Sie schmunzelte, eine schnelle, traurige Reaktion auf seine Worte. »Was soll ich verzeihen? Dass Sie ein überzeugter Anhänger der Regel ›erst fünf Opfer bedeuten eine Serie‹ sind? Das war einmal die Norm, aber sie ist lange überholt. Sie ist nicht falsch, nur nicht mehr sehr akkurat.« Sie rieb sich für einen kurzen Moment die Stirn, wobei ihre kalten Finger die ersten Anzeichen einer Migräne linderten, die sich wie ein Schraubstock um ihre Schläfen gelegt hatte. »Selbst Serienmörder entwickeln sich weiter«, fügte sie hinzu und korrigierte sich dann sofort. »Oder besser gesagt, unser Verständnis von ihnen.«

Sie lehnte ihren Kopf gegen das kalte Fenster und schloss die Augen. Wie ging es weiter? Wie konnten sie Alison und die Kinder finden, bevor ihnen die Zeit davonlief? Wenn sie genau hinhörte, konnte sie in der Ferne das unverwechselbare Bellen von Spürhunden bei der Arbeit hören, das experimentelle K9-Team aus Davis. Sie suchten seit dem Morgengrauen, und wenn irgendetwas gefunden worden wäre, irgendeine Spur von Beweisen oder eine Fährte, dann hätte Elliot einen Anruf erhalten.

Wahrscheinlich hatte der Mörder, nachdem er Alison und ihre Tochter entführt hatte, den Nissan entsorgt, und die beiden Opfer waren mit einem Fahrzeug, wahrscheinlich dem des Täters, irgendwohin transportiert worden, und das war nichts, was die Hunde aufspüren konnten.

Elliot und Kay blieben die einzige Hoffnung für Alison und die Kinder, und das Leben aller drei lastete schwer auf ihren Schultern.

»Halten Sie sich nicht zurück«, sagte Elliot. »Sagen Sie mir, was Sie denken. Wohin als Nächstes? Was sollen wir tun?«

Sie presste die Lippen aufeinander, während sich ihre Stirn in Falten legte. »Das FBI wird die Sache wahrscheinlich übernehmen ...«

»Kommen Sie mir nicht mit diesem dampfenden Haufen Mist«, reagierte er. »Sie wissen besser als jeder andere, dass es an Ihnen liegt. Bis das FBI auf den Plan tritt, hat er sie alle umgebracht, und wir werden sie wer weiß wo finden.« Er berührte ihre eiskalte Hand und verbreitete Wärme in ihrem Körper. »Sie haben das schon mal gemacht, Kay. Lassen Sie uns den Bastard festnageln, Sie und ich, zusammen.«

Sie holte tief Luft und musste einige seiner Argumente akzeptieren. Sie verstand den Täter besser als jeder, der neu in den Fall einstieg, die Chance dazu hatte, bevor die Zeit ablief. Sie hatte das Gefühl, dass sie kurz davor war, sein Profil zu entschlüsseln, und ein Teil dieses Profils schien ihr greifbar zu sein, wie ein vergessenes Wort, das einem auf der Zungenspitze liegt und sich weigert, in den Fokus zu kommen, das aber eindeutig da ist, benutzt, bekannt, vertraut.

»Normalerweise hätte ich bei Opfer Nummer fünf einen

eindeutigen Opfertyp, aber das ist nicht der Fall«, sagte sie zunächst zögernd, aber ihre Stimme wurde schneller, als sie sich auf das vertraute Terrain der Erstellung von Täterprofilen begab. »Einige waren Weiße, andere nicht. Das Einzige, was sie gemeinsam hatten, war ihr Alter und die Länge ihrer Haare, die lang genug waren, um dieses rituelle Flechten zu ermöglichen.«

»Rituell?«, fragte er. »Warum glauben Sie, dass es mehr als nur eine einfache Signatur ist?«

»Signaturen sind nie einfach«, antwortete sie. »Sie sind die Verknüpfung von Fantasien oder Sehnsüchten, die der Täter hat, und sie sind fast immer komplex, vielschichtig und sprechen die versteckten Triebfedern ihrer Zwänge an. Dies ist der einzige klare Teil des Profils, so weit. Es scheint eine starke Verbindung zwischen dem Täter und dem Leben der indigenen Bevölkerung, ihren Bräuchen und ihrem Glauben zu geben.«

»Sie sagten, Sie glauben, er sei von hier. Könnte er also ein Native American sein?«

»Das glaube ich nicht«, antwortete sie. »Er ist definitiv von hier, wenn man bedenkt, wie sehr er sich mit der Umgebung und in der Gegend im Allgemeinen auskennt. Irgendetwas bringt ihn dazu, hier zu töten und seine Opfer hier zu begraben. Dieses Etwas muss eine starke Verbindung zu dem Ort sein, an dem er geboren und vielleicht aufgewachsen ist, oder zu dem Ort, den er immer noch sein Zuhause nennt. Aber er vermischt verschiedene indianische Bräuche in seinen Ritualen; er ist nicht einem einzigen Stamm treu, wie es ein echter Indigener wäre.«

»Was noch?«

»Er hat enge Verbindungen zu den Ureinwohnern der Region, die für seine Rituale und seine Fantasien von Bedeutung sind«, antwortete sie. »Er hat eine starke emotionale Bindung zu einem oder mehreren Stämmen und ihren Mitgliedern.«

Sie begann, über den Zusammenhang zwischen den Rassen

der Opfer und seinen Beziehungen zu den Ureinwohnern nachzudenken. Was, wenn die Opfer zufälligen Rassen angehörten, weil sie Platzhalter für indigene Frauen waren? Er hatte ihnen die Haare geflochten, als wären sie Ureinwohner, genauer gesagt Pomo, und vielleicht war es ihm egal, welcher Rasse sie angehörten, solange sie nur nicht Pomo waren.

Aber warum jagte er dann keine Pomo-Frauen? Vielleicht, weil es nicht mehr so viele im Stamm gab, oder weil es ihm zu gefährlich werden könnte, wenn er diese tötete, weil es ihm eine Zielscheibe auf den Rücken malen würde. Dafür war er zu schlau. Er wusste, wie er am längsten unentdeckt bleiben konnte, und er hätte einfach weiter gemordet, ohne dass jemand etwas gemerkt hätte, wäre da nicht der neugierige Hund eines Touristen gewesen.

»Ja, er ist definitiv von hier«, bestätigte sie, »und das Objekt seiner Wut ist eine indigene Frau im Alter von fünfundzwanzig bis zweiunddreißig Jahren. Ich glaube, dass er weiß ist, wenn man sich die Bevölkerungsstruktur der Gegend ansieht, aber das ist nur eine statistische Vermutung, nichts weiter.«

»Soll ich das aufschreiben?«, fragte Elliot, wobei das Lächeln in seiner Stimme unverkennbar war.

»Vielleicht möchten Sie das Ihren Kollegen mitteilen, also ja, aber ich werde da sein, um Fragen zu beantworten.«

»Das heißt, Sie haben ein Profil?«

»Einen Teil davon«, gab sie zu. »Diese Art von Raubtier ist ein Macht- oder Kontrollkiller, und diese Killer haben normalerweise einen Typ. Das Fehlen eines Typs könnte darauf hindeuten, dass der von ihm gewünschte Typ nicht verfügbar oder zu riskant ist, um ihn so nah an sich heranzulassen.«

»Welche Art Typ?«

»Höchstwahrscheinlich eine Pomo-Frau«, sagte sie. »Irgendwann in der Vergangenheit dieses Täters hat ihm eine Pomo-Frau Unrecht getan, sich ihm widersetzt oder ihn in erheblichem Maße verletzt. Aber er wird sich nicht in die Nähe des Stammes begeben, um zu jagen, denn er ist auch sehr geschickt darin, sich nicht erwischen zu lassen.«

»Glauben Sie, er ist opportunistisch?«, fragte Elliot. »Wartet er darauf, dass sich Touristen hierherwagen, um dann zuzuschlagen?«

»Er ist sehr gut organisiert, und organisierte Killer überlassen selten ein Detail ihres Vorgehens dem Zufall. Ich glaube, dass es eine präzise Methode für seine Entführungen gibt, und deshalb ist er in der Lage, hier in dieser Gegend zu entführen, zu foltern und zu töten, ohne erwischt zu werden.«

»Wenn nicht hier, wo sucht er sich dann wohl seine Opfer?«

Sie antwortete nicht sofort. In erster Linie hatten machtmotivierte Mörder einen starken Trieb, auch wenn dieser Trieb nicht die Lust war. Es gibt einen Drang in ihnen, ihr Bedürfnis nach absoluter Macht über einen anderen Menschen zu befriedigen, meist ein Symbol oder ein Stellvertreter

für das Objekt ihrer Wut. Aber wie jagten diese Menschen?

Einige planten ihre nächste Entführung bis ins Detail und wählten mit Bedacht Opfer aus, welche die Ermittler nicht zu ihnen zurückführen konnten. Andere wählten aus einem Pool von Opfern, die ein hohes Risiko hatten, wie Prostituierte oder Straßenkinder, Menschen, die normalerweise nicht vermisst wurden. Aber sie war noch nie einem Täter begegnet, der so gerissen und planvoll vorging wie dieser. Seine Opfer kamen aus dem ganzen Land, was eine Zuordnung schwierig machte, wenn die Opfer als vermisst gemeldet wurden. Er entsorgte ihre Fahrzeuge an einem Ort, der höchstwahrscheinlich keinen Verdacht erregte und nur auf das Opfer und nicht auf ihn selbst zeigte. Die einzigen Risiken, die er wirklich einging, waren ritueller Natur und hatten mit der Bestattung der Frauen zu tun. Es war, als ob er seinem Trieb ohne Rücksicht auf das Risiko folgen musste, indem er die Opfer erst auf Bäume hob und später zurückkam, um sie zu begraben, und das alles an einem Ort, an dem sich häufig Touristen aufhielten.

»Er kann nicht anders, als seinem Trieb zu folgen«, sagte Kay, »egal wie klug er ist, und er ist sehr klug. Ich glaube, er hat Kenntnisse in Forensik und Kriminologie, wenn man bedenkt, wie sehr er darauf bedacht ist, seine Spuren zu verwischen und zu verhindern, dass wir ein Profil von ihm erstellen können.« Sie hielt inne und merkte, dass sie Elliots Frage nicht beantwortet hatte. »Ich glaube nicht, dass wir genug Informationen haben, um herauszufinden, *wo* er seine Opfer auswählt, aber wir wissen mit Sicherheit, dass er ihre Fahrzeuge außer Gefecht setzt und sie angreift, wenn sie am verwundbarsten sind.« Sie dachte einen Moment lang über die vermissten Kinder und das machtmotivierte Profil nach.

Sie spürte, wie ihr ein Schauer über den Rücken lief. Ein Kind zu haben, erhöhte die Verletzlichkeit einer Mutter um einen unermesslichen Faktor. Und doch hatte der Täter Tracy gehen lassen. Aber er hatte Matthew festgehalten. Hatte er das wirklich? Wo war Matthew Hendricks? In ihrem Kopf drehten sich alle Möglichkeiten, alle Szenarien, die sich aus den ungewöhnlichen Handlungen und verdrehten Ritualen des Mörders ergaben und hinter denen sich ein kompliziertes Labyrinth von Fantasien verbarg, die er im Laufe der Zeit aufgebaut hatte und die sich immer tiefer in den Abgründen seiner Triebe verloren.

»Dieser Täter ist jemand, der in seiner Kindheit missbraucht, ja sogar gefoltert wurde oder *glaubt*, dass ihm das angetan worden ist. Er trägt die nicht verheilte Wunde dieses Missbrauchs mit sich und fühlt sich gezwungen, seine Dominanz über Stellvertreter-Opfer wieder und wieder zu behaupten, während nichts, was er tut, kein noch so großes Leid, das er seinen Opfern zufügt, das brennende Gefühl der Machtlosigkeit, der Unzulänglichkeit, das er täglich erträgt, lindern kann.«

»Wollen Sie mir sagen, dass dieser Täter aus einer Missbrauchsfamilie kommt?« Elliot reagierte mit Spott. »Diese

Gegend ist eine der ärmsten in Kalifornien; finanzielle Not und Missbrauch gehen Hand in Hand.«

»Das weiß ich«, erwiderte sie barsch, da seine Aussage etwas zu sehr ins Schwarze traf. »Aber das ist das Profil und Sie müssen das verstehen. Vor allem, wenn ich sage, dass die beste Spur, die wir haben, diese Autos sind und die Art, wie er sie zurück nach San Francisco gebracht hat.«

»Was für eine Spur, der Abschleppwagen?«, fragte er, wobei seine hochgezogenen Augenbrauen seine Stirn in Falten legten. »Eggers hatte nichts mit diesen Autos zu tun; auf ihre Idee hin bot Hobbs an, die Anklage wegen Kokainbesitzes ganz fallen zu lassen, aber Eggers konnte uns immer noch nicht das sagen, was wir hören wollten.«

»Ich habe nicht erwartet, dass ein Mann wie Eggers Teil des Plans des Täters ist«, antwortete sie. »Ich hatte *gehofft*, dass er es ist, aber ich habe es nie wirklich erwartet.«

»Warum nicht?«

»Dieser Täter ist raffiniert, hochgebildet, kennt sich mit Technik aus, weiß, wie man Fahrzeuge diskret sabotiert, ohne dass euer Techniker es auf der Stelle durchschauen kann, und handelt schnell, ohne eine einzige Spur zu hinterlassen.« Sie hielt einen Moment inne und ließ ihre Worte auf sich wirken. »Und jetzt, mit diesem Bild im Kopf, stellen Sie Eggers neben ihn und sagen Sie mir, was Sie von der Zusammenarbeit der beiden halten.«

Elliot senkte für einen Moment den Kopf. »Ja, die wird es nicht geben«, murmelte er. »Er ist nicht unser Mann.«

Sie starrte in die Ferne, auf die Gipfel der vom Wind verwehten Bäume vor dem grauen Himmel. Es war unmöglich, zu wissen, wo in den Weiten mehrerer angrenzender Staatswälder der Täter seine Höhle gebaut haben könnte. Millionen von Hektar bewaldeter Hänge und felsiger Gipfel, die sich bis über die Spitze der Sierra Nevada ausdehnten, und keine Spur von Alison und den beiden Kindern.

Aber er hatte ihre Autos immer irgendwie zum Flughafen von San Francisco zurückgebracht, ohne dass das GPS auch nur den leisesten Hinweis auf diese Fahrt gab.

»Wo wird er wohl seine nächsten Opfer begraben, jetzt, wo wir seine Grabstätte gefunden haben?«

»Wir haben sie wohl eher entweiht«, antwortete Kay und überprüfte ihre Nachrichten. »Er wird sich nicht weit vom Silent Lake entfernen. Die Wahl seiner Begräbnisstätte hat eine Bedeutung. Es gibt eine alte indianische Legende, die besagt, dass Silent Lake, oder Cuwar Lake, wie der Name ursprünglich lautete, aus den Tränen der indianischen Frauen entstand, die um ihre Toten weinten.« Während sie sprach, wurde ihr klar, dass sich der Begräbniswald weit über das Gebiet, das sie entdeckt hatten, hinaus erstreckt haben könnte. »Es gibt mehrere Wege, die zum See führen, die meisten davon sind mit einem Geländewagen befahrbar. Dieser Teil des Rituals ist von entscheidender Bedeutung; er wird gezwungen sein, weiter ...« Sie brach abrupt ab, als sie die E-Mail sah, auf die sie gewartet hatte. »Das Flughafenbüro der Polizei von San Francisco hat geschrieben«, sagte sie aufgeregt und öffnete sie. Bald würden sie sehen können, welcher Abschleppwagen die Autos abgeliefert hatte, vielleicht sogar ein Nummernschild oder ein Bild des Fahrers erfassen können. Die E-Mail wurde aufgrund der Größe der Anhänge nur mühsam langsam geladen. Nach und nach erschienen die Fotos aus den Überwachungsvideos auf dem Bildschirm. Sie hielt das Telefon näher an Elliot heran, damit er sehen konnte, und wich ein wenig zurück, als ihre Köpfe über dem Bildschirm beinahe zusammenstießen.

Die Bilder waren körnig und bereits nachbearbeitet worden. Sie zeigten in chronologischer Reihenfolge Shannons Subaru, Kendras Jeep und schließlich Alisons Nissan, die alle von einem Mann auf den Parkplatz gefahren wurden, der sein Gesicht mit einem Basecap und einem Kapuzenpulli zu verdecken wusste.

Alle Fahrzeuge waren dorthin gefahren und nicht abgeschleppt worden.

Sobald der Täter auf den jeweiligen Parkplatz gefahren war, schloss er die Autos ab und ging weg, ohne auch nur einen Moment damit zu verbringen, an ihrem GPS herumzubasteln, um alle Aufzeichnungen über die Fahrt vom Mount Chester zu löschen. Wie dann? Wie hat er es gemacht? Wie schaffte er es, die Fahrzeuge so weit außer Gefecht zu setzen, dass ihre Fahrerinnen anhielten und Hilfe anriefen, bevor er selbst sie dann ohne Probleme direkt zum Flughafen fuhr?

Die Fotos waren mit Zeitstempeln versehen, aus denen hervorging, dass alle drei Autos nur wenige Stunden, nachdem die Opfer zuletzt gesehen worden waren, zurückgebracht wurden. Er war nicht nur präzise in seiner Ausführung, sondern auch schnell. Das bedeutete auch noch etwas anderes.

»Er lässt sie irgendwo allein«, sagte Kay. »Er hat einen abgelegenen Ort, wo niemand sie finden oder schreien hören kann.«

Elliot zuckte mit den Schultern und deutete mit der Hand auf die wilde Landschaft, die sie umgab.

Sie las die Nachricht der Flughafenverwaltung, die vom Chef der San Francisco Polizeiwache unterzeichnet war, und las sie dann ungläubig noch einmal.

Leider, so die Nachricht, *gibt es keine einzige Kameraansicht, die den Verdächtigen aus einem besseren Blickwinkel zeigt, obwohl er beim Verlassen des Flughafenparkhauses stark überwachte Bereiche durchquerte. Wir haben seine Bewegung bei jeder der drei Gelegenheiten verfolgt und können bestätigen, dass er jedes Mal den schnellsten Weg aus dem Parkhaus genommen und dann das Gelände zu Fuß verlassen hat. Er hat weder ein Taxi noch einen Shuttle genommen. Keine Person, auf die seine Beschreibung passt, wurde beim Verlassen des Geländes in einem Fahrzeug gesehen, wie alle Videokameras an den Hauptzufahrtspunkten zum örtlichen Autobahnnetz zeigen. Er ist einfach verschwunden.*

ACHTUNDZWANZIG
CADILLAC

Er erinnerte sich daran, wie er in diesem blauen Cadillac herumfuhr, seine Lungen mit dem Duft von feinem Leder füllte und seinen Magen mit der ersten anständigen Mahlzeit seit Monaten, bezahlt mit dem Kleingeld aus dem Becherhalter der Mittelkonsole. Er fuhr die ganze Nacht und genoss den Nebel, der mehr als einmal sein Feind gewesen war, denn jetzt war die dicke Schicht bodennaher Wolken sein Freund, der ihn beschützte und die Leichen verbarg, die er in dem Müllcontainer im Tenderloin zurückgelassen hatte.

Er fuhr die ganze Nacht im Kreis, die Lüftungsschlitze des Geländewagens bliesen warme Luft auf seinen zitternden Körper, die Musik war laut, und nichts, was er je zuvor gefühlt hatte, war mit diesem Moment vergleichbar, nicht einmal im Entferntesten. Er fühlte sich in diesem Cadillac so sicher, wie er es einst in den Armen seiner Mutter gewesen war, bevor sie sich gegen ihn gewandt und ihn wie den Müll von gestern weggeworfen hatte. Er fühlte sich warm, mächtig, unbesiegbar. Ab und zu bog er in eine Seitenstraße ein, um einem Streifenwagen auszuweichen, sein Herz pochte laut gegen seinen Brustkorb, aber in dieser Nacht blinkten keine rot-blauen

Lichter hinter ihm auf. Leute, die solche Autos fuhren, wurden selten angehalten, und nie ohne Grund, denn solche Leute hatten mächtige, blutrünstige Anwälte, die sich für sie einsetzten, die sie schützten.

Gegen vier Uhr morgens fuhr er bis nach Twin Peaks und betrachtete die Stadt, die ihm zu Füßen lag: Eine Decke aus Millionen von Lichtern, in Watte gehüllt, wie verschneite Weihnachtsbäume zu Hause, in Mount Chester. Er machte es sich auf der Motorhaube bequem, die Wärme des Motors hielt die nächtliche Kälte in Schach, und starrte auf die dichte Nebelschicht, wohl wissend, dass seine Freiheit nicht von Dauer sein konnte.

Von dort aus fuhr er zum Battery East Park, wo er am Straßenrand anhielt und die Golden Gate Bridge betrachtete, eine geisterhafte Erscheinung aus gelben Natriumdampflampen und rotem Metall, eingehüllt in dichten, schweren Nebel, der den goldenen Schein einfing und über das Wasser verbreitete, eine Vision vom Weg ins Paradies. Nur jenseits der Bucht, irgendwo auf der anderen Seite der Brücke, hatte der Himmel bereits begonnen, die gefürchteten Farben der Morgendämmerung einzufangen.

Bald würde die Sonne aufgehen, und unter ihren kräftigen Strahlen würde der Nebel verbrennen, sich auflösen und ihn und die Leichen der Männer, die er getötet hatte, zum Vorschein bringen. Schweren Herzens, aber genau wissend, was er zu tun hatte, fuhr er den Escalade ein letztes Mal zu einem Laden im Tenderloin, der für seine zwielichtigen Geschäfte bekannt war. Er wartete etwa eine Stunde auf den Mann, dem der Laden gehörte, einen Mann, über den er Gerüchte gehört hatte, geflüsterte und verstörende Gerüchte darüber, wie er sich die Tätowierungen, die seine Haut zierten, verdient hatte und wie er zu einer Legende geworden war, während er seine Zeit abgesessen hatte. Wegen Totschlags.

Wenn jemand verstehen könnte, dann dieser Mann. Aber

er hatte nicht die Absicht, seine Probleme preiszugeben. Er wollte nur den Cadillac verkaufen.

Er verhandelte schlecht, da er die Spielchen nicht gewohnt war, die der Ladenbesitzer mit Leuten wie ihm trieb, und er glaubte seinen Drohungen, die Polizei zu rufen. Er konnte sich gerade noch davon abhalten, ihn anzuspringen, und das auch nur, weil die prallen Muskeln des Mannes ihm sagten, dass er keine Chance hatte, nicht einmal mit einer Klinge in der Hand. Da er keine andere Wahl hatte, gab er sich mit dem zufrieden, was der Ex-Knacki ihm für den gestohlenen Cadillac zu geben bereit war.

Als er die Werkstatt verließ, stand die Sonne hoch am Himmel und er hielt in seiner verschwitzten Hand viertausend Dollar als dicke Rolle gebrauchter, schmutziger Scheine, weniger als ein Zehntel des Wertes des Autos. Er sehnte sich nach dem Gefühl, wieder einen Autoschlüssel in der Hand zu halten, aber dieses Geld öffnete ihm die Tür zu seinem zukünftigen Leben.

Sein erster Schritt war, sich so weit wie möglich von dem Müllcontainer in Tenderloin zu entfernen. Er kaufte sich eine Caltrain-Fahrkarte und fuhr mit dem Zug an San Jose vorbei, bis er aus dem Fenster nur noch Getreidefelder sehen konnte. Dann fand er ein kleines Zimmer zur Miete im Hinterhaus eines älteren Ehepaars, und ein paar Tage später hatte er einen Job.

Er erinnerte sich noch genau an all die Fragen, die ihm bei seinen Versuchen, sich ein Leben einzurichten, gestellt worden waren. Hatte er einen Führerschein? Wie wäre es mit einem Lebenslauf? Referenzen, die der Arbeitgeber anrufen konnte? Eines nach dem anderen nahm er all diese Hindernisse in Angriff und lernte aus jeder Erfahrung, wie weit seine Welt von der Welt der Männer, die Cadillacs fuhren, entfernt war.

Und mit jeder neuen Information, mit jedem Dokument

und mit jeder Zeile in seinem Lebenslauf kam er dem näher, der er sein wollte.

Ein Jahr später wurde er zum College zugelassen.

Er arbeitete tagsüber und lernte nachts, eine gewaltige Anstrengung für den Jungen, der auf der Straße gelebt hatte und nie die Highschool abgeschlossen hatte. Aber er hatte auf eigene Faust gelernt und den Abschluss nachgeholt. Dann überzeugte er die Zulassungsstelle davon, dass er ein großartiger Kandidat war, der die Universität stolz machen würde, weil er ein mittelloses Waisenkind war, das aber den unbändigen Willen zum Erfolg hatte.

Die Universität hat ihm seine Geschichte abgekauft. Alles, jedes Wort der Geschichte, die er erzählte, ohne sich die Mühe zu machen, irgendetwas davon nachzuprüfen. Der Berater ermöglichte es ihm sogar, für ein Sportstipendium in Betracht gezogen zu werden, und nachdem er zwei Wochen zur Vorbereitung beantragt hatte, bestand er alle Prüfungen mit Bravour. Die Tür zu einem besseren Leben öffnete sich für ihn weit, und er konnte frei über seine Zukunft phantasieren, kein Traum war mehr unerreichbar.

Bald wurde er zum Aushängeschild der Universität. Er war wortgewandt und konnte jedes noch so fadenscheinige Argument durchsetzen. Er hatte einen Hauch von Verletzlichkeit an sich, auf den Frauen, egal welchen Alters, unwillkürlich hereinfielen. Und es gab nie die geringsten Gerüchte über irgendwelche Beziehungen; dafür war er zu beschäftigt. Doch sein akademischer Erfolg bereitete ihm keine Freude; für ihn war das alles nur ein Mittel zum Zweck. Seine Zeit als Obdachloser lag hinter ihm, war aber nie vergessen, und die Wunden in seiner gequälten Seele bluteten noch immer.

Die ganze Zeit über gab es zwei Dinge, die für ihn sehr schwer zu ertragen waren. Keinen Cadillac zu fahren, und niemanden zu töten. Einige seiner Kollegen konnten bezeugen, dass sie ein Glitzern in seinen Augen wahrgenommen hatten, etwas, das sie nicht benennen konnten, das aber tief in ihren Herzen die Angst vor ihm weckte. Sie hatten keine Ahnung, wie nahe sie seiner Klinge gekommen waren oder wie nahe sie daran waren, von seinen bloßen Händen, die sich um ihre Kehlen legten, ausgelöscht zu werden. Mädchen, die versucht hatten, sich mit ihm zu verabreden, gab es einige. Aber keine von ihnen würde zugeben, wie stark sie von ihm erregt worden war, als er sie von Kopf bis Fuß musterte und seine Augen an all den falschen Stellen verweilt hatten. Doch er ging nie über diesen verweilenden Blick hinaus, obwohl sie hätten schwören können, dass sie Anzeichen männlichen Interesses an ihm gesehen hatten; er ging einfach weg und ließ sie unbefriedigt, frustriert und mit dem Gefühl der Ablehnung zurück. Was ihn betraf, so zog er es vor, seine Erregung nach Hause zu tragen, wo er phantasieren und sich auf seine eigene Weise befriedigen konnte, ungesehen von irgendjemandem und ohne sich um die Gefühle anderer kümmern zu müssen.

In der Zwischenzeit wuchs das Geheimnis, das ihn umgab, in gleicher Weise wie sein Notendurchschnitt immer besser wurde. Er wurde zu einer Legende.

Er wusste, dass er sich von Studentinnen und Männern, die ihn verärgerten, fernhalten musste, weil er wusste, wie viel Glück er gehabt hatte, als er nach seiner letzten Nacht im Tenderloin nicht erwischt worden war. Ihm war klar, dass man so ein Glück weder erzwingen noch als selbstverständlich hinnehmen konnte. Die drei Männer, die er getötet hatte, waren am nächsten Tag gefunden worden, aber der Fall war nie gelöst worden, bis jetzt ungeklärt und von den meisten vergessen.

Doch nicht von ihm.

Von einem unnachgiebigen Zwang getrieben, versprach er sich süße Linderung an dem Abend, an dem er am stärksten damit zu kämpfen hatte, einen Mann nicht zu töten, der ihm während eines Spiels absichtlich ein Bein gestellt hatte. Aber diese Linderung würde nicht ohne einen immensen Preis kommen, es sei denn, er lernte, wie man es richtig machte. Der Name dieses Mannes stand auf einer Liste, die er in seinem Kopf angelegt hatte, von Leuten, die er wieder aufsuchen würde, sobald die Dinge richtig liefen.

Er entschied sich für ein Studium der Forensik, um sich auf eine Karriere in der Kriminalistik vorzubereiten. Da würde er lernen, wie man jagte, ohne erwischt zu werden. Er verschaffte sich Zugang zu Wissen, Menschen und Systemen, um seine Fähigkeiten so weit wie möglich zu perfektionieren und sich für die Momente seliger Befriedigung zu stählen: Die eine wahre Berufung, die ihn nachts wachhielt, das Einzige, das er nicht ignorieren konnte. Das Einzige, das es wert war, danach zu streben.

Und eines Tages, bald, würde er wieder einen Cadillac fahren.

NEUNUNDZWANZIG

GARTEN

Kay wachte auf, blinzelte im hellen Morgenlicht und fragte sich, wie sie am Abend zuvor vergessen haben konnte, die Vorhänge des Schlafzimmerfensters zuzuziehen. Sie war so müde gewesen, dass sie der vertrauten Umgebung kaum Beachtung geschenkt hatte. Sie hatte sich auf das Bett fallen lassen und war dankbar gewesen für die neue Bettwäsche, die nach Lavendel und Sauberkeit roch. Der Rest des Zimmers sah genauso aus, wie sie es in Erinnerung hatte, klein und vollgestopft mit zusammengewürfelten Möbeln und all den Sachen, die ihre Mutter dort hineingestellt hatte, nachdem sie fortgegangen war. Auf dem alten Schreibtisch, an dem sie während ihrer Schulzeit ihre Hausaufgaben gemacht hatte, sah man noch immer die Kratzer, die sie verursacht hatte, als sie versehentlich mit einem Kugelschreiber auf einem einzelnen Blatt Papier geschrieben und zu fest aufgedrückt hatte. Diese Kratzer hatten ihr ein paar Ohrfeigen von ihrem Vater eingebracht, eine weitere Erinnerung, die wie eine aufdringliche, unerbittliche Hydra mit Tausenden von Köpfen in ihren persönlichen Bereich eindrang.

Sie blinzelte ein paarmal, um ihre Augen an das Licht zu

gewöhnen und die unerwünschten Erinnerungen zu vertreiben, dann sah sie auf die Uhr und sprang aus dem Bett. Es waren nur noch vierzig Minuten, bis Elliot sie abholen würde; sie hatte kaum Zeit zum Duschen. Sie trafen sich mit dem Sheriff und seinem Team, um das Profil zu erstellen, auch wenn sie sich in ihrer gesamten Laufbahn noch nie so wenig darauf vorbereitet gefühlt hatte. Aber sie hoffte, dass das Wenige, was sie über den Täter wusste, an die Strafverfolgungsbehörden weitergegeben werden konnte und genug Aufschluss gab, um den Mörder zu identifizieren. Und vielleicht würde das bedeuten, dass sie Alison, Hazel und Matthew noch am Leben finden würden.

Sie war in der Nacht zuvor bis etwa drei Uhr wach geblieben und hatte in ihrem Kopf mit den Teilen des Puzzles gespielt, versucht, sie zusammenzufügen und das Bild des furchtlosen Jägers zu zeichnen, der ihnen die ganze Zeit über einen Schritt voraus war. Wer war dieser Mann? Wie konnte er aus der Gegend stammen und enge Beziehungen zur Gemeinschaft der indigenen Bevölkerung haben, obwohl niemand etwas von ihm zu wissen schien? War das Profil völlig falsch?

Sie wollte etwas früher als geplant in die Wache fahren, um mit dem Techniker des Fuhrparks zu sprechen. Er hatte alle drei Fahrzeuge untersucht und den Motor des Jeeps Stück für Stück auseinandergenommen, um herauszufinden, wie die Fahrzeuge außer Betrieb gesetzt worden waren. Er hatte zwar noch keinen endgültigen Befund, aber sie hatte ein paar Fragen, die sie ihm stellen wollte.

Als sie die Kaffeemaschine auffüllte, hörte sie ein entferntes Geräusch, ein vertrautes Summen. Sie wollte es gerade als unbedeutend abtun, dachte, es müsse der Nachbar sein. Aber als sie aus dem Fenster schaute, sah sie Elliot auf dem Rasentraktor sitzen, der breite Schneisen in das wuchernde Grün schnitt. Sie stöhnte und fragte sich, wie er wohl das Garagentor geöffnet hatte. Dann kam ihr der Gedanke, dass sie in den

Augen des Mannes wohl ein ziemlich bemitleidenswertes und hoffnungsloses Bild abgeben musste, wenn er sich in aller Herrgottsfrühe zum Rasenmähen herabließ. Er war wohl schon eine ganze Weile damit beschäftigt; der vordere Rasen war fast vollständig gemäht, nur vereinzelte Haufen vergilbten, gemulchten Schnittguts, schon ganz verklumpt, waren noch übrig.

Dann wurde das Geräusch leiser, und Elliot bog um die Ecke, um den Garten hinter dem Haus zu mähen.

Ihr Blut gefror, die Eiszapfen darin kribbelten auf ihrer Haut und verursachten ihr kalte Schweißausbrüche.

Sie zog sich schnell Jeans und Pullover an und eilte auf die hintere Veranda. Von der offenen Hintertür aus sah sie, wie Elliot sich einen Weg durch die Weidenbäume bahnte und den Arm ausstreckte, um zu verhindern, dass die langen Äste ihm ins Gesicht peitschten oder ihm den Hut vom Kopf rissen. Er hatte zuerst – ganz nach den Regeln der Kunst – die Umrandung gemäht und bahnte sich jetzt vorsichtig einen Weg um jeden Baumstamm herum, um einen ordentlichen Rand zu stutzen. Blass und zitternd beobachtete sie, wie er um die erste Weide herumfuhr, dann um den zweiten Baumstamm. Dann fuhr er ein paarmal hin und her, um das Stück Rasen zwischen den Bäumen und dem Waldrand zu mähen. Kay brauchte all ihre Kraft, um nicht zu schreien und wegzulaufen, weit weg, so weit sie nur konnte.

Elliot schaute zum Haus und winkte. Sie winkte zurück, konnte sich aber nicht dazu durchringen zu lächeln oder etwas zu sagen. Er stellte die Schneideblätter ab und fuhr ein Stück in Richtung Haus, dann stoppte er den knatternden Motor. Einen Moment lang herrschte Totenstille.

Sie schluckte den Knoten in ihrer Kehle hinunter und schaffte es, ein Lächeln aufzusetzen. »Machen Sie so was öfter?«, fragte sie und merkte, dass ihre Stimme erstickt und unnatürlich klang. »Wohltätigkeitsdienste für Frauen, die sich nicht selbst helfen können?«

Er schob die Krempe seines Hutes mit dem Zeigefinger ein wenig nach oben. »Nur als Gegenleistung für Kaffee und Bagels«, antwortete er fröhlich. Aber die Fröhlichkeit in seiner Stimme passte nicht zu seinen Augen. Sie waren angespannt, prüfend, ein Hauch von Sorge zeigte sich in seiner blauen Iris.

Er sagte kein weiteres Wort, und ihr fiel nichts ein, was sie hätte erwidern können, nicht einmal, dass sie keine Bagels hatte, und nicht einmal ein Dank. Ihr Blick blieb auf der Wiese zwischen den Weiden haften, wo das dichte, vergilbte Gras sauber gemäht worden war und nun die schnell verschwindenden Reifenspuren des Traktors sichtbar waren.

War der Boden schon gefroren?, fragte sich Kay und konnte ihren Blick nicht von der Stelle abwenden. In den letzten Nächten waren die Temperaturen unter den Gefrierpunkt gesunken, aber ihr kam der Boden feucht vor, gesättigt mit Wasser vom letzten Regen, kurz davor, aufzubrechen und seine Geheimnisse preiszugeben.

Weiß er es? Sie beobachtete ihn, wie er wieder losfuhr, eine Melodie pfiff, die sie unter dem Motorengeräusch nicht erkennen konnte, und ab und zu auf einem Strohhalm herumkaute. Er kann es nicht wissen, auf keinen Fall, sagte sie sich, während ihr Blick wieder zu den Weiden und den frisch geschnittenen Grashalmen wanderte, die sich in diesem Bereich aufreihten.

Er beendete die Arbeit und fuhr mit einem Winken und einem spielerischen Lächeln an ihr vorbei, während sie hineinging und zwei Tassen Kaffee einschenkte, wobei sie eine davon fest mit ihren klammen Fingern umklammerte. Sie nahm einen großen Schluck, ohne sich darum zu kümmern, ob er ihre Kehle verbrühte. Sie musste unbedingt aufhören zu zittern, bevor er hereinkam.

Besser.

Die heiße Flüssigkeit verbreitete Wärme in ihrem zitternden Körper, aber ihr Geist weigerte sich, in der Gegenwart zu bleiben. Er wollte zurückgehen und sich in Erinnerungen verlieren, die sie seit Jahren nicht mehr zugelassen hatte, und sie hörte ihn kaum hereinkommen.

»Ich mache das schon eine ganze Weile«, sagte er, nahm seinen Hut ab und legte ihn auf den Küchentisch, »ich rette Jungfrauen in Gartennöten, aber irgendwie erreiche ich immer das Gegenteil.«

Immer noch zitternd starrte sie ihn an, als sähe sie ihn zum ersten Mal, unfähig, auch nur ein Wort zu sagen. Alles, was sie tun konnte, war, einen weiteren Schluck Kaffee zu nehmen und ihre Augen von seinem neugierigen Blick abzuschirmen. Er runzelte fast unmerklich die Stirn und fuhr fort: »Sie wissen schon, Fröhlichkeit, Bagels oder so. Hätte ich gewusst, dass ich Sie verärgern würde, dann hätte ich

das Unkraut in Ruhe gelassen. Was ist denn los?«

DREISSIG

SPÄTER

»Neun-eins-eins, was ist Ihr Notfall?«, fragte eine Frau am anderen Ende der Leitung, und als sie ihre Stimme hörte, brach Kathy in bitteres Schluchzen aus. Sie kniete neben ihrer Mutter und drückte mit einem Handtuch auf eine klaffende Wunde in ihrer Brust, während Jacob, bleich, als hätte er ein Gespenst gesehen, stumm auf die Leiche ihres Vaters starrte, die nur wenige Zentimeter von Pearl entfernt auf dem Küchenboden lag, das Messer noch immer in der Hand. Blut tropfte von der Klinge.

»Bitte, kommen Sie schnell«, schaffte sie es zu sagen, »es geht um meine Mutter. Bitte, lassen Sie sie nicht sterben. Sie ist …«

Sie ließ das Telefon fallen und drückte mit beiden Händen auf die Wunde, aber das Tuch war schnell völlig durchtränkt. Die Augen ihrer Mutter blieben geschlossen und die Farbe ihrer Wangen war durch einen ekelhaften Grauton ersetzt worden.

»Mama«, rief sie und Tränen liefen ihr über die Wangen. »Mama! Bitte wach auf. Mama!«

Eine entfernte Stimme war aus dem Telefon zu hören, das etwas entfernt auf dem Boden lag.

»Notfallteams sind auf dem Weg. Sind Sie in Sicherheit? Hallo? Ma'am, können Sie mich hören?«

»Mama«, rief Kathy und berührte mit ihrem Gesicht das ihrer Mutter. »Nein, Mama, bitte, geh nicht. Verlass uns nicht.«

Pearl bewegte sich leicht und öffnete die Augen, dann flüsterte sie schwach ihren Namen. »Kathy?«

»Ja, ich bin hier«, sagte sie schnell und fuhr sich mit dem Ärmel über das Gesicht, um sich die Tränen abzuwischen.

»Leg ... den Hörer auf«, flüsterte sie und versuchte, mit einem schwachen Finger auf den zu Boden gefallenen Hörer zu zeigen.

Jacob griff zum Telefon und beendete das Gespräch.

»Bringt mich ... ins vordere Zimmer«, sagte sie, ihre Stimme war kaum zu verstehen. »Hier dürfen sie nicht reinkommen. Sie dürfen ihn nicht ... ähm, sehen.«

»Ja, Mama, das machen wir«, sagte sie und suchte verzweifelt nach etwas, mit dem sie sie in den anderen Raum tragen konnten, ohne ihr weh zu tun. »Jacob«, rief sie und er kam ohne ein Wort an ihre Seite. »Hier«, sagte sie, nahm die Hand ihres Bruders und legte sie auf das blutgetränkte Handtuch. »Fest drücken, so«, sagte sie und Jacob nickte, bleich wie ein Laken. Sie stand auf und eilte zum Schrank, wo sie ein großes Tischtuch fand, das ihre Mutter selten benutzte, weil sie seit Jahren keine Gäste mehr gehabt hatten. Sie legte es neben den Körper ihrer Mutter und zog einen Rand vorsichtig unter sie, bis sie und Jacob die Ecken greifen und ihre Mutter auf einer behelfsmäßigen Trage ins Wohnzimmer tragen konnten. Dann wies sie ihrem Bruder an, nach draußen zu gehen und den Ersthelfern zu sagen, dass sie die Vordertür benutzen sollten und nicht die Seitentür, die zur Küche führte, wo die Leiche ihres Vaters in einer gerinnenden, dunklen Blutlache lag.

Sie zog die Tischdecke unter dem Körper ihrer Mutter weg, versteckte sie unter einem Sofakissen und kniete sich dann neben Pearl, während sie weiter auf ihre Brust drückte, wie sie es zuvor getan hatte. Sekunden später schluchzte sie heftig und konnte sich nicht mehr beherrschen.

Sie spürte eine sanfte Berührung auf ihrem Gesicht und sah die ausgestreckte Hand ihrer Mutter. Sie ergriff sie und küsste ihre eiskalten Finger. »Mama, bitte, bleib bei mir. Sie kommen, Mama, bald.«

»Lass sie ihn nicht sehen«, sagte sie schwach und schloss wieder die Augen. »Mein armes Baby«, flüsterte sie, als rote Lichter die Dunkelheit der Fenster erfüllten. »Mach dir keine Sorgen. Ich ... räume auf, wenn ich nach Hause komme.«

»Ja, Mama«, sagte sie und war bereit aufzuspringen, sobald die Sanitäter durch die Tür kamen. »Sie sind da, Mama, bleib bei mir.«

Ein Polizist war der Erste, der hereinkam, gefolgt von einem Mann und einer Frau, die Sanitätswesten in leuchtendem Orange anhatten, auf deren Rücken der Star of Life in reflektierendem Weiß aufgestickt war, und die eine Trage mit Ausrüstungsgegenständen trugen.

»Was ist hier passiert?«, fragte der Polizist, und Jacob, der direkt hinter ihm stand, schien kurz vor einer Ohnmacht zu stehen.

»Mein Vater«, sagte Kathy und schluchzte heftig, »er hat auf sie eingestochen und ist abgehauen.« Die Sanitäter schoben sie weg, knieten sich neben Pearl und begannen, schnell und effizient zu arbeiten. Der Polizist sah sich im Zimmer um und richtete seine Taschenlampe auf bestimmte Stellen des Teppichs, obwohl das Licht an war. Dann ging er auf das Wohnzimmer zu und Kathys Herz sank. Es schlug wie wild.

»Ihr Zustand ist kritisch«, verkündete einer der Sanitäter. »Auf die Trage, sofort.«

Der andere Sanitäter sprang auf und zog die Trage näher an ihren Körper heran, während der Polizist am Wohnzimmer vorbei in Richtung Küche ging. Bald würde er die Leiche ihres Vaters sehen. Es war vorbei.

»Kathy«, hörte sie die schwache Stimme ihrer Mutter rufen. »Sag dem Polizisten, dass ich mit ihm sprechen möchte.«

Kathy eilte dem Polizisten hinterher und packte ihn am Ärmel, als er gerade in die Küche einbiegen wollte. »Bitte«, sagte sie, »meine Mutter möchte Ihnen etwas sagen.«

Er näherte sich Pearl, als die beiden Sanitäter sie gerade auf die Trage legten. Eine Infusionsleitung war bereits gelegt, die Nadel an Pearls Arm geklebt und einer der Sanitäter hob den Beutel an und hielt ihn auf Schulterhöhe.

»Beeilen Sie sich«, sagte der Sanitäter.

»Er will nach Phoenix«, flüsterte Pearl und berührte die Hand des Polizisten. »Mein Mann ... er ist nach Phoenix gegangen.«

»Arizona?«, hakte der Polizist nach und Kathy fragte sich, wie viele andere Phoenix es wohl gab.

Dann atmete sie auf und sah, wie er in sein Auto stieg und davonfuhr.

Als die Sanitäter die Trage in den Krankenwagen luden, umarmte sie Jacob fest und flüsterte ihm ins Ohr: »Geh da nicht rein, kleiner Bruder, okay? Sieh einfach fern oder so. Oder komm mit uns ins Krankenhaus.«

»Nein«, sagte er und zog sich von ihr zurück. Er war auf einen Schlag erwachsen geworden; vor ihr stand ein Erwachsener. Ein blasser und zittriger, aber dennoch ein Erwachsener. »Ich muss hierbleiben, nur für den Fall.« Er sah sich um und vergewisserte sich, dass niemand sie hören konnte, dann flüsterte er: »Niemand darf es wissen, Schwesterherz. Ich darf dich nicht verlieren.«

Kathy fuhr mit ihrer Mutter im Krankenwagen mit, hielt ihre Hand und flüsterte ihr aufmunternde Worte in endlosen Sätzen zu, die wenig Sinn ergaben.

Dann schoben sie sie einen langen Flur hinunter und sie wartete eine Weile, zusammengerollt auf einer abgenutzten Couch, die nach Desinfektionsmittel roch, während ihre Mutter operiert wurde. Sie war erschöpft eingedöst, als sie spürte, wie jemand ihre Schulter berührte. Erschrocken stand sie abrupt auf und fürchtete sich vor den Worten, die der Mann in der grünen OP-Kleidung sagen würde. Doch in den Augen des Mannes lag ein Versprechen, ein Lächeln, von dem sie vermutete, dass es seine Lippen berührte, verborgen hinter der OP-Maske.

»Deine Mutter wird wieder gesund werden«, sagte er und senkte seine Maske; das Lächeln war noch da. »Sie hatte Glück, dich an ihrer Seite zu haben. Ich habe gehört, dass du wie ein Profi zugedrückt hast.«

Tränen kullerten über ihr Gesicht, während sie um Worte rang.

»Ich habe dafür gesorgt, dass du in ihrem Zimmer schlafen kannst«, sagte er und lud sie ein, ihm zu folgen. »Und morgen könnt ihr beide nach Hause gehen. Sie hat darauf bestanden, dass wir sie so schnell wie möglich entlassen.«

Als Kay am nächsten Tag nach Hause kam, stützte sie den Arm ihrer Mutter und überredete sie, sich auf das Sofa im Wohnzimmer zu setzen und dort zu warten, bis sie sich einen Überblick verschafft hatte. Mit Jacob an ihrer Seite betrat sie die Küche und hielt den Atem an. Aber da war nichts.

Der Boden war sauber geschrubbt worden, und nur ein paar kleine Flecken waren geblieben, dort wo die Linoleumfliesen auf die Wand der Schränke trafen. Sie suchte die Augen ihres Bruders, ohne die Frage stellen zu können.

Sein Blick schweifte zum Wohnzimmerfenster, das zum Garten hin lag. Leise ging sie dorthin und legte ihre Hände auf die Fensterbank, als ob sie sich abstützen wollte, um nicht zusammenzubrechen.

Draußen, zwischen den beiden Weidenbäumen am äußersten Rand des Hofes, war der Boden aufgewühlt und das Gras war in großen, schlecht passenden Stücken verlegt worden.

Sie brauchte nicht zu fragen, warum.

Sie suchte die Hand ihres Bruders und drückte sie fest. Er erwiderte den Druck und beide starrten einen langen, stillen Moment lang Hand in Hand auf die Weiden.

»Das Messer?«, fragte sie schließlich, ihre Stimme war ein Flüstern.

»Das auch«, antwortete Jacob.

Das waren die letzten Worte, die je einer von ihnen darüber verloren hatte.

Genau wie Kathy hatte Pearl die Küche betreten, wahrscheinlich aus Angst vor dem, was sie sehen würde, und schien dann alles ohne Worte zu verstehen, ihre Tränen waren die einzige sichtbare Reaktion. Später in der Nacht, nachdem alle schlafen gegangen waren, schrubbte Kathy den Boden wieder und wieder, wobei sie ab und zu innehielt, um zu würgen und trocken zu husten, da ihr leerer Magen ihr nicht die nötige Erleichterung verschaffen konnte.

Im darauffolgenden Frühjahr hatte sich der Boden zwischen den Weidenbäumen gesetzt. Neues Gras ersetzte das alte nahtlos und versiegelte das unter seinen Wurzeln verborgene Geheimnis für immer.

EINUNDDREISSIG

WAFFE

Es war völlig unmöglich, Elliot zu erklären, was ihr durch den Kopf ging, dass sie, wenn sie die Augen auch nur für einen Wimpernschlag schloss, albtraumhafte Bilder sah, wie der Boden sich auftat und den Rasentraktor samt Fahrer verschlang, wie das wütende Gebrüll ihres Vaters das Haus und alle seine Bewohner zerschmetterte.

Kay wusste, womit sie es zu tun hatte: posttraumatischer Stress, der durch ein schlechtes Gewissen noch verstärkt wurde. Theoretisch war sie durch ihre formale Ausbildung und ihre Erfahrung als Ärztin der Psychologie gut darauf vorbereitet, mit jedem Fall von PTS umzugehen, aber nicht, wenn es um ihre eigene Person ging. Sie hatte geglaubt, diese Probleme schon vor langer Zeit gelöst zu haben, aber es schien, als hätte sie sie nur verdrängt und in einer geheimen Schublade in ihrem Kopf verstaut, in der auch die mittlerweile fernen Erinnerungen an das Haus, in dem sie aufgewachsen war, lagen. Und dennoch, unabhängig von der Entfernung oder wie tief sie glaubte, ihr Trauma vergraben zu haben, hatte es sie all die Jahre von ihrem Zuhause ferngehalten. Jedes Mal, wenn sie daran gedacht hatte, zu Hause vorbeizuschauen, hatte sie das quälende Bild der Leiche ihres Vaters vor Augen, der in einer Blutlache auf dem Küchenboden lag. Ihre Kugel, die Jacob fast getötet hätte. Das Stück Rasen zwischen den Weiden. Ihre Mutter, kaum noch am Leben, die die Kraft fand zu lügen, um ihre Kinder zu schützen.

Und sie hatte sich ferngehalten, in der Hoffnung, dass die schlechten Erinnerungen verblassen würden. Sie verließ Mount Chester, sobald sie mit der Highschool fertig geworden war, und kam nur selten zurück, auch wenn sie ihre Mutter sehr vermisste. Jacob brachte Pearl gelegentlich nach San Francisco, um sie zu besuchen, aber das war auch schon alles. Sie fand nicht die Kraft, zu dem Haus zurückzukehren, und niemand, weder ihre Mutter noch Jacob, hatte jemals ihre Gründe in Frage gestellt. Sie verstanden es beide, sie waren dabei gewesen. Aber sie hatte Zeit gefunden, Pearl mindestens zweimal pro Woche anzurufen und wirklich Zeit mit ihr am Telefon zu verbringen, immer in der Angst, dass ihre Mutter sie bitten würde, sie zu besuchen, und in dem Wissen, dass sie es niemals tun würde.

Als Kriminalistin wusste sie sehr wohl, dass die Erschießung ihres Vaters als Totschlag aus Notwehr zu verteidigen war, da die Beendigung seines Lebens unvermeidbar war, um das ihrer Mutter zu retten. Pearl hätte das bezeugt, Jacob auch. Aber in jener schicksalhaften Nacht, als sie den Abzug betätigt hatte, hatte Pearl sie dazu gedrängt zu lügen, zu verheimlichen, was sie getan hatte, wahrscheinlich aus Angst, ihre Tochter an ein Rechtssystem zu verlieren, das oft versagte, vor allem, wenn es um Menschen ohne finanzielle Mittel ging. Auch Kay hatte Angst; sie hatte nicht nur einmal auf ihn geschossen, was gereicht hätte, um ihn aufzuhalten. Sie brachte es kaum über sich, es zuzugeben, aber sie hatte danach noch zweimal abgedrückt, und das konnte man nur damit rechtfertigen, dass sie eine zu Tode verängstigte Dreizehnjährige gewesen war.

Das hätte vor jedem Gericht Bestand gehabt und sie wäre

freigesprochen worden – ein Urteil, das ihr Gewissen entlastet und sie für den Rest ihres Lebens beruhigt hätte.

Aber nicht, nachdem Jacob die Leiche im Garten vergraben hatte. Nicht, nachdem Pearl vor dem Polizisten eine falsche Aussage gemacht hatte. Nein, es gab kein Zurück mehr, nicht ohne ihrer Mutter und ihrem kleinen Bruder irreparablen Schaden zuzufügen. Sie musste ihr Kreuz tragen, egal wie.

Acht Jahre später verlor ihre Mutter einen langen Kampf gegen Brustkrebs, eine Krankheit, für die Kay ihren Vater verantwortlich machte. Es mussten seine Schläge gewesen sein, der Schmerz, den er verursacht hatte, die körperlichen und seelischen Verletzungen, die die Tumore in ihrem Körper hervorgebracht hatten. Als Pearl starb, verfluchte Kay den Namen ihres Vaters zum letzten Mal, konnte sich aber nicht dazu durchringen, an der Beerdigung teilzunehmen. Sie fuhr den ganzen Weg zum Friedhof und sah dann, unbeobachtet und starr vor Trauer, aus der Ferne dabei zu, wie der Leichnam ihrer Mutter zur Ruhe gelegt wurde. Tränen strömten über ihre Wangen. Bevor jemand sie sehen konnte, war sie wieder weggefahren, hatte sich geschworen, nie wieder an den Ort zurückzukehren, der ihr das Herz gebrochen hatte, und ihre Tränen hinuntergeschluckt.

Während ihre Mutter unter den hohen Kiefern des einzigen Friedhofs von Mount Chester ruhte, wollte sie reinen Tisch machen, sich von der Last befreien und sich den Konsequenzen stellen, die sie für die Schüsse und die Ereignisse danach zu tragen hatte. Aber an welchem Punkt konnte sie denn schon einfach in das Büro ihres Chefs beim FBI marschieren und sagen: »Ich wollte Ihnen nur mitteilen, dass ich vor ein paar Jahren einen Mann getötet habe. Er ist im Garten hinter dem Haus begraben, in dem ich aufgewachsen bin.«

Sie hatte die Szene unzählige Male im Geiste durchgespielt, und das konnte einfach nicht gut ausgehen. Im Laufe der

Jahre wurden sowohl Jacob als auch sie von der Polizei dazu befragt, ob sie etwas von ihrem Vater gehört hätten, der immer noch wegen dem Angriff auf seine Frau gesucht wurde, aber sie logen weiterhin, selbst nachdem sie FBI-Agentin und damit Gesetzeshüterin geworden war, und damit änderten sich die Dinge dramatisch.

Es gab kein Zurück mehr, und schon gar nicht jetzt, wo Elliot durch ihr auffälliges Verhalten Verdacht geschöpft hatte.

»Ich habe schreckliche Kopfschmerzen«, sagte sie schließlich und sah ihn nur kurz an, weil sie Angst hatte, dass er ihre Lüge durchschauen würde. Sie wusste, dass sie ihre Körpersprache und ihren Gesichtsausdruck nicht richtig unter Kontrolle hatte, aber sie brachte die Kraft dazu einfach nicht auf. Sie hatte keine Energie mehr. Zuzusehen, wie Elliot den Rasentraktor über das Grab ihres Vaters fuhr, hatte sie geschwächt, völlig ausgelaugt.

»Das tut mir leid«, antwortete er mit etwas Besorgnis in der Stimme, und auch etwas Zweifel. »Kann ich irgendetwas für Sie tun?«, fragte er, stellte die Kaffeetasse ab und griff nach einem Apfel. Diesmal ging er gleich zum Messerblock hinüber und nahm das kleine Messer, um den Apfel damit zu vierteln, so, wie er es am Tag zuvor getan hatte. Dann spülte und trocknete er das Messer ab und schob es zurück an seinen Platz. »Möchten Sie ein Stück?« – er bot ihr ein Viertel der roten Frucht an, doch sie lehnte mit einer Handbewegung ab. Sie war froh, dass er von dem Messerblock weggetreten war, aus dem nur noch fünf schwarze, genietete Griffe ragten statt wie früher sechs.

»Sie haben genug getan«, sagte sie, »mit dem Rasen, meine ich. Vielen Dank dafür; das wäre nicht nötig gewesen. Ich weiß es und Sie wissen es auch, aber ... danke.« Sie zwang etwas Luft in ihre Lungen, weil sie merkte, dass sie ihren eigenen Gedanken nicht mehr folgen konnte und wie eine Närrin vor sich hinplapperte. Sie musste sich konzentrieren. »Ich habe es vor mir hergeschoben«, fügte sie hinzu und brachte ein schwaches Lächeln zustande. »Das Mähen übernimmt normalerweise mein Bruder. Er hat das schon immer gemacht. Ich habe mir gedacht, ich könnte vielleicht einen Deal aushandeln, damit er früher entlassen wird, und dann hätte er es vielleicht getan.« Sie sah ihn kurz an, senkte dann den Blick und fuhr sich mit der Hand über die Stirn, wobei ihr schmerzlich bewusst war, dass sie genau das tat, was die meisten Lügner bei einem Verhör taten. Den Blick abwenden, mit den Händen über das Gesicht fahren, sich unbewusst verstecken. »Das ergibt nicht viel Sinn, ich weiß«, fügte sie mit einem leisen Lachen hinzu.

»Keine Sorge«, erwiderte er und nahm einen großen Bissen von dem knackigen Apfelviertel, das er ihr angeboten hatte. »Ergibt es bei den meisten nicht ...«

Sein Telefon klingelte und er schaute kurz auf das Display, bevor er den Anruf entgegennahm.

»Howdy, Boss«, sagte er und Kay verstand, dass es der Sheriff selbst war, der zu dieser frühen Stunde anrief. Sie hielt den Atem an, wartete und hoffte, dass die Suchmannschaften etwas gefunden hatten, eine Spur von Alison und den Kindern.

Er hörte aufmerksam zu und sagte dann: »Verstanden, wir sind auf dem Weg.« Er beendete das Gespräch und steckte das Telefon in seine Tasche. »Sie haben eine weitere Leiche. Dieses Mal eine frische.«

Sie atmete aus und verspürte ein Gefühl unsagbaren Grauens. »Wo? Am Silent Lake?«

»Ja, Sie hatten recht«, sagte er und machte eine Handbewegung, die einen Salut nachahmte. »Er hat nur einen anderen Weg zum See gewählt. Aber er hat sein Ritual geändert; er hat sie nicht erst in einen Baum gelegt, sondern direkt in den Boden, wie es scheint.«

Ihr Verstand legte sich wie eine Ranke um diese neue Information, wickelte sich um sie herum, ummauerte sie, erfasste sie von allen Seiten. Er hatte sein Ritual geändert. Aber warum?

Was hatte das zu bedeuten? Hatte er Angst, erwischt zu werden, weil die ganze Gemeinde wegen der Leichenfunde am Silent Lake in Aufruhr war? Oder fürchtete er, dass die für morgen vorhergesagten minus zwanzig Grad seine rituelle Bestattung unmöglich machen würden?

Eines schien sicher: Der Täter war so verunsichert, dass der wichtigste Teil des Mordes, seine Signatur, modifiziert werden musste, um den neuen Umständen gerecht zu werden. Und sie wusste genau, dass ein verunsicherter Täter ein Täter war, der kurz vor einer Eskalation stand, der wahrscheinlich noch bereitwilliger tötete und noch brutaler folterte. Und der Fehler machte.

Sie schnappte sich eine Jacke aus dem anderen Zimmer und eilte nach draußen, wo Elliot bereits den Motor angelassen hatte. Sie machte sich nicht die Mühe, so zu tun, als würde sie die Tür abschließen, sondern zog sie einfach hinter sich zu und kletterte in den SUV.

»Da ist noch etwas«, verkündete Elliot und bog auf die Hauptstraße ein. »Es gibt einen Zeugen. Jemand hat kurz vor der Dämmerung ein verdächtiges Fahrzeug aus dem Wald am Seeufer fahren sehen.«

»Wo ist dieser Zeuge jetzt?«, fragte sie. Endlich, eine Spur, ein Fünkchen Hoffnung. Obwohl diese Hoffnung durch den Gedanken, wer am Silent Lake begraben sein könnte, wie im Keim erstickt wurde. War es Alison? Eines der Kinder?

Als hätte er ihre Gedanken gelesen, sagte Elliot: »Sie haben bestätigt, dass es sich um eine erwachsene Frau handelt, die vor Kurzem verstorben ist. Das ist alles, was ich im Moment habe.« Dann fügte er, wohl wissend, dass er die Antwort auf ihre Frage übersprungen hatte, hinzu: »Er ist im Büro und wartet auf uns.«

Wenn es Alison Nolan war, würde Dr. Whitmore das bald bestätigen können, denn sie hatten Alisons Führerschein von der Autovermietung bekommen. Bald würden sie es wissen.

Vielleicht schon in ein paar Minuten – die sie allerdings in fast unerträglicher Anspannung verbrachten.

Der Zeuge wartete im Verhörraum auf sie, sein Gewehr lehnte vor dem Zimmer an der Wand. Kay hob eine Braue und ein Deputy erklärte: »Er sagte, er war auf der Jagd. Er hat eine Genehmigung und alles.«

Sie betraten den Raum und Elliot stellte sie beide vor. Der Zeuge, ein dürrer Mann in den Dreißigern namens Mitchell Pettus, schüttelte ihnen fest die Hand und nahm Platz, bereit zu erzählen. Sein Gesicht war von Dreitagesstoppeln bedeckt, die dort, wo sein Schnurrbart gewesen wäre, wenn er ihn hätte wachsen lassen, ein wenig ausgeprägter waren. Sein Gesicht war schmutzig, als hätte er nicht nur Stunden, sondern Tage im Wald verbracht.

»Mr. Pettus, danke, dass Sie uns angerufen haben«, sagte Elliot. »Aber bevor wir anfangen – was haben Sie so früh am Morgen am Silent Lake gemacht?«

Seine Lippen verzogen sich zu einem beherrschten Grinsen. »Ich könnt Ihnen sagen, dass ich auf der Jagd nach Wildschweinen war, weil das das ganze Jahr über geht, aber das würd nicht stimmen.« Er kratzte sich am Kopf und fuhr fort: »Ich hab *ihn* gejagt.«

Elliots Augenbrauen schossen überrascht in die Höhe. »Wen?«, fragte Kay.

»Den Scheißkerl, der diese Frauen umgebracht hat. Ich würd sagen, die Saison ist eröffnet für dieses Arsch...« Er hielt inne und senkte beschämt den Kopf. »Tut mir leid, ist mir rausgerutscht.«

Kay lächelte aufmunternd.

»Wissen Sie, meine Kinder spielen an diesem See, Ma'am«, fuhr er fort und strich sich mit der Hand über sein zerzaustes

Haar. »Sie denken sich vielleicht, was will der Kerl da draußen schon ganz allein ausrichten, oder?«

Kay nickte.

»Ich bin ja nicht allein«, fügte er hinzu und senkte die Stimme, als würde er ein gut gehütetes Geheimnis teilen. »Wir sind dreiundzwanzig Leute, die rund um den Silent Lake herum Wache halten. Wir haben uns gedacht, dass der Sheriff nicht genug Leute dafür hat.«

»Was, wie eine Art Bürgerwehr?«, fragte Elliot.

Pettus stand auf und war sichtlich beleidigt. »Keine Bürgerwehr, Sir, nein. Besorgte Bürger, sonst gar nichts. Wir haben die Polizei gerufen, oder etwa nicht?«

»Sie haben völlig recht«, sagte Elliot, »und ich entschuldige mich. Bitte, fahren Sie fort.«

Er setzte sich wieder und legte seine Hände auf die zerkratzte Tischoberfläche. »Er kam gegen vier, in einem Geländewagen, stand eine Weile einfach nur da und schaute auf das Wasser. Dann fing er an zu graben. Das habe ich später herausgefunden, denn als er damit begann, war es zu dunkel, um von dort, wo ich stand, etwas zu sehen.«

»Warum haben Sie uns nicht dann schon angerufen?«, fragte Elliot.

»Dort gibt es keinen Empfang, und ich hab mich nicht getraut, ein Geräusch zu machen, weil ich Angst hatte, dass er einfach in das Auto springt und wegfährt. Er hätt den Motor meines Trucks gehört, das ist so eine Schrottkiste.« Er schluckte. »Tut mir leid, Ma'am.«

»In Ordnung, also was genau haben Sie gesehen?«, fragte Kay. »Haben Sie sein Gesicht sehen können?«

»Nein, Ma'am, tut mir leid. Aber ich hab gesehen, wie er in aller Herrgottsfrühe dieses große Bündel aus seinem Auto geholt und in den Boden gelegt hat. Zu dem Zeitpunkt war es schon hell genug, um das zu erkennen. Ich hatt Angst, er würd meinen Wagen sehen, hat er aber nicht. Er ist nur zehn, fünfzehn Meter daneben vorbeigefahren und hat nicht angehalten.«

»Was für ein Auto hat er gefahren?«

»So einen großen, schicken SUV, nagelneu. Blau oder dunkelgrün. Aber ich hab es nicht genau gesehen, und es war noch ziemlich dunkel, als er weggefahren ist. Ich hab nur die Scheinwerfer gesehen, senkrecht und gerade, bevor er sie ganz eingeschaltet hat. Und ich hab gesehen, wie es im Mondlicht geglänzt hat. Es war neu, und groß.«

»Ganz sicher ein SUV?«, fragte Elliot. »Kein Truck?«

»Nein, Sir«, spottete er. »Ich weiß, wie ein Truck aussieht.«

»Was war mit den Bremslichtern, als er reinkam?«, fragte Kay. Seit die Autoindustrie LED-Leuchten eingeführt hatte, konkurrierten die Marken um unterscheidbare Designs ihrer Scheinwerfer und Bremslichter. In ihrer Zeit beim FBI hatten sie eine umfassende Datenbank genutzt, die alle Fahrzeuge auflistete, wie sie im Dunkeln aussahen, von allen Richtungen.

»Die hab ich deutlich gesehen, Ma'am, und die waren ganz schön schick«, antwortete er. »Geradlinig und schmal.«

Elliot gab ihm einen Notizblock und einen Bleistift und er skizzierte, was er gesehen hatte, in kindlicher Strichmännchen-Manier, aber es reichte aus. Sie tätigte einen Anruf, bat um einen Gefallen und nach ein paar Minuten surrte ihr Telefon mit der Antwort. *Cadillac Escalade.* Elliot beeilte sich, nach Fahrzeugen dieser Marke zu suchen, während Kay sich bei Mitchell Pettus für seine Hilfe bedankte und ihn seiner Wege gehen ließ. Mr. Pettus würde gerne helfen, falls sie noch weitere Fragen hätten.

Dann kam Elliot mit einem verwirrten Gesichtsausdruck zurück.

»Wir haben nichts gefunden, nicht einmal einen hier in der Gegend, aber das überrascht mich nicht«, sagte er. »Ich habe den ganzen Bezirk abgefragt, und es gibt ein paar Caddies in Redding, aber keinen Escalade. Könnte er sich geirrt haben?«, fragte er und zeigte auf die Skizze, die der Zeuge gezeichnet hatte. »Ich bezweifle, dass es ein anderes Fahrzeug gibt, das von hinten gesehen wie der Escalade aussieht.«

Oder vielleicht war ihr Profil falsch und der Täter war gar nicht aus der Gegend.

»Ich werde trotzdem fragen«, antwortete sie, als ihre beiden Telefone gleichzeitig klingelten. Sie überprüfte ihre Nachricht zur gleichen Zeit wie Elliot seine, dann trafen sich ihre Blicke, ratlos.

Die Nachricht war von Dr. Whitmore und lautete: *Positive ID – Alison Nolan. Die Mordwaffe wurde bei der Leiche gefunden.*

Sie hatten sie nicht mehr rechtzeitig gefunden. Kay war zu langsam gewesen, nicht annähernd schnell genug, um dieses Monster einzuholen. Und jetzt war Alison tot, und nichts, was sie getan hatte, war gut genug gewesen, um ein Leben zu retten, während der Killer ihnen einen weiteren Schmetterball wie aus einem abscheulichen Buche zugeworfen hatte.

»Welche Mordwaffe könnte es bei einer manuellen Strangulierung geben?«, fragte Kay. »Hat er seinen Modus Operandi geändert?«

ZWEIUNDDREISSIG

JÄGER

Fast die gesamte Wache war anwesend. Alle standen, flüsterten sich leise ihre Meinungen zu, wollten hören, was Kay zu sagen hatte, und dann schnell wieder gehen. Die meisten von ihnen hatten Doppelschichten geschoben, was man ihnen an den Gesichtern und ihrer gereizten Stimmung ablesen konnte. Sie holte scharf Luft und stählte sich. Sie war bereit, das Profil vorzustellen.

War sie das wirklich?

Es schien, dass immer in dem Moment, in dem sie anfing zu glauben, dass sie sich auf einen bestimmten Teil des Profils felsenfest verlassen könnten, genau dieser Teil zerbröckelte und dahinschmolz wie die Überreste eines Albtraums unter den glühenden Strahlen der Sonne.

Der Raum wurde still, als Sheriff Logan eilig hereinkam und einen frustrierten Blick auf die Wanduhr warf. Es war fast acht Uhr morgens.

»Wir sind bereit für Sie, Dr. Sharp.«

Sie räusperte sich und war überrascht, wie unwohl sie sich dabei fühlte, das zu tun, was sie seit acht Jahren tat: Profile von Verdächtigen zu erstellen und Fragen zu beantworten. »Dieser

Mann ist Mitte zwanzig bis Ende dreißig und sehr gut organisiert«, begann sie. »Er ist technisch versiert, in der Lage, Fahrzeuge schnell und unbemerkt außer Betrieb zu setzen und GPS-Daten zu löschen. Er überlässt nichts dem Zufall. Jeder Aspekt der Entführung, des Mordes und der Beseitigung der Leichen ist sorgfältig geplant und bis ins kleinste Detail durchdacht. Der Aspekt der Bestattung seiner Opfer ist Teil seiner Signatur, und wir halten ihn für äußerst wichtig, um diesen Verdächtigen zu identifizieren und zu fassen.«

»Wir?«, fragte einer der Deputies, lächelte schief und warf Elliot einen Seitenblick zu. Ein paar andere kicherten.

»Ich«, korrigierte sie sich und spürte, wie ihre Wangen Feuer fingen. »Aber Detective Young und ich haben bei diesem Fall eng zusammengearbeitet, und ich glaube, dass er einen nicht unerheblichen Teil zur Erstellung dieses Profils beigetragen hat.« Dann wurde ihr klar, dass sie es hasste, so in die Enge getrieben zu werden, und sie erinnerte sich noch daran, dass sie es besser wusste, als das Kichern und die schlechten Witze überhandnehmen zu lassen. »Haben Sie noch weitere Fragen?«, fragte sie mit fester Stimme und genoss einen Moment lang das Schweigen, das darauf folgte.

»Machen Sie weiter, Dr. Sharp«, sagte Sheriff Logan.

Sie nickte. »Wir glauben, dass der UT aus der Gegend ist oder wenigstens von hier stammt und dass er enge Verbindungen zur örtlichen indigenen Gemeinschaft hat. Sein Wissen über die Bräuche der Ureinwohner ist überdurchschnittlich, ebenso wie die Bedeutung, die er ihren Ritualen beimisst, und die für seine Signatur unerlässlich sind.«

»Gehen wir davon aus, dass er weiß ist?«, fragte ein Deputy und hielt ihren Notizblock in die Luft wie ein Journalist bei einer Pressekonferenz.

»Das tun wir, ja«, räumte sie ein, »auch wenn der Anteil der weißen Serienmörder an der Gesamtzahl der Serienmörder im Allgemeinen kaum über fünfzig Prozent liegt. Wenn wir jedoch die Zusammensetzung der Bevölkerung in diesem Gebiet zu diesen Faktoren hinzurechnen, können wir mit hoher Sicherheit davon ausgehen, dass er ein Weißer ist.«

»Kein Native American?«, fragte ein anderer Deputy. »Wenn er sich so sehr für die Ureinwohner interessiert, warum nicht?«

»Seine Signatur enthält Elemente mehrerer indigener Kulturen, nicht einer bestimmten, wie wir es bei einem indigenen Täter beobachten würden.« Sie hielt einen Moment inne, um zu sehen, ob es weitere Fragen gab, und fuhr dann fort. »Bei seinen Entführungen überschreitet er die Rassengrenzen, und er ist ein machtmotivierter Mörder. Im Gegensatz zu dem, was einige von Ihnen aufgrund des Aspekts der sexuellen Nötigung vielleicht denken, ist es nicht die Lust, die diesen Täter antreibt. Es befriedigt ihn, Macht über seine Opfer auszuüben, und die rituellen Aspekte seiner Signatur verraten uns, dass er möglicherweise eine Situation aus seiner Vergangenheit nachstellt, in der er misshandelt oder missbraucht wurde oder in der er sich unzulänglich gefühlt hat. Dann überwältigt, foltert und tötet er einen Ersatz für das Objekt seiner Wut, die Frau, die ihm in Wirklichkeit oder in seiner Fantasie Unrecht getan hat.«

»War die Frau indigen?«, fragte Deputy Hobbs.

»Ausgezeichnete Frage«, antwortete Kay und wandte sich ihm zu. »Wir halten es für sehr wahrscheinlich, ja. Sie könnte die Mutter, eine Schwester oder eine Geliebte gewesen sein. Da wir ein kaukasisches Profil von ihm erstellt haben, halten wir eine Geliebte für am wahrscheinlichsten.«

»Es tut mir leid, aber das ist wirklich nicht besonders viel«, sagte ein anderer Deputy, ein dickbäuchiger Mann mit einem Schnurrbart.

»Ich bin noch nicht fertig«, antwortete Kay. »Wir haben einen Zeugen, der ihn gestern Abend an der Grabstätte eines anderen Opfers gesehen hat, und wir glauben, dass er einen Cadillac Escalade fährt, blau oder dunkelgrün.«

»Das ist schon besser«, murmelte jemand und ein paar andere stimmten zu.

»Wenn Sie einen Escalade kontrollieren, wird dieser Mann höchstwahrscheinlich ein indianisches Objekt zur Schau tragen, einen Traumfänger oder etwas Ähnliches. Halten Sie Ausschau nach jemandem, der erfolgreich und gelassen ist, der sich gut in die Gesellschaft integriert hat und sich seiner Sache sicher zu sein scheint, obwohl er unter der Oberfläche zutiefst verunsichert ist und wahrscheinlich ausrastet, sobald er bedrängt wird. Seien Sie sehr vorsichtig, wenn Sie sich diesem Mann nähern; er zögert nicht zu töten.«

»Gibt es Hinweise, dass er auch Männer getötet haben könnte?«, fragte die weibliche Deputy.

»Nicht dass wir wüssten, nein«, antwortete sie. »Aber aufgrund der Art der Angriffe auf seine Opfer, der Dauer und des Ausmaßes der Übergriffe können wir feststellen, dass er sich sehr schnell provoziert fühlt und höchstwahrscheinlich jede Provokation, egal ob real oder vermeintlich, rächen wird. Denken Sie daran, dass es bei diesem Täter nur um Kontrolle geht, um die Überwältigung seiner Opfer, um die Aufrechterhaltung der Illusion von Überlegenheit um jeden Preis. Er ist ein bösartiger Narzisst, geduldig, nonchalant, charismatisch. Und erbarmungslos.«

Einen Moment lang herrschte Schweigen, dann fragte die weibliche Deputy: »Wenn er nicht von Lust getrieben ist, glauben Sie, dass er, ähm, was glauben Sie, tut er dann den Kindern an, die er in seiner Gewalt hat?«

Deputy Farrell, so stand es auf ihrem Namensschild, konnte sich offenbar nicht dazu durchringen, die Worte auszusprechen, die allen durch den Kopf gegangen waren.

»Ich glaube nicht, dass die Kinder sexuellen Übergriffen ausgesetzt sind, nein. Erstens sind Fälle, in denen sich Täter sowohl an erwachsenen Frauen als auch an vorpubertären Kindern vergriffen haben, außerordentlich selten. Ich glaube, in der Geschichte des FBI ist bis jetzt nur ein einziger solcher Fall dokumentiert worden. Da dieser Täter sich an seinen erwachsenen Opfern vergeht, kann man davon ausgehen, dass er sich nicht an den Kindern vergreift.« Sie atmete auf, zur gleichen Zeit wie ihre Zuhörer. »Im Fall von Tracy Hendricks gab es keinerlei Hinweise auf sexuelle Übergriffe. Leider steht Tracy noch unter Schock und kann uns nicht sagen, was während ihrer Gefangenschaft passiert ist.«

»Ist sich die Polizeibehörde in San Francisco sicher, dass sie mit ihrer Mutter zusammen entführt und dann von dem Täter freigelassen wurde?«, fragte Deputy Hobbs.

»Das ist sehr wahrscheinlich, ja«, antwortete sie. Die Wahrheit war, dass es keinen Beweis für das Gegenteil gab, und Kay glaubte Joann Hendricks, die schwor, dass Shannon ihre Kinder niemals im Stich gelassen hätte. »Ich glaube, dass diese Kinder in der Fantasie des Täters eine Rolle spielen, aber Tracy Hendricks hat keine Anzeichen eines körperlichen Traumas gezeigt, weder sexuell noch anderweitig.«

»Glauben Sie, dass er Hazel Nolan, Alisons Tochter, freilassen wird, so wie er es mit Tracy getan hat?« Deputy Farrell stellte weiterhin interessante Fragen. Sie war wahrscheinlich einer der pfiffigsten Köpfe in der Truppe.

»Das ist eine Möglichkeit, die wir in Betracht ziehen müssen, mit der wir aber nicht unbedingt rechnen sollten«, antwortete Kay. »Vergessen Sie nicht, dass Matthew Hendricks, Shannons fünfjähriger Sohn, seit November letzten Jahres vermisst wird, und auch die beiden Leichen, die gestern am Silent Lake gefunden wurden, sind noch nicht identifiziert.« Sie unterließ es, ihre Besorgnis zu äußern. Vielleicht wurden noch andere Kinder vermisst, von denen sie keine Ahnung hatten. Hoffentlich würden sie es bald erfahren. »Was die Kinder betrifft, so ist das Profil noch lange nicht vollständig.

Aber wir haben die Polizei in San Francisco und die Polizei von Atlanta angewiesen, nach Hazel Ausschau zu halten.«

»Warum Atlanta? Glauben Sie, er wird Hazel dorthin bringen?«, fragte Deputy Hobbs. »Das scheint ziemlich extrem.«

»Er hat Tracy nach San Francisco gebracht und wir können nicht sicher sein, dass er diese Stadt gewählt hat, weil er dort arbeitet, weil er ihre Fahrzeuge dorthin zurückbringt, oder weil Tracy von dort stammt. Aber die Suche nach den vermissten Kindern muss weiterhin oberste Priorität haben«, fügte sie hinzu und sah Sheriff Logan an.

Der Sheriff nickte mit grimmigem Blick. »Wir werden alles in unserer Macht Stehende tun, um diese Kinder zu finden«, sagte er. »Wir werden bis auf Weiteres Doppelschichten einlegen, und die Nachbarbezirke unterstützen uns mit Leuten und Hunden. Das FBI hat zwei Teams entsandt, eines in San Francisco und eines in Atlanta, und wir stimmen uns mit ihnen ab. Aber es ist unser Revier, Leute, unser Garten. Ihr kennt es besser als jeder andere. Denkt daran, was ihr wisst. Wo könnte er diese Kinder versteckt haben? Wer hat eine Hütte in diesen Wäldern und passt auf dieses Profil?«

Die Deputies wurden unruhig und drängten sich näher an den Ausgang, warteten auf ein Zeichen des Sheriffs.

»Noch etwas«, sagte Kay und erhob ihre Stimme ein wenig, um das zunehmende Gemurmel zu übertönen. »Die Antwort auf die Frage, wie wir diesen Mann finden können, liegt in der Art, wie er jagt. Wo sieht er seine Opfer? Wie kommt er an sie heran? Wie kann er sie entführen, ohne dass jemand etwas merkt? Halten Sie Ausschau nach jedem, der nicht dazugehört, der zu lange irgendwo verweilt, der ohne eine bestimmte Aufgabe umherzuwandern scheint.«

»Seit dem ersten Schnee strömen Touristen herbei«, sagt Deputy Farrell. »Sie werden bald alle relativ planlos umherwandern. Wie können wir den Verdächtigen von unschuldigen Touristen unterscheiden?«

»Er wird verweilen, aber nervös wirken«, antwortete Kay. »Er wird einen kalten Blick haben und einen angespannten Kiefer. Er wird allein sein, nicht mit seiner Familie. Und wenn sie Augenkontakt mit ihm aufnehmen, werden sie ein Unbehagen spüren, etwas, das sich in ihrem Bauch bemerkbar macht. Das ist ihr Instinkt, der ihnen sagt, dass sie sich in der Gegenwart eines mörderischen Soziopathen befinden, eines Raubtiers. Eines Jägers.«

Er schnitt den Kuchen an und alle jubelten. Er lächelte und nahm würdevoll die Hilfe eines Kollegen an, der ihm das Messer aus der Hand nahm und den Rest des Kuchens schnell portionierte. Die Stücke wurden auf Styroporteller verteilt und an seine Kollegen in der forensischen Abteilung der Polizeibehörde San Francisco weitergereicht.

Er ließ sich den Kuchen schmecken und genoss das familiäre Gefühl, das gleichzeitig Anerkennung und Wertschätzung ausdrückte. Es war sein zweites Arbeitsjubiläum; die Abteilung feierte Arbeitsjubiläen, aber nicht immer die Geburtstage von Leuten, vor allem dann nicht, wenn diese Leute nicht wollten, dass ihr Alter oder ihr Geburtsdatum allgemein bekannt wurde.

Er genoss das cremige Stück bis zum letzten Krümel, bis zum letzten Rest Zuckerguss auf seinem Plastiklöffel, während sein Lächeln langsam schwächer wurde.

»Wollen Sie noch mehr?«, fragte sein hilfsbereiter Kollege.

»Nein, danke«, antwortete er, seine Augen wieder kalt, sein Lächeln völlig verschwunden. »Ich glaube, ich habe genug.«

Und das war in mehr als einer Hinsicht wahr. Er war seit zwei Jahren Forensiker, und er hatte genug davon.

Der Job war eine Sackgasse.

Inzwischen kannte er sich in allen Systemen aus, die die Mitglieder des Teams der forensischen Abteilung der Polizeibehörde San Francisco verwendeten, kannte ihre Verfahren, wie sie mit Beweisen umgingen und wonach sie bei einer Mordermittlung suchten. Er hatte gelernt, wie schnell solche Ermittlungen voranschritten und wann sie im Sande verliefen, zu Cold Cases wurden, die sich in virtuellen Datenbanken stapelten und nie gelöst wurden. Er hatte die Grenzen des Systems ausgelotet und begriffen, dass all die Filme und Fernsehsendungen, in denen die Leute von einem Käfer besessen waren oder vollständige Tox-Screens oder einen Haufen DNA-Proben einreichten, nur um die Ergebnisse am nächsten Tag zurückzubekommen, nichts als Fiktion waren. In der Realität hatten die meisten Ermittler stapelweise Fälle zu bearbeiten, Details fielen immer wieder unter den Tisch und Käfern wurde nur selten Aufmerksamkeit geschenkt, es sei denn, einer wagte sich irgendwo an einer Wand hoch, wurde jemandem lästig. Dann wurde er schnell mit einem handlichen Gegenstand getötet. DNA-Untersuchungen und vollständige Tox-Panels waren kostspielig und zeitaufwändig, und die Chefetage missbilligte die willkürliche Verschwendung von Abteilungsbudgets. Sie zogen es vor, wenn die üblichen Verdächtigen zusammengetrommelt und verhört wurden, Fingerabdrücke analysiert und ansonsten wenig unternommen wurde. Und es wurde auch selten etwas anderes unternommen, vor allem, weil sich sofort ein Haufen anderer Fälle zu den bereits bestehenden gesellte, während der erbitterte Kampf um Ressourcen und Zeit weiterging.

Nur einundsechzig Prozent aller Mordfälle wurden aufgeklärt. Kluge Mörder wurden nie gefasst.

Jetzt wusste er das.

Es war an der Zeit, weiterzuziehen.

Er bekam hier keine Luft, ertrug die allgemeine Gesinnung

nicht, eine Mischung aus Anspruch und Arroganz, die ihm so oft auf die Nerven ging, dass er kaum einen Tag überstehen konnte, obwohl er geschätzt wurde, wie der frische Kuchen mit der individuellen Beschriftung bewies, den er gerade genossen hatte. Er war der Erste, der sich freiwillig am Tatort meldete, je grausamer, desto besser, und seine Kollegen waren dankbar, dass sie sich die Arbeit vor Ort sparen konnten. Der Anblick des vergossenen Blutes zahlloser Opfer beruhigte seine zum Zerreißen gespannten Nerven. Wenn er seiner Fantasie freien Lauf ließ und das Opfer genau richtig lag, konnte er so tun, als hätte er sie erstochen. Erdrosselt. Ertränkt. Während er unberührte Tatorte untersuchte, konnte er nachempfinden, was der Mörder gefühlt haben musste: die Wut, den Zwang, den unerträglichen Drang, ein Leben zu nehmen – ein Leben, das vor ihm lag, um Gnade bettelte und keine erfuhr – und dann die welterschütternde Befriedigung, die ganz am Ende kam. Es war an der Zeit, weiterzugehen, und es war nicht schwer, herauszufinden, in welche Richtung er gehen sollte. Während seiner zweijährigen Tätigkeit als Kriminalist hatte er alle möglichen Leute aus den unterschiedlichsten Bereichen des Lebens kennengelernt, vom Arbeiter bis zum Geschäftsmann, vom Arzt bis zum Ingenieur, aber niemanden, der mehr Macht besaß als Juristen.

Die ganze Zeit über waren es immer nur Anwälte gewesen, die er hinter dem Steuer der Cadillacs gesehen hatte, und er würde einer von ihnen werden. Der beste und mächtigste Anwalt des Bundesstaates, vielleicht eines Tages des ganzen Landes. Als Anwalt würde er das Leben der Menschen in der Hand haben, er könnte sie freilassen oder zerquetschen und ihre Lebenskraft langsam auslöschen, in endlosen Qualen hinter Gittern, eingesperrt wie Tiere. Als Anwalt würde er die Geheimnisse all derer aufdecken, die Menschen wie ihn in die Todeszelle steckten. Und er wusste, dass er das Zeug dazu hatte, erfolgreich zu sein. Die Götter würden ihm gewogen sein, denn er war rücksichtslos genug, um sich ohne Zögern oder Reue seinen Weg zu bahnen.

Aber zuerst musste er noch mal für ein paar Jahre studieren, und das würde schwierig werden. Ein Jurastudium war nicht gerade die Art von Abschluss, die man neben einer Vollzeitbeschäftigung her erwerben konnte. Aber die Götter ließen ihn nicht im Stich und lächelten jetzt schon auf ihn herab, grinsten ihn geradezu an in Form einer Verhaftung in Kokainkreisen, die mit einer Kofferraumladung Bargeld in Zehntausender-Bündeln, die zu Hunderttausender-Stapeln zusammengeschweißt waren, einherging. Er hielt seine Gier im Zaum und zweigte nur um die hunderttausend Dollar ab, während seine Kollegin sich an einer Tankstelle erleichterte, nachdem sie sich ausgiebig für den Ruf der Natur entschuldigt hatte. Dass ihr Kaffee mit ein paar Wassertabletten versetzt worden war, hatte sie natürlich nicht bemerkt.

Er hatte das Diuretikum schon eine Weile mit sich herumgeschleppt, und auch andere Pillen, denn die Götter schauten immer wohlgesonnen auf die Menschen, die vorsorgten und immer bereit waren, eine Gelegenheit beim Schopf zu packen.

Ein paar Wochen später kündigte er an, wieder zu studieren, und blieb in Teilzeit bei der forensischen Abteilung angestellt. Schließlich war es hilfreich, gelegentlich einen Tatort zu sehen, um seinen Drang unter Kontrolle zu halten, und es war schön, Zugang zu allen Systemen zu haben und gleichzeitig zu lernen, wie man Anwalt wurde und wie man die in diesen Systemen hinterlegten Beweise für sich nutzen konnte. Es war, als würde er für beide Teams spielen, für die Anklage *und* die Verteidigung. Und er gewann immer.

Er war nicht gierig und gab die hunderttausend Dollar nicht für einen neuen Cadillac aus, obwohl ihm dieser Gedanke durchaus durch den Kopf gegangen war. Er war klüger geworden, als einem Impuls nachzugeben, und hatte den Wert der hinausgezögerten Befriedigung und der anregenden Belohnung zu schätzen gelernt. Er hatte sogar ein Studentendarlehen aufgenommen, um für den Fall, dass jemand auf die Idee käme, seine Finanzen zu überprüfen, gerüstet zu sein. Aber ein Bargeldvorrat als Sicherheitsnetz wirkte Wunder für seine Moral, für seinen Seelenfrieden. Es war die Garantie, dass er sein Jurastudium beenden konnte, dass er nie wieder auf der Straße leben würde.

Er liebte Jura und genoss die meiste Zeit seines Studiums, mit Ausnahme der Momente, in denen Richter oder Professoren ihm in aller Öffentlichkeit widersprachen, ihn für kleine Fehler, für etwas, das er falsch gemacht hatte, oder auch ohne jeglichen Grund tadelten. In diesen Momenten fiel es ihm am schwersten, einen kühlen Kopf zu bewahren und sich an die selbst auferlegte Regel zu halten, kein weiteres Leben zu nehmen, bis es sicher genug war, dies zu tun, und er den lang erwarteten Moment auskosten konnte.

Als er sein Jurastudium abschloss, waren seine Noten so beeindruckend und seine Erfahrung als Forensiker so wertvoll, dass er sich aussuchen konnte, wo er arbeiten wollte. Aber auch hier fiel ihm die Wahl nicht schwer. Schließlich wollte er nur Geld und Macht, ohne an den Arbeitgeber oder das Fachgebiet zu denken. Und der Anwaltsberuf hielt zahllose Schätze für ehrgeizige, junge Leute wie ihn bereit.

Sobald er sein Examen bestanden hatte, machte er sich auf die Suche nach diesen Schätzen – mit der unendlichen Ausdauer und der geistigen Schärfe von jemandem, der seinen Erfolg aus eigener Kraft errungen hatte. Er war gewieft, hatte Ausdauer und einen scharfen, analytischen Verstand, und er ließ sich nicht einschüchtern. Er wechselte oft den Job, etwa jedes Jahr, auf der Suche nach der perfekten Mischung aus Geld, Macht und Freiheit, die ihm die ultimative Befriedigung verschaffen würde, die Lizenz, das zu tun, wonach sein ganzer Körper verlangte.

Manchmal besuchte er das Haus seiner Familie und hielt

sich im Schatten auf der anderen Straßenseite versteckt, beobachtete seine Mutter, seine Schwester und seinen Vater in ihrem Alltag und wollte nie wieder mit ihnen sprechen. Jedes Mal, wenn er sie sah, kämpfte er darum, nicht die Kontrolle zu verlieren, und doch konnte er einfach nicht fernbleiben. Er beobachtete seine Familie aus der Ferne, schweigend, während sein Herz wie eine offene Wunde schmerzte, frisch, unverheilt trotz der Zeit, die vergangen war. Während die Ungeheuer wüteten, eingesperrt in seiner Brust.

Nach einem dieser Besuche hatte er sich die ganze Nacht hin und her gewälzt und war am Morgen schweißgebadet und voller Wut aufgewacht. Aber er hatte eine kalte Dusche genommen und war wie immer zur Arbeit gegangen. An diesem Morgen hielt er das Eröffnungsplädoyer in einem Fall von Kapitalmord und er musste in Höchstform sein.

Die Richterin war eine Frau, der er auf Anhieb unsympathisch war und die ihn bei jeder Gelegenheit zurechtwies. Sie gab jedem Einwand des gegnerischen Anwalts mit einem leichten Lächeln auf den faltigen Lippen statt, als wüsste sie genau, wer er war und *was* er war. Und genau hier, mitten in einem Gerichtssaal voller Menschen, spürte er, wie sein alter Drang in ihm anschwoll, unversöhnlich, unwiderruflich.

Jahrelang hatte er auf diesen Moment gewartet, davon geträumt, ihn geplant, und nun war es so weit. Er wusste genau, was er zu tun hatte.

Er hatte die Richterin an diesem Tag angelächelt, ihre ablehnenden Entscheidungen mit Würde und Klasse akzeptiert, die Verhandlung ausgesessen und später jemanden gefunden, der seinen Blutdurst stillen konnte.

VIERUNDDREISSIG

KINDER

Kay verschwendete keine Zeit; sobald sie das Profil fertiggestellt hatte, suchte sie Elliot auf und zog ihn beiseite, damit die vorbeieilenden Deputies sie nicht hören konnten. Er schien ein wenig nervös zu sein und wich ihrem Blick aus.

»Sie sind ja schneller da rausgerannt als ein Wüstenfuchs«, sagte er. »Ich dachte, Sie wären inzwischen daran gewöhnt, mit einem Haufen Hinterwäldler-Cops umzugehen.«

»Das hatte ich auch gedacht«, lächelte sie ein wenig verlegen, aber auch erleichtert, weil die Spannung zwischen ihnen abzufallen schien. »Fangen wir mit der Leichenhalle an«, sagte sie. »Wir kommen gleich danach zurück und sprechen mit dem Techniker.«

»Doc Whitmore hat die Leiche erst vor zwei Stunden in die Hände bekommen«, antwortete er.

»Eben«, sagte sie mit einem leichten Zwinkern und ging zu seinem Auto. »Ich möchte seine ersten Eindrücke hören und etwas Zeit mit ihm in der Leichenhalle verbringen.« Elliots Mine war wie gefroren, erstarrt in einer Grimasse andauernder Übelkeit. »Glauben Sie mir, die Zeit ist gut angelegt.«

Dr. Whitmore widersprach dieser Aussage, sowohl was

seinen Tonfall als auch die Körpersprache betraf. Er war über die Leiche gebeugt, den Gesichtsschutz aufgesetzt, und untersuchte unter starkem Licht jeden Zentimeter von Alisons Haut. Er stieß einen langen Seufzer der Frustration aus, als sie den Autopsieraum betraten, dann stützte er seine behandschuhten Hände auf die Hüften und streckte seinen Rücken durch.

»Ich hätte gedacht, Sie würden mir wenigstens ein paar Stunden Zeit geben, Dr. Sharp,« sagte er, wobei er sie wahrscheinlich wegen ihrer gemeinsamen Vergangenheit direkt ansprach. »Was können Sie jetzt schon von mir erwarten?«

»Jegliche ersten Erkenntnisse wären großartig«, antwortete sie mit sanfter Stimme, um ihn milde zu stimmen.

Er seufzte, diesmal klang er weniger frustriert als zuvor, fast resigniert. »Ich müsste eine Voruntersuchung durchführen, um Ihnen einen ersten Befund zu geben, und dazu hatte ich noch keine Zeit.«

»Keine Eile«, sagte sie, »ich wollte sie nur sehen, das ist alles.« Kay trat an den Untersuchungstisch heran und nahm die Maske und die Handschuhe von Dr. Whitmore entgegen.

Elliot hielt Abstand, zog aber unter Dr. Whitmores kompromisslosem Blick ebenfalls Handschuhe und einen Gesichtsschutz an. »Niemand kommt ohne Ausrüstung in ihre Nähe«, erklärte er.

Kay betrachtete Alisons Haut unter dem Untersuchungslicht. Sie hatte zahlreiche blaue Flecken um ihren Hals herum, einige frisch, einige gelblich. Im Gesicht sah sie Petechien, um die Augen herum und am Hals, wo die Kapillaren durch den Druck der Strangulation geplatzt waren. Sie war mehrfach gewürgt worden, in einem ekelerregenden Würge- und Befreiungsspiel, das tagelang gedauert haben musste.

»Darf ich?«, fragte sie und deutete auf Alisons Augen.

»Mhm«, antwortete Dr. Whitmore und fuhr mit der eingehenden Untersuchung des Körpers fort.

Vorsichtig hob Kay die Augenlider an, um ihre Bindehäute

zu untersuchen, und fand weitere Petechien, einige frisch, andere fast verheilt. »Ich glaube, ich weiß, wie sie gestorben ist.«

»Ach ja?«, murmelte Dr. Whitmore.

»Wie bei den anderen, manuelle Strangulation, gewaltsam, voller Wut«, sagte sie und fühlte sich wieder wie eine Praktikantin. »Ich bin ein wenig verwirrt, denn in Ihrer Nachricht stand etwas von einer gefundenen Mordwaffe?«

»Ich hätte Folterwaffe schreiben sollen, nicht Mordwaffe«, antwortete er und klang dabei sowohl entschuldigend als auch ein wenig verärgert mit sich selbst. »Deshalb sollte man einen Gerichtsmediziner nie hetzen.« Er deutete auf mehrere Schnitte auf Alisons Haut. »Sie wurde an verschiedenen Stellen geschnitten, aber diese Schnitte sollten ihr Angst machen und Schmerzen verursachen, nicht tödlich sein.

Sie sind oberflächlich, allerdings sehr rücksichtslos zugefügt worden. Ich habe siebenunddreißig gezählt, alle in den letzten vierundzwanzig Stunden, alle an Stellen, die viel Schmerz, aber wenig Blutung verursachen.« Er atmete scharf ein, dann fuhr er fort: »Der Bastard wollte wahrscheinlich nicht, dass sie durch Hypovolämie geschwächt wird, bevor er mit ihr fertig ist.« Er untersuchte eine der Schnittwunden mit seinen behandschuhten Fingern und brachte sein Gesicht nahe an die Wunde heran. »Bemerkenswert ist, dass er ein rostiges Messer benutzt hat, aber das ist nur eine Vermutung. Ich muss das erst noch bestätigen.«

»Passen diese Schnitte zu dem Messer, das Sie gefunden haben?«, fragte Elliot und näherte sich dem Untersuchungstisch.

»Auf den ersten Blick ja, aber ich werde einen Abdruck nehmen, um sicher zu sein.« Er hob ihren Arm an und untersuchte ihre Rippen, die Achselhöhle und die Unterseite ihres Arms. »Übrigens konnte ich brauchbare Fingerabdrücke von dem Messer abnehmen«, fügte er hinzu. »Es gab mehrere deutliche Abdrücke auf dem Griff.«

Das war nicht der Täter, von dem sie gerade ein Profil erstellt hatte – organisiert, methodisch, ein Perfektionist mit Kenntnissen in Forensik.

»Glauben Sie nicht, dass er uns an der Nase herumführt, Doc?«, fragte Kay. »So einen eklatanten Fehler würde er nicht machen.«

»Das müssen Sie selbst herausfinden«, antwortete er und richtete seine Aufmerksamkeit auf Alisons linkes Bein. »Ich sage nur, was ich finde.«

Kay starrte auf Alisons Haar, das sorgfältig geflochten und mit ledernen und mit kleinen Federn verzierten Haarbändern ordentlich zusammengebunden war. Ihre Zöpfe hatten etwas Vertrautes an sich, die Art, wie sie erst hinter ihren Ohren und dann entlang der Brust verliefen. Ihr Haar war perfekt in der Mitte des Kopfes gescheitelt und die Zöpfe waren gut ausgeführt, ohne irgendwelche losen Strähnen. Sie hatte bei vielen Gelegenheiten das geflochtene Haar der Ureinwohner gesehen, im Fernsehen und in den Medien, aber auch aus nächster Nähe, als sie nicht weit von den ansässigen Gemeinschaften aufwuchs, an Powwows teilnahm, ihre indigenen Freunde besuchte und deren Familien kennenlernte.

Und doch konnte sie beim Betrachten von Alisons Zöpfen unter dem starken Prüfungslicht nicht aufhören, über den spirituellen Wert nachzudenken, den die Ureinwohner ihren Haaren beimaßen, über die heilige Bedeutung, die sie hatten, über die Bräuche, die sie pflegten.

Inwiefern war das für den Täter relevant? Hatte es irgendeine Bedeutung, außer dass er versuchte, das Objekt seiner Wut in den Frauen, die er entführt, gefoltert und getötet hatte, nachzubilden?

»Können Sie uns sonst noch etwas sagen, Doc?«, fragte sie und machte sich bereit zu gehen. Sie hatte genug gesehen. Kay konnte sich vorstellen, was Alison durchgemacht hatte, wenn sie nur die Wunden an ihrem Körper betrachtete, die zahlreichen Spuren auf ihrer Haut, die davon zeugten, was sie hatte aushalten müssen. Wenn sie ihre Augen schloss, konnte sie Alisons Schreie fast hören.

Für sie waren sie zu spät gekommen.

Aber der UT war im Begriff, jemand anderen zu entführen, und sie hatten keine Ahnung, wann er das tun würde.

»Wie bei den anderen Opfern gibt es Anzeichen für sexuelle Übergriffe, über einen längeren Zeitraum und gewaltsam«, sagte Dr. Whitmore. »Ich werde Ihnen mehr sagen können, wenn ich die Untersuchung beendet habe.« Er verließ den Tisch, zog seine Handschuhe aus, warf sie in einen Sensor-Mülleimer und nahm seinen Gesichtsschutz ab. »Ich habe aber noch etwas anderes. Es kam gerade herein, kurz bevor Sie gekommen sind.« Er tippte sein Passwort ein und entsperrte seinen Computer, woraufhin zwei Vermisstenmeldungen auf dem Wandbildschirm angezeigt wurden. »Die IDs der beiden Jane Does sind zurück. Die erste ist Lan Xiu Tang, eine einunddreißigjährige Touristin aus Seattle, die mit ihrer Tochter Ann reiste. Die andere ist Janelle Huarez, sechsundzwanzig, die hier in Mount Chester geboren wurde, aber als kleines Mädchen mit ihrer Mutter weggezogen ist. Sie lebte in San Jose und hatte zum Glück keine Kinder. Sie war unterwegs, um das Haus ihres Großvaters zu verkaufen, nachdem er in die Stadt gezogen war, um bei ihr zu leben.«

»Jetzt werden also drei Kinder vermisst?«, sagte Elliot, seine Stimme wütend und angespannt. »Können wir diesem Kerl nicht zuvorkommen?«

»Wir haben keine weiteren Leichen gefunden«, antwortete Dr. Whitmore. »Das heißt, ja, es werden drei Kinder vermisst. Ann Tang, elf, Matthew Hendricks, fünf, und Hazel Nolan, acht.«

Stille legte sich schwer über die Leichenhalle, vermischte sich mit der kalten Luft und dem Geruch des Todes und jagte

Kay unheilvolle Schauer über den Rücken. Was hatte der Täter mit den Kindern vor? Hatte er sie freigelassen und sie waren nur noch nicht gefunden worden? Oder waren die Kinder Teil eines kranken Spiels, das er spielte, unfreiwillige Akteure in seiner verdrehten Fantasie?

FÜNFUNDDREISSIG
AUGENWEIDE

Das Geräusch eines Rollkoffers, der über den Teppich des Flurs gezogen wurde, weckte Wendy auf, aber sie weigerte sich, die Augen zu öffnen und sich den blendenden Sonnenstrahlen zu stellen. Sie klammerte sich an den Schlaf, an die süße Taubheit in ihren Gliedern und wünschte, sie hätte mehr Zeit. Immerhin war es schon nach zwei Uhr morgens gewesen, als sie endlich eingeschlafen war, erschöpft, zufrieden und quicklebendig.

Sie öffnete die Augen ein wenig und lächelte, als sie sich aus der schläfrigen Umarmung des Mannes löste, den sie am Vortag in der Flughafenlounge kennengelernt hatte, wobei sie darauf achtete, ihn nicht zu wecken. Ihr Lächeln wurde noch breiter, als sie sich an die letzte Nacht erinnerte. Wer hätte gedacht, dass ein Flug, der auf den nächsten Tag verschoben wurde, eine so lohnende Erfahrung sein konnte? Die Fluggesellschaft stellte das Hotelzimmer zur Verfügung, und der große, dunkle Fremde mit den feurigen Augen und der sanften Zunge sorgte für das Essen, die Getränke und die anregende Unterhaltung. Als sie auf dem Zimmer angekommen waren, konnten sie sich die Kleider gegenseitig gar nicht schnell genug vom Leib reißen.

Sie setzte sich auf die Bettkante und runzelte leicht die Stirn, als der Mann sich im Schlaf bewegte; sie hoffte, sie würde das Gespräch am Morgen danach überspringen und einfach verschwinden können. Als sie den schweißgebadeten Körper betrachtete und daran dachte, wie ebendieser Körper den ihren nach so vielen Jahren wieder zum Leben erweckt hatte, war sie dankbar für die Wärme, die sie in sich spürte. Wäre sie nicht auf einen frühen Flug gebucht, würde sie ihn für eine weitere Portion Lebensfreude und für das Gefühl gefährlich zu leben aufwecken. Ein gewisser Teil von ihm war ohnehin schon wach.

Sie drückte dem Mann einen sanften Kuss auf die Lippen und stellte beiläufig fest, dass sie nicht einmal seinen Namen kannte. Er hatte ihn irgendwann gestern Abend erwähnt, als sie in der Flughafenbrauerei in der Nähe von Terminal 2 auf die erste Runde Getränke gewartet hatten, aber sie hatte ihn sofort wieder vergessen. Für sie würde er immer der Typ von der Zwischenlandung am LAX sein. Unvergesslich ... wozu sich mit Namen abmühen?

Ihr Leben hatte gerade erst begonnen.

Scheiß auf den Bastard, dachte sie und erinnerte sich an das Gesicht ihres Mannes, als sie ihm sagte, dass sie ihn verlassen würde. Natürlich war er schockiert gewesen, als er es hörte. Er hatte ihre Anwesenheit jahrelang für selbstverständlich gehalten.

»Hey, Baby«, sagte der Fremde, streckte sich und griff nach ihr, und die Erinnerung an das Gesicht ihres Mannes verschwand mit der Berührung seiner Finger, die feurige Bahnen auf ihrer Haut zogen. »Warum holst du uns nicht etwas zum Frühstücken, hm?«

Sie konnte ein schallendes Gelächter kaum unterdrücken, es platzte fast aus ihr heraus. Stattdessen lächelte sie, streichelte seinen nackten Oberschenkel, bis sie die gewünschte Reaktion erzielte, und sagte mit einem sinnlichen Flüstern: »Sicher, das mache ich gleich.« Dann stand sie auf und begann sich anzuziehen.

Zufrieden schloss der Typ von der Zwischenlandung am LAX, der gefährlich nahe daran war, als das Arschloch von der Zwischenlandung am LAX in Erinnerung zu bleiben, die Augen und schlief wieder ein.

Sie sah ihn noch einmal an, bevor sie das Zimmer verließ, und dankte ihm fast für die unvergessliche Nacht. Leise lachend rollte sie ihren Koffer hinaus und machte sich auf den Weg zum Shuttle-Terminal des Flughafens im Erdgeschoss.

Sollte sich das sexy Arschloch doch verdammt noch mal sein eigenes Frühstück holen.

Die zweite Etappe der Reise war kurz und sie hatte kaum Zeit gehabt, ihren Kaffee auszutrinken, in Erinnerungen und Zukunftsplänen versunken, als der Landeanflug nach San Francisco begann und sie neugierig aus dem Fenster auf die Stadt blickte, die sie schon immer einmal besuchen wollte, auf den blauen Ozean, der in der Ferne schimmerte, und auf die schneebedeckten Berge, die sie in wenigen Stunden aus der Nähe sehen würde.

Sie holte ihren Mietwagen von Budget ab, einen roten Ford EcoSport, der zu ihrem neuen Leben passte. Er war klein, kompakt, aber schnell unterwegs und er reagierte auf ihre kleinsten Berührungen. Sie fuhr geradewegs nach Norden, begierig darauf, die Bergluft in ihren Lungen zu spüren, nachdem sie den Sommer in der Schwüle von Phoenix verbracht hatte. Sie konnte es kaum erwarten, sich wieder frei, jung und schön zu fühlen und nicht mehr nur wie ein Haushaltsgerät, das wusch, putzte, kochte und angeschrien werden konnte.

»Scheiß auf den Mistkerl«, sagte sie, laut, um die dröhnende Musik zu übertönen. Damit noch nicht ganz zufrieden, öffnete sie alle Fenster, hupte lange, trat aufs Gas und rief: »Juhu! Fick dich, du Wichser! Wow!«

Sie fuhr eine Weile mit heruntergelassenen Fenstern, das Gefühl des kalten Windes, der ihr durch das lange Haar peitschte, wollte sie nicht so schnell wieder aufgeben. Sie sang mit dem Radio um die Wette, bis sie außer Atem war.

Sie war noch etwa eine Stunde von Mount Chester entfernt, als sie das Miramonte Diner sah, ein Lokal, das auf einem Autobahnplakat mit Kartoffelsuppe und Sitzplätzen im Freien warb. Was für eine unwiderstehliche Kombination!

Sie bekam einen Platz auf der Terrasse, auch wenn sie dafür den Reißverschluss ihres Rollkoffers öffnen und einen dicken Pullover herausfischen musste. Aber das war es wert. Die Berge waren so nah, dass sie das Gefühl hatte, sie berühren zu können, die Luft war so frisch, dass ihr schwindelig wurde und sie einfach nicht genug davon einatmen konnte, so sehr sie sich auch anstrengte. Sie starrte immer wieder in die Ferne, auf die schneebedeckten Gipfel, und fragte sich, ob sie den Ferienort von ihrem Tisch aus vielleicht schon sehen konnte. Sie war erst so sehr auf die Landschaft konzentriert und dann auf die Karte auf ihrem Handy, dass sie den eindringlichen Blick des Mannes, der ein paar Tische weiter saß, fast nicht bemerkte.

Sein versunkener Blick strahlte eine ungewöhnliche Intensität aus, ein Gefühl der Dringlichkeit, das in ihrem jungen Körper sofort eine Reaktion auslöste, aber sie beschloss, den Blickkontakt zu unterbrechen und wegzuschauen.

Er hat wahrscheinlich schlechte Nachrichten bekommen, dachte sie. *Und im Ernst, du hattest gerade erst deinen Spaß in L. A. Nimm dich ein bisschen zusammen, Frau.* Sie unterdrückte ein Lächeln, das der Fremde vielleicht falsch interpretiert hätte, und stürzte sich auf die fantastische Kartoffelsuppe. Es war vielleicht eine dieser namenlosen Imbissbuden am Straßenrand, aber die Suppe war großartig. Alles war großartig an diesem ersten Tag ihrer neu gefundenen Freiheit, sogar die unerwünschte Aufmerksamkeit des Mannes ein paar Tische weiter.

Er schien stinkreich zu sein und war eine ausgesprochene Augenweide. Sie warf ihm noch einen flüchtigen Blick zu und stellte fest, dass er sie immer noch genauso aufmerksam anstarrte. Irgendetwas rührte sich in ihrem Bauch, etwas jenseits der köstlichen Stimme ihres neuerweckten Körpers, etwas Namenloses und Schreckliches.

Sie ignorierte das kalte Unbehagen und aß weiter ihre Suppe, während ihr Blick auf die fernen, schneebedeckten Berggipfel gerichtet war. Als sie wieder einen Blick wagte, war der Tisch leer und der Fremde verschwunden.

Sie atmete erleichtert auf, lehnte sich in ihrem Sitz zurück und blickte in den strahlend blauen kalifornischen Himmel.

»Howdy«, sagte Elliot und wies den Weg in die Werkstatt des Fuhrparks. Das war die offizielle Bezeichnung für eine zwanzig mal vierzig Meter große Wellblechkonstruktion an der Rückseite der Wache, die von herumliegendem Werkzeug übersät und mit Werkzeugschränken und Werkbänken bestückt war. Im Mittelpunkt des Raums und der Aufmerksamkeit des Servicetechnikers stand Kendra Marshalls gemieteter Jeep. Die Motorhaube fehlte und der gesamte Motorraum war zerlegt. Auf einer blauen Plane, die zur Seite gelegt worden war, waren alle ausgebauten Teile fein säuberlich angeordnet, einige davon mit gelben Post-it-Zetteln versehen.

»Ebenfalls hallo«, antwortete der Techniker, ohne den Blick vom Motorraum abzuwenden. Das rhythmische Klicken eines Drehmomentschlüssels dauerte noch einen Moment lang an, dann sah er zu seinen Besuchern auf.

Wäre da nicht das Abzeichen der Wache auf dem Namensschild gewesen, das er an einem ölverschmierten NASCAR-Hemd trug, hätte Kay den stämmigen Mann leicht mit einem der Straßenbewohner des Tenderloin verwechseln können. Sein graumelierter Bart und das Haar, das unter einer schmutzigen Baseballkappe hervorlugte, waren lang und ungeschnitten, mehr gelblich als grau, mit ein paar schwarzen Strähnen, wo er sich mit seinen öligen Fingern durch die widerspenstige Mähne gefahren war.

»Ma'am«, begrüßte er Kay, sobald er sie sah, seine Stimme war heiser, aber sie verriet ein gutes Wesen und einen scharfen Verstand. »Wie ich höre, habe ich das hier Ihnen zu verdanken«, fügte er mit einem leisen Lachen hinzu.

Sie näherte sich dem Jeep, lächelte aufmunternd und schluckte hinunter, was sie unmittelbar erwidern wollte, dass nämlich tatsächlich der Täter schuld an der zusätzlichen Arbeitsbelastung sei.

»Was haben Sie gefunden, Mr. Willie?«, sagte sie und las sein Namensschild. »Wie hat der Täter diese Fahrzeuge außer Gefecht gesetzt?«

»Nur Willie, Ma'am«, antwortete er. »Ich bin ein einfacher Servicemitarbeiter, kein toller Detective. Ich darf meinen Vornamen benutzen«, scherzte er und Elliot schlug ihm spielerisch auf die Schulter. »Manche Leute nennen mich den Autofritzen, den Stoß-Dämpfer oder den Auspuff-Aufschneider. Aber niemand hat mich jemals den Idioten in der Werkstatt oder einen ahnungslosen Mechaniker genannt, nicht in den dreißig Jahren, in denen ich mit Schraubenschlüsseln arbeite.« Er nahm seine Schirmmütze ab und kratzte sich unter seiner grauen Mähne am Kopf. Dann setzte er die Mütze wieder auf.

Kay fragte sich, was ihn zu seiner abwehrenden Bemerkung veranlasst hatte. »Lassen Sie mich Ihnen zeigen, was ich gefunden habe und was nicht.«

Mit krummem Gang quälte er sich zu einer der Werkbänke hinüber und kam mit einem Handgerät zurück. Er zeigte es Kay und Elliot und flippte durch verschiedene Bildschirmeinstellungen. Der kleine LCD-Bildschirm des Geräts zeigte eine Reihe von alphanumerischen Codes, die ihr absolut nichts sagten.

»Dieses Gerät hier ist ein OBD2-Scanner. Es verbindet sich mit den internen Computern der Autos und ruft die gefundenen Fehlercodes ab, damit Leute wie ich herausfinden können, was passiert ist. Diese Fahrzeuge«, sagte Willie und zeigte zuerst auf den Jeep, dann auf den Nissan Altima und den draußen geparkten Subaru, »haben den Code P-0-2-1-7 ausgespuckt.« Wahrscheinlich bemerkte er ihr verwundertes Gesicht, denn er fügte schnell hinzu: »Überhitzter Motor.«

»Ich verstehe«, antwortete sie und wünschte, sie wüsste mehr darüber, wie Automotoren funktionierten. »Haben Sie eine Ahnung, wie das passiert sein könnte?«

Ein kurzes Lachen entwich Willies Lippen, bevor er es unterdrückte und sagte: »Natürlich weiß ich, wie es passiert ist. Ich würde nicht hierhergehören, wenn ich es nicht wüsste.« Er spielte einen Moment lang mit dem OBD2-Gerät, wobei jede Taste, die er drückte, einen gedämpften Piepton auslöste. »Meistens liegt es am Kühlmittel, wenn zu wenig drin ist. Das passiert, wenn der Kühler ein Leck hat oder die Schläuche durchgeschnitten sind.«

»Wurden sie durchgeschnitten, Willie?«, fragte Elliot, der sich dem demontierten Kühler auf der Plane näherte und daneben in die Hocke ging.

»Nein«, antwortete er und die Anspannung in seinem Kiefer zeigte, wie frustriert er war, weil er keine bessere Antwort hatte. »Der Subaru, das modernste dieser Fahrzeuge, zeigte auch P-2-5-6-0 an, das ist der Code für einen niedrigen Kühlmittelstand. Das bedeutet, dass der Kühlmittelstand im Subaru zu irgendeinem Zeitpunkt so niedrig war, dass der Motor überhitzt hat.«

»Irgendwann?«, erwiderte Elliot. »Wie meinst du das?«

»Na ja, jetzt ist er verdammt noch mal völlig in Ordnung«, sagte Willie und wischte sich die Hände an seiner Hose ab. Er ging auf das Fahrzeug zu, öffnete die Motorhaube und zeigte auf einen weißen, halbtransparenten Behälter, wobei er mit dem Finger auf die Flüssigkeitsstandlinie tippte. »Alles nach Vorschrift.« Er murmelte einen Fluch und zündete sich eine Zigarette an, wobei seine ölverschmierten Finger ein Zippo-Feuerzeug mit der Geschicklichkeit eines lebenslangen Rauchers handhabten. »Das ist das, was ich nicht gefunden habe. Der Grund, warum die Motoren überhitzt haben.«

»Was passiert, wenn ein Motor überhitzt?«, fragte Kay. »Bildet sich Rauch oder irgendwie so etwas?«

»Zuerst leuchtet die Motor-Kontrollleuchte auf, und wenn Sie wissen, was die Anzeigen auf Ihrem Armaturenbrett bedeuten, werden Sie feststellen, dass die Motortemperatur über die rote Linie hinaus ansteigt. Wenn Sie trotzdem weiterfahren, werden diese intelligenten Autos irgendwann den Motor einfach abwürgen und Sie zum Anhalten zwingen, um den Motor zu schützen.«

»So zwingt er sie zum Anhalten«, sagte Kay. »Und das ist doch relativ präzise, oder? Sind alle Autos in derselben Gegend liegen geblieben?«

»Ich habe alle drei Navigationssysteme gecheckt, und ja, alle drei Fahrzeuge sind im selben Tal in der Nähe vom Katse liegen geblieben, wo es keinen Mobilfunkempfang gibt«, antwortete Willie. »Aber später, als ihr Killer mit den Autos fertig war, funktionierten sie auf wundersame Weise wieder.«

»Hast du herausgefunden, wie er es angestellt hat, den GPS-Rückweg aus dem Navigationsverlauf zu löschen?«, fragte Elliot.

»Auch das habe ich nicht herausgefunden«, antwortete Willie mürrisch. Er schien seinen Mangel an Erkenntnissen als persönliches Versagen zu betrachten.

»Halten Sie es für möglich, dass er irgendwie die Computer der Autos manipuliert hat und ihnen *vorgaukelt* hat, die Motoren würden überhitzen?«, fragte Kay. »Vielleicht hat er eines dieser Geräte modifiziert ...«

»Oh nein«, antwortete Willie, nachdem er einen tiefen Zug

genommen und erst nach ein oder zwei Sekunden wieder ausgeatmet hatte. »Wissen Sie, wie viel Geschick man haben muss, um das durchzuziehen?« Er schnippte den Zigarettenstummel weg, sodass er in einer kleinen Regenpfütze landete. »Nein, es muss diese andere Sache sein.«

»Welche andere Sache?«, fragte Kay, ein wenig irritiert darüber, dass er einige Informationen ausgelassen hatte.

»Ich habe etwas auf dem Kühler des Jeeps gefunden, wie eine Ablagerung von hartem Harz oder so etwas. Ich habe einen Abstrich genommen und ihn Deputy Hobbs gegeben. Er sagte, er würde es an das Labor in San Francisco schicken, um herauszufinden, was genau das ist.«

»Was könnte es sein?«

Er kratzte sich nachdenklich am Kinn, dann ging er hinein und blieb bei der blauen Plane stehen. »Niemand repariert mehr Kühler, sie werden heute einfach ausgetauscht. Aber früher, wenn bei hoher Geschwindigkeit ein Stein in den Kühlergrill geschleudert wurde, der den Kühler beschädigt und ein Leck verursacht hat, hat der Mechaniker das Loch gelötet und geflickt.« Er kniete sich auf die Plane und zeigte auf eine bestimmte Stelle am Kühler, an der in der dicken Staubschicht frische Kratzer sichtbar waren. »Sehen Sie hier? Jemand hat etwas mit diesen Lamellen gemacht.«

»Und warum sind Sie sich nicht sicher, dass dies das Werk des UTs ist?«, fragte Kay und runzelte leicht die Stirn.

»Weil es nicht frisch aussieht«, antwortete Willie. »Es ist von einer Staubschicht bedeckt, als wäre das Auto mindestens ein paar Monate gefahren worden, nachdem es repariert wurde. Der Staub, der sich auf den Kühlrippen abgesetzt hat, weist nicht auf ein Leck hin, wie man es sehen würde, wenn Kühlmittel bei hohen Temperaturen ausgetreten wäre

und einen Teil des Schmutzes weggespült hätte. Und es ist auch nicht das, was man normalerweise zum Flicken eines

Kühlerlochs verwendet. Es ist kein Lötmaterial, sondern eine Art Harz.«

»Sie wissen also nicht, was mit diesen Fahrzeugen passiert ist«, schloss Kay und ihre Stimme klang bitter und enttäuscht.

»Nein«, antwortete Willie und sah sie direkt an. »Das ist die gottverdammte Wahrheit. Aber ich werde ganz sicher nicht aufhören zu suchen, bis ich eine Erklärung für Sie habe. Ich werde die beiden anderen Kühler auseinandernehmen, und wenn ich dieselben Harzflecken sehe, weiß ich, dass es sein Werk ist.«

Sie bedankte sich bei ihm und ging niedergeschlagen hinaus ins Freie, dann kletterte sie, die Knochen vor Kälte klamm, in Elliots Geländewagen.

»Er gibt sich große Mühe, wissen Sie«, sagte Elliot, als er einstieg. Er startete den Motor und ließ ihn einen Moment lang im Leerlauf laufen.

»Es ist mir egal, ob er sich Mühe gibt«, blaffte Kay. »Es ist mir nicht egal, dass diese Kinder immer noch vermisst werden und dass jeder Tag, den sie mit diesem Monster verbringen, ein Tag ist, den sie nie vergessen werden, egal wie lange sie leben. Es ist mir nicht egal, dass er sich inzwischen wahrscheinlich eine andere Frau genommen hat, jemanden, der seine kranken Triebe befriedigt, und sie wird nicht mehr lange leben, aber egal wie lange sie lebt, sie wird sich wünschen, sie wäre schon tot. In der Zwischenzeit haben wir lauter Wenns und Vielleichts, nichts Sicheres, und wir sind keinen Schritt weiter, diesen Kerl zu fassen. *Das ist es,* was mir wichtig ist!« Ihre Stimme hatte sich gesteigert und gesteigert, bis sie in ein Schreien übergegangen war. Sie schämte sich für ihren Gefühlsausbruch, senkte den Kopf und sagte: »Es tut mir leid.«

»Ist schon okay«, antwortete Elliot, berührte kurz ihre Hand und zog seine dann weg. »Wir sind alle müde, enttäuscht und gereizt wie ein hungriges Wildschwein im Frühling.«

Sie atmete tief ein und aus und ließ die Luft langsam aus

ihren Lungen entweichen, während sie ihre Gedanken sammelte und sich an ihre Grundlagen erinnerte. »Gehen wir zurück zur Viktimologie«, sagte sie. »Es muss etwas geben, das wir übersehen haben.«

»Okay«, antwortete er. »Wir sind das schon ein paarmal durchgegangen.«

»Das macht nichts«, antwortete sie. »Wir werden immer wieder darauf zurückkommen, bis wir verstehen, wie er jagt. Das ist unsere einzige Chance.« Sie atmete erneut, genauso langsam, und begann, die Informationen in ihrem Kopf zueinander in Beziehung zu setzen. »Wir wissen jetzt von fünf Opfern, die verschiedenen Rassen angehören. Drei waren Mütter, zwei waren es nicht. Zwei von ihnen sind mit ihrem eigenen Auto nach Mount Chester gefahren, drei mit einem Mietwagen, der vom internationalen Flughafen in San Francisco kam. Übrigens, lassen wir die Fahrzeuge von Lan Xiu und Janelle zu unserem Mr. Willie bringen?«

»Das passiert heute«, antwortete Elliot, nachdem er etwas auf seinem Handy überprüft hatte.

»Ich wette, dass die beiden Fahrzeuge den gleichen Code für einen überhitzten Motor aufweisen werden. Er hat eine gute Methode, um sie mitten im Nirgendwo zum Anhalten zu bringen; warum sollte er sie ändern?«

»Vielleicht hat er das erst im Laufe der Zeit entwickelt«, antwortete Elliot. »Lan Xiu und Janelle sind schon letztes Jahr gestorben.«

»Vielleicht, aber ich glaube, dieser Mann mordet seit mehr als einem Jahr. Wenn das hier vorbei ist, müssen wir darüber nachdenken, die Suche mit den Leichenhunden auf das gesamte Ufer des Silent Lake auszuweiten.«

Elliot legte den Gang ein, fuhr aber nicht weg, sondern hörte zu und wartete darauf, dass sie fortfuhr.

Sie bemühte sich, sich zu konzentrieren, während ihre Gedanken um die möglichen Leichen kreisten, die sie noch nicht ausgegraben hatten. Gab es sie wirklich? Oder waren sie nur das Ergebnis ihrer Vorstellungskraft, ihrer Erfahrung, die dafür sorgte, dass sie Hinweise in die organisierte und präzise Art und Weise, wie er seine Opfer aufgriff, tötete und entsorgte, hineinlas? Bei allem, was er tat, gab es kein Zögern, nichts wurde dem Zufall überlassen. War das jetzt wichtig? Nein ... das Einzige, was zählte, war ihn zu finden und aufzuhalten und diese Kinder zu finden. Dann hätten sie alle Zeit der Welt, die anderen Leichen zu suchen, falls es sie gab.

»Wir wissen, dass mindestens zwei seiner Opfer im Katse Coffee Shop angehalten haben, entweder bevor oder nachdem ihre Fahrzeuge außer Gefecht gesetzt worden waren«, sagte sie, langsam sprechend, das Puzzle in ihrem Kopf zusammensetzend. »Aber das scheint mir zu nah am Tatort zu sein«, murmelte sie. Was, wenn das, was er mit diesen Fahrzeugen gemacht hat, mehr Zeit brauchte, um zu wirken? »Nehmen wir an, Willie hat recht und er hat an ihren Kühlern herumgepfuscht oder so. Was liegt vor dem Katse, wenn man aus Richtung San Francisco kommt?«

»Kurvenreiche Bergstraßen«, antwortete Elliot und sah sie mit einer hochgezogenen Augenbraue an. Dann schien er die Idee zu begreifen. »Richtig steile, kurvige Bergstraßen, wo die Autos sowieso überhitzen. An manchen Stellen liegen die Steigungen bei zwölf Prozent.«

»Genau«, sagte sie aufgeregt. »Unabhängig davon, woher diese Frauen kamen, fuhren sie alle dieselbe Straße, mindestens hundert Meilen oder so, bevor sie in Mount Chester ankamen.« Sie runzelte die Stirn, starrte in die Ferne und versuchte, sich an die Orientierungspunkte entlang des Weges zu erinnern. »Im Katse hätte er die Aufmerksamkeit auf sich gezogen, dafür ist er zu schlau. Also, wo sieht er sie?« Sie hielt einen Moment inne und überlegte, wie sie die Bewegungsmuster aller Frauen am besten aufspüren konnten. »Wir brauchen alle Finanzdaten der Opfer, Kreditkartenabrechnungen, alles. Irgendwo auf dem

Weg haben alle fünf Frauen einen Zwischenstopp eingelegt, und es ist gut möglich, dass sie dort ein paar Dollar ausgegeben haben.«

Elliots Lippen verzogen sich zu einem Lächeln. »Lassen Sie es uns herausfinden.« Er fuhr rückwärts aus dem Fuhrpark und hielt dann erneut an, als sein Telefon klingelte. Als er den Namen von Sheriff Logan in der Anruferliste sah, nahm er den Anruf mit einem schnellen Druck auf die grüne Taste entgegen.

»Schalten Sie den Lautsprecher aus«, sagte Logan, und Elliot hielt sich stirnrunzelnd das Telefon ans Ohr.

Kay fragte sich, was es damit auf sich hatte, aber sie gehörte nicht offiziell zu Logans Team. Er hatte das Recht, manche Dinge für sich zu behalten.

Als Elliot das Gespräch beendete, war er angespannt, hatte die Stirn tief gerunzelt und presste den Kiefer zusammen. Er bog auf die Straße ein und fuhr schnell Richtung Berg.

»Ich bringe Sie nach Hause«, sagte er, und in seiner Stimme lag eine Kälte, die sie noch nie zuvor gespürt hatte.

»Was ist los?«

»Nichts, ich muss nur etwas erledigen, das ist alles«, antwortete er ebenso kühl und richtete seinen Blick stur auf die Straße.

»Elliot Young, Sie sind ein schrecklicher Lügner«, erwiderte sie und versuchte, der Situation ein wenig Humor einzuhauchen. Was auch immer ihn beunruhigte, sie konnten es gemeinsam lösen. War ein weiteres Opfer entführt worden? Wenn ja, warum sollte er ihr das verheimlichen?

»Hören Sie auf, Kay«, reagierte er, packte das Lenkrad fester und gab Gas. »In fünf Minuten sind Sie zu Hause.«

Als ob er es nicht hätte erwarten können, sie abzusetzen. Als ob sie etwas getan hätte, was ihn verärgert hatte.

»Bitte, sagen Sie mir, was passiert ist«, beharrte sie, ihre

Stimme war ruhig und gefestigt und verriet ohne Worte, dass sie bereit war, sich anzuhören, was er zu sagen hatte.

Sein Kiefer blieb für einen weiteren langen Moment verschlossen. Sie respektierte seine Entscheidung und ließ zu, dass die Stille zwischen ihnen den Raum ausfüllte und für ihn genauso unangenehm wurde wie für sie.

Als er schließlich sprach, klang seine Stimme erstickt und verletzt. »Erinnern Sie sich an das rostige Messer, das wir neben Alisons Leiche gefunden haben? Das, auf dem wir Fingerabdrücke gefunden haben?«

»Mhm«, antwortete sie. »Was ist damit?«

»Die Fingerabdrücke sind identifiziert. Es sind die Ihres Vaters.«

SIEBENUNDDREISSIG

MESSER

Ausgeweidet.

So fühlte sie sich, als sie gegen eine plötzliche Welle von Übelkeit und Schwindel ankämpfte, die sie dazu brachte, sich mit verkrampften Fingern an die Armlehne zu klammern, flach und schnell zu atmen, während ihr das Blut aus dem Gesicht wich.

Konnte das wahr sein?

Sie schloss die Augen und rief Erinnerungen wach, die sie in den letzten sechzehn Jahren so verzweifelt zu verdrängen versucht hatte. Der Klang der Schüsse, der die panische Stille durchbrach. Die Leiche ihres Vaters, die auf dem Küchenboden lag, das Messer noch in den Fingern, bedeckt mit dem Blut ihrer Mutter.

Und seine Fingerabdrücke, ganz klar sichtbar auf dem Griff.

Der schwarze Plastikgriff war mit drei silbernen Nieten befestigt gewesen, ein typisches billiges Tranchiermesser, das in der Art Küchenmessersets dabei war, die sich ihre Mutter leisten konnte und für die die Geschäfte jedes Jahr vor Weihnachten Gutscheine mit hohen Rabatten ausgaben.

Der Plastikgriff des Messers hätte in der Erde überdauern können, unversehrt, unbeschädigt vom Lauf der Zeit, begraben unter dem verwesenden Körper ihres Vaters, um sechzehn Jahre, nachdem sie ihn getötet hatte, wiederaufzutauchen und sie heimzusuchen.

Nachdem ihn jemand aus seinem Grab geholt hatte.

Eine erneute Welle der Übelkeit ließ sie trocken aufstoßen, aber es gelang ihr, ein Husten vorzutäuschen. Elliot merkte nichts und fuhr in ihre Einfahrt.

»Hier müssen Sie aussteigen«, verkündete er mit kompromissloser Stimme, als wäre sie eine Anhalterin, die er unbedingt loswerden wollte. Sie öffnete die Autotür, drehte sich dann aber zu ihm um und sagte: »Das ist unmöglich. Er ist seit sechzehn Jahren verschwunden. Keiner hat ihn gesehen, seit er nach Arizona gegangen ist.«

Er presste die Lippen aufeinander und weigerte sich, sie anzuschauen. »Es ist verdammt praktisch, dass Sie gerade dann hier auftauchen, als ihr Vater wieder anfängt zu vergewaltigen und zu töten, nicht wahr? Wer weiß, was er den Kindern angetan hat?«

»Oh Gott, nein«, reagierte sie. »Sie haben meinen Vater offensichtlich nie kennengelernt.«

»Das würde ich aber gerne«, sagte er mit tiefer, bedrohlicher Stimme und knirschte mit den Zähnen. »Würden Sie uns einander bitte vorstellen?«

Sie seufzte wütend und hatte das dringende Bedürfnis, ihm zu sagen, dass er tot war, begraben und in der Erde verrottet, in die ihr Bruder ihn vor all den Jahren gelegt hatte. Doch die befreienden Worte erstarben auf ihren Lippen und alles, was sie sagen konnte, war: »Er ist ein Säufer, der kaum eine Schulbildung genossen hat. Der schönste Tag meines Lebens war, als er die Tür zuschlug und ging, vor sechzehn Jahren. Seitdem hat man nichts mehr von ihm gehört.« Sie hielt einen Moment inne und fuhr dann mit ruhigerer, überzeugenderer Stimme fort.

»Denken Sie daran, was wir gesagt haben, als Dr. Whitmore uns von dem Messer erzählt hat. Dieser Täter ist viel zu schlau, um eine Waffe mit Fingerabdrücken darauf zu hinterlassen, und er führt uns dorthin, wo er es will, er spielt mit uns wie mit Marionetten.«

»Ja, Kay, genau das hätte ich auch gesagt, wenn ich hierher zurückgekehrt wäre, um die Verbrechen meines Vaters zu decken«, antwortete er wütend und warf ihr einen feurigen Blick zu. Die Bitterkeit in seiner Stimme ließ sie zusammenzucken.

»Sie müssen glauben, dass der hinterwäldlerische Cop aus Austin, Texas, ein ganz besonderer Idiot ist, nicht wahr? Um den kleinen Finger gewickelt, unfähig, selbst zu denken? Nun, selbst ein blindes Huhn findet gelegentlich ein Korn. Sie haben mich an der Nase herumgeführt, mich belogen, seit wir uns kennen.«

»Was? Ich habe Sie nie angelogen«, erwiderte Kay, ihre Überraschung war echt. Sie hatte es versäumt, ihm von ihrem Vater zu erzählen und von dem wahren Grund, warum sie nach Hause zurückgekehrt war, aber ansonsten hatte sie ihn nicht angelogen. Jedenfalls dachte sie das ... In ihrem Kopf drehte sich alles, die Übelkeit war immer noch stark.

Wer spielte mit ihrem Verstand Streiche? Wer wusste, dass sie ihren Vater getötet hatte?

Er lachte, ein schnelles, bitteres Lachen. »Sie haben praktischerweise vergessen zu erwähnen, dass Sie am Tag vor unserem offiziellen Treffen die Fundstelle der Leiche besucht haben«, sagte er. »Aber ich habe Sie in dieser Nacht gesehen. Ich habe gesehen, wie Sie Kendras Grab umkreist haben, um nach Beweisen zu suchen, die wir vielleicht übersehen haben, oder um welche zu platzieren, wer zum Teufel weiß das schon?«

»Oh«, antwortete sie leise. Sie hatte diese Nacht ganz vergessen. »Nun, Sie waren auch nicht gerade gesprächig, oder?

Warum haben Sie mir nicht gesagt, dass Sie mich gesehen haben?«

Er stieß einen wütenden Pfiff aus. »Frauen! Immer verstehen sie es, jedes Argument gegen dich zu wenden und dich wie einen Idioten aussehen zu lassen.«

Sie unterdrückte eine lange Reihe von Flüchen. Dieser Mann war so stur, wie es nur Männer sein können, wenn eine Idee in ihren Köpfen Wurzeln schlägt. »Hören Sie, jemand hätte etwas über meinen Vater gesagt, wenn er ihn in all den Jahren gesehen hätte. Haben Sie seinen Namen schon einmal gehört, seit Sie hierhergezogen sind? Er war nicht gerade ein gesetzestreuer Bürger; deswegen waren seine Fingerabdrücke im System. Er wurde ein paarmal wegen Trunkenheit und ordnungswidrigem Verhalten festgenommen. Wirklich, ist das unser Täter? Glauben Sie wirklich, dass mein Vater, ein sechzigjähriger Trinker, in der Lage ist, die Navigationsdaten von Autos zu verändern oder Fahrzeuge zum Stehen zu bringen und dort anzuhalten, wo es ihm verdammt noch mal gefällt?«

Elliot starrte auf das Garagentor vor ihm, ohne ein Wort zu sagen. Erst gestern Morgen hatte er ihren Rasentraktor aus dieser Garage herausgefahren, lächelnd, ihr zuwinkend. Fürsorglich.

Sie gab ihm den Raum, sich zu entscheiden, sich zurechtzufinden.

Aber er wandte sich ihr zu und sagte: »Es tut mir leid, Kay. Der Sheriff hat sich klar ausgedrückt. Sie sind von dem Fall abgezogen und ich muss wieder an die Arbeit gehen.« Die Traurigkeit in seiner Stimme war unüberhörbar, während ihr sein ganzes Auftreten ein anderes Gefühl vermittelte.

Scham. Schuldgefühle.

Ohne ein weiteres Wort stieg sie aus seinem Fahrzeug aus und schloss die Tür. Sie beobachtete, wie er sich von ihrer Einfahrt entfernte und wegfuhr, und behielt seine Bremslichter im Auge, bis sie hinter dem Waldrand verschwanden, als die Straße nach links in Richtung Berg abbog.

Dann richtete sie ihre Aufmerksamkeit auf die Weidenbäume im Garten.

Wieder packte sie eine Welle der Übelkeit, und diesmal gab sie ihr nach, fiel auf dem frisch gemähten Rasen auf die Knie und übergab sich, und die Erinnerung an jene Nacht tanzte vor ihren Augen wie ein Albtraum, dem sie nicht entkommen konnte.

ACHTUNDDREISSIG

DIE JAGD

Von allen Orten, an denen er sie fand, war ihm das Miramonte Restaurant der liebste. Die Terrasse war groß und alle Blicke waren auf die Landschaft gerichtet, nicht auf ihn. Von der Seite der Terrasse aus, wo er gerne saß, konnte er die Autobahnauffahrten sehen und wusste sofort, welche Reisenden in Richtung Mount Chester unterwegs waren. Wenn er dem Smalltalk zwischen den Reisenden und den Kellnern ein wenig Aufmerksamkeit schenkte, wusste er, ob die Frau nach Mount Chester oder ins Skigebiet wollte. Nur die interessierten ihn.

Es machte nicht viel Sinn, das wusste er. Warum sollte es eine Rolle spielen, ob die Mädchen zum Beispiel nach Portland unterwegs waren? Warum sollte es ihm wichtig genug sein, sie entkommen zu lassen, sie leben zu lassen? Aber irgendwie spielte es eine Rolle, als ob ihr Ziel, der Ort, an dem er geboren und aufgewachsen war und der ihn dann ausgestoßen hatte, sie irgendwie kennzeichnete, als ob ihre Schicksale mit Mount Chester als einzigem gemeinsamen Nenner, der ihn interessierte, verwoben waren.

Er hatte im Laufe der Zeit ein paar gesehen, die sich genau richtig angefühlt hatten, aber dann hatte er sie gehen lassen, weil er feststellte, dass sie nach Seattle, Portland oder gleich über die Staatsgrenze von Oregon hinaus zum Zelten in einem der Staatswälder unterwegs waren. Aber er mochte dieses Spiel des Fangens und wieder Freilassens. Es war, als würde er das Schicksal bitten, für ihn zu entscheiden, um sicherzugehen, dass er die richtige Wahl traf, keine Fehler machte und seine Triebe immer noch kontrollieren konnte. Es war nicht leicht, eine wunderbare Frau ziehen zu lassen, nur weil sie woandershin unterwegs war, aber die aufgeschobene Befriedigung hatte ihre Vorteile. Die Intensität der Befreiung, wenn sie dann kam, war unvergleichlich. Die Erregung, die sich in seinem ganzen Körper aufbaute, die Art, wie sie seine Haut prickeln ließ und sein Blut in Flammen setzte, die Art, wie sie seine Nächte in schlaflose Visionen des Rausches verwandelte, führte zu einem Erlebnis der Superlative, sobald sie sich erfüllte.

Wenn er dort nicht leben konnte, wenn seine eigene Mutter ihn gezwungen hatte, wegzugehen, dann mussten diese Frauen, die sich aus freien Stücken für Mount Chester entschieden hatten und dort sein durften, für diese Freiheit bestraft werden, für ihr unverdientes Recht, dorthin einen Fuß zu setzen, wo er nicht mehr willkommen war. Der Ort, den er nicht mehr sein Zuhause nennen konnte, sollte ihr Grab werden.

Ein roter Ford Crossover verließ die Interstate in nördlicher Richtung. Der Blinker wurde gesetzt und kündete das Abbiegen in die Einfahrt des Parkplatzes vom Miramonte an. Ein kurzes Grinsen huschte über seine Lippen. Der Wagen war ein typischer Mietwagen, neu, kompakt, blitzsauber, leicht zu erkennen. Hinter dem Steuer saß eine junge Frau, deren langes Haar im Wind wehte. Sie fuhr mit heruntergelassenen Fenstern und lauter Musik, über der ihre Stimme gelegentlich hohe Töne anschlug, die sie mit Nachdruck sang. Eine Touristin.

Wenn sie doch nur nach Mount Chester fahren würde.

Er drehte seinen Stuhl leicht zur Terrasse hin, legte den linken Knöchel auf das rechte Knie und öffnete den Knopf seiner Jacke. Er mampfte lässig die restlichen Pommes frites auf seinem Teller, während die Frau sich setzte, mit dem Rücken zum Eingang des Restaurants, ihr Gesicht von der Sonne beschienen und den fernen Gipfeln des Mount Chester zugewandt. Sie war umwerfend. Etwa dreißig Jahre alt, mit schöner Haut, die im Nachmittagslicht leuchtete. Sie lächelte fast ununterbrochen, wahrscheinlich dachte sie an etwas Aufregendes, vielleicht an ihren bevorstehenden Urlaub. Ihre Gesichtszüge zeugten von Stärke, Entschlossenheit und Mut.

Es wäre ein Vergnügen, sie zu besitzen. Den Winter mit ihr zu verbringen.

Der erste Austausch der Frau mit dem Kellner brachte wenig Klarheit über ihr Ziel, nur über ihre Wahl von Suppe und Salat. Doch kurz nachdem die Bedienung mit ihrer Bestellung weggegangen war, bemerkte sie ihn und stellte einen verweilenden Augenkontakt her, den er vielversprechend und verlockend fand.

Ja, sie könnte ihm in den kommenden langen, eisigen Monaten viel Freude bereiten.

Sie brach den Blickkontakt ab und wandte sich ab, um die schneebedeckten Gipfel zu betrachten, aber ein Lächeln lag auf ihren Lippen. Er konnte zwar nur ihr Profil sehen, aber das konnte er gut erkennen. Sie hatte etwas gesehen, das ihr gefiel. Wäre es nicht spannend, wenn sie ihm Avancen machen würde? Er sah sie aufmerksam an, konnte seinen Blick nicht von ihren kräftigen Schultern abwenden, von der Wölbung ihrer vollen Brüste, die sich in dem flauschigen Kaschmirpullover abzeichneten, von der Linie ihres Halses und der Art, wie ihr Haar um ihren Kopf floss und wie ein Heiligenschein in der Sonne glänzte. Am liebsten würde er diese langen, seidigen Strähnen flechten. Das Gefühl, dass ihr Haar seine Finger berührte, wenn auch nur in seinen Gedanken, erregte ihn unterhalb der Gürtellinie. Sie war perfekt.

Der Kellner brachte ihr eine Suppe und ein großes Glas

Eiswasser und ging dann schnell wieder. Die Frau begann zu essen und hatte ihn offenbar ganz vergessen. Er lehnte sich nach vorne, stützte die Ellbogen auf den Tisch, und seine Augen bohrten sich in sie, als könnte er durch bloße Willenskraft ihr Ziel herausfinden oder die Fähigkeit erlangen, in ihre Gedanken zu sehen.

Sie war die Richtige, das wusste er jetzt ganz genau. Er konnte es an der Hitze spüren, die sich in seiner Leiste ausbreitete, an dem dunklen Verlangen, das seine Brust anschwellen ließ.

Und jedes Mal wollte er es besser machen als beim letzten Mal, intensiver, süchtig nach seinem eigenen Körper und dessen brutalem Verlangen.

Kurz, nur für den Bruchteil einer Sekunde, nahm sie wieder Blickkontakt auf, wandte sich dann aber schnell ab. Ja, sie war interessiert.

Er würde sie so gerne schreien hören. Sehen, wie sie sich wehrte, wie sie um sich trat und kratzte, nur um besiegt, unterworfen, genommen zu werden.

Die Bedienung kam an seinen Tisch, aber er winkte sie mit einem Lächeln ab. Von dort aus ging sie zum Tisch der Frau und fragte, ob alles in Ordnung sei. Sie unterhielten sich eine kurze Weile.

»Oh, diese Suppe ist fantastisch«, sagte die Frau mit kristallklarer, freudiger Stimme. Er liebte ihren Klang.

»Darf es noch etwas sein?«, fragte der Kellner, bereit, die Rechnung zu bringen.

»Ich esse erst noch die Suppe, aber lassen Sie mich einen Moment nachdenken«, antwortete sie. Sie tauchte ihren Löffel ein und hielt dann in der Bewegung inne. »Wissen Sie, wie lange es noch bis Mount Chester dauert?«

Er verbarg ein zufriedenes Lächeln, zog einen Zwanzig-Dollar-Schein aus seiner Brieftasche und legte ihn auf den Tisch unter das Wasserglas, damit der Wind ihn nicht wegwehen konnte. Dann verließ er den Laden durch die Terrassentür, die zum Parkplatz führte. Bevor er um die Ecke bog, warf er der Frau noch einen letzten Blick zu.

Ja, sie war die Richtige.

Er hielt kurz bei seinem Auto an und öffnete die hintere Tür, wo er eine Anreißahle unter dem Beifahrersitz verstaut hatte. Er nahm das Werkzeug und hielt es so, dass der Griff in seiner Faust verborgen war und der lange, scharfe Stahldorn an seinem Arm entlanglief. Aus der Ferne konnte niemand erkennen, dass er etwas in der Hand hielt.

Ein paar Parkbuchten weiter war der rote Ford, mit dem sie gekommen war, direkt gegenüber der Gasse geparkt und leicht zu erreichen. Der Kühlergrill stellte kein Problem dar, seine Öffnungen waren breit genug für das, was er vorhatte. Er überprüfte beiläufig die Umgebung und ging dann an dem Auto vorbei, wobei er kaum langsamer wurde, als er den Kühler mit einem schnellen, kräftigen Stich der Ahle unauffällig durchbohrte. Dann ging er weiter zum vorderen Teil des Parkplatzes, als ob er nach jemandem Ausschau halten würde. Schließlich drehte er um und kletterte hinter das Steuer seines Cadillacs.

Mit einem Lächeln auf den Lippen.

Bald nachdem sie die Interstate in Richtung Mount Chester verlassen hatte und etwa dreißig Kilometer auf steilen, kurvenreichen Bergstraßen gefahren war, würde der Kühlmittelverlust so groß werden, dass der Motor überhitzten und sie zum Anhalten zwingen würde.

Und er würde in der Nähe sein und warten.

Er liebte diese Art, Fahrzeuge außer Gefecht zu setzen. Er wollte ihr Leben nicht durch eine durchgeschnittene Bremsleitung oder etwas ähnlich Extremes in Gefahr bringen. Ein forensisches Team würde manipulierte Bremsen augenblicklich erkennen, und es wäre auch schwierig, das in der Öffentlichkeit zu bewerkstelligen. Und er wollte nicht, dass sie verletzt oder in irgendeiner Weise beschädigt wurde, bevor sie zu ihm kam.

Er sollte derjenige sein, der sie zum Schreien brachte, nicht ihr blödes Auto. Mit etwas Glück würde sie, wenn ihr Ford sie zum Anhalten zwingen würde, schon über den Bergkamm sein, wo selbst die teuersten Smartphones keinen einzigen Balken Empfang mehr hatten. Das wäre dann der letzte Wink des Schicksals.

Dann würde er sie kennenlernen und mit seinen Fingern durch ihr seidiges Haar fahren.

Um sie nach Hause zu bringen.

NEUNUNDDREISSIG

BRUDER

Kay näherte sich dem High Desert State Gefängnis mit einem solchen Gefühl der Angst, wie sie es noch nie zuvor verspürt hatte. Während ihrer Zeit beim FBI hatte sie routinemäßig Häftlinge besucht und gedacht, dass sie daran gewöhnt wäre, sogar abgestumpft. Das Wissen, dass ihr kleiner Bruder Jacob in diesen grauen Mauern saß, veränderte ihre Einstellung und beunruhigte sie auf eine Weise, die sie nicht für möglich gehalten hatte. Es ließ ihr die Galle im Hals aufsteigen und erfüllte sie mit unsagbarer Wut.

Gleichzeitig wurde ihr das Herz schwer vom Gewicht ihrer eigenen Schuld. Sie hatte sich fest vorgenommen, sich an den Richter zu wenden, der ihren Bruder für sein erstes Vergehen so unangemessen hart verurteilt hatte. Eine Schlägerei in einer Bar, keine Verletzungen, und er landete für sechs Monate im High Desert? Wenn das die Norm wäre, wären die Bars leer und die Gefängnisse voll mit betrunkenen Unruhestiftern.

Sie passierte die Sicherheitskontrolle mit der Vertrautheit der Routine, aber ohne die Vorzugskonditionen, die eine aktive Dienstmarke bot. Sie war nur ein Familienmitglied, das einen Häftling besuchte, und niemand, der an diesem Tag am

Eingangstor Dienst hatte, kannte sie von früheren Besuchen. Nachdem sie die Sicherheitskontrolle passiert hatte, wurde sie in den Besucherraum begleitet, wo ihr eine Kabine zugewiesen wurde und sie Platz nahm.

Als Jacob sich ihr näherte, erkannte sie ihn zunächst fast nicht. Er sah gebrechlich und schwach aus in seinem übergroßen orangefarbenen Overall. Sein Bart war gewachsen, seit sie ihn zuletzt gesehen hatte, und ein frischer Bluterguss zierte seine rechte Wange. Ein weiterer Schlag war eindeutig direkt auf seinem Kiefer platziert worden und hatte Spuren hinterlassen, die jetzt gelblich verfärbt waren. Die Schwellung reichte immer noch bis zu seinen geschwollenen Lippen. Und er war erst seit zehn Tagen hinter Gittern.

Lähmende Angst breitete sich in Kays Bauch aus. Er würde da drin nicht überleben.

»Ich habe dir doch gesagt, dass du nicht kommen sollst«, sagte er und überging jegliche Höflichkeitsfloskeln. Er wich ihrem Blick aus, hielt die Augen gesenkt oder blickte zur Seite, um zu sehen, ob jemand ihr Gespräch mithören konnte.

»Ich musste es tun«, flüsterte sie, legte ihre Hand auf die Glasscheibe und wollte nichts lieber, als sein zerschrammtes Gesicht zu berühren, seine Hand zu halten. Sie zögerte ihn zu fragen, wie es ihm ging. »Erzähl mir, was passiert ist«, sagte sie stattdessen. »Ich muss alles wissen, jede Einzelheit.«

Er sah sie kurz an, mit dem gequälten Blick eines geprügelten Hundes. »Lass es gut sein, Schwesterherz. Da kannst du nichts machen.«

»Es gibt wahrscheinlich nichts, was ich tun kann«, gab sie zu. »Ich will trotzdem wissen, wie das passiert ist.« Dann bemerkte sie die Kameras über ihren Köpfen. »Sei vorsichtig, es gibt keine Privatsphäre bei Familienbesuchen von Insassen, es sei denn, ich wäre dein Anwalt.«

Er fluchte leise vor sich hin. »War ja klar«, sagte er schließlich. »Nirgendwo gibt es Privatsphäre.« Er rutschte in seinem

Sitz hin und her und schlug die Hände in den Schoß. »Was gibt's da schon zu erzählen?«

»Wie hat es angefangen?«, fragte sie. »In dieser Nacht, in der Bar.«

»Ich weiß nicht«, sagte er und senkte den Kopf. »Es ist nicht das erste Mal, dass ich dort war, um nach der Schicht ein paar Bier zu trinken. Aber er ist einfach auf mich losgegangen, dieser Kerl.« Er hörte eine Weile auf zu reden, eine tiefe Falte auf der Stirn, während seine Augen vor Wut flackerten. »Er ging mir die ganze Zeit auf den Sack und hackte auf mir herum. Jedes Mal, wenn er vorbeiging, schubste er mich. Dann hat er sich über mich lustig gemacht, weil ich, ähm, du weißt schon.«

»Nein, ich weiß es nicht. Was?«

»Ein Weichei bin«, flüsterte er. »Ich habe ihn geschlagen. Einmal. Er ist umgefallen wie ein Baumstamm.«

»Ist der Krankenwagen gekommen?«

»Nein, nur die Polizei«, sagte er mit einem traurigen Lachen. »Jemand hatte es verdammt eilig, sie zu rufen. Sie waren innerhalb von fünf Minuten da, aber da war er schon wieder in Ordnung, trank mit seinen Kumpels und beschimpfte mich weiter.«

Es ergab absolut keinen Sinn. Zu derartigen Auseinandersetzungen unter Alkoholeinfluss wurde fast nie die Polizei gerufen.

»Schwesterchen, ich war ein Idiot«, sagte er. »Ich weiß es besser, und ich weiß nicht, was in dieser Nacht über mich gekommen ist.«

»Weswegen hat man Anklage erhoben?«, fragte sie, beschämt, dass sie in den zehn Tagen seit ihrer Rückkehr nach Mount Chester keine Zeit gefunden hatte, diese Information nachzuschlagen oder Elliot zu bitten, ihr die Verhaftungsunterlagen zu besorgen. Stattdessen hatte sie sich in die Ermittlungen zu den Morden am Silent Lake vertieft und ihren eigenen Bruder im Stich gelassen. Jetzt würde Elliot ihr definitiv keinen Gefallen mehr tun, und sie hatte zehn Tage verschwendet, in denen sie etwas hätte tun können. Zum Beispiel Rechtsgeschichte schreiben, denn ein einmal verhängtes Urteil konnte nicht mehr geändert werden, nur weil ein Familienmitglied an die Tür des Richters klopfte und höflich Bitte sagte. Das würde niemals passieren.

Er atmete tief ein, bevor er antwortete, sein Atem ging stockend. »Vorsätzliche Körperverletzung«, sagte er, seine Stimme war voller Frustration. »Es gab keinen Vorsatz; ich weiß nicht, warum sie das sagen.«

»Hast du diesen Kerl gekannt?«

»Rafael? Den Typ, den ich niedergeschlagen habe?«

»Ja, den. Wie heißt er mit ganzem Namen?«

»Rafael Trujillo«, sagte er und buchstabierte dann den Nachnamen für sie, während sie sich Notizen machte. »Er und ich haben früher zusammen auf einer Baustelle gearbeitet, aber ich habe ihn schon seit Juli nicht mehr gesehen.«

»Hast du bis zu dieser Nacht jemals mit ihm gesprochen oder gestritten?«

»Nein«, antwortete er schnell und sah sie kurz an. »Er war meistens mit seinen Kumpeln zusammen, und ich bin ja eher ein Einzelgänger. Wir haben kaum geredet.« Er kratzte sich am Bart, dann seufzte er. »Er ist auch vorbestraft, und es hat trotzdem nichts gebracht. Und mein Anwalt war einer dieser vom Gericht bestellten Idioten, die das Maul vor dem mächtigen Staatsanwalt nicht aufkriegen. Ich war überrascht, dass er nicht gleich auf die Knie gefallen ist, um dem Staatsanwalt direkt im Gerichtssaal den A...«

Er hielt inne und errötete wie ein Teenager. Das Gefängnis färbte auf ihn ab; ihr kleiner Bruder hatte nie so geredet, jedenfalls nicht früher. Die Erinnerung an die abscheulichen Flüche ihres Vaters hatte wahrscheinlich ausgereicht, um ihn vom Fluchen abzuhalten, solange sie sich erinnern konnte.

»Wer war der Richter?«

»Richter Hewitt«, antwortete er und starrte wieder auf den Boden. »Er hat gepredigt wie der Pastor am Sonntag in der Kirche, bevor er mir das Urteil verkündet hat. Dass so etwas in unserer Gemeinde nicht passieren dürfe, dass Elemente wie ich nicht frei herumlaufen und Menschen gefährden könnten und so einen Quatsch. Er spuckte die Worte aus, als wären sie Schlangengift, obwohl er gar nichts über mich wusste.«

Je mehr Kay zuhörte, desto mehr wurde ihr klar, dass an Jacobs Geschichte etwas nicht stimmen konnte. Vielleicht gab es ein Detail, einen scheinbar unbedeutenden Aspekt, den er vergaß zu erwähnen und der den Richter in seiner Urteilsfindung beeinflusst hatte. Aber warum war er überhaupt verhaftet worden, und warum war er mit einer derartig zusammengeschusterten Begründung angeklagt worden? Und was zum Teufel hatte dieser Anwalt gemacht, statt ihren kleinen Bruder zu verteidigen?

Da musste sie ansetzen. »Wer ist dein Anwalt?«

»Mr. Joplin, Shane Joplin, glaube ich. Ein selbstgefälliger Scheißkerl. Er hat mich verraten, jawohl.«

»Vom Gericht ernannt?«

»Ja«, antwortete er und lächelte schüchtern. »Ich kann mir keine Anwälte leisten, Schwesterherz. Seit du weg bist, habe ich noch kein einziges Mal im Lotto gewonnen.«

Ein korpulenter Wachmann auf krummen Beinen kam mit schweren Schritten auf sie zu, der finstere Blick war aus seinem Gesicht gar nicht wegzudenken. »Noch fünf Minuten«, sagte er und deutete auf die Uhr an der Wand über dem Eingang. »Kommen Sie zum Schluss.«

Jacob sah sie mit flehenden Augen an.

»Keine Sorge, Schwesterherz, ich komme schon irgendwie zurecht. Danke, dass du ... du weißt schon, hierhergekommen bist, dass du im Haus wohnst. Auf alles aufpasst«, fügte er hinzu und senkte seine Stimme zu einem kaum hörbaren Flüstern.

Sie spürte, wie sie ins Schwitzen geriet. »Was das angeht«, sagte sie mit leiser Stimme und wandte ihren Kopf von den Kameras ab, »bist du dir sicher, dass alles noch da ist?«

Seine Augenbrauen schossen in die Höhe. »Was meinst du?«, fragte er. »*Er?*«

»Mhm«, antwortete sie mit einem kurzen Nicken. »Und die, ähm, Haushaltsware ... Ist das noch da?«

»Das Messer?«, murmelte er leise und starrte sie ungläubig an. »Sicher, es ist da drin«, flüsterte er. »Warum zum Teufel fragst du mich das jetzt, nach all den Jahren?«

»Ach, nichts«, antwortete sie mit einem gequälten Seufzer. »Einfach nur dort zu sein, in dem Haus, stellt seltsame Dinge mit meinem Geist an, das ist alles. Ich dachte, ich hätte diesen Gegenstand irgendwo im Haus gesehen.«

»Nein, auf keinen Fall«, sagte er und schüttelte heftig den Kopf. »Was du gesehen hast muss etwas anderes gewesen sein.« Er starrte sie weiter an. Seit jenem schicksalhaften Tag vor sechzehn Jahren hatten sie nie wieder ein Wort darüber verloren.

»Entschuldige die Unordnung«, sagte er nach einer Weile und lächelte verlegen. Als er lächelte, riss seine geschwollene Lippe auf und ein winziger Blutstropfen erschien. Ihr brach das Herz in der Brust und brachte ihren Atem zum Stocken.

»Jacob, hör mir zu«, fügte sie hastig hinzu, als sie die Wache auf sich zukommen sah. »Mach dich klein und sitz es einfach aus, okay? Ich werde auf dich warten. Ich werde hier sein.«

Der Wachmann hatte seine schwere Hand auf Jacobs Schulter gelegt, und er stand auf, bereit, zurückzugehen. Er signalisierte ihr, dass er sie gehört hatte, indem er den Daumen hochhielt und schwach lächelte, dann verschwand er durch die Seitentür.

Sie saß da und starrte auf die geschlossene Tür, unfähig zu glauben, dass er weggebracht und eingesperrt worden war und sie nicht zu ihm laufen und ihn in die Arme schließen konnte.

Sie hatte eine vage Vorahnung, die ihr das Blut in den Adern gefrieren ließ. Was wollte ihr Bauch ihr sagen?

Als sie aufstand, schüttelte sie dieses unheilverkündende Gefühl ab und erinnerte sich daran, dass jemand ihren Bruder für etwas eingesperrt hatte, das man nicht als Verbrechen bezeichnen konnte, und dass dieser Jemand einiges zu erklären hatte.

»Okay, Mr. Joplin, mal sehen, was Sie dazu zu sagen haben«, murmelte sie und suchte seine Nummer mit ihrem Handy.

Es stellte sich heraus, dass er nicht der typische vom Gericht bestellte Anwalt war. Er war ein erfolgreicher Anwalt, Partner in einer großen Anwaltskanzlei in San Francisco, wo sein Name an zweiter Stelle stand. Kein besserer Anwalt hätte die Verteidigung ihres Bruders übernehmen können. Er hätte Jacob spielend vor dem Gefängnis bewahren können, ohne dafür einen Finger krumm machen zu müssen.

Und doch hatte sie ihren Bruder gerade im Gefängnis besucht.

Es war stockdunkel, als sie nach einer zweistündigen Autofahrt zu Hause ankam und nachdachte. Über Shane Joplin, den hochkarätigen Anwalt, der ihren Bruder nicht retten konnte. Über die Fingerabdrücke ihres Vaters auf dem Messer, das nach sechzehn Jahren unter der Erde wieder aufgetaucht war. Über den Täter, der mit ihrem Verstand spielte und sie von dem Fall ablenken wollte. Das bedeutete, dass sie nahe dran war und er verzweifelt versuchte, die Ermittler von seiner Fährte abzubringen und auf eine andere Spur zu lenken.

Das bedeutete aber auch, dass er wusste, was zwischen den Weidenbäumen vergraben war, und dass er die genaue Stelle irgendwie hatte aufspüren können. Der Boden war unberührt, aber er könnte vor einiger Zeit gegraben haben, oder vielleicht wusste er, wie er den Rasen perfekt legen musste, damit sie es nicht merken würde, damit sie aus Ungewissheit langsam wahnsinnig werden würde. Es wäre keine Ruhe zu finden, solange sie sich nicht sicher sein könnte. Es sei denn, sie fände heraus, wie viel der Täter wirklich wusste und was er alles von dem genommen hatte, was Jacob dort vergraben hatte.

Sie schnappte sich eine Schaufel aus der Garage und ging in den Garten, um ein für alle Mal Klarheit zu schaffen. Als sie zum hinteren Teil des Gartens eilte, blieb sie auf einmal wie erstarrt stehen. Das Mondlicht fiel durch die riesigen Kronen der Weidenbäume, die stillen Schatten wie stumme Drohungen.

Sie ließ sich auf den Boden fallen, umklammerte ihre Knie, schaukelte hin und her und schluchzte heftig. Sie konnte es nicht tun.

Sie musste einen anderen Weg finden.

VIERZIG
BERGGIPFEL

Es war schon später Abend, als Elliot die Wache verließ. Er hatte den Nachmittag damit verbracht, Spuren nachzujagen, aber ohne Erfolg. Eine der vielversprechendsten, die Decken, hatte sich in eine Sackgasse verwandelt, aber nicht, bevor er erst wertvolle Stunden seiner Zeit damit vergeudet hatte.

Er hatte gehofft, dass die Decken, mit denen der Mörder die Opfer eingewickelt und begraben hatte, ihn irgendwie weiterbringen würden, da sie ja immerhin ein indianisches Motiv zeigten und er dieses Muster noch nie gesehen hatte. Er hatte damit gerechnet, dass er sie zu einem ortsansässigen Weber zurückverfolgen konnte, vielleicht zu jemandem, der im Reservat lebte, jemand, der sich womöglich an den Kunden erinnerte, der mehrere identische Decken gekauft hatte.

Er hatte das Foto der Decken den Stammesältesten und verschiedenen anderen Leuten innerhalb und außerhalb des Reservats gezeigt, sogar der Stammespolizei. Niemand hatte dieses spezielle Muster jemals gesehen oder von einem Weber gehört, der Sonderanfertigungen herstellte. Obwohl die meisten meinten, dass das Motiv Shastan-inspiriert war, sagten andere, es *fühle* sich nicht echt an. Ob er ihnen nun glauben konnte oder nicht, war eine andere Sache. Am Ende des Tages schaute er bei Dr. Whitmore vorbei und bat ihn, die Fasern der Decke ins Labor zu schicken, um wenigstens herauszufinden, woher die Decken stammten. Das war der einfache Teil.

Das Schwierigste an seinem Tag war gewesen, immer wieder die Fragen der Leute beantworten und ihnen immer dieselbe Antwort geben zu müssen: »Nein, wir haben die Kinder noch nicht gefunden. Nein, das FBI weiß auch nicht mehr.« Das Gefühl der Ohnmacht erfüllte ihn mit rohem Zorn, der bei der geringsten Provokation in Gewalt umzuschlagen drohte.

Diese Machtlosigkeit, und Kay.

Er fluchte still und ausführlich in seinem breitesten texanischen Akzent und hielt auf dem Parkplatz des Hilltop Bar and Grill an. Das war ein beliebtes Ausflugsziel für die örtlichen Deputies, und er hoffte, dass inzwischen schon alle Fragen von irgendwelchen anderen Polizisten beantwortet worden waren. Er wollte sich einfach nur hinsetzen, einen Burger essen, ein paar Bier trinken und in Ruhe gelassen werden. Von allen.

Er nahm den Hocker ganz hinten am Tresen und winkte den Barkeeper zu sich. Elliot war kein Stammgast, nicht im wahren Sinne des Wortes. Aber in einem kleinen Ort wie Mount Chester war jeder gezwungen, sich an solchen Orten bekannt zu machen, einfach weil es nicht so viele Möglichkeiten gab. Oben auf dem Berg, in der Nähe des Skigebiets, gab es Dutzende von Restaurants und Bars, aber hier, in der Stadt, waren Hilltop und ein paar andere alles, was er zur Auswahl hatte.

»Hallo, Detective«, begrüßte ihn der Barkeeper und legte schnell einen Untersetzer vor ihn auf den zerkratzten und schmutzigen Tresen. »Was kann ich Ihnen bringen?«

»Ein Bud Light«, antwortete Elliot, »und einen Burger mit Pommes, ohne Zwiebeln.«

»Schon unterwegs«, antwortete der Mann und wischte sich

die Hände an seiner Schürze ab. Er stellte eine schwitzende, eiskalte Flasche vor ihn hin und verschwand dann. Elliot nahm einen Schluck und genoss den Geschmack, bevor er noch ein paar weitere Schlucke nahm.

Er hielt seinen Blick auf den Tresen gerichtet und ignorierte alle um sich herum. Leider ignorierten nicht alle ihn.

»Detective, was für eine Freude«, sagte ein Mann mit Bariton und klopfte ihm dann auf die Schulter.

Er drehte sich um und sah den pummeligen Deputy Hobbs, der breit grinste. »Hey, Spence«, murmelte er und konzentrierte sich wieder auf die schmutzige Oberfläche der Theke.

Wie aus dem Nichts tauchten ein paar andere Deputies auf, die sich alle über irgendetwas zu amüsieren schienen und zu diesem Zeitpunkt schon mindestens ein paar Drinks intus hatten.

»Wie fühlt es sich an, wieder allein zu sein?«, fragte einer von ihnen mit einem Augenzwinkern und die anderen brachen in Gelächter aus.

Elliot wurde klar, dass er die Struktur des Reviers in Austin vermisste, wo die Deputies ihren Platz in der Nahrungskette kannten und es sich zweimal überlegten, bevor sie mit einem Detective zu locker umgingen. Aber Mount Chester war ländlich und klein, und das örtliche Revier glich eher einer Familie, mit ungehobelten Kindern, Rüpeln und dem rothaarigen Kind im Keller. Dazu kam noch der Alkohol, und Elliot wünschte sich, er wäre nach Hause gegangen, zu Aufschnitt auf altem Brot und einem Gläschen dringend benötigten Bourbon.

Er antwortete nicht, weil er hoffte, dass sie weggehen würden, um sich anderswo bessere Unterhaltung zu suchen.

»Tut mir leid, Detective«, entschuldigte sich Hobbs, »diese Trottel wissen einfach nicht, was sich gehört.«

Er akzeptierte die Entschuldigung und beschloss, sich auf nichts einzulassen.

»Aber wir wollen schon wissen«, fuhr Hobbs fort, »was genau zwischen Ihnen und Dr. Sharp passiert ist.«

Die Frage, die Elliot zunächst missverstanden hatte, wurde von einigem Gelächter begleitet.

»Gar nichts ist passiert, verdammt noch mal«, schnauzte er los, bevor ihm klar wurde, dass sie wissen wollten, wo Kay war, und nicht, ob er mit ihr geschlafen hatte. »Der Chef hat ihr den Fall entzogen, das ist alles«, fügte er hinzu und hoffte, dass sie nicht bemerkten, wie defensiv er für einen Moment geworden war.

Das Gelächter ging weiter, ebenso wie die endlosen Fragen von Hobbs.

»Warum?«, fragte Hobbs. Sein rundes Gesicht war verschwitzt und sah im Neonlicht des Pubs blass aus, seine wachen Augen waren unruhig. »Ich dachte, sie wäre das Beste, was uns passieren kann, wenn man sich ihren Hintergrund anschaut, dass sie eine FBI-Profilerin ist und so weiter.« Er hielt einen Moment inne, aber als Elliot nicht antwortete, fügte er hinzu: »Kommt sie zurück?«

Elliot wusste es nicht und diese Frage ging ihm selbst schon den ganzen Nachmittag durch den Kopf. So wie er sie behandelt hatte, würde sie nicht mehr zurückkommen. Er war ein Idiot gewesen, und das nicht nur einmal, sondern zweimal.

Er hatte gedacht, sie hätte es verdient, aber was, wenn sie die Wahrheit gesagt hatte? Was, wenn ihr Vater wirklich vor sechzehn Jahren spurlos verschwunden war, und der Mörder die Geschichte dieses Verschwindens kannte? Er hatte sich umgehört, nachdem er Kay am Haus abgesetzt hatte, in der Hoffnung, dass er das Bild aus dem Kopf bekommen könnte, wie sie auf der Einfahrt gestanden und ihm hinterhergestarrt hatte, und sich wahrscheinlich die Frage gestellt hatte, was für eine Art von Schwachkopf Detective Elliot Young aus Texas genau sei.

Er hatte sich umgehört und gehofft und gleichzeitig

befürchtet, dass es Beweise oder Zeugenaussagen gab, die rechtfertigen würden, wie er sie behandelt hatte. Er konnte sich nicht entscheiden, was schlimmer war. Die Tatsache, dass er sie wie eine Verdächtige behandelt hatte, basierend auf der Annahme, dass sie sich in die Ermittlungen eingemischt hatte, um die unwahrscheinliche Mordserie ihres Vaters zu decken? Oder die Tatsache, dass er seiner Partnerin, einer erfahrenen Ermittlerin und anerkannten FBI-Profilerin, nicht geglaubt hatte, als sie ihm eine vernünftige Erklärung für die Geschehnisse geliefert hatte?

Und warum hatte er ihr eigentlich nicht geglaubt?

Er kippte den Rest des Biers hinunter, woraufhin ihm der Barkeeper sofort eine neue Flasche hinstellte und ihm einen Burger mit Pommes frites vorsetzte, der verlockend nach brutzelndem Speck und geschmolzenem Cheddar duftete; er nahm es teilnahmslos hin.

Weil er nicht aufhören konnte, an sie zu denken. Deshalb hatte er ihr nicht geglaubt. Weil es einfacher war zu glauben, dass er sich in eine Frau verliebt hatte, die seine Karriere auf die eine oder andere Weise zerstören würde, als sich der Tatsache zu stellen, dass er jetzt am Zug war. Er musste ihr sagen, was er für sie empfand, oder sie in Ruhe lassen.

Oder, was noch schlimmer wäre, sich erst völlig zum Affen machen und dann nach Alaska ziehen.

Er stach mit der Gabel in eine Pommes, hielt aber mitten in der Bewegung inne. Er hatte keinen Hunger mehr, und Hobbs' Clique war so lästig wie eine trockene, stachelige Klette unter dem Sattel eines Hengstes. Er blickte Hobbs einen Moment lang an, dann sagte er: »Meinen Sie, ich könnte in Ruhe zu Abend essen, Deputy?« Er betonte das Wort und seine Stimme troff vor Sarkasmus. »Habe ich Ihre Erlaubnis dazu?«

Das Gelächter verstummte auf einen Schlag, und die drei Deputies eilten davon, Hobbs war der letzte. »Tut uns sehr leid, Detective, wir haben es nicht böse gemeint.« Dann waren sie endlich weg und ließen ihn mit seinem warmen Bier und dem kalten Burger allein, umgeben von Geräuschen, einer schwachen Dissonanz aus Geplapper, Lachen und hin und wieder dem Geschrei Betrunkener – all das untermalt von alter Country-Musik.

Er hatte sich geschworen, dass er sich in seinem Job nie wieder mit einer Frau einlassen würde. Er hatte es sich geschworen und den bitteren Schwur, den er geleistet hatte, als er seine Sachen gepackt und sein geliebtes Texas im Rückspiegel zurückgelassen hatte, schon in dem Moment wieder vergessen, als Kay Sharp in sein Leben getreten war.

Ein weiterer Schluck des inzwischen abgestandenen Biers erinnerte ihn daran, dass er ja nicht wirklich mit Kay liiert war. Nur in seinen Gedanken, in seinem Wunschdenken. Aber eins war sicher. Sie hatten genau null Chancen, den UT ohne sie zu finden. Gar keine. Nada. Nullkommakeine.

Nur sie verstand, wie der Verstand dieses Mörders tickte, und die Tatsache, dass sie das tat, war beängstigend und in einem Maße beunruhigend, das er nicht verstand. Sie war diejenige gewesen, die all die richtigen Fragen gestellt hatte, während er und der Sheriff nur Schatten gejagt hatten und nicht einmal in die Nähe der Wahrheit gekommen waren. Vielleicht würde Logan ihren Status wiederherstellen, nachdem er all die Beweise vorgelegt hatte, die er gerade über ihren Vater zusammengetragen hatte. Der Mann war in den letzten sechzehn Jahren nicht mehr gesehen worden und hatte vor seinem Verschwinden seine Frau niedergestochen. Es lag ein Haftbefehl gegen Kays Vater vor, wegen versuchten Mordes, und deshalb muss er in jener Nacht auf Nimmerwiedersehen verschwunden sein. Und der Mörder hatte irgendwie davon gewusst und beschlossen, ein Messer mit den Fingerabdrücken des Mannes neben einer Leiche zu platzieren, um Kay loszuwerden, um einen Schatten des Zweifels über sie zu werfen.

Weil der Täter genau wusste, was für ein Idiot Elliot war. Weil sie kurz davor waren, ihn zu finden.

Weil er von hier war, genau wie Kay gesagt hatte. Daher wusste der Täter von ihrem Vater, und wie er an seine Fingerabdrücke gelangen konnte. Wie genau, die Frage war noch offen. Er kippte das restliche Bier hinunter und ging hinaus in die frische Abendluft, dann eilte er zu seinem SUV. Wenn er schnell fuhr, konnte er Logan vielleicht noch an seinem Schreibtisch erwischen.

Er war noch keine Minute auf dem Weg zurück zum Weißen Haus, als er in seinem Rückspiegel rot-blaues Blinken sah. Vielleicht war eine andere Einheit zu einem Einsatz gerufen worden, obwohl der Funk stumm geblieben war. Er blinkte rechts, verlangsamte das Tempo und winkte den anderen Wagen vorbei. Aber auch das andere Fahrzeug wurde langsamer. Er hielt an und blinkte kurz mit seiner Lichthupe, um den anderen Polizisten zu zeigen, dass er im Dienst war.

Sie näherten sich ihm dennoch, die Taschenlampen in der einen Hand, die andere Hand an der Waffe, bereit zu ziehen, so wie sie es bei jeder anderen Verkehrskontrolle mitten in der Nacht tun würden.

Es waren Beamte der California Highway Patrol, und sie blickten nicht freundlich. Von professioneller Höflichkeit war keine Spur zu sehen.

Fast eine Stunde später fand sich Elliot völlig fassungslos in Handschellen auf dem Rücksitz eines Streifenwagens wieder, weil er unter Alkoholeinfluss gefahren war.

EINUNDVIERZIG

JUDY

Sie war mit der Morgendämmerung aufgewacht und zählte die Minuten bis halb neun, nur um in Erfahrung zu bringen, dass »Mr. Joplin noch nicht im Büro« sei, wie die Empfangsdame mit affektierter, nasaler Stimme sagte. Eine halbe Stunde später war er bereits in einer Besprechung mit einem Klienten und konnte Kays Anruf leider nicht entgegennehmen.

Natürlich konnte er das nicht.

Erbitterung wogte in ihr an wie die Gezeiten des Pazifiks und sie wählte erneut die Nummer der Anwaltskanzlei, und diesmal die Option, eine Nachricht zu hinterlassen. Sie machte es kurz und bündig, und anstatt ihre wahren Absichten preiszugeben, versuchte sie, ihm eine Karotte unter die Nase zu halten, und teilte Jacobs Anwalt mit, dass sie daran interessiert sei, den rechtlichen Weg zu beschreiten, um die Strafe ihres Bruders zu reduzieren, und dass sie nicht erwarte, dass er ihn weiterhin pro bono vertrete. Vielleicht würde ihr gute altmodische Gier zu einem Gespräch mit Shane Joplin verhelfen.

Als das erledigt war, wendete sich Kay wieder der Beschäftigung zu, der sie sich zuvor gewidmet hatte, nämlich alle möglichen Routen zu untersuchen, die die Opfer von San Francisco nach Mount Chester genommen haben könnten, und zu versuchen, herauszufinden, wo der Täter sie ins Auge gefasst haben könnte. Mindestens hundert Kilometer lang nahmen sie alle denselben Weg, zuerst auf der Interstate Richtung Norden, dann auf der kurvenreichen, steilen Bergstraße.

Sie hatte einige Orte ausfindig gemacht, an denen der Täter seine Opfer beobachtet haben könnte, aber eine Frage stand im Mittelpunkt ihrer Überlegungen. Wenn er sie meilenweit von Mount Chester entfernt beobachtet hatte – und dass er das getan haben musste, wusste sie ganz genau, denn er hatte sich irgendwo da draußen an ihren Fahrzeugen zu schaffen gemacht – woher hätte er wissen sollen, dass sie alle nach Mount Chester unterwegs waren? Von dort aus führte der State Highway ja noch weiter, nach Norden zur Grenze von Oregon und darüber hinaus. Und warum spielte das für den Täter eine Rolle?

Diese Fragen verblassten für einen Moment, während ein anderes Rätsel an ihr nagte. Warum hatte der Mörder ihr eine Falle gestellt? Warum das Messer? Um sie dazu zu bringen, von den Ermittlungen abzulassen? Um sie in den Augen der örtlichen Strafverfolgungsbehörden zu kompromittieren? Oder hatte er etwas anderes mit ihr vor? Wenn der Täter von der Ruhestätte ihres Vaters wusste, hatte er ihr Leben in der Hand, genau wie das von Alison und Kendra, und er war dabei, seinen Griff zu verstärken und sie zu zerquetschen.

Nun, sie würde nicht aufgeben, Messer hin oder her.

In Ermangelung von Finanzunterlagen und ohne dem Drang nachzugeben, Elliot anzurufen und ihn zur Vernunft zu bringen, beschloss sie, selbst die Fahrt nach San Francisco anzutreten, wobei sie auf jedes Detail achtete, an jedem Imbiss und jeder Tankstelle anhielt und Fotos der Opfer herumzeigte. Vielleicht erinnerte sich ja jemand an etwas.

Sie nahm die Bergstraße zur Interstate und fuhr die wenigen Orte ab, an denen die Opfer hätten anhalten können.

Zum Beispiel den Katse Coffee Shop, aber dort waren sie schon gewesen, hatten mit dem Besitzer gesprochen. Ja, einige der Opfer hatten dort angehalten, aber es schien, als wären ihre Autos zu diesem Zeitpunkt bereits manipuliert gewesen. Es musste weiter südlich vom Katse sein. Wie viel weiter, wusste sie nicht.

In einer Chevron-Tankstelle, einem kleinen Imbiss und einem Subway-Laden konnte man ihr keinerlei Auskunft über die Opfer geben. Niemand hatte sie gesehen, und niemand konnte sich an die Frauen und ihre Autos erinnern. Enttäuscht und von Minute zu Minute wachsamer werdend, hielt sie an, um dem Verkehr auszuweichen, bevor sie auf die Interstate einbog.

Von dieser Stelle aus fiel ihr ein Abschleppwagen auf, der mit voller Geschwindigkeit Richtung Norden fuhr. Der Neigewinkel des leeren Fahrzeugs, die Stellfläche und die Beschläge, der ausgebleichte Schriftzug an der Tür – das alles hatte etwas Vertrautes an sich, aber irgendwie auch wieder nicht.

Sie trat auf das Gaspedal, wich einem hupenden Pick-up aus, fuhr auf die Auffahrt und folgte dem Abschleppwagen. Als sie näherkam, erkannte sie ihn. Sie hatte als Kind darauf gespielt, hatte an den Ketten herumgeturnt wie ein Affe, hatte vor Vergnügen gequietscht und war auf eine bröckelige Auffahrt hinabgesprungen, an die sie sich gut erinnerte. Aber er war verwittert, der Zahn der Zeit hatte rostige Narben auf den Kotflügeln hinterlassen und einige der Aufkleber abblättern lassen. An den Arm mit der geballten Faust im Kreis, das Logo der Abschleppfirma, würde sie sich überall erinnern, ebenso wie an den Namen, der in fetter, gerader Schrift darunter stand: THE RIGHT HOOK. Aber das Logo und der Schriftzug waren von den langen Wintern und dem hellen Sonnenlicht der kalifornischen Bergsommer so verfärbt, dass sie kaum noch lesbar waren. Als sie parallel zum Lastwagen fuhr, starrte sie auf das vertraute Logo. Eine Frage kam ihr in den

Sinn. Könnte es sein, dass der Täter die Autos zum internationalen Flughafen von San Francisco geschleppt, sie aber vor der Einfahrt in das Parkhaus ausgeladen und nur in das Parkhaus gefahren hatte? Das würde die fehlende Rückfahrt in den Navigationssystemen der Autos auf eine viel einfachere Weise erklären.

Ockhams Rasiermesser hatte sie noch nie im Stich gelassen. Es machte viel mehr Sinn, diese Erklärung anzunehmen, als sich vorzustellen, dass der Täter die eine Person unter einer Million war, die wusste, wie man die Navigationsdaten eines Autos überschreibt.

Sie trat auf die Bremse und nahm die erste Ausfahrt, dann suchte sie sich einen Platz, wo sie sicher anhalten und ihre E-Mails abrufen konnte. Auf den Videos, welche die Flughafenpolizei geschickt hatte, war der Mann zu sehen, wie er aus dem Parkhaus in Richtung der Highway-Auffahrten ging, die über den South Airport Boulevard hinausführten und die Anlage mit dem Highway 101 verbanden. Auf dem Videomaterial der nächsten Kamera, die den Verkehr auf dem Highway zeigte, war kein Fußgänger zu sehen.

Sie rief das Videomaterial erneut auf und sah es sich genau an. Die klobige Silhouette des Mannes, der Kendras Jeep in die Langzeitparkgarage gefahren hatte, kam ins Blickfeld. Er ging zügig am Straßenrand entlang.

Dann, in der nächsten Ansicht, war keine Spur mehr von ihm zu sehen. Sie beobachtete, wie die Aufnahme von dem Zeitcode, an dem der Mann das Bild der letzten Aufnahme verließ, bis zum Ende lief. Dann sah sie sich die letzten drei Minuten noch einmal an und bemerkte diesmal einen Abschleppwagen, der auf die nördliche Auffahrt zum Bayshore Freeway fuhr und den sie zuvor übersehen hatte, kaum sichtbar in der unteren rechten Ecke des Bildschirms. Doch das Bild war zu weit entfernt und zu verschwommen, als dass sie sicher sein konnte, dass es sich um denselben handelte, denn der

Abschleppwagen war nur innerhalb eines Sekundenbruchteils zu sehen.

Wenn der Täter am Steuer gesessen hatte, dann hatte er genau gewusst, wie er die Verkehrskameras umgehen konnte.

Sie musste sich das Video auf einem größeren Bildschirm ansehen.

Aufgewühlt kehrte sie nach Hause zurück, rief das Video auf ihrem Laptop auf und scrollte mit unendlicher Geduld Bild für Bild durch den Abschnitt, bis sie einen Teil des Lastwagens sehen konnte. Doch egal, wie sorgfältig sie jedes einzelne Bild untersuchte, das Kennzeichen des Lastwagens war nie auf dem Bildschirm zu sehen, sondern nur seine unförmige, verschwommene Silhouette. Trotzdem druckte sie es aus, um es griffbereit zu haben, denn sie fragte sich, ob es sich um denselben Lastwagen handeln könnte, den sie aus ihrer Kindheit kannte.

Mit dem Ausdruck in der Hand eilte Kay zu ihrem SUV und setzte sich hinter das Lenkrad. Dann erstarrte ihre Hand und sie zögerte, den Motor zu starten. Der Mann, der den Abschleppwagen gefahren hatte, an den sie sich so gut erinnerte, war für sie so etwas wie ein Vater gewesen, ein besserer Vater, als der ihres eigenen Fleisches und Blutes es je gewesen war. Es war unmöglich, dass Roy Stinson, ein freundlicher und lebenslustiger Mann, der sie auf einem Knie wippte und seine Tochter und Kays beste Freundin Judy auf dem anderen, zu solch abscheulichen Verbrechen fähig sein konnte. Die Angst wand sich in ihrem Bauch wie eine Schlange, die ihr Gift spritzte und ihr das Blut in den Adern gefrieren ließ.

Aber er konnte es nicht sein, das wurde ihr klar, als ihre panischen Gedanken abklangen und sie die Kraft fand, wieder Luft zu holen. Er passte nicht in das Profil; erstens war er über sechzig Jahre alt; sie erinnerte sich vage daran, dass er ein paar Jahre älter war als ihr Vater. Er war technisch nicht sehr versiert, obwohl er Zugang zum Abschleppwagen hatte und sein ganzes Leben lang mit Autos zu tun gehabt hatte; er kannte wahrscheinlich fünfzehn verschiedene Möglichkeiten, ein Fahrzeug außer Gefecht zu setzen, ohne allzu viele Spuren zu hinterlassen. Aber er war es nicht. Er konnte es nicht sein. Sie wusste es mit jeder Faser ihres Wesens.

Sie tippte eine kurze Nachricht an die Flughafenpolizei, in der sie das Datum und den Zeitcode angab, an dem der Abschleppwagen zu sehen war, und fragte, ob jemand die anderen Videos überprüfen könne, um zu sehen, ob derselbe Wagen zu sehen war, nachdem die anderen Fahrzeuge in der Garage abgestellt worden waren. Hoffentlich wussten sie dort nicht, dass sie beim Sheriff von Mount Chester in Ungnade gefallen war.

Dann ließ sie endlich den Motor an und fuhr los, um ihre alte Freundin Judy zu sehen. Kay war seit fast zwei Wochen zurück, und jeden Tag hatte sie sich vorgenommen, dass sie die Zeit finden würde, ihre beste Freundin zu besuchen, aber sie hatte es einfach nicht getan.

Sie fand Judy da, wo sie früher schon als Kellnerin gearbeitet hatte: im Chesterfield, einem Restaurant, das hauptsächlich Touristen mit Hausmannskost und überhöhten Preisen versorgte. Sie nahm an einem Tisch am Fenster Platz und wartete lächelnd darauf, dass Judy sie bemerkte, nachdem sie mit den Gästen fertig war, denen sie gerade half. Ihr Lächeln war herzlich und doch angespannt. Ganz gleich, wie sie darüber dachte, sie hatte eine Verpflichtung gegenüber diesen vermissten Kindern, gegenüber den Frauen, die am Silent Lake vergraben worden waren. Wie sollte sie Judy nach ihrem Vater fragen? Wie konnte man einen Freund fragen, ob jemand, der ihm sehr nahestand, ein Mörder war?

»Das gibt's doch nicht!«, kreischte Judy und stürzte auf sie zu. Sie stand auf und nahm ihre alte Freundin fest in den Arm, dann küsste sie sie auf beide Wangen.

»Sieh dich an«, sagte Kay, trat einen Schritt zurück und

bewunderte Judys schlanke Figur und ihre langen Beine. »Du bist kein bisschen älter geworden.«

»Ha!« Judy reagierte. »Was du nicht sagst! Du siehst selbst aus wie ein Powerfrau-Supermodel, als ob du gerade für irgendein Magazin in der großen Stadt posiert hättest«, fügte sie hinzu und nannte San Francisco bei dem Namen, den alle Einheimischen benutzen. »Ich habe gehört, dass du zurück bist, und ich habe mich gefragt, wann du ...«

»Es tut mir so leid, Jude«, sagte sie und umarmte sie erneut. »Ich war überfordert mit allem. Mit dem Leben.«

»Ich habe von Jacob gehört. Ich kann ihn mir nicht im Gefängnis vorstellen.«

»Ich auch nicht«, antwortete sie. »Ich hoffe immer noch, dass es ein Albtraum ist und ich wieder aufwache.«

»Kannst du nichts für ihn tun? Du bist doch beim FBI, oder?«

»Eine FBI-Agentin im Urlaub«, antwortete sie und wandte ihren Blick für einen kurzen Moment von Judys Blick ab. »Ich bleibe hier, zumindest bis Jacob raus ist. Ich kümmere mich um das Haus und alles andere.«

»Wir hätten das für ihn tun können«, sagte sie. »Das wäre kein Problem gewesen.«

»Ich weiß«, antwortete sie leise. »Wir beide wissen es.« Sie hielt einen Moment inne und wich Judys freundlichem Blick aus. »Ich hatte nur das Gefühl, dass ich für ihn da sein sollte, das ist alles.«

Judy lächelte und der Raum wurde hell. Kays Herz zog sich in ihrer Brust zusammen. »Und wie geht es deinem Vater?«, fragte sie, froh, das Thema zu wechseln. »Ich vermisse deine Eltern, fast so sehr wie dich. Sie haben mich praktisch aufgezogen.«

»Es geht ihnen gut«, antwortete Judy und nahm an Kays Tisch Platz, allerdings auf der Stuhlkante, bereit sofort aufzuspringen, wenn ein Gast sie rief. »Sie sind jetzt geschieden«, fügte sie mit einem traurigen Achselzucken hinzu.

»Wirklich? Das kann ich gar nicht glauben. Sie schienen so perfekt zusammenzupassen«, antwortete Kay und erinnerte sich an die sanfte Glückseligkeit, die den Abendessen im Haus der Familie Stinson innewohnte.

»Bis es eines Tages nicht mehr so war«, antwortete Judy. »Als Mom in Rente ging, verbrachten sie mehr Zeit miteinander, und das funktionierte nicht so gut. Sie zankten sich ständig, und eines Tages sagte Mama uns einfach, dass sie weggehen würde. Sie wohnt jetzt in der Stadt.«

»Wo? Ich würde gerne vorbeifahren und ihr Hallo sagen. Ich hoffe, sie erinnert sich noch an mich.«

»Machst du Witze? Jedes Mal, wenn wir uns treffen, reden wir über dich. Du bist meine Schwester«, sagte Judy und drückte Kays eiskalte Hand über den Tisch hinweg. Dann schrieb sie eine Adresse auf einen Zettel, den sie aus ihrem Bestellblock gerissen hatte.

»Wie geht es deinem Bruder?«, fragte Kay. »Verheiratet, Kinder?«

»Nein«, lachte sie, »nicht Sam. Der will keine Familie, ich weiß nicht, warum. Er ist glücklich allein, oder mit einer gelegentlichen Freundin.« Ihr Lächeln verblasste und wurde durch Melancholie ersetzt. »Heutzutage fährt er den Abschleppwagen. Er hat den Job von Papa übernommen, als sein Rücken versagt hat.«

Kay stockte der Atem. Könnte Sam der Täter sein? Dieser niedliche, blonde Junge, zwei Jahre jünger als sie, der Judy und ihr hinterherlief und schrie wie am Spieß, bis seine Mutter ihm sagte, er solle jetzt entweder still sein oder er könne im Hühnerstall schlafen? Er war jetzt siebenundzwanzig Jahre alt, aber trotzdem. Er durfte es nicht sein ... das durfte einfach nicht sein.

Ihr sank das Herz, als sie sich dazu zwang, die notwendigen

Fragen zu stellen. »Was ist mit Mr. Stinsons Rücken passiert? Ist es etwas Ernstes?«

»Zuerst dachten wir das nicht, aber es wurde so schlimm, dass er nicht mehr arbeiten konnte. Er bastelt nur noch in der Werkstatt herum, kann aber nicht mehr viel tun. Er ist aber natürlich zu stolz, um das zuzugeben. Er könnte sich ein paar Jahre lang für arbeitsunfähig erklären lassen und dann in Rente gehen. Keiner würde schlecht von ihm denken. Er hat sein ganzes Leben lang hart gearbeitet und jetzt kann er kaum noch eine Flasche Bier hochheben.«

»Wie kommt das?«, fragte sie. Der Mr. Stinson ihrer Kindheit war ein Bär von einem Mann gewesen, groß, stark und stolz, scheinbar unbesiegbar. Wenn er auf seine alten Tage zum Krüppel geworden war, hatte es keinen Sinn, Judy über ihn auszufragen, wie sie es vorgehabt hatte. Der Gedanke löste Erleichterung in ihr aus, die mit Enttäuschung einherging. Noch eine Spur weniger, der sie nachgehen konnte.

Sie bemerkte die Traurigkeit in den Augen ihrer Freundin, als sie ihr den Grund erklärte. »Nervenschäden durch Bandscheibenvorfälle«, sagte Judy. »Er braucht

eine Operation, kann sie sich aber nicht leisten. Und außerdem hat er zu viel Angst davor, sich operieren zu lassen.«

»Ich kann euch helfen«, sagte Kay und senkte ihre Stimme. »Sagt mir einfach Bescheid.«

Judy drückte erneut ihre Hand und ihre Augen füllten sich mit Tränen, während sie ihre Freundin anschaute. »Es ist so schön, dass du wieder da bist«, sagte sie. »Ich danke dir. Ich werde versuchen, ihn zur Vernunft zu bringen.«

»Was ist mit Sam?«, fragte Kay. »Hat es da oben an den Hängen eine Berghütte, in die er seine Freundinnen übers Wochenende entführt?«

»Sam? Nein«, antwortete Judy. »Wenn er nicht arbeitet und den Abschleppwagen fährt, hilft er Dad in der Werkstatt und wechselt Öl und Reifen für die Einheimischen. Das Geschäft ist nicht mehr das, was es einmal war. Jetzt halten all diese Autos ewig; sie gehen fast nie kaputt, und wenn doch, können die Jungs sie nicht mehr reparieren. Sie haben Computer und so. Andere Zeiten, weißt du.« Sie wendete ihren Blick von Kay ab und starrte einen Moment lang aus dem Fenster. »Uns geht es nicht so gut. Wir kämpfen, um über die Runden zu kommen.«

Wenige Augenblicke später umarmte Kay Judy noch einmal und versprach, zum Abendessen vorbeizukommen. Dann verließ sie das Restaurant, blinzelte in das helle Sonnenlicht und fragte sich, wie der Abschleppwagen der Familie mit dem Täter in Verbindung stand, wenn überhaupt. Erleichtert darüber, dass weder Mr. Stinson noch Sam Stinson einem der kritischen Bestandteile des Täterprofils entsprachen, sorgte sie sich um jeden Augenblick, der verging, und darum, was diese Zeit für die vermissten Kinder und für die Frau bedeutete, nach der der Täter höchstwahrscheinlich bereits suchte.

Alles, was sie hatte, war eine dünne Spur, so dünn, dass sie vielleicht gar nicht wirklich war, wie Spinnweben, die vom Novemberwind davongetragen wurden. Aber sie musste ihr folgen.

Vielleicht fuhr jemand anderes den Lkw, um im Geschäft zu helfen, oder vielleicht verlieh Sam Stinson ihn manchmal.

Diese Fragen ließen sich viel einfacher stellen.

ZWEIUNDVIERZIG

PLAN

Der Körper des Mädchens federte auf dem Rücksitz des Geländefahrzeugs hin und her und er verlangsamte sein Tempo etwas, nachdem ihn ein dumpfes Klopfen darauf aufmerksam gemacht hatte, dass ihr Kopf regelmäßig gegen die seitlichen Sicherheitsleisten schlug. Er wollte nicht, dass sie schon hirntot war, bevor sie die Hütte erreichten. Lädiert und ein wenig benommen, das war in Ordnung, aber er wollte sie in guter Verfassung: kräftig, feurig und in der Lage, ihm während der langen Wintermonate Gesellschaft zu leisten, bis der Boden wieder auftaute und er sie am Silent Lake zur Ruhe betten konnte. Er war erregt und konnte seine Begeisterung für sie kaum zügeln. Aus der Nähe war sie noch schöner, und sie war zu Tode erschrocken, als er aus dem Dickicht aufgetaucht war und sie gegrüßt hatte, bevor sie ihn erkannte. Er trug nicht mehr seine Arbeitskleidung, sondern hatte sich einen Tarnanzug und Jagdstiefel angezogen, die ihn im späten Oktober garantiert unsichtbar machten.

Egal wie schnell er auch war, nachdem er die Kühler durchstach, er brauchte immer noch viel zu lange, um sich fertig zu machen. Den Cadillac abstellen, sich umziehen, das Quad holen, all das brauchte seine Zeit, und die meisten der Frauen waren schon ins Café zurückgegangen, bevor er für sie bereit war.

Er war mit seinem Geländefahrzeug durch den Wald gefahren und hatte in der Nähe des roten Fords der Frau angehalten und dann gewartet, bis sie aus dem Katse zurückkam. Dorthin war sie wahrscheinlich gegangen, um Hilfe zu rufen. Normalerweise fragten die Mädchen Tommy, den Besitzer, nach der Nummer eines Abschleppdienstes oder riefen ihre Autovermietung an, die wiederum jemanden schickte. Dann verbrachten sie in der Regel einige Zeit damit, Kaffee zu trinken, etwas zu essen oder einfach auf die Ankunft des Mechanikers zu warten.

Manchmal bot der Abschleppwagen an, sie im Katse abzuholen, und das machte die Sache kompliziert. Er wusste, wann das der Fall war, denn dann vergingen mehr als fünfzehn Minuten und die Mädchen verließen das Café nicht. In diesen Fällen musste er selbst im Café anrufen, sich als Fahrer des Abschleppwagens ausgeben und sie bitten, ihn stattdessen beim Fahrzeug zu treffen. Er sagte unauffällige Dinge mit einem vorgetäuschten Hinterwäldler-Akzent wie: »Ma'am, mein Name ist Jim und ich wurde geschickt, um mich um Ihr Auto zu kümmern. Ich bin in zehn Minuten da. Ich treffe Sie dann am Fahrzeug. Haben Sie die Warnblinkanlage angestellt?« Nach diesem Anruf eilten sie in der Regel los und fragten nicht einmal, warum der Anruf nicht auf ihrem Mobiltelefon angekommen war. Sie nahmen einfach an, dass der Empfang schlecht war, oder, falls wirklich jemand nachfragte, sagte er: »Tut mir leid, Ma'am, Ihr Telefon geht direkt auf die Mailbox. Es muss wohl an den Funklöchern in dieser Gegend liegen.«

Kendra hatte nachgefragt. Sie war die Einzige gewesen.

Trotzdem war sogar Kendra aus dem Katse gelaufen gekommen, mit einem Pappbecher in der Hand, um vor dem Eintreffen des Abschleppwagens zu ihrem Auto zu gelangen, während er sie in seinem Fahrzeug zwanzig Meter im Wald verborgen verfolgte, still und unsichtbar.

Wenn er auf der Jagd war, hatte er nicht den Luxus von Zeit und konnte sich keine Fehler erlauben.

Er tätigte alle seine Anrufe von Wegwerfhandys, jeden von einem anderen Gerät aus. Dann fanden sie alle ihre letzte Ruhestätte auf dem Grund des Flusses, hinuntergeworfen von der Brücke, über die er in den nächsten Bezirk fuhr.

Die übliche Hilfsfrist eines Abschleppwagens in dieser Gegend betrug sechzig bis neunzig Minuten; das war die Zeit, die ihm zur Verfügung stand, wenn die Frauen den Katse Coffee Shop erreichten und um Hilfe riefen. Er wartete fünfzehn oder zwanzig Minuten, um ihnen Zeit zu geben, das Katse von sich aus zu verlassen. Wenn sie dies nicht taten, tätigte er den Anruf und war ihnen dann auf den Fersen, wenn sie zu ihrem Auto zurückkehrten.

Dann tauchte er aus dem Gebüsch auf, lächelte und bot seine Hilfe an.

Sie hatte ihn aus dem Restaurant wiedererkannt, und das lag daran, dass er ihr wirklich gefallen hatte. Er spürte das tief in seinem Innern und war davon hingerissen, ja sogar fasziniert. Sie war die Erste, die sich wirklich für ihn interessiert hatte, vorher. Bevor sie wusste, wer er war. Er fragte sich, was das ändern würde.

Sie hat ihm sogar ihren Namen gesagt, Wendy. Wie schön. Er würde es genießen, sie den ganzen Winter über bei ihrem Namen zu nennen. Er rollte auf eine sinnliche, vielversprechende Weise von der Zunge.

Von da an, vom ersten Lächeln und dem ersten Händedruck an, war es einfach. Ein schneller Schlag auf den Hinterkopf machte sie bewusstlos, und ihr schlanker Körper war eine

Last, die er leicht zu seinem Quad tragen konnte. Er schnappte sich den Autoschlüssel aus ihrer Tasche, fesselte ihre Hand- und Fußgelenke mit Kabelbindern und fuhr tief genug in den Wald, damit sein Fahrzeug von der Straße aus nicht mehr gesehen werden konnte. Dann nahm er einen Stapel Tarnplanen und einen halbvollen Kanister vom Geländewagen und eilte zu ihrem Auto. Er öffnete die Motorhaube, füllte Wasser in den Kühlmitteltank, ließ den Motor an und fuhr etwa hundert Meter bergab, wo der erste von vielen Seitenwegen abzweigte. Er nahm ihn und fuhr langsam auf dem zerfurchten Weg, bis er den Asphalt des Highways hinter sich kaum noch erkennen konnte. An einer Stelle, an der er tiefer ins Gebüsch eindringen konnte, stellte er den Motor ab, verriegelte das Fahrzeug und deckte das auffällige Rot des Fords schnell mit der großen Plane in Jagdtarnfarben ab, beschwerte sie mit ein paar Gesteinsbrocken.

Nur aus ein paar Metern Entfernung konnte er das Auto schon nicht mehr sehen.

Perfekt.

Später, wenn Wendy sicher in der Hütte war und die Sonne unterging, würde er zum Ford zurückkehren, das Loch im Kühler schnell reparieren und eine Schicht staubfarbener, körniger Sprühfarbe auftragen, um den Harzflicken und die Spuren des verschütteten Kühlmittels zu verbergen. Dann würde er den Wagen in die Langzeitgarage des Flughafens von San Francisco schleppen; ein enormes Risiko, das er immer wieder abwog. War es das wert? Vielleicht würde er den Ford dieses Mal zu einem anderen Terminal bringen. Die Polizisten hatten bereits drei Autos der Mädchen gefunden; vielleicht waren sie aufmerksam, warteten nur auf ihn. Sollte er stattdessen lieber nach San Jose fahren?

Aber das war später. Im Moment konzentrierte er sich darauf, Wendy nach Hause zu bringen und die ersten aufregenden Stunden mit ihr zu verbringen.

Als ihr Ford gesichert war, hastete er zurück zum Quad. Es war schwieriger, durch den Wald zurückzulaufen, aber viel sicherer. Er wollte nicht riskieren, auf dem Highway gesehen zu werden, wie er zu Fuß über die Straße trabte, wahrscheinlich der einzige Fußgänger im ganzen Bezirk, und wie ein wunder Daumen genau zu der Zeit und an dem Ort herauszustechen, an dem Wendy verschwunden war. Es war schon schlimm genug, dass die Polizei immer noch mit Spürhunden in der Gegend herumschwirrte, um nach Beweisen zu suchen. Aber sie würden ihn nicht finden, es sei denn, er traf so dumme Entscheidungen wie den Highway zu überqueren oder zum Flughafen von San Francisco zurückzufahren.

Als er das Fahrzeug erreichte, war Wendy immer noch bewusstlos, aber er wartete noch einen Moment, bevor er losfuhr. Der rote Abschleppwagen fuhr vorbei, und sein Fahrer fluchte wahrscheinlich, weil kein Auto zum Abschleppen mehr da war; er hatte Benzin verbrannt, aber kein Geld verdient.

Nun, das kam vor. Pech gehabt.

Er fuhr geradewegs in den Wald hinein, und nach etwa zwanzig Minuten hatte er den nächsten Bezirk erreicht, in dem sich seine Hütte befand, die in einer Schlucht hinter den schneebedeckten Gipfeln des Mount Chester lag. Er hatte noch einen weiten Weg vor sich und ließ seine Gedanken schweifen, während er langsam durch die mit buntem Laub bedeckten Wälder fuhr und darauf achtete, keinen Baumstumpf zu übersehen und umzukippen.

Die süße Wendy würde eine großartige Begleiterin für die langen, dunklen Winternächte sein, die da kommen würden. Sie war jung und schien sensibel, aber auch mutig, eine Kämpferin, die Nacht für Nacht Vergnügen und tief befriedigende Schreie versprach.

Und doch zerfielen die aufregenden, erwartungsvollen Visionen unter dem Druck praktischerer Angelegenheiten.

Die Cops kamen immer näher, egal wie vorsichtig er

gewesen war. Sie hatten ein paar seiner Mädchen aufgespürt und ihre letzte Ruhe gestört.

Sie hatten die Mordfälle miteinander in Verbindung gebracht und wussten bereits zu viel von dem, was sie gemeinsam hatten. Drei der Autos der Mädchen standen auf dem Abschleppfuhrpark der Wache, genau hier in Mount Chester, und das bedeutete, dass sie bald wissen würden, wie er sie sabotiert hatte. Wie er jagte. Sie wussten bereits vom Katse, und Wendy unter diesen Umständen mitzunehmen, war ein großes Risiko gewesen, das größte Risiko, das er seit jener Nacht in einer nebelverhangenen Gasse im Tenderloin von San Francisco eingegangen war. Denn er konnte es nicht über sich bringen, den Winter allein zu verbringen.

Sie kamen ihm gefährlich nahe.

Er hatte es geschafft, dem texanischen Detective mit der Anklage wegen Trunkenheit am Steuer und allem, was dazugehörte, Steine in den Weg zu legen. Das würde ihn eine Weile beschäftigen, aber es war an sich ein weiteres riskantes Manöver, das er abgezogen hatte. Alles, wobei man andere Leute um einen Gefallen bitten musste, war tückisch; man konnte sich auf niemand anderen verlassen als auf sich selbst.

Aber Kay, wie sie sich in diesen Tagen gerne nannte – das war etwas ganz anderes. Er dachte, mit dem Messer, das die Fingerabdrücke ihres Vaters trug, hätte er ihre Spürnase aus dem Weg geräumt. Er dachte, dieses Beweisstück würde sie auf der Stelle stoppen und sie dazu bringen, nichts mehr mit den Ermittlungen zu tun haben zu wollen.

Nein, Kay Sharp machte unbeirrt weiter, und er konnte nicht aufhören, an sie zu denken. Er hatte nie wirklich aufgehört, an sie zu denken, nicht seit dem Tag, an dem er sie zum ersten Mal gesehen hatte.

Eine Bundesagentin, wenn auch eine ehemalige, die von den Morden am Silent Lake genauso besessen war wie er von ihr, war eine starke, berauschende Mischung, geradezu das

Rezept für eine Katastrophe. Und doch, während er über unberührte Hektar Nationalforst fuhr, bahnte sich der berauschende Gedanke, den er eine Weile vermieden hatte, einen Weg in seinen Verstand und setzte ihn in Flammen.

Wie würde der Winter wohl verlaufen, wenn Kay zu ihm und Wendy in die Hütte käme?

DREIUNDVIERZIG
ALLEIN

Als Elliot das Büro von Sheriff Logan betrat, erwartete er den stechenden Blick schon, mit dem der Mann ihn begrüßte. Er war beschämt und frustriert zugleich, nachdem er die Nacht im Polizeigewahrsam von Redding verbracht hatte und ihm keinerlei professionelle Höflichkeit entgegengebracht worden war. Er stank nach schalem Alkohol und menschlichen Exkrementen, der typische Gestank von jemandem, der die Nacht auf dem Boden einer überfüllten Zelle verbracht hatte. Aber zuallererst wollte er Logan sehen, noch bevor er duschen und etwas essen wollte.

Er ertrug Logans Blick, ohne die Augen zu senken. Als der Sheriff still auf den Platz vor seinem Schreibtisch deutete, setzte er sich, ohne ein Wort zu sagen.

»Nun«, sagte der Sheriff schließlich, nachdem ein langer Seufzer aus seinen Lungen entwichen war. »Es kommt nicht jeden Tag vor, dass mein bester Detective die Nacht wegen Trunkenheit am Steuer im Gefängnis verbringt.« Er rümpfte angewidert die Nase. »Und Sie stinken. Sie hätten mir wenigstens die Höflichkeit erweisen können, sich vorher zu waschen.«

»Ich war nicht betrunken, Sir«, antwortete Elliot ruhig. »Ich habe gestern Abend darauf bestanden, dass sie einen Bluttest machen, sobald wir die Haftanstalt in Redding erreicht hatten. Sie wollten nichts davon hören, aber die Polizisten, die nach Mitternacht Dienst hatten, stimmten zu und haben einen gemacht.«

»Sie sind die Witzfigur der ganzen Abteilung, Young. Nichts weniger als eine Peinlichkeit. Wenn Sie sich schon besaufen müssen, dann tun Sie das gefälligst zu Hause, ja?«

»Es war nur ein lausiges Bier, Boss. Der Bluttest hat mich entlastet. Ich weiß nicht, warum ...«

»Was ist mit dem Bestechungsvorwurf? Da musste ich mich ernsthaft ins Zeug legen, damit der wieder verschwindet.«

»Was für ein Bestechungsvorwurf?« Elliot sprang auf, als ob der Ankläger gleich das Büro betreten würde und er sich auf eine physische Konfrontation vorbereiten wollte, die geballten Fäuste erhoben.

»Die beiden Beamten der California Highway Patrol, die Sie angehalten haben, sagten aus, dass Sie ihnen Geld angeboten hätten, damit sie das Fahren unter Alkoholeinfluss vergessen. Sie haben gesagt, dass sie das bezeugen würden.«

»Das ist nicht wahr!«, schrie er und spürte, wie sein Blut in den Adern kochte. »Schauen wir uns doch die Aufnahmen ihrer Bodycams an. Sie werden sehen, dass ich nicht betrunken war, und ich habe ihnen nie etwas angeboten. Ich wusste, dass sie mich gehen lassen würden, sobald ich einen Bluttest gemacht habe.« Wütend rieb er sich die Hände an den Seiten seiner Jeans und verschränkte dann die Arme vor der Brust.

»Diese Aufnahmen sind praktischerweise nicht verfügbar«, antwortete Logan mit düsterer Stimme. »Beschädigt, haben sie glaube ich gesagt. So habe ich sie dazu bekommen, die Anklage fallen zu lassen. Irgendetwas an dieser ganzen Sache stinkt.«

»Sehen Sie? Ich habe es Ihnen doch gesagt, dass da was nicht stimmt«, antwortete Elliot und fuhr sich schnell mit den Händen durch die Haare. »Und sie haben meinen Hut verloren«, murmelte er, »diese CHiP-Arschlöcher sind der letzte Dreck.« Seine Augen trafen Logans finsteren Blick. Er schluckte die lange Reihe von Schimpfwörtern hinunter, die ihm durch den Kopf ging, und fügte hinzu: »Das war keine zufällige Alkoholkontrolle, Boss. Ich war das Ziel.«

»Warum? Hat es irgendetwas gegeben mit dem CHiP?«

»Nein«, antwortete er schnell. Er hatte schon seit Jahren keinen Fall mehr zusammen mit CHiP bearbeitet. »Wenn ich jemanden bei CHiP geärgert habe, dann habe ich keine Ahnung, wen und warum.«

Logan schloss die Personalakte, die er durchgesehen hatte, und legte seine Finger darauf. »Ich werde es mir ansehen und mich umhören. Es ist geschmacklos, auf andere Polizisten loszugehen. Nur Ratten tun das ohne Grund, und ich dulde keine Ratten auf diesen Highways.« Er runzelte die Stirn und hielt kurz inne, um nachzudenken. »Wenn jemand auf einen meiner Cops scharf ist, sollte er besser zu mir kommen, wenn er ein spätabendliches Date haben will.«

»Ja, Boss«, erwiderte Elliot, dessen gewohnte Ruhe langsam zurückkehrte. Er fühlte sich durch Logans Vertrauen in ihn erlöst, aber er wünschte sich immer noch, er hätte sich die Bodycam-Videos ansehen können. Jetzt brauchte er nur noch eine Dusche, eine Mahlzeit und einen neuen Hut und er war bereit, wieder zur Normalität zurückzukehren. »Ich habe mir gedacht, vielleicht hat es etwas mit den Morden am Silent Lake zu tun.«

»Wie meinen Sie das?«, fragte Logan.

»Ich weiß es nicht«, antwortete er und senkte kurz den Blick. »Mir fällt schon jemand ein, den man fragen könnte, aber ...«

»Sie glauben, der Mörder ist beim CHiP?« In seiner Stimme schwang ein Hauch von Sarkasmus mit; er wollte ihn testen.

»N-nein«, antwortete er. »Nicht so. Es ist nur so, dass ich

keine Zufälle mag. Erst wird das Messer praktischerweise zusammen mit einer Leiche vergraben, die wir dann finden. Dann werde ich wegen Trunkenheit am Steuer und einer fingierten Bestechungsanklage verhaftet. Das stinkt einfach zum Himmel. In den letzten vierundzwanzig Stunden wurden die besten Leute, die an diesem Fall arbeiten, praktischerweise abgelenkt.«

»Sie sollten sich freuen«, sagte Logan mit dem Hauch eines Lächelns. »Sie kommen dem Mörder nahe. Er wird bestimmt einen Fehler machen.« Er schrieb ein paar Worte auf ein Stück Papier, dann rief er seine Assistentin herbei und reichte ihr den Zettel. »Ich möchte diese Leute heute sehen.« Nachdem sie gegangen war, fügte er hinzu: »Ich werde die beiden CHiP-Beamten befragen, die Sie angehalten haben, um zu sehen, wer die Fäden in der Hand hat. Ich erwarte nicht, dass sie reden werden, aber ich werde es trotzdem probieren. Sie schnappen sich Dr. Sharp und arbeiten weiter an dem Fall. Diese Kinder sind immer noch da draußen, und wir haben gerade wertvolle Zeit verschwendet.«

»Was das angeht, Sir«, begann Elliot, aber Logan unterbrach ihn schnell.

»Sie haben angenommen, dass sie die kriminellen Aktivitäten ihres Vaters vertuschen wollte? Deshalb dachten Sie, sie wollte sich an den Ermittlungen beteiligen?«

»Nun, ähm, ich habe das vielleicht zu ihr gesagt, mit anderen Worten, aber grundsätzlich ...«

»Sie sind so ein Idiot, Young, Sie haben voreilige Schlüsse gezogen. Sie muss Ihnen doch gesagt haben, dass man mit Ihnen spielt. Und Sie haben nicht zugehört.«

»Wir wissen nicht viel über sie, Boss. Was hat es damit auf sich, dass sie einen solchen Job aufgibt, um in dieser Stadt zu leben? Ich weiß, sie ist eine ehemalige FBI-Agentin und all das, aber kennen wir sie wirklich? Können wir uns sicher sein?« Als er die Worte aussprach, wurde ihm klar, dass er sich sicher *war*.

Sie deckte niemanden, und er war ein riesiger Idiot gewesen, weil er das auch nur eine Minute lang gedacht hatte. Charlene und Texas verfolgten ihn noch immer in seinen Gedanken und flößten ihm die Angst ein, denselben Fehler noch einmal zu begehen. Er hatte überreagiert.

»Sie haben den alten Mr. Sharp nie kennengelernt«, antwortete Logan. »Er war ein erbärmlicher Säufer, der die Hälfte der Zeit kaum stehen konnte und seine Frau und Kinder bei jeder Gelegenheit verprügelt hat. Wir haben ihn ein paarmal eingesperrt. Ich wette, dass er inzwischen irgendwo verrottet, wahrscheinlich in einem Gefängnis in Arizona oder irgendwo einen halben Meter unter der Wüste.«

»Ich verstehe«, antwortete Elliot und fragte sich, warum er Logan nicht nach Sharp gefragt hatte, bevor er Kay mit seinen Verdächtigungen in Stücke riss. Er konnte froh sein, wenn sie jemals wieder mit ihm sprach.

»Was Dr. Sharp angeht, hoffe ich, dass Sie nicht glauben, dass ich jemanden für uns Fälle bearbeiten lasse, ohne den Hintergrund überprüft und mit ihrem alten Chef in der Außenstelle in San Francisco gesprochen zu haben.«

»Wirklich?«, antwortete er überrascht. Er hatte gedacht, es sei seine Hartnäckigkeit gewesen, die dazu geführt hatte, dass Kay Sharp als Beraterin für das Büro des Sheriffs arbeiten durfte, der Umstand, dass er sich für sie verbürgt hatte. Wie sich herausstellte, hatte sein Wort wohl doch nicht so viel Gewicht.

»Erstens hat sie nicht gekündigt«, sagte Logan und schmunzelte ein wenig, als er Elliots Gesichtsausdruck bemerkte. »Ja, mein Junge, große Überraschung, sie hat Sie angelogen. Frauen tun das manchmal.« Er schmunzelte wieder und trommelte dann mit seinen Fingern einen schnellen Rhythmus auf den Schreibtisch – Elliot wusste inzwischen, dass das eine Geste war, die bedeutete, dass ihm langsam die Geduld ausging. »Sie ist aus persönlichen Gründen beurlaubt, es hat etwas mit ihrer Familie zu tun, und sie kann jederzeit wieder zur Arbeit kommen, sobald sie so weit ist. Sie ist die Beste, die sie je hatten.« Er blickte Elliot einen Moment lang an. »Und jetzt zurück an die Arbeit.«

»Ja, Sir«, antwortete er und lächelte. »Und danke, dass Sie mich als Ihren besten Detective bezeichnet haben, Boss. Ich weiß, dass ich hier der Einzige bin, aber ich weiß es trotzdem zu schätzen.«

»Nicht mehr lange«, erwiderte Logan kryptisch. »Und jetzt verschwinde.«

Elliot verließ das Büro des Sheriffs und fragte sich, was er damit gemeint hatte, vergaß es aber bald wieder.

Waren sie kurz davor, den Täter zu fangen? Nah genug, um ihn so sehr in die Enge zu treiben, dass er versuchte, ihm eine Falle zu stellen?

Wie zum Teufel konnten sie nahe an ihm dran sein, wenn es so aussah, als ob sie keine einzige Spur mehr hatten? Wohin er auch ging, wohin er auch schaute, nichts. Spuren lösten sich auf wie Rauch im Wind, Beweise führten nirgendwohin, und die restlichen Labortests dauerten ewig. Er wartete immer noch auf fortschrittliche Tox-Screens für die Opfer, auf Faseranalysen für die Decken, auf irgendetwas, das ihm die richtige Richtung weisen konnte. Weil er gerade die Dinge aufzählte, auf die er noch wartete, gehörten dazu auch die Fahrzeuge, die Lan Xiu Tang und Janelle Huarez, die ältesten Opfer, nach Mount Chester gefahren hatten.

Anstatt zu seinem Auto zu gehen, ging er zur Wartungswerkstatt und rief laut. »Hey, Willie!«

Der Mechaniker grinste breit, und seine Zähne hoben sich weiß von seinem schmutzigen Gesicht ab. »Ich wollte dich gerade anrufen«, sagte er. »Komm her, ich zeig dir, was ich habe.«

Elliot näherte sich der Plane, auf der Willie sich hingekniet hatte. Er fuhr mit den Fingern über die dünnen, metallischen Rippen eines Kühlers.

»Ich weiß, wie er es gemacht hat«, verkündete er stolz. »Siehst du das hier?«, er zeigte mit dem Finger auf eine Stelle am Kühler, aber Elliot konnte nichts Ungewöhnliches erkennen. »Er hat die Kühler durchbohrt und dann gewartet, bis die Kühlflüssigkeit abgelaufen ist. Dann hat er sie mit schnellhärtendem Harz geflickt und die Flüssigkeit mit Wasser aufgefüllt. Die Kühlflüssigkeit war in allen Autos verdünnt. Ich hätte das früher erkennen müssen, aber ...« Er spuckte wütend auf den Boden. »Ich werde wohl langsam alt.«

»Ich sehe keine undichten Stellen an diesem Kühler«, antwortete Elliot.

»Weil das da kein Staub ist«, sagte Willie. »Es sieht aus wie Staub, aber es ist Sprühfarbe. Siehst du?« Er fuhr mit dem Finger über die Kühlerlamellen und zeigte ihm dann den Finger. Nichts von dem offensichtlichen Staub war von der Metalloberfläche auf seine Haut abgefärbt. »Schlau, dieser Kerl, den du zu fangen versuchst. Er hat die Kühler übersprüht, um den Harzstopfen und alle Lecks zu verdecken.«

»Er hat sie auseinandergenommen, so wie du?«

»Nein«, antwortete Willie, stand stöhnend auf und zeigte auf die Innenseite des Kühlergrills des Jeeps. »Er hat die Sprühdüse durch diese Löcher gesteckt, und das hat gereicht. Es hat nicht perfekt sein müssen, nur so, dass ich denke, nichts ist undicht.«

Ja, er war schlau, dachte Elliot und ging zu seinem Auto. In jeder Hinsicht hatte der Täter bewiesen, dass er methodisch, organisiert und sorgfältig jedes Detail mit fortgeschrittenem Wissen über Forensik geplant hatte. Wissen darüber, wie Mordermittlungen durchgeführt wurden. Wie Beweise gesammelt und untersucht wurden.

Genau wie Kay es gesagt hatte.

Er rief sie auf dem Handy an, aber es sprang direkt auf die

Mailbox. »Verdammt«, murmelte er, dann gab er Gas, schaltete die Lichthupe ein und fuhr zu ihrem Haus. Wenn sie schmollen und ihn dazu bringen wollte, zu Kreuze zu kriechen, war das ihr gutes Recht, aber nicht bevor sie diesen kranken Mistkerl erwischt hatten, der immer noch da draußen war.

Ihr weißer Explorer stand nicht vor dem Haus, und er wäre fast wieder gefahren, wusste aber nicht, wo er sie sonst hätte finden können. Er versuchte es noch einmal auf ihrem Handy, dann fiel ihm ein, dass sie ihre Haustür nie abschloss. Obwohl er wusste, wie sehr sein Verhalten die Situation zwischen ihnen verschlimmern würde, betrat er das Haus und ging in die Küche.

»Kay?«, rief er, in der Hoffnung, dass sie antworten würde. »Kay? Ich bin's, Elliot.« Sie war nicht zu Hause. Die Stille verriet es ihm.

Aber ihr Laptop stand auf dem Küchentisch und lief noch. Er blickte auf den Bildschirm und erstarrte. Eine unscharfe, niedrig auflösende Videoaufzeichnung der San-Francisco-Flughafenpolizei war genau an der Stelle angehalten worden, an der ein leerer Abschleppwagen die Anlage verließ und auf die Auffahrt in Richtung Norden nach Bayshore fuhr. Hinter dem Fenster war ein weiteres unscharfes, schlecht auflösendes Bild zu sehen, ein eingescanntes Foto von zwei kleinen Mädchen und einem Jungen, die vor einem roten Abschleppwagen standen. Er zoomte das Foto heran, und in den Augen des kleinen Mädchens, in der Farbe ihres goldenen Haares und der Linie ihres sturen Kiefers erkannte er Kay Sharp.

Sie war allein hinter dem Täter her. Sie hatte nicht auf das gehört, was er ihr gesagt hatte. Dickköpfige, starrsinnige Frau.

»Verdammt, Kay«, murmelte er und stürmte zur Tür hinaus. »Du hättest wenigstens auf mich warten können.«

Dunkelheit.

Völlige, absolute und furchteinflößende Dunkelheit.

Wendy blinzelte ein paarmal, als wollte sie sich vergewissern, dass sie wach war. Dann versuchte sie sich zu bewegen, vom kalten Boden aufzustehen, musste sich aber an der Wand festhalten, um sich abzustützen. Ihr war schwindelig und sie fühlte sich schwach. Ein pochender Kopfschmerz hämmerte unbarmherzig gegen ihren Schädel. Sie rieb sich mit einer eiskalten, zitternden Hand die Schläfe und versuchte, den Schmerz zu lindern.

In ihrem Haar verhedderten sich ihre Finger in etwas Unbekanntem. Ihre Hand hielt für einen kurzen Moment inne, dann erkundete sie die unbekannte Form. Mit dem sensorischen Erkennen kam die schwache Erinnerung an den Mann, der ihr Haar geflochten und obsessiv eine Melodie gesummt hatte, die sie nicht hatte benennen können, obwohl sie glaubte, sie zu kennen.

Dann wurde sie von einer Flut verdrängter Erinnerungen überschwemmt. Seine Hände auf ihrem nackten Körper. Ihre

Hilflosigkeit, ihre Schreie, sein Lachen. Sein Gesicht, so vertraut ... wo hatte sie ihn schon einmal gesehen?

Wie Scheinwerfer im Nebel bahnte sich ein Schimmer des Erkennens seinen Weg in ihren müden Geist. Der Mann aus dem Restaurant, in dem sie die Suppe gegessen hatte. Wie er sie angesehen hatte, seine Augen auf ihr Gesicht geheftet. Wie naiv sie gewesen war, sich von seiner Aufmerksamkeit geschmeichelt zu fühlen. Wie dumm, dort zu bleiben und sich mit dem Kellner zu unterhalten, während sie an ihrer Suppe nippte, anstatt um ihr Leben zu rennen.

Wo war sie?

Sie tastete sich an den Wänden entlang, auf der Suche nach einer Tür, einem Fenster, irgendetwas. Alles, was sie wahrnehmen konnte, waren fest aufeinander zementierte Betonblöcke, kein einziger Spalt dazwischen. Schließlich stießen ihre Finger an einen Türpfosten und ertasteten die unebene, splitterige Oberfläche einer Holztür. Sie fand den Griff und fasste mit beiden Händen danach, drehte ihn nach unten und zog kräftig daran.

Sie bewegte sich nicht.

Sie lehnte ihren Körper gegen die Holzplatte und versuchte stattdessen, sie nach außen zu drücken, aber das funktionierte auch nicht besser.

Sie spürte, wie ein schweres, bitteres Schluchzen aus ihrer Brust aufstieg, und ließ sich auf den Boden fallen, wobei sie ihre Knie fest umklammerte. Als ihr Kopf nach unten hing, berührten zwei Zöpfe ihre Wangen und das ungewohnte Gefühl erschreckte sie.

Sie schnappte nach Luft, als wäre diese plötzlich aus dem Raum entwichen, riss die Haarbänder herunter und entflocht schnell ihr Haar, dann fuhr sie mit den Fingern durch ihre unordentlichen Strähnen, bis sie sich nicht mehr so anfühlten, als gehörten sie einer Fremden.

Dann hielt sie sich ruhig und blinzelte panisch Tränen weg.

Von nirgendwoher kam auch nur ein Fünkchen Licht, nichts. Kein einziges Geräusch. Die Kälte des Bodens unter ihren Füßen, die Kälte der Luft, die über ihre Haut strich und ihr einen Schauer über den Rücken jagte, der Schmerz in ihrem Körper, das waren die einzigen Anzeichen dafür, dass sie noch am Leben war. Als sich die Tür öffnete, stach das Licht wie scharfe Pfeile nach ihren Augen, sie blinzelte und schlug sich die Hand vor das Gesicht. Dann spürte sie einen harten Schlag, der sie zu Boden schickte und sie Sterne sehen ließ.

»Nein, nein«, sagte der Mann, und in seiner tiefen, drohenden Stimme schwang Wut mit. »Jetzt müssen wir das Ganze noch einmal machen.« Er griff grob nach ihrem Haar und begann, es schnell wieder zu flechten, wobei er dieses nervtötende Lied summte, das so vertraut klang. »Ist schon gut, du hast es nicht gewusst. Aber noch einmal bist du besser nicht ungehorsam.«

FÜNFUNDVIERZIG

SAM

Sam Stinson saß auf der Veranda des Hauses, das Kay so gut kannte, rauchte und durchblätterte einige Quittungen. Er trug Jeans, ein schwarzes T-Shirt und eine Arbeitsweste mit gelbgrauen Reflexionsstreifen. Eine schwarz umrandete Brille vervollständigte sein Erscheinungsbild; die war neu. Daran erinnerte sie sich nicht, auch nicht an den sauber gestutzten Ziegenbart, der erste Anzeichen von Grauwerden zeigte.

Als sie neben dem Abschleppwagen anhielt, stand er auf, ließ den Stapel zerknüllter Papiere auf den Adirondack fallen und eilte ihr mit dem Lächeln eines Kindes an Heiligabend entgegen.

»Hey! Wer kommt denn da zu Besuch«, sagte er und nahm sie in eine Umarmung, die ihr die Luft aus den Lungen presste. »Judy hat mir gesagt, dass du vorbeikommen würdest.«

Die Freude des Wiedersehens umgab Kay einen Moment lang wie eine warme Decke, sie genoss sie mit geschlossenen Augen und einem glücklichen Lächeln auf den Lippen. Abgesehen von den Beweisen, die auf Sams Abschleppwagen als die bevorzugte Methode des Täters bei der Entsorgung der Fahrzeuge der Opfer hinwiesen, war das Sam Stinson, der sie umarmte, Judys jüngerer Bruder, das Kind, mit dem sie aufgewachsen war, der sommersprossige Junge, für den sie immer ihre Hausaufgaben aufgehoben hatte. Er war auch ihr kleiner Bruder gewesen, nicht nur der von Judy. Kay war diejenige gewesen, die dem Klassenbully, der Sam auf dem Schulflur zu Fall gebracht hatte, eine Ohrfeige verpasst hatte. Sie und Judy brachten ihm bei, wie man ein Mädchen zum Abschlussball einlud oder wie man sich verhielt, wenn man sie zu Hause abholte und mit ihr zum Tanzen ging.

Er gehörte zur Familie.

»Wie wäre es mit einem Bier?«, fragte er, sobald er sie losließ. »Ich habe nicht viel zu essen da, aber ich kann dir jederzeit ein kaltes Bier bringen.«

»Klar«, antwortete sie und merkte, dass sie Durst hatte. Es war noch nicht einmal ein Uhr nachmittags, aber Bier war immer ein garantierter Eisbrecher und ein Schmiermittel für potenziell schwierige Gespräche.

Als Sam wieder nach draußen kam, hatte er nur eine Flasche in der Hand.

Er öffnete den Verschluss und reichte sie ihr.

»Und du?«, fragte sie, überrascht, dass er sich ihr nicht anschließen wollte.

Er zuckte mit den Schultern und wies dann auf den Abschleppwagen. »Die Kunden runzeln die Stirn, wenn sie Alkohol in meinem Atem riechen, selbst wenn es nur ein lausiges Bier ist. Sie geben mir dann auch nicht so viel Trinkgeld«, fügte er mit einem verlegenen Grinsen hinzu.

»Na dann Prost«, sagte sie und hob die Flasche, als hätte er auch eine in der Hand, und nahm ein paar durstige Schlucke. »Das tut gut«, fügte sie mit einem zufriedenen Seufzer hinzu. »Das habe ich gebraucht.«

»Wo das herkommt, gibt es noch mehr«, antwortete er mit einem Augenzwinkern. »Komm, setz dich«, lud er sie ein und räumte den Adirondack von dem verstreuten Papierkram frei.

Er sammelte alle Belege ein und steckte sie in seine Westentasche. »Der verdammte Buchhalter hat mich an der kurzen Leine«, murmelte er. »Jedes Quartal will er die Quittungen haben, als ob ich ihn bräuchte, um mir zu sagen, dass ich nicht genug Geld verdiene.«

Sie saß auf dem Schaukelstuhl und erinnerte sich an Mrs. Stinson, die dort immer gesessen hatte und Schals und Pullover strickte, während Judy, Sam, Jacob und sie vor dem Haus spielten und der Geruch von frischen Keksen, die im Ofen gebacken wurden, ihre Nase erfüllte und Heißhunger in ihrem Bauch erzeugte. Sie ließ den Stuhl eine Weile hin und her schaukeln und schloss die Augen. Sie konnte den süßen Duft dieser Kekse fast riechen, den von geschmolzener Schokolade, den von Zuhause.

»Wie läuft das Abschleppgeschäft?«, fragte sie beiläufig und bereute die Erinnerung, sobald sie die Augen öffnete und sie sich in Luft auflöste. »Hast du genug Kundschaft, um dich über Wasser zu halten?«

»Kaum«, antwortete Sam und senkte den Blick. »Die Wintersaison ist die beste, wenn die Touristen die Pisten bevölkern und dummes Zeug machen. Kalifornische Fahrer haben keine Ahnung davon, wie man auf Eis fährt, Gott sei Dank. Sonst wäre ich schon längst pleite.« Er lehnte sich nach vorne, die Ellbogen auf die Knie gestützt, die Finger ineinander verschränkt. »Ich bin ohnehin nicht weit davon entfernt.«

Sie warf dem Abschleppwagen einen weiteren Blick zu. Hier und da zeigte sich Rost, der das Metall unter den Kotflügeln und an der untersten Kante der Türverkleidungen durchbrach. Die Farbe war verblasst, verbrannt vom Wintersalz und der brutalen Sommersonne, und die Aufkleber waren kaum noch lesbar.

Sie spürte, wie ihr die Tränen in die Augen zu steigen drohten, und atmete scharf ein. »Was für Kunden sind das denn?«, fragte sie und merkte, dass ihre Stimme erstickt klang. Sie räusperte sich, dann nahm sie einen weiteren Schluck Bier. »Schleppst du viele Mietwagen ab, die eine Panne haben?«

Er gluckste. »Ja. Die Touristen wissen nicht, wie man auf diesen steilen Bergstraßen fährt. Sie überhitzen die Motoren beim Hochfahren und verbrennen die Bremsbeläge beim Runterfahren.« Er starrte den Lastwagen eine Weile an, als hätte er ihn noch nie gesehen. »Aber leider bekomme ich nicht alle diese Anrufe. Manchmal schicken die Vermieter ihre eigene Pannenhilfe oder einen Mechaniker mit einem Ersatzfahrzeug für die Touristen und reparieren es dann selbst.« Er hielt kurz inne. »Das ist hart.«

Seine Schultern waren angespannt und über seine Stirn zogen sich Furchen. Er begann, mit dem rechten Fuß zu wippen, als würde er ungeduldig auf etwas warten.

»Du wartest also einfach darauf, dass Anrufe kommen?«, fragte Kay und begann, seine Situation zu verstehen. Er wartete sein Leben lang, manche Tage waren besser als andere, immer in der Hoffnung, dass Anrufe kämen und er über die Runden kommen würde. Er verdiente nicht annähernd genug, um seinen Lebensunterhalt anständig zu bestreiten, aber gerade genug, um es nicht übers Herz zu bringen, das Geschäft seines Vaters aufzugeben und sich einen anderen Beruf zu suchen. Er saß in seinem Trott fest, ohne Ausweg.

»Das ist so ziemlich alles«, antwortete er und sah sie kurz mit einem traurigen Lächeln an. »Triple A schickt mir ein paar Aufträge, aber die zahlen ziemlich schlecht. Einige Autovermietungen rufen mich, wenn sie keine andere Wahl haben, aber ich habe auch schon ein paar Enterprise- und Budget-Trucks gesehen, die Ladungen aus der Gegend abgeschleppt haben.« Er biss die Zähne zusammen und fuhr sich mit den Fingern über den Hinterkopf, wahrscheinlich ein unbewusster Versuch, die Anspannung zu lösen, die sich dort eingenistet hatte. »Die einmaligen Anrufe sind die besten, wenn die Kunden mich direkt anrufen. Die Einheimischen wissen, dass sie zehn Dollar bekommen, wenn sie mich Kunden empfehlen.«

»Das ist schlau«, sagte sie, trank die Flasche aus und stellte sie auf den verwitterten Bohlen ab. »Ich wette, diese Kunden fragen Einheimische nach Empfehlungen, wie Kellner und Baristas und so, oder?«

»Mhm«, antwortete Sam. »Tommy schickt mir eine Menge Aufträge. Erinnerst du dich an ihn? Er war in der über dir, als du in der Zehnten warst, richtig?«

»Welcher Tommy? Der aus dem Coffee Shop?«, fragte sie. Sie konnte sich nicht daran erinnern, mit dem korpulenten Besitzer des Cafés in der Schule gewesen zu sein.

»Ja, ihm gehört jetzt das Katse; sein Vater ist gestorben.«

»Das wusste ich nicht«, antwortete Kay. »Ich war da, aber ich habe ihn nicht erkannt«, gestand sie. »Ich dachte, er wäre viel älter als wir. Er sieht aus wie fünfzig, nicht wie um die dreißig.«

Sam lächelte traurig. »Das Leben stellt Dinge mit uns an. Sieh mich an«, sagte er und streckte seine Hände mit den aufgefächerten Stummelfingern aus. »Man könnte meinen, ich hätte zwanzig Jahre lang auf dem Bau gearbeitet. Ein paar Winter machen das mit einem, die Kälte und die ganzen verrosteten Teile.«

Sie fragte sich, ob sie irgendetwas tun konnte, um zu helfen, während sie dort war, während sie auf Jacobs Entlassung wartete und nicht viel anderes zu tun hatte. Vielleicht könnte sie Werbung machen oder ihm neue Aufkleber für seinen Truck besorgen. Darüber würde sie später nachdenken; im Moment hatte sie noch ein paar Fragen, auf die sie Antworten bekommen wollte.

»Kriegst du manchmal annullierte Anrufe, oder kommst du zum vereinbarten Ort und es ist niemand da?«

»Ja«, stöhnte er. »Verdammt, diese Leute. Ich wünschte, sie hätten einfach den Anstand, mich anzurufen und abzusagen.

Wenigstens würde ich dann das Benzin nicht umsonst verbrennen.« Er zückte sein Handy und schaute einen Moment auf den Bildschirm, dann sagte er: »Gerade gestern Abend hatte ich erst wieder einen dieser No-Shows.«

Kay spürte, wie die Angst eine Klinge durch ihren Bauch trieb. »Von wo kam der Anruf?«

Er reagierte auf die Intensität in ihrer Stimme und sah sie mit einer unausgesprochenen Frage in seinen Augen an. »Gleich von hinter dem Kamm vom Katse. Warum?«

Sie antwortete nicht; sie wandte ihren sorgenvollen Blick von ihm ab und verspürte den Drang, aufzuspringen und hinauszurennen, um zu sehen, ob sie den Täter noch einholen konnte.

Er hatte sich gestern eine andere Frau genommen, von der sie noch nichts wussten.

Und jetzt war er schon längst weg.

»Wann kam der Anruf, Sam?«, fragte sie leise.

»Gestern, gegen vier«, antwortete er betroffen. »Hat das etwas mit ... Ich habe gehört, dass du jetzt Bundesagentin bist.«

»Das stimmt, ja. Nun ja, gewesen«, antwortete sie. »Ich bin gerade nicht bei der Arbeit, falls du das andeuten willst«, sagte sie und bemerkte, dass er erleichtert schien. »Ich frage, weil drei Kinder vermisst werden und mehrere Frauen am Silent Lake vergraben aufgefunden wurden. Ermordet.«

»Ja, ich weiß. Die ganze Stadt redet darüber. Ich wohne hier, weißt du?«, fügte er hinzu, und eine Spur seines alten Humors tauchte unter der Traurigkeit auf, die ihn wie ein Leichentuch zu umhüllen schien.

»Ich dachte, dass es vielleicht eine Verbindung gibt, das ist alles«, sagte sie, lehnte sich in ihrem Stuhl zurück und ließ ihn sanft wippen. Das beruhigte ihre strapazierten Nerven und erlaubte ihr, klarer zu denken.

Sam war nicht der Mörder, das stand fest, vor allem, nachdem sie ihn gesehen, mit ihm gesprochen und seine

Reaktionen beobachtet hatte. Das Einzige, was er zu verbergen hatte, war seine eigene Verzweiflung, mehr nicht. Aber wenn er nicht in die Morde verwickelt war, wer war es dann?

»Nein«, antwortete er, »ich glaube nicht, dass es da einen Zusammenhang gibt. Die Polizei hat mich auch danach gefragt, ich glaube, es war letzte Woche. Touristen fahren mit dem falschen Gang den Berg hinauf und überhitzen den Motor. Sie halten eine Weile an, rufen mich, dann merken sie, dass ihr Motor abgekühlt ist und sie weiterfahren können. Und sie fahren weiter. Das war's. Es ist ihnen einfach egal«, fügte er hinzu, während ein schwerer Atemzug seiner Brust entwich. »Sie sind schnell wieder weg und froh, dass sie das Geld fürs Abschleppen gespart haben.«

»Wie geht es deinem Vater?«, fragte Kay, um das Thema zu wechseln. »Judy hat mir erzählt, dass er Rückenprobleme hat.«

»Ja.« Er stand auf und begann, langsam auf der Veranda hin und her zu gehen. »Er ist ziemlich am Ende, und er ist noch nicht auf Medicare. Da sind es noch ein paar Jahre hin.«

»Ich habe Judy gesagt, dass ich gerne helfen würde. Ich verdiene, ähm, gutes Geld. Es würde mir sehr viel bedeuten, wenn ihr auf dieses Angebot eingehen würdet.«

Er hielt an ihrer Seite inne und legte seine Hand auf ihre Schulter. So stand er einen langen Moment, während Stille die Luft erfüllte, schwer, sie verbindend und doch unfähig, einem von ihnen Frieden zu bringen, jeder war in seinen eigenen Gedanken verloren.

»Ist das immer noch derselbe alte Lastwagen?«, fragte sie und versuchte, etwas normale Neugier in den Tonfall ihrer Stimme zu legen, damit es nicht wie ein Verdächtigenverhör klang. »Der, auf den wir als Kinder geklettert sind?«

»Ja.« Er lachte liebevoll über die gemeinsame Erinnerung. »Dad hat ihn früher gefahren, dann habe ich ihn übernommen. Er fährt ihn nicht mehr. Er bastelt nur noch in der Karosseriewerkstatt herum, in der Hoffnung, dass Kunden kommen.«

»Er braucht neue Aufkleber«, sagte sie und deutete auf das halb zerrissene Logo auf der linken Seite des Trucks. »Ich habe ihn heute Früh auf der Autobahn gesehen und fast nicht wiedererkannt.«

»Die Kiste braucht eine Menge neuer Sachen«, antwortete er. »Aber es geht nicht.«

Sie antwortete nicht, denn sie hatte das Gefühl, dass es Dinge gab, die er nicht gesagt hatte. Er starrte enttäuscht auf den Lastwagen und presste die Lippen aufeinander. Der sieben Tonnen schwere Brocken rostigen Metalls war jahrzehntelang ein fester Bestandteil des Lebens der Familie Stinson gewesen. Es konnte nicht leicht für Sam sein, zuzusehen, wie er kaputt ging und er nicht in der Lage war, ihn zu reparieren, um die Lebensader seines Unternehmens zu erhalten.

»Eines Tages wird er mir den Geist aufgeben«, fuhr Sam fort und starrte immer noch auf den Truck. »Was dann?«, fragte er und warf Kay einen kurzen Blick zu. Er lächelte, aber er täuschte niemanden. Die Qualen seiner eigenen Ohnmacht waren in den unausgesprochenen Worten, in der Luft zwischen ihnen spürbar.

»Sam, wenn ich kann ...«

»Es macht mich manchmal verrückt«, sagte er, als ob er ihre Worte nicht gehört hätte. Er schaute sie wieder an, sein tapferes Lächeln war noch immer auf seinen Lippen. »Ich schwöre dir, dieses Ding hat ein Eigenleben.«

Sie runzelte leicht die Stirn. »Was meinst du?«

Er zögerte, bevor er sprach, sah sich sogar in der Umgebung um, als ob er befürchtete, jemand könnte ihr Gespräch belauschen.

»Es spielt mir Streiche«, sagte er schließlich mit leiser Stimme. »Du kennst mich, du weißt, dass ich nicht verrückt bin, oder?«, fragte er, als er ihre hochgezogene Augenbraue und ihren langen Blick sah.

»Ja, sicher«, antwortete sie und nickte ein paarmal. Sam war einer der vernünftigsten Menschen, die sie je getroffen hatte. Unfähig, aus seinem Trott herauszukommen, und wenn das bedeutete, sein Familienunternehmen aufzugeben, ja, aber dennoch war er praktisch veranlagt, hatte ein gutes Urteilsvermögen und war jemand, dessen Worten sie glaubte. Und doch wurde sie von dem, was er gerade gesagt hatte, aus der Bahn geworfen.

Laster spielen Menschen keine Streiche.

Irgendetwas war im Gange, und der Gedanke daran ließ einen Hoffnungsschimmer in ihrem Herzen aufleuchten.

Vielleicht war es nicht der Truck, der mit Sams Gedanken spielte. Vielleicht war es der UT.

»Sag mir, was hat der Lastwagen gemacht?«, fragte sie und legte gerade genug Humor in ihre Stimme, um ihren alten Freund zu ermutigen, sich ihr zu öffnen.

»Es ist, als wäre er verflucht oder so«, antwortete Sam grimmig. »Als ob es spukt.«

»Warum?«

Er kratzte sich am Hinterkopf. »Gestern Abend zum Beispiel hatte ich das Radio ausgeschaltet. Das weiß ich genau, denn es wurde zu viel über Politik geredet und das kann ich nicht mehr ertragen. Aber heute Morgen war das Radio wieder an.« Er schluckte schwer, dann sah er sie über seine Schulter hinweg an. »Das Ding schaltet sich nicht von selbst ein. Es sind zwar nur Kleinigkeiten, aber es macht mich wahnsinnig.«

»Was ist noch passiert?«, fragte sie. »Und wann?«

»Vor etwa einem Monat ließ ich ihn mit geraden Rädern stehen, wie ich es immer tue, aber am Morgen fand ich ihn mit nach links gelenkten Rädern vor. Ganz nach links. Wenn man diese Einfahrt hinauffährt, muss man nach links lenken, um ihn nach dem Haus auszurichten, aber ich richte meine Räder immer gerade aus, damit ich im Dunkeln nicht über sie stolpere.«

Sie trat an ihn heran, lehnte sich neben ihm an das Geländer der Veranda und betrachtete dann den Lastwagen. Sie glaubte, genau zu wissen, was vor sich ging, aber sie hatte nicht die Kraft, es Sam zu sagen. Es würde ihm das Herz brechen, wenn er wüsste, dass sein Lastwagen in solch schreckliche Verbrechen verwickelt war.

»War in letzter Zeit jemand bei euch zu Hause? Freunde, Verwandte, irgendjemand?«

»Nein«, antwortete er, »hier kommt nie jemand her.« Er lächelte peinlich berührt und schien sich für sein einsames Leben zu schämen.

»Wo bewahrst du die Schlüssel auf?«

»Im Zündschloss. Keiner würde dieses Stück ...« Er hielt mitten im Satz inne und schlug mit der Hand gegen das Geländer. »Da will sich jemand mit mir anlegen, was?«

»Ja«, sagte sie leise und drückte seine Hand. »Jemand legt sich mit dir an.«

SECHSUNDVIERZIG

HÜTTE

Er stand in dem großen Raum und betrachtete tief enttäuscht die Kinder.

Es war nicht so, wie er es in Erinnerung hatte. Seine Schwester und sein Bruder hatten die ganze Zeit gelacht und sich gegenseitig um den Esstisch gejagt, bis Mutter sie mit einer gespielten Drohung nach draußen schickte; sie gehorchten und nahmen das Gequietsche und das Kichern mit sich.

Er hatte nicht mitmachen oder auch nur in ihre Nähe kommen dürfen.

Aber er wollte beweisen, dass die Kinder bei ihm sicher waren, dass er seiner Schwester nichts tun würde, wie es seine Mutter befürchtete. Es war nicht seine Schuld, dass sein Körper so reagierte, wenn ihr Rock ihre Beine hochrutschte und ihr Höschen entblößte oder wenn ihre Freundinnen zum Spielen ins Haus kamen.

Er hätte seine Schwester nie angefasst, nicht so. Er schaute nur zu, sah sie mit sehnsüchtigen Augen an und verstand nicht, warum der Anblick der nackten Haut seiner Schwester ihn so erregte oder warum seine Augen am tiefen Dekolleté seiner Mutter hängen blieben, unfähig, woanders hinzuschauen, angezogen vom Anblick ihrer vollen, schwingenden Brüste wie eine Motte von einer gnadenlosen, tödlichen Flamme.

Er hätte seine Schwester nie angefasst, nicht so.

Er war kein Tier, das sich nicht unter Kontrolle hatte und nur vom Verlangen seines Körpers getrieben wurde. Das hatte er bereits bewiesen, als er sich die Befriedigung verweigert hatte, nach der sich sein ganzes Wesen sehnte – solange, bis es sicher gewesen war, zu handeln. Auch wenn es Jahre gedauert hatte.

Jetzt wollte er seiner Mutter beweisen, dass er sehr wohl mit seinen jüngeren Geschwistern spielen konnte, aber die Kinder ließen sich nicht darauf ein. Sie lachten nicht, sie jagten sich nicht gegenseitig durch das Wohnzimmer, sie redeten nicht einmal. Nicht mit ihm, nicht miteinander.

Das Mädchen saß auf der Bettkante, die Ärmchen um ihren dünnen Körper geschlungen, und zitterte. Manchmal wimmerte sie, unterdrückte aber sofort ihr eigenes Schluchzen, wohl wissend, wie sehr es ihn verärgerte, sie so zu sehen. Sie starrte auf den mit Spielzeug übersäten Boden, unwillig ihn anzuschauen, unwillig zu lächeln und ihm den Tag zu versüßen.

Als er an diesem Tag das Zimmer betreten hatte, fand er den Jungen vor, der auf das zugenagelte Fenster starrte, als könnte er den Waldrand in der Ferne und die Stelle am Ende der steinigen Schlucht, an der er Anns Leiche begraben hatte, hinter den Brettern wahrnehmen. Es war nicht seine Schuld, dass Ann im letzten Frühjahr gestorben war.

Das kleine Mädchen hielt sich nicht an seine Regeln, und seine Regeln waren klar. Die Kinder durften alles tun, was sie wollten, nur nicht in den Keller gehen oder versuchen, das Haus zu verlassen. Sie hatten genug Essen, Wasser und Spielzeug, während er weg war. Er musste jeden Tag zur Arbeit gehen; es war ja nicht so, dass er nichts anderes zu tun hatte, als auf diese Kinder aufzupassen.

Alle hielten sich an die Regeln, Tracy und ihr Bruder Matthew, Hazel, anfangs sogar Ann. Aber Ann war ungezähmt, ruhelos, ein wildes Kind, das immer Wege suchte, sich aus der Gefangenschaft zu befreien. Eines Tages, als er weg war, hatte sie es geschafft, sich mit ihrem dünnen Körper durch das Badezimmerfenster zu zwängen, das einzige Fenster, das er nicht zugenagelt hatte, weil es nur ein winziges Loch in der Wand war, fast zwei Meter über dem Boden.

Sie musste dazu auf Tracys Schultern geklettert und kopfüber durch die Öffnung gekrochen sein, ohne zu wissen, dass das Fenster fast acht Meter oberhalb der Schlucht lag.

Er hatte die Hütte dort auf einem Felsvorsprung über der Schlucht errichten lassen, um die grandiose Aussicht und die absolute Einsamkeit genießen zu können. Es gab nur einen einzigen Weg, der dorthin führte, kaum mehr als ein Pfad, und nur sein Geländefahrzeug schaffte es überhaupt so weit in den Wald hinein. Das gesamte Grundstück gehörte ihm, und einen guten Kilometer entfernt hatte er ein weiteres, größeres Haus mit einer Doppelgarage bauen lassen, wo er seine Fahrzeuge tauschte. Dort ließ er seinen Cadillac stehen, wenn er das Quad brauchte, um zur Hütte zu fahren oder auf die Jagd zu gehen.

Niemand wusste von der Existenz der Hütte, dafür hatte er gesorgt. Nicht einmal die Parkwächter, die ab und zu in der Gegend patrouillierten; sie hielten immer an den Grenzen seines Grundstücks an, das alle zwanzig Meter mit Verbotsschildern auf einem Drahtzaun gekennzeichnet war. Natürlich wusste jeder über das Haus Bescheid, im modernen Craftsman-Style gebaut, mit gewölbten Decken und steinbetonten Außenwänden. Er empfing dort Gäste und politische Partner; er hatte sogar einmal eine Pressekonferenz in diesem Haus abgehalten, als er gerade einen Fall von Kapitalmord gewonnen hatte, der wochenlang für Schlagzeilen gesorgt hatte.

Aber von der Hütte wusste niemand. Der Unternehmer, der sie gebaut hatte, und seine beiden Arbeiter hatten einen schrecklichen Unfall, als sie die kurvenreichen, abschüssigen Straßen des Mount Chester hinunterfuhren; die Lenkung hatte blockiert und der Truck des Bauunternehmers war durch die Brüstung in die steilen, steinigen Berghänge gekracht, wo er sofort in Flammen aufgegangen war.

Keiner hatte überlebt.

Er hatte die Hütte so gebaut, dass sie völlig unter dem Radar verschwand, denn er wusste, dass er sich eines Tages möglicherweise für längere Zeit dort oben verstecken musste. Beheizte Solarkollektoren bedeckten das Dach und ließen den Schnee, der die Hütte im Winter bedecken würde, sofort schmelzen. Vom Haus her war eine Notstromleitung gezogen worden, und das Wasser wurde aus dem Bach, der durch die Schlucht floss, hochgepumpt. Er könnte dort oben monatelang, ja sogar jahrelang leben, verborgen und unbemerkt, auf Nahrungssuche gehen und alle Annehmlichkeiten einer gut ausgestatteten Blockhütte genießen. Niemand wusste, dass man mit einem Quad um das Haus herumfahren konnte und auf der Rückseite auf einen Pfad stoßen würde, der zu der Hütte führte. Niemand wusste es, und niemand konnte zufällig über diesen Weg stolpern. Er war durch tiefhängende Tannenzweige und Sträucher verdeckt, eine scheinbare Wand aus Grün, die die kaum sichtbaren Reifenspuren des Geländefahrzeugs auf den mit Laub bedeckten Felsen verbarg.

Als Ann es gewagt hatte, durch das Badezimmerfenster zu fliehen, hatte sie keine Ahnung gehabt, dass sie nirgendwo hinlaufen konnte, selbst wenn sie den acht Meter tiefen Fall auf den Grund der felsigen Schlucht überlebt hätte. Sie hätte sich verirrt und wäre sicher umgekommen, wenn ein Bär oder ein Kojote ihre Fährte aufgenommen hätte.

Wie auch immer, es war nicht seine Schuld, dass sie gestorben war, aber er hatte gewollt, dass die anderen Kinder etwas daraus lernten. Er war stinksauer über den sinnlosen Tod des Mädchens. Was hätte Mutter wohl gesagt? Dass er es nicht schaffte, sich um seine Geschwister zu kümmern, dass er ihnen auf die eine oder andere Weise schaden würde, vielleicht nicht durch die Triebe seines Körpers, aber durch seine Unachtsamkeit. Es spielte keine Rolle, dass Ann immer unruhiger geworden war, nachdem ihre Mutter, Lan Xiu, aus der Hütte verschwunden war. Die kleine Ann hatte tagelang auf die Stimme ihrer Mutter gelauscht und ihn sogar nach ihr gefragt. Aber Lan Xiu war schon weg gewesen, ruhte friedlich am Silent Lake. Es gab nichts, was er ihrer Tochter sagen konnte, damit sie sich besser fühlte.

Dann hatte sie den Fluchtversuch unternommen, bei dem sie wahrscheinlich den Halt verloren und sich das Genick gebrochen hatte. Als er an diesem Abend in der Hütte angekommen war, war er, nachdem er herausgefunden hatte, was passiert war, nicht wie sonst sofort die Treppe hinuntergegangen, um seinen neuesten Gast, eine atemberaubende Blondine namens Shannon, zu besuchen. Stattdessen hatte er Shannons zwei Kinder, Tracy und Matthew, mitgenommen, ihnen jeweils eine Schaufel gegeben und war mit ihnen in die Schlucht hinuntergegangen, um sie Anns Leiche mit eigenen Augen sehen zu lassen.

Und sie sie selbst vergraben zu lassen.

Sie würden sich für den Rest ihres Lebens an Anns Schicksal erinnern und nie einen Fluchtversuch unternehmen.

Ein paar Tage später musste er Tracy in die Stadt fahren und sie irgendwo in der Nähe des Tenderloin freilassen. Nachdem sie Anns Leiche gesehen und begraben hatte, hörte das Mädchen nicht mehr auf zu schreien und das machte ihn verrückt. Die Kinder durften nicht schreien, das sollte nur die Mutter. Nur die Schreie der Mutter linderten den Schmerz, der ihn von innen heraus auffraß.

Aber Matthew war zurückgeblieben, schweigsam, geistesabwesend, als wäre er gar nicht wirklich da, und weigerte sich, sich mit ihm auseinanderzusetzen. Seit seine Schwester weggebracht worden war, hatte er kein Wort mehr gesprochen, auch nicht, nachdem Hazel zu ihm gestoßen war. In diesem Raum war kein Lachen zu hören, keine Verspieltheit, kein Kichern.

Es war nicht so, wie es in seiner Erinnerung war. Nicht einmal ein bisschen.

Er versuchte sich Hazel mit einem neuen Spielzeug in der Hand zu nähern, aber das Mädchen wimmerte und zog sich in eine Ecke zurück. In diesem Moment ertönte ein entfernter Schrei aus dem Keller, wo Wendy sich langsam mit ihrer neuen Realität auseinandersetzte. Matthew zuckte zusammen, aber seine Augen blieben auf Anns Ruheplatz gerichtet, während Hazels Wimmern in Schluchzen überging und ihre kleinen Schultern sich hoben, während sie auf dem Boden kauerte, von ihm abgewandt.

So war das Familienleben früher nicht gewesen, bevor Mutter alles kaputt gemacht hatte.

Diese Kinder waren zu nichts zu gebrauchen. Er wusste nicht, was mit ihnen los war, warum sie nicht mit ihm spielen wollten. Seine Schwester und sein Bruder wollten immer mit ihm spielen, nur Mutter erlaubte es ihnen nicht.

Er würde sich mit ihnen auseinandersetzen müssen, und zwar bald.

Er wusste noch nicht wie, denn sie zurückzubringen war gefährlich. Alle suchten nach diesen Kindern. Eine Vermisstenmeldung war ausgelöst worden, und vor Kurzem war eine Beschreibung seines Autos hinzugefügt worden. Woher zum Teufel wussten sie, dass er einen blauen Cadillac fuhr? Was wussten sie sonst noch, und wie nahe waren sie daran, ihn zu finden? Das musste er in den Griff bekommen, er musste etwas tun. Um Kay Sharp und den Detective von seiner Fährte abzubringen, bevor es zu spät war.

Es war verdammt noch mal an der Zeit, dass Kay Sharp zu ihm in die Hütte kam.

Und nein, er konnte die Kinder nicht zurückbringen.

Jemand hätte ihn wiedererkennen können, jetzt, wo er eine öffentliche Person war, die hin und wieder im lokalen Fernsehen zu sehen war.

Vielleicht wäre die Schlucht ein guter Ort zum Ausruhen für die Kinder, die nicht spielen wollten. Oder vielleicht wäre es besser, wenn sie den anderen am Silent Lake Gesellschaft leisten würden.

Er musste sich schnell entscheiden, bevor der Boden völlig gefroren war. Unfähig, sich zu entscheiden, wütend und unzufrieden schloss er die Tür zu dem großen Zimmer und ging nach unten, wo Wendy heftig schluchzte. Ihre Finger bluteten, weil sie wie ein eingesperrtes Tier sinnlos an der Tür gekratzt hatte. Sie kam hier nicht raus. Er wünschte, sie würde auf ihn hören.

Als sie ihn eintreten sah, weiteten sich ihre Pupillen vor Angst und sie stolperte rückwärts, bis sie gegen die Betonwand stieß.

»Nein, nein, bitte nicht«, wimmerte sie. Tränen liefen ihr über die Wangen und befleckten ihre schöne Haut.

Er spürte, wie das Zittern der Vorfreude seinen ganzen Körper erfasste, und er nahm eine Peitsche in die Hand, wobei er das Gefühl des geflochtenen Ledergriffs auf seiner Haut genoss. Dann schloss er die Augen und sah das Bild seiner Mutter vor sich, wie sie nackt und in Ketten gefesselt vor ihm stand und ihn um Verzeihung anflehte, wie sie jedes Mal schrie, wenn die Peitsche auf ihren zitternden Körper niederfuhr.

SIEBENUNDVIERZIG

UNTERHALTUNGEN

Kay umarmte Sam Stinson und drückte ihm einen Kuss auf die Wange, dann setzte sie sich hinter das Steuer ihres Fords und bemerkte nebenbei, dass es schon Stunden her war, seit er zu einem Serviceeinsatz gerufen worden war. Von zehn Uhr morgens, als sie ihn auf der Interstate hatte fahren sehen, bis jetzt, um zwei Uhr nachmittags, als Triple A ihm einen Arbeitsauftrag geschickt hatte, waren fast vier Stunden vergangen, in denen er kein Geld verdient hatte.

Sie ließ ihn gehen und winkte ihm mit einem Lächeln nach. Als der Lastwagen aus dem Blickfeld verschwand, verschwand auch Kays Lächeln und wurde durch verschiedene Gefühlsausdrücke ersetzt.

Der Täter hatte eine andere Frau entführt. Wer war sie? War sie mit einem Kind unterwegs gewesen?

Und wenn sie bei der Erstellung des Profils des Mörders richtig gelegen hatte, würde er niemanden mehr holen, bis der Boden wieder aufgetaut war, und das bedeutete, dass er Sams Truck nicht vor dem Frühling brauchen würde. Ihre beste Spur hatte sich als nutzlos erwiesen, zumindest für den Moment. Ja, der Täter benutzte den Abschleppwagen, genau wie sie es erwartet hatte, aber er trug auf allen Videos, die sie gesehen hatte, Handschuhe. Nachdem Sam gefahren war, wurde ihr klar, dass das forensische Team die Fahrerkabine des Abschleppwagens wahrscheinlich mit einem feinzahnigen Kamm hätte durchsuchen müssen, nur um alle Möglichkeiten abzudecken. Obwohl sie den Täter gut genug kannte, um zu wissen, dass er nie den Fehler gemacht hätte, Beweise zu hinterlassen.

Ein Klopfen am Fenster schreckte sie auf.

Es war Elliot.

Sie atmete aus und ließ das Fenster herunter.

»Was zum Teufel machst du hier?«, fragte er, direkt, duzend und ohne Begrüßung, ohne Entschuldigung für den Gefühlsausbruch vom Abend vorher.

»Ich besuche einen alten Freund«, antwortete sie kühl. »Warum? Sind dir etwa die Leute ausgegangen, die du beschuldigen kannst?«

Er senkte für einen kurzen Moment den Blick. »Lüg mich nicht an, bitte, Kay.«

»Ich bin immer noch wütend auf dich«, sagte sie, anstatt auf seine Frage einzugehen. Sie stützte sich mit dem Ellbogen auf den Fensterrahmen und sah ihn an, um seine Reaktion zu studieren. Die Scham war immer noch da, die Schuld für das, was er glaubte, falsch gemacht zu haben. »Hat dir dein Chef nicht gesagt, dass wir nicht mehr zusammenarbeiten dürfen?«

Er fuhr sich mit der Hand über die Stirn und schirmte seine Augen für einen kurzen Moment ab. »Nein. Er, ähm, er hat Untersuchungen über dich angestellt und gesagt, dass dein Vater auf keinen Fall in all das hier verwickelt ist.« Er räusperte sich und verlagerte sein Gewicht von einem Bein auf das andere. »Es tut mir leid, dass ich dir nicht geglaubt habe, was du über ihn gesagt hast. Du hättest es wahrscheinlich genauso gemacht.«

Sie zuckte mit den Schultern und fühlte sich ein wenig bestätigt, aber nicht ganz. »Nein«, antwortete sie offen. »Ich hätte mich wahrscheinlich dafür entschieden, meinem Partner zu glauben, anstatt ohne nachzudenken statistische Irrtümer anzuwenden.«

»Welche statistischen Irrtümer?«

Sie seufzte und unterdrückte ein Lächeln, beschloss aber, es ihm zu erklären. Er schien schon unglücklich genug zu sein, sie musste es nicht noch schlimmer machen. »Ja, es ist statistisch gesehen wahr, dass Täter dazu neigen, sich in Ermittlungen einzuschalten, damit sie ein Auge auf die Dinge haben und sogar die Ergebnisse vereiteln können, theoretisch. Aber das bedeutet nicht, dass *jeder*, der an einer Untersuchung beteiligt ist, zwangsläufig der Täter ist oder den Täter schützt.«

Einen Moment lang herrschte Schweigen zwischen ihnen.

»Ich verstehe«, erwiderte er, sein Blick gesenkt, voller Schwere. »Nun, ich hatte jedenfalls genug Zeit, um darüber nachzudenken. Ich habe die letzte Nacht im Knast verbracht.«

Das erklärte seine Kleidung und sein zerzaustes Aussehen, vielleicht sogar das Fehlen seines breitkrempigen Hutes. Sie stellte fest, dass sie ihn noch nie richtig ohne Hut gesehen hatte. Er hatte eine hohe Stirn und helles Haar. »Wieso das denn?«

»Eigentlich eine Trunkenheitsfahrt, aber ich war nicht betrunken; ich wurde reingelegt. Ich bin mir nicht sicher, wie, aber ich bin bereit, meinen goldenen Stern gegen einen Haufen dampfenden Mist darauf zu verwetten, dass er die Fäden gezogen und mir eine Falle gestellt hat.« Er senkte den Blick wieder, aber nur für einen Sekundenbruchteil. »Wir müssen ihm wirklich schon ganz schön nahegekommen sein.«

Sie überlegte einen kurzen Moment lang. Der Täter hatte es geschafft, hinter ihnen beiden her zu sein, ohne dass einer von ihnen das hatte kommen sehen. »Er ist nicht nur ortsansässig«, sagte sie, »er hat auch Verbindungen.«

Er nickte einmal. »Ich habe Doc Whitmores Erkenntnisse über die Fasern der Decke bekommen. Wir sind schon wieder ins Leere gelaufen. Die Decken sehen indianisch aus, aber sie wurden in China hergestellt, und wir wissen nicht, wo oder wie sie hierher verschifft wurden. Und an wen.«

Man könnte mehr herausfinden, aber dazu müssten die besten Analysten des FBI Berge von chinesischen Importdaten zusammenstellen, Zollerklärungen sammeln und sie landesweit mit registrierten Besitzern von blauen Cadillac Escalades abgleichen. Das würde Zeit kosten. Zu viel Zeit.

»Er hat sich eine andere Frau geholt, Elliot«, verkündete sie grimmig, sie erstickte an ihrer eigenen Ohnmacht.

»Woher weißt du das?«

»Sam Stinson hatte gestern Abend wieder einen No-Show, hinter dem Bergkamm beim Katse, und heute Morgen hat er festgestellt, dass jemand an seinem Truck herumgepfuscht hat, während er schlief. Er hat ihn mit eingeschaltetem Radio zurückgelassen.«

»So macht er das also«, rief Elliot aus und hob die Hände in die Luft. »Und, wohin jetzt, Partner?«, fragte er und wagte ein angespanntes Lächeln.

»Du wirst hier eine Videoüberwachung installieren lassen, damit wir ihn erwischen, wenn er sich Sams Truck wieder nimmt.«

»Aber du hast gesagt …«

»Ja, es könnte Monate dauern, bis er ihn wieder braucht.« Sie presste die Lippen aufeinander, entschlossen, sich ihre Entmutigung nicht anmerken zu lassen. Sie hatten Alison verloren; nach allem, was sie versucht hatten, hatten sie nur ihre Leiche gefunden. Nicht sie, lebendig, und nicht ihre Tochter Hazel. Der Täter hatte Hazel immer noch. Aber vielleicht hatte diese neue Frau eine Chance. »Mach das, Elliot, und ich werde weiter Fragen stellen, um zu sehen, wer Sam Stinson so nahekommen konnte, ohne dass es jemand bemerkt hat.«

»Du hast keine Dienstmarke mehr«, wehrte Elliot ab. »Du solltest nicht auf eigene Faust Ermittlungen führen.«

»Das tue ich nicht«, antwortete sie entschieden. »Ich besuche nur alte Freunde, um etwas nachzuholen.«

Sie sahen sich einen kurzen Moment lang an, dann ging Elliot mit einem schweren Seufzer davon. Kay wollte gerade den Motor starten, als ihr Telefon summte. Sie nahm den Anruf über das Mediensystem ihres Autos entgegen, und eine Männerstimme erfüllte den Raum.

»Dr. Sharp? Hier ist Shane Joplin, ich erwidere ihren Anruf. Der Anwalt ihres Bruders.«

Das war ein Anruf, mit dem sie nicht wirklich gerechnet hatte. »Ja, hallo«, sagte sie und überlegte schnell, wie sie das Gespräch am besten angehen sollte. »Ich habe mich gefragt, ob wir einen Moment über die Verurteilung meines Bruders sprechen könnten, die deutlich härter zu sein scheint, als es die Norm ist.«

Sie hielt inne, um ihm Zeit für eine Antwort zu geben.

»Ähm, ja, das liegt ganz im Ermessen des Richters in diesen Fällen, und Richter Hewitt ist bekannt dafür, in Fällen von Körperverletzung harte Strafen zu verhängen. Ich habe den Fall nach bestem Wissen und Gewissen verteidigt, aber ...«

Sie hatte Richter Hewitt im Internet nachgeschlagen, gleich nachdem Jacob seinen Namen erwähnt hatte, und Joplins Aussage war richtig. Aber selbst Seine Ehren hätte die erfundene Anklage als das erkennen müssen, was sie war. »Vorsätzliche schwere Körperverletzung?«, sagte Kay und ließ ihre Frustration in ihrer Stimme klingen.

»Der Staatsanwalt wollte ein Exempel an ihm statuieren. Ihr Bruder hätte auf Freispruch plädieren können, aber er weigerte sich. Jacob bestand darauf, dass er sich nicht des Vorsatzes schuldig gemacht hatte, und war überzeugt, dass wir in der Lage sein würden, das vor Gericht auch zu beweisen. Aber Geschworene sind pedantisch, wie Sie wissen, und sie haben ihn dann doch für schuldig befunden. Dann hat der Richter ...«

»Was können wir jetzt noch für Jacob tun?«, fragte sie, nicht gewillt, noch mehr Ausreden von ihm zu hören. »Ich werde für Ihre Dienste bezahlen.« Sie wartete auf eine Antwort, aber es kam keine. »Und ich würde wirklich gerne verstehen, wie eine einfache Kneipenschlägerei in einer sechsmonatigen Gefängnisstrafe für einen Ersttäter enden konnte. Ich glaube nicht, dass ich hier schon alle Fakten vorliegen habe.«

»Dr. Sharp«, sagte Joplin, sein Tonfall war leiser, als wolle er verhindern, dass seine Worte mitgehört wurden. »Lassen Sie uns von Angesicht zu Angesicht sprechen. Ich glaube, dass das Gespräch auf diese Weise besser geführt werden kann.«

Sie stimmte von ganzem Herzen zu, doch sie hatte keine Zeit. Nicht bevor sie den Täter gefunden hatte. Aber es ging um ihren Bruder; jeder Tag hinter Gittern könnte sein letzter sein. »Ja, ich glaube, es wäre besser, wenn wir uns persönlich treffen.«

»Ausgezeichnet«, antwortete Joplin. »Wann können wir uns treffen? Ich bin sicher, Sie verstehen, dass Zeit eine wichtige Rolle spielt. Ich könnte mich sofort mit Ihnen treffen, wenn Sie das möchten.«

Sie zögerte einen Moment, dann antwortete sie: »Wie wäre es morgen um die Mittagszeit? Soll ich nach San Francisco kommen?«

»Nein, Dr. Sharp, ich treffe Sie dort, wo Sie wohnen.«

Sie bedankte sich bei ihm und beendete das Telefonat, dann startete sie den Motor und verließ Sam Stinsons Grundstück, bog auf den State Highway ab und fuhr in die Stadt. Sie ließ ihr Gespräch mit Joplin noch einmal in Gedanken Revue passieren und fragte sich, welche Geheimnisse sich hinter der ungewöhnlichen Anklage und der harten Verurteilung ihres Bruders verbargen, und ob es Zufall war, dass Elliot seine Nacht wegen einer falschen Anklage im Gefängnis verbracht hatte. War der Täter jemand, der Macht oder Einfluss in der Strafverfolgung besaß oder vielleicht irgendwo anders im Justizsystem?

Als sie, tief in ihre eigenen Gedanken versunken, davonfuhr, bemerkte sie den dunklen Escalade nicht, der ihr von Weitem folgte.

ACHTUNDVIERZIG

MEG

Meg Stinson lebte in einem kleinen Haus, gebaut im neueren Ranch-Stil, mit Blick auf den schneebedeckten Gipfel des Mount Chester. Sie sah genauso aus, wie Kay sie in Erinnerung hatte, der einzige Hinweis auf die Zeit, die verstrichen war, fand sich in den Lachfalten in ihren Augenwinkeln. Ihr Haar war immer noch kastanienbraun, wellig und wild, ohne eine sichtbare Spur von Grau. Sie trug es lang wie ein Teenager, und ihr weißer Rollkragenpullover war ebenfalls jugendlich, fiel locker über Röhrenjeans.

Kay brach in Megs Armen in Tränen aus. Sie hatte sie sehr vermisst, den Geruch von frisch gebackenem Brot in ihrem Haar, das Geräusch des Windspiels auf ihrer Veranda, die Berührung ihrer warmen Hand an ihrer Wange. Meg war wie eine zweite Mutter für Kay gewesen, und seit Pearls Tod hatte Kay oft an Meg gedacht. Aber sie hatte sich ferngehalten. Ihre Angst, nach Mount Chester zurückzukehren und alte Wunden aufzureißen, war größer gewesen als ihr Wunsch, Menschen, die sie liebte, wiederzusehen.

Sie schniefte und löste sich aus der Umarmung, weil sie befürchtete, dass sich alle Schleusen öffnen würden und sie in

Megs Armen zusammenbrechen würde, wenn all die unvergossenen Tränen, die den jüngsten Kummer in ihrem Leben begleiteten, sich Bahn zu brechen drohten.

»Ich habe dich vermisst«, gestand Kay und drehte den Kopf, um ihr Gesicht zu verbergen, während sie sich eine weitere Träne aus dem Gesicht wischte. »Du siehst toll aus«, fügte sie hinzu. »Du bist kein bisschen älter geworden.«

»Nur an der Oberfläche, meine Liebe«, antwortete Meg. »Komm, setz dich zu mir«, sagte sie und klopfte leicht auf die Stelle neben ihr auf der Zedernholzschaukel.

Sie nahm das Angebot gerne an, und sie saßen eine Weile schweigend da, schauten auf den Berggipfel in der Ferne und genossen die tiefe Ruhe in der Nachmittagsbrise.

»Ein neues Windspiel?«, fragte Kay.

»Ja, ganz genau«, antwortete Meg lächelnd. »Ab und zu fahre ich an die Pazifikküste und sammle Muscheln am Strand. Das gibt mir etwas zu tun. Eine geschiedene Lehrerin hat viel freie Zeit.« Sie rutschte von der Schaukel und versetzte sie in eine langsame Schwingung. »Ich hole uns eine Tasse Tee.«

Kay folgte ihr ins Haus, während sie den Tee zubereitete, östliche Schierlingstanne, ihr absoluter Lieblingstee an kühlen Tagen. Meg hatte sie schon in die Stammestradition, dieses Gebräu zu trinken, eingeführt, als sie kaum groß genug gewesen war, um den Tresen zu erreichen. Er roch nach Bergluft, nach Kiefernwäldern, nach immergrünen, vom tauenden Schnee bedeckten Bäumen.

Meg hatte das kleine Haus geschickt eingerichtet, mit wenigen Möbeln, die allesamt funktional waren und an die Inneneinrichtung der Ureinwohner erinnerten. Schafsfelle bedeckten die Couch und einen der Sessel, und ein weiteres lag auf dem Boden neben der Couch vor dem Kamin. Ein Teppich mit einem geometrischen Muster bedeckte einen Teil des Holzbodens, auf dem ein kleiner Esstisch mit vier Stühlen stand. Ein weiterer Teppich hing an der Wand hinter der Couch und brachte Farbe und Wärme in den Raum. Das Haus roch schwach nach Süßgras und frischen Keksen, den Düften ihrer Kindheit, an die sie sich so gerne erinnerte. Bei anderen kämpfte sie immer noch damit, sie zu vergessen.

Kay bemerkte einige gerahmte Fotos an der Wand neben der Küchenzeile und ging hinüber, um sie sich anzusehen. Eines der Fotos zeigte Judy, Sam und sie vor dem Haus der Stinsons, aufgenommen in dem Sommer, als die Mädchen gerade zwölf geworden waren. Ein anderes zeigte Judy und Kay, älter, alle für den Abschlussball herausgeputzt, und Sam, der drohte, mit seiner Wasserpistole auf sie zu schießen. Dieses Bild brachte sie zum Lachen; sie erinnerte sich noch daran, wie viel Angst sie gehabt hatte, dass Sam tatsächlich abdrücken würde und sie am Ende nass wie eine Katze im Regen zum Abschlussball gehen müsste. Ein drittes, etwas seitlich platziertes Bild zeigte eine sehr junge Meg und Mr. Stinson. Sie hielten sich an den Händen. Meg war auf dem Foto etwa fünfundzwanzig Jahre alt und lächelte glücklich, das Lächeln einer verliebten Frau. Doch Kay blieb das Herz stehen, als sie Megs Haar auf dem Foto bemerkte. Es war ganz fest geflochten, nirgends war eine lose Strähne zu sehen, und die beiden Zöpfe waren mit verzierten Haarbändern aus Leder und kleinen Federn zusammengebunden.

Genau wie die der Mädchen vom Silent Lake.

Mit offenem Mund starrte sie auf das Foto, nahm jedes Detail auf und merkte kaum, wie ihre Kehle trocken wurde und sie keine Worte mehr herausbrachte. Sie schluckte mühsam und fragte dann auf das Bild zeigend: »Wann ... was war das?«

Meg wischte sich die Hände an ihrer Jeans ab und näherte sich, um zu sehen, nach welchem Foto Kay fragte.

»Roy und ich haben uns bei einem Powwow kennengelernt, ich weiß nicht, ob du das wusstest«, antwortete Meg und ein liebevolles Lächeln umspielte ihre Lippen. Sie reichte Kay eine heiße Tasse Tee. »Dies war eines der letzten Male, dass er und ich zusammen zu einem Powwow gegangen sind«, fügte sie mit einem Hauch von Traurigkeit in der Stimme hinzu. »Seine Eltern verlangten, dass ich zum Katholizismus konvertiere, wenn wir heiraten wollten, also tat ich es.« Meg hielt einen Moment inne, und Kay unterbrach ihre Gedanken nicht. »Damals waren es noch andere Zeiten.« Sie sah Kay mit einem entschuldigenden Lächeln an. »Heute hätte ich anders gehandelt. Aber vor dreißig Jahren habe ich Ja dazu gesagt und meinen Stamm hinter mir zurückgelassen.«

»Hast du ihn vermisst?« Kay stellte ihre Teetasse auf den Esszimmertisch und zog sich einen Stuhl heran.

Meg setzte sich neben Kay und drückte sanft ihren Unterarm. »Mehr als du denkst. Um die Wahrheit zu sagen, ich habe mich nie wirklich bekehrt, nicht tief im Inneren«, sagte sie und berührte kurz ihre Brust. »In meinem Herzen bin ich immer noch Pomo.« Ihr Lächeln war voller Traurigkeit und unausgesprochenem Bedauern. »Aber wenn du dir alte Fotos ansehen willst, ich habe welche hier«, sagte sie, und ihre Stimme klang etwas fröhlicher als zuvor.

Sie stand auf und ging zu einer Kommode, öffnete ein paar Schubladen und suchte nach etwas.

Kay fühlte sich von dem Foto angezogen, als ob es ein Fenster in die verdrehte Seele des Täters wäre. Doch danach zu fragen, darüber mit Meg zu reden, schien ihr so unwirklich. Schauer liefen ihr über den Rücken, als ob sie gleich das Böse beschwören und ihm in die Augen sehen würde.

»Hat das geflochtene Haar, so wie du es auf dem Foto getragen hast, eine Bedeutung?«, fragte Kay, deren angespannte Stimme kaum über ein Flüstern hinausreichte.

»Manche sagen, die Zöpfe stehen für die Verbindung zur Unendlichkeit«, antwortete Meg und kam mit einem großen Fotoalbum auf den Tisch zu. Sie legte es auf den Tisch, während Kay die Teetassen umstellte, um Platz dafür zu schaffen. »Aber ich glaube, es war eher einfach praktisch, damit man beim Arbeiten oder Kochen keine Haare in den Augen hatte. Oder beim Tanzen«, fügte sie hinzu und lachte leise. »Denn die Pomo-Indianer schneiden sich nie die Haare, es sei denn, sie trauern um den Tod eines geliebten Menschen.«

»Das wusste ich«, antwortete Kay. »Ich wusste nur nichts von den Zöpfen. Und diese Haarbänder? Die sind so schön«, fügte sie hinzu. »Weißt du noch, woher du sie hattest?«

»Ich habe sie selbst gemacht«, antwortete Meg stolz. »Bevor ich geheiratet habe, habe ich alle möglichen Sachen gemacht und sie bei Powwows verkauft. Das war ein bisschen Geld, das meine Familie gut brauchen konnte.« Sie öffnete das Album und blätterte die durchsichtige Schutzfolie zwischen den Seiten um. »Das bin ich mit meiner indianischen Familie, meiner Mutter und meinem Vater«, sagte sie und zeigte ihr das vergilbte Foto von Meg als jungem Mädchen, vielleicht fünfzehn oder so, mit ihren Eltern in zeremoniellen Gewändern. »Das war die Hochzeit von jemandem, ich weiß nicht mehr, von wem.«

Kay sah Meg auf einem Foto nach dem anderen aufwachsen, dann ein Foto von ihrer eigenen Hochzeit.

»Wow, du warst eine unglaublich schöne Braut«, sagte Kay und betrachtete das vergilbte Bild.

»Danke, meine Liebe. Das ist siebenunddreißig Jahre her.«

Kay wollte nach ihrer Scheidung fragen, biss sich aber auf die Lippen. Wenn Meg darüber reden wollte, würde sie es von selbst ansprechen.

Meg blätterte eine weitere Seite in dem Album um, dann beeilte sie sich, schnell weiterzublättern. Kay hielt sie auf und sah aus dem Augenwinkel, wie sie die Stirn runzelte, während sie auf ein Foto starrte, das vergessene Erinnerungen wachrief. Auf dem Bild waren Meg und drei Kinder zu sehen: Judy, Sam und ein älterer Junge, der größer war als seine Geschwister, fast so groß wie seine Mutter.

»Wer ist das? Er kommt mir bekannt vor, aber ich kann

mich nicht erinnern, tut mir leid«, flüsterte Kay und fuhr mit der Hand über die Schutzhülle des Fotos. Da war noch ein anderer Junge gewesen, aber sie schien ihn völlig vergessen zu haben. Er war älter gewesen, und sie hatten nie wirklich zusammen gespielt. Judy musste auf dem Foto elf oder zwölf gewesen sein, und Judy war so alt wie sie. Eines Sommers war er einfach verschwunden gewesen.

Meg wandte ihren Blick ab. Ihr Gesichtsausdruck hatte sich verändert und zeigte Traurigkeitsfalten, die ihren Mund umrahmten und Schatten auf ihre Augen warfen. »Wir sprechen nicht über ihn«, antwortete sie mit kalter, fester Stimme. »Er ist tot.«

Kay legte ihren Arm um Megs Schultern. »Es tut mir so leid, Meg. Ich hatte ja keine Ahnung. Ein Kind zu verlieren, das muss schrecklich sein.«

»Das ist es«, sagte sie und hielt ihre Augen bedeckt. Kay hörte die drohenden Tränen in ihrer Stimme.

»Wie ist er gestorben?«, fragte Kay, ihre Stimme war kaum mehr als ein Flüstern.

Meg schwieg eine Weile und starrte in die Ferne, als ob irgendwo in der nach Süßgras duftenden Luft des Wohnzimmers die Antwort zu finden wäre, die sie suchte.

»Er ist nicht gestorben«, sagte sie schließlich, während ihr eine Träne über die Wange kullerte. »Nick verließ uns in dem Jahr, als das Foto gemacht wurde. Er hat sich oft mit uns gestritten. Er hatte ... das Erwachsenwerden fiel ihm schwer.«

»Wie genau meinst du das?«, fragte Kay, der es peinlich war, Meg zu einem schwierigen Gespräch zu drängen. Ihr Instinkt entwickelte eine Art Vorahnung, ließ eine Gänsehaut auf ihrer Haut entstehen.

»Zuerst dachte ich, es sei alles nur ein Zufall«, antwortete Meg, die ein unstetes Atmen zu unterdrücken versuchte. »Ich habe immer wieder tote Tiere in unserer Scheune gefunden. Die Katze von Frau Wilkinson, einmal einen streunenden

Hund, erwürgt. Es war furchtbar.« Sie hielt einen Moment inne und hatte sichtlich Mühe fortzufahren.

Kay drückte ihre klammen Finger und fragte sich, warum sie überhaupt nichts von dem wusste, was mit ihren engsten Freunden geschehen war. Sie vermutete, dass es wahrscheinlich niemand für nötig gehalten hatte, solche Dinge mit einem zwölfjährigen Mädchen zu teilen.

»Wir haben ihn zur Rede gestellt«, fuhr Meg fort, »und er hat alles abgestritten. Wir stritten uns heftig, und ein paar Nächte später brach in der Scheune ein Feuer aus, als wir bei der Arbeit waren und alle Kinder angeblich in der Schule. Später erfuhren wir, dass er an diesem Nachmittag den Erdkundeunterricht geschwänzt hatte und kein Alibi hatte.«

»Hat er gesagt, warum er das getan hat?«, fragte Kay, obwohl sie glaubte, die Antwort zu kennen.

»Nein«, flüsterte Meg, »das hat er nicht. Und dann, später im selben Monat, hat er etwas Unaussprechliches getan.«

Kay sah sie an und forderte sie wortlos auf, ihre Geschichte fortzusetzen, aber Meg schüttelte sanft den Kopf und ließ das Schweigen für einen langen Moment im Raum stehen. Nach einer Weile wurde das Schweigen schwer, unerträglich für das müde Herz, das all die Jahre diese Geheimnisse bewahrt hatte. »Ich habe ihn dabei erwischt, wie er sich selbst berührte, als er Judy und dich beobachtete«, fügte sie hinzu und wandte den Blick ab. Ihre Stimme klang verlegen. »Dann kam er eines Nachts an mein Bett, als ich schon schlief. Ich hätte fast ... ich hätte es fast nicht gemerkt ...« Sie verschluckte sich und schüttelte den Kopf, als wolle sie so die albtraumhafte Erinnerung loswerden. »Ich habe ihn rausgeworfen«, sagte sie schließlich und brach in bitteres Schluchzen aus. »Ich habe ihm gesagt, dass er nicht mehr mein Sohn ist. Niemand sollte mehr seinen Namen in unserem Haus aussprechen.«

Kay schlang ihre Arme um Megs hängende Schultern. Sie verstand ihre Aufgewühltheit. »Ist schon gut«, flüsterte sie. »Du hattest Gründe, du musstest zwei andere Kinder beschützen. Vergiss das nicht.«

»Ich habe mir nie verziehen«, flüsterte Meg zwischen Tränen. »Aber ich hatte keine Ahnung, was ich tun sollte. Seine sexuellen Triebe waren so beängstigend ... Sobald er in die Pubertät kam, war er nicht mehr mein kleiner Junge. Er verwandelte sich in einen erbitterten Fremden, der mich ansah, als wäre ich ...« Sie presste für den Bruchteil einer Sekunde die Lippen zusammen und fuhr dann fort. »Wir wussten nicht, wie wir mit ihm umgehen sollten. Wir wussten es einfach nicht.« Sie wischte sich die Tränen ab, dann sah sie Kay mit Schuldgefühlen in den Augen an. »Wir waren einfache Leute; damals wusste ich nicht, was ich sonst tun sollte.«

Kay gab Meg Zeit, ihre Gedanken zu sammeln. Es musste sehr hart für sie sein, den schmerzhaftesten Moment ihres Lebens als Mutter noch mal zu durchleben. Aber je mehr sie darüber nachdachte, desto mehr passte Nick Stinson in das Profil des Täters, und der Gedanke daran ermutigte sie. Sie sah sich das Foto noch einmal an und blätterte dann die Seite um. Es gab ein weiteres Bild, das im Haus aufgenommen worden war und Judy mit der Schleife zeigte, die sie beim Buchstabierwettbewerb in der siebten Klasse gewonnen hatte. Aber das war nicht das, was ihre Aufmerksamkeit erregte.

An der Wand hinter der Couch hing eine Decke im traditionellen Stil der Ureinwohner. Es war ein geometrisches Muster auf dunkelbraunem Grund, das ein Büschel Federn umrahmte, das mit einer blutroten Lederschnur zusammengebunden war und von einem Pfeil getragen wurde. Sie hatte es schon einmal gesehen. Alle Opfer vom Silent Lake waren in einer solchen Decke begraben worden. »Hast du die noch?«, fragte sie Meg und zeigte auf die Decke.

Sie lächelte zwischen Tränen, ein trauriges, schwermütiges Lächeln. »Seltsam, dass du genau danach fragst. Roy hatte sie für mich gekauft, als er sah, wie ich mich ärgerte, weil ich im ersten Jahr nach unserer Heirat nicht zum jährlichen Powwow mit meinem Volk gehen konnte. Aber es ist Shasta, nicht Pomo; er hat es vermasselt.« Sie seufzte und wischte sich mit dem Finger eine Träne weg. »Ich habe sie Nick in der Nacht gegeben, in der er ... gegangen ist. Ich dachte, er würde den Unterschied nicht bemerken. Es war kühl in dieser Nacht, und ich ...« Die arme Frau schluchzte wieder, ihr Atem stockte, als sie versuchte, sich zu beherrschen.

Kay hielt die ganze Zeit ihre Hand, drückte sie sanft, erinnerte sie daran, dass sie nicht allein war, und gab ihr die Zeit, die sie brauchte, um die schmerzhaften Gefühle zu verarbeiten, die ihre Fragen ausgelöst hatten. »Ich habe gehört, dass es ihm gut geht«, fügte Meg hinzu, als sie wieder sprechen konnte. »Ich weiß sonst nichts von ihm, und es ist besser so. Er ist nicht mehr mein Sohn.«

Kay stand auf, ein starkes Gefühl der Dringlichkeit trieb sie weg, auch wenn sie sich nicht das ganze Fotoalbum ansehen konnten.

Sie entschuldigte sich vielmals und versprach Meg und auch sich selbst, dass sie am nächsten Tag wiederkommen und unter keinen Umständen wieder von dem schmerzhaften Thema anfangen würde. Sie hoffte, dass sie den Täter endlich identifiziert hatte, aber gleichzeitig fürchtete sie sich davor, Meg Stinson die Nachricht überbringen zu müssen, dass ihr erstgeborener Sohn ein Mörder war.

Aber woher wusste Nick, der Junge, der vor all den Jahren aus Mount Chester verschwunden war, von ihrem Familiengeheimnis? Wie hatte er vom Tod ihres Vaters erfahren, und wie hatte er herausgefunden, wo das Messer mit den Fingerabdrücken ihres Vaters zu finden war?

Sie verdrängte die Unruhe aus ihrem Kopf und konzentrierte sich auf ihre Prioritäten, die einfach und dringend waren: die vermissten Kinder zu finden, und die Frau, die der Täter am Vortag entführt hatte. Sie lebend zu finden.

Zurück im Auto wählte sie Elliots Nummer auf der Kurzwahltaste und wartete kaum darauf, dass er abnahm.

»Elliot«, sagte sie, sobald sie seine Stimme hörte. »Ich glaube, ich weiß, wer der Täter ist.«

»Sag schon«, antwortete er.

»Sam Stinson hatte einen älteren Bruder, Nick. Er verschwand, als ich etwa zwölf war, also ...«

»Vor achtzehn Jahren«, sagte er. »Was ist mit ihm?«

»Hast du schon einmal von der mörderischen Triade gehört?«, fragte sie. »Vielleicht kennst du sie auch als Macdonald-Triade«, fuhr sie fort, als sie merkte, dass er nicht antwortete.

»Nein, habe ich nicht. Was ist das?«

»Eine Reihe von drei Faktoren, die künftiges gewalttätiges, antisoziales Verhalten vorhersagen sollen: Bettnässen, Grausamkeit gegenüber Tieren und Feuerlegen. Zwei dieser drei Faktoren sind starke Prädiktoren für serielle Gewalt im späteren Leben. Nun, Mrs. Stinson hat mir gerade erzählt, dass Nick Tiere erwürgt und auch die Scheune in Brand gesetzt hat, bevor er aus dem Haus geworfen wurde. Dass seine eigene Familie ihn aus dem Haus geworfen hat, könnte der Hauptstressfaktor gewesen sein, der ihn zum Töten brachte, wobei seine Mutter das zentrale Objekt seiner Wut war. Sie war das Objekt seiner sexuellen Fantasien gewesen, aber sie hatte ihn entschieden zurückgewiesen und ihm das Gefühl gegeben, unbedeutend und unzulänglich zu sein. Um von tiefer Sehnsucht zu brennender Wut zu gelangen, reicht oft ganz allein das Wort ›Nein‹.«

»Das ist alles? Er hat Tiere erwürgt und die Scheune angezündet? Und davon geträumt, mit seiner Mutter zu schlafen? Das ist alles, was du hast?«

»Es gibt mehr Beweise, die auf ihn hindeuten. Alles stimmt überein, Elliot. Die Decke, ich habe sie auf einem Foto gesehen, das Jahre zurückliegt; sie hing früher an einer Wand in seinem

Elternhaus. Und seine Mutter hat ihr Haar geflochten, genau wie der Täter es bei seinen Opfern tut. Überprüfe einfach Nick Stinson und lass mich wissen, was du findest.«

»Bin schon dabei«, antwortete Elliot, und einen langen Moment lang hörte sie nur das Klackern der Tastatur unter Elliots eiligen Fingern. »Hm ... Er hat sein Jurastudium mit Auszeichnung abgeschlossen und dann seinen Namen geändert, um ...«

Stille erfüllte die Luft, zum Zerreißen gespannt.

»Oh, verdammt, Kay. Er ist Staatsanwalt«, sagte Elliot. »Unser Bezirksstaatsanwalt, Nicholas Stevens. Das kann nicht der Täter sein.«

Aber Kay wusste aus dem Bauch heraus, dass er es sein musste. Die Decke, die seine Mutter ihm in der Nacht, in der sie ihn verbannt hatte, geschenkt hatte, war ein Symbol für seine Wut. Wahrscheinlich hatte er in China eine Firma gefunden, die das Muster nachmachen konnte, und sich mehrere anfertigen und schicken lassen – sie war ein wesentlicher Bestandteil des Rituals, das er bei jeder Tötung und jeder Beerdigung durchführte. Die geflochtenen Haare, genau wie bei seiner Mutter, waren ein weiteres Symbol.

»Überprüfe seine Fahrzeugpapiere, Elliot«, schlug sie vor, denn sie wusste genau, was Elliot finden würde.

Noch einen Moment klapperte die Tastatur, dann flüstert er: »Oh Gott ... Er fährt einen Cadillac Escalade, dunkles Adriablau metallic.« Er hielt einen Moment inne und fügte dann hinzu: »Ich überprüfe seine Immobilien. Er hat ein Haus am Fuß des Berges, im nächstgelegenen Landkreis, und eine Wohnung in San Francisco. Ich schicke dir die Adresse des Hauses und treffe dich dort.«

Sie verließ Meg Stinsons Einfahrt in einer Wolke aus Staub und Kies. »Ich fahre jetzt da hinaus.«

NEUNUNDVIERZIG

GEJAGT

Nach all den Jahren erinnerte sich Kay nur vage an Nick. Sie hatte eine verschwommene Erinnerung daran, wie er Judy und sie beim Spielen hinter dem Zaun beobachtet hatte und sie mit einer seltsamen Intensität in seinen Augen angesehen hatte, wie er leicht zitterte. Sie erinnerte sich daran, wie Judys Mutter ihm gesagt hatte, er solle etwas in der Scheune machen, und der ängstliche Ton in Megs Stimme hatte sich in ihr Gedächtnis eingebrannt. An diesen Teil erinnerte sie sich deutlich, weil sie sich noch an ihre eigenen Gedanken von damals erinnerte. *Ich habe keine Angst vor Nick. Nick ist cool.*

Sie schloss die Augen und unterzog sich einer stillen kognitiven Befragung. Sie lud die fernen Erinnerungen dazu ein zurückzukehren und spulte sie zurück, als wären sie ein Video, das in den tiefsten Tiefen ihres Geistes gespeichert war.

Kathy warf die Kieselsteine mit Bedacht, wog sie in der Hand, um sicherzugehen, dass sie die richtige Stelle traf. Doch trotz ihrer besten Absichten prallte ein Kieselstein ab und sprang direkt aus dem grünen Kreis heraus.

»Nein«, quiekte sie, dann sah sie Judy an und wartete auf ihre Befehle.

»Leg dich flach in den Dreck«, befahl Judy und lachte herzlich.

Resigniert legte sie sich neben der Einfahrt auf den Rücken, die Arme unter dem Kopf verschränkt, und tat so, als ob es ihr egal wäre, dass sie wieder verloren hatte. Die dummen Kieselsteine hatten eben ihren eigenen Kopf.

»Mit dem Gesicht nach unten«, beharrte Judy und lachte. Gewinnen machte Spaß. Und wie.

»Hast du nicht gesagt!«, erwiderte Kathy, sprang auf und wischte sich den Schmutz von ihrem Kleid.

Sie holte die Kieselsteine aus den Kreidekreisen und gab sie ihrer Freundin, dann nahm sie ihre Position an der Seite wieder ein. Judy warf daneben und Kathy befahl sofort: »Mach ein Rad.«

Ihr Blick schweifte umher, während Judy ihre Kieselsteine warf, und sie sah Nick in der Ferne, hinter dem Zaun, bei der Scheune. Er sah die beiden Mädchen an, und Kathy winkte ihm zu. Er war angespannt, starr, und seine Augen glühten seltsam, als sie die ihren trafen. Er schien ein wenig zu zittern, obwohl es draußen heiß war, sein ganzer Körper zitterte, sein Kiefer war verkrampft, seine Stirn vor Anstrengung gerunzelt. Vielleicht irrte sie sich aber auch; sie bildete sich alles nur ein. Oder nicht? Was hatte er da hinter diesem Zaun zu suchen? Sie konnte Nicks Hände nicht sehen, sie waren von den Zaunpfählen verdeckt. Berührte er sich selbst, während er sie ansah? Zitterte er vor Erregung?

»Warum kann Nick nicht mit uns spielen?«, fragte sie.

»Mama hat gesagt, er muss Hausarbeiten machen«, antwortete Judy gleichgültig.

Ihr Lächeln wurde schwächer. Sie mochte Nick. Er muss

etwa sechzehn gewesen sein; er versorgte die Mädchen mit seinem alten Vorrat an Hausaufgaben. Alle seine Hefte befanden sich in einer Kiste unter seinem Bett, und er teilte sie bereitwillig, wenn man ihn darum bat. Nick war cool. Sie hatte keine Angst vor ihm, hatte sie nie gehabt. Sie winkte ihm zu, aber er winkte nicht zurück. Die Anspannung in seinem Gesicht hatte nachgelassen, und das Zittern war verschwunden. Seine Augen brannten jedoch immer noch.

Sein Blick war intensiv, fixiert und ließ sie ihre Augen abwenden.

Er zeigte ihr die Harke, die er in der Hand hielt, hob sie in die Luft und zeigte übertrieben darauf, dann ging er zur Scheune, um zu arbeiten. Er warf ihr einen langen, schwermütigen Blick zu, wahrscheinlich tat es ihm leid, dass er nicht mit ihnen spielen konnte. Vielleicht lag aber auch etwas anderes in diesem Blick, eine Intensität, die ihr kindlicher Verstand nicht wahrnahm. Eine Dringlichkeit, eine Sehnsucht, die sich nicht verleugnen ließ.

»Nick!« rief Mrs. Stinson. »Geh in die Scheune und leg schon mal das Stroh aus. Es ist schon fast dunkel.«

Nick ging in Richtung Scheune davon, und sie bedauerte, nicht mit ihm gespielt zu haben.

***

Offensichtlich entwickelt man in der frühen Kindheit kein gutes Gespür für Menschen, dachte sie bitter und fragte sich, wie sie diesen Jungen hatte vergessen können. Meg hielt ihn auf Abstand und erlaubte ihm nicht, mit den Mädchen zu spielen. Damals hatte sie nicht gesagt, warum, aber jetzt, im Nachhinein, machte Megs Entscheidung, Nick von den beiden kleinen Mädchen fernzuhalten, Sinn.

Und der Besuch, den er seiner Mutter eines Abends abgestattet hatte, der Meg Stinson so erschreckt hatte, dass sie ihn aus dem Haus warf, ihr eigenes Fleisch und Blut, das musste der Höhepunkt seines sexuellen Triebs gewesen sein, der befriedigt werden wollte.

Vor dem Hintergrund ihrer Erfahrung als Profilerin zeichnete sich ein klares Bild dessen ab, was in jener Nacht geschehen war. In allen Fällen von Serienmördern, die sie untersucht hatte, war die mörderische Triade nur der Anfang, die den pubertierenden Teenager in einen sich schnell entwickelnden Wirbel von Trieben und hormonbedingten Antrieben versetzte, die er weder verstehen noch kontrollieren konnte. Vielleicht war er durch Judy oder sogar durch seine eigene Mutter erregt worden. Vielleicht hatte er an jenem Tag hinter dem Zaun masturbiert, während er die beiden kleinen Mädchen beim Spielen beobachtete. Und dann, eines Nachts, als er sein Verlangen nicht mehr kontrollieren konnte oder als die Selbstbefriedigung nicht mehr befriedigend genug war, ging er einen Schritt weiter. Einen Schritt zu weit.

Aber nicht alle Kinder, die mindestens zwei der drei Faktoren der Triade aufweisen, entwickelten sich zu Serienmördern. Bei einigen suchten die Eltern professionelle Hilfe, und das konnte sie manchmal von dem Weg, der letztendlich zum Töten führte, abbringen. In Nicks Fall hatte seine Familie ihn verbannt und in ihm eine Wut gegen Ablehnung geweckt, die ihn von innen heraus verzehrt haben musste, eine Wunde, die nie heilen konnte.

Sein Trigger.

Hinzu kamen die Herausforderungen, die sein Leben als obdachloser Teenager für ihn bereithielt.

Er verspürte den unstillbaren Drang, seinen Schmerz zu lindern, ihn mit dem Blut von Fremden zu tränken, die ihn an seine Mutter erinnerten, an die Frau, die ihn zurückgewiesen hatte, anstatt ihm bedingungslose Liebe entgegenzubringen.

Aber wie wird man vom obdachlosen Teenager zum Bezirksstaatsanwalt? Weniger als zehn Prozent aller Serienmörder waren gut funktionierende, erfolgreiche und perfekt integrierte Menschen. Diejenigen, die es waren, waren in hundert Prozent der Fälle reine Psychopathen, Menschen, die nie die Last eines Gewissens tragen mussten, das sie niederdrückte. Menschen, die sich durch Manipulation, Lügen und Gewalt den Platz in der Gesellschaft erkämpfen konnten, den sie sich wünschten. Und die töteten.

In Gedanken versunken fuhr sie zu der Adresse, die Elliot ihr geschickt hatte. Sie gab die ganze Zeit Gas, denn die kurvenreiche, abschüssige Straße über den Berg stellte für sie keine Herausforderung mehr dar. Sie bemerkte fast nicht, als sie am Katse Coffee Shop vorbeikam; der Anblick des Lokals ließ sie kurz an Tommy denken, einen anderen Jungen, an den sie sich nicht erinnerte. Er war zweiunddreißig, sah aber aus wie um die fünfzig, und hatte ein Vorstrafenregister wegen Körperverletzung. Wie konnte so etwas bei sonst ganz normalen Kindern passieren?

Aber genauso gut hätte sie dann fragen können, wie es zu Jacobs Vorstrafenregister hatte kommen können.

Dann kam ihr ein anderer Gedanke in den Sinn, der ihr schwer auf den Magen schlug. Sie durchblätterte schnell die in ihrem Handy gespeicherten Telefonnummern, wobei sie fast eine Kurve übersah, und wählte dann eine Nummer. Diesmal nahm Joplin den Anruf selbst entgegen.

»Wer war der Staatsanwalt meines Bruders?«

»Nicholas Stevens selbst, nicht einer seiner Laufburschen«, antwortete er, wobei seine Stimme stark abfiel. »Ich fand das seltsam, für einen so unauffälligen Fall. Warum?«

Sie hörte einen Signalton, als die Motorkontrollleuchte auf dem Armaturenbrett aufleuchtete. Die Temperaturanzeige auf ihrem Armaturenbrett war auf dem Höchststand, und zwei Warnmeldungen wurden angezeigt: »Motorkühlmittel Stand niedrig. Fehlfunktion des Motors.«

Ein weiteres Summen verkündete, dass das Gespräch mit

Joplin unterbrochen worden war. Sie schaute auf den Bildschirm und sah, dass sie sich im Funkloch des Tals befand.

Sie wusste genau, was hier vor sich ging. Nicholas Stinson war hinter ihr her.

Mit rasendem Herzen verlangsamte sie ihre Fahrt gerade so weit, dass sie mit quietschenden Reifen eine Vollbremsung machen konnte, denn sie wusste, dass sie nur noch ein paar hundert Meter bergab von dem Ort entfernt war, an dem sie ein paar Balken auf dem Handy haben würde. Anders als andere vor ihr brauchte sie nicht anzuhalten, um nachzusehen, was mit ihrem Auto los war; sie wusste es bereits. Dennoch fragte sie sich, warum Nick hinter ihr her war. War es, weil sie ihm zu nahegekommen war? Und wie war er so nah an ihr Auto herangekommen, dass er es hatte manipulieren können? Wo und wann?

Als der Motor abgewürgt wurde, verstand sie genau, warum er hinter ihr her war.

An diesem Morgen hatte sie Meg Stinson besucht. Seine Mutter. Wahrscheinlich war er irgendwo da draußen gewesen und hatte zugesehen, wie sie sich in der mütterlichen Liebe gesonnt hatte, die ihm verwehrt war, während sie an Megs Seite auf der Verandaschaukel saß, plauderte und Händchen hielt. Dann waren Meg und sie ins Haus gegangen, um Tee zu kochen, was ihm die Möglichkeit gegeben hatte, ihr Auto zu beschädigen, ungesehen, unbemerkt.

Der Motor des Fords stotterte und kam zum Stillstand, während sie gerade noch genug Schwung hatte, um den Geländewagen von der Straße zu lenken, gefährlich nahe an einen tiefen Graben heran. Aus Gewohnheit tastete Kay nach ihrer Waffe, die sie an der Hüfte trug, fand aber nichts. Sie erinnerte sich daran, wie sie beschlossen hatte, sie zu Hause zu lassen, weil sie dachte, sie würde nur alte Freunde besuchen.

Er konnte jederzeit auftauchen, aus jeder Richtung, und sie hatte keine Verteidigung, nichts, was ihr helfen konnte. Nichts, außer dem Wissen, was er mit den anderen Frauen gemacht hatte. Fast alle von ihnen hatten noch genug Zeit gehabt, zum Katse zurückzulaufen und Hilfe zu rufen. Aus irgendeinem Grund hat er nie sofort zugegriffen, nachdem ihre Autos stehen geblieben waren. Sie könnte es höchstwahrscheinlich zu Fuß zum Katse schaffen und Elliot anrufen. Das Wissen, dass der Täter in der Nähe war und sie jagte, ließ ihr das Blut in den Adern gefrieren, während sich die Angst in ihrem Bauch zusammenzog und ihre Sinne erweckte. Sie verspürte den Drang, den ganzen Weg zum Katse zu laufen, obwohl sie ahnte, dass er genau das von ihr erwartete. Dass sie das tat, was all die anderen getan hatten.

Vor allem aber wollte sie ihn sehen, um dem Monster, das sie zu fangen versuchte, ein Gesicht zu geben. Die Neugier übermannte sie, und statt ins Café zu laufen, suchte sie sich ein Gebüsch hinter einer großen Eiche und kauerte sich dort nieder, wartete, versteckt im dichten Laub. Sie wartete. Sie wollte wissen, wie er sie sich geholt hatte, warum er sie überhaupt erst ins Katse gehen ließ. Ihr schien das wie ein unnötiges Risiko, das er einging; sie könnten auf Verkehr treffen, auf einen anderen Autofahrer, der anhalten würde, um zu helfen, oder sogar auf einen Polizisten.

Bald würde sie in der Lage sein, einen weiteren fehlenden Teil des Profils zu skizzieren, und das allein war schon das Risiko wert.

Sie hatte etwa dreißig Minuten gewartet, als sie den Motor eines Geländewagens hörte, der sich von der gegenüberliegenden Seite der Straße durch den Wald näherte. Sie spähte hinter dem Baumstamm hervor, in der Hoffnung, sein Gesicht zu sehen und ihn zu erkennen, aber er war zu weit weg. Er hatte sein Fahrzeug ein paar Meter weiter im Wald angehalten und war zu Fuß über die Straße gegangen, um sich ihrem Auto zu nähern. Er war von Kopf bis Fuß in Jagdkleidung gekleidet, und durch das herbstliche Tarnmuster war er im Laub kaum zu erkennen.

Er umrundete den Geländewagen, schaute hinein und lief dann auf der Straße auf und ab, um auf sie zu warten. Dann rief er an und tat so, als sei er ein Abschleppwagenfahrer, der seinen Kunden suchte. Nach seinen Antworten zu urteilen, war der Anruf nicht wie erwartet verlaufen.

Er fluchte laut und begann dann, sie zu suchen. Sie hielt den Atem an, weil sie fürchtete, er könnte sie aus ein paar Metern Entfernung hören, und die Angst vernebelte ihr Urteilsvermögen, während ihr das Herz in der Brust pochte. Sie hasste es, Angst zu haben; das war ein Gefühl, das sie nicht gewohnt war. *Denk nach*, sagte sie sich und ließ langsam und leise die Luft aus ihren Lungen entweichen, während sie beobachtete, wie der Täter immer näher kam.

Er überprüfte die gegenüberliegende Straßenseite und ging ein paar Meter tiefer im Wald auf und ab, nahe der Stelle, an der sie angehalten hatte. Dann überquerte er die Straße erneut, nachdem er versteckt gewartet hatte, bis zwei vorbeifahrende Autos wieder außer Sichtweite waren. Er suchte geschickt, blieb alle paar Schritte stehen und lauschte auf Geräusche, die nicht hierhergehörten, suchte auf dem Boden nach Spuren, machte alles, was ein Jäger tun würde.

Sie machte einen Schritt zurück, um sich besser zu verstecken, und ließ sich ganz zu Boden gleiten, wo sie sich auf die Seite rollte. Ein Zweig knackte unter ihrem Knie. Der Mann blieb stehen und lauschte. Sie hielt den Atem an, ihr Herz raste und pochte heftig gegen ihren Brustkorb, als er sich ihrem Versteck näherte. Es kostete sie all ihre Willenskraft, dem Drang zu widerstehen, wegzulaufen, denn sie wusste, dass sie keine Chance gegen den Mann und sein Gefährt haben würde.

Er blieb ein paar Meter von ihr entfernt stehen, so nah, dass sie seinen rasselnden Atem hören konnte. Von ihrem Versteck aus konnte sie nur seine Stiefel sehen. Sie erstarrte, weil sie befürchtete, dass er nahe genug war, um ihren Herzschlag zu hören, und sie starrte auf die Stiefel, während sie darauf wartete, dass er sie mit einem Schlag außer Gefecht setzen würde.

Aber er ging weiter und suchte ein paar Meter weiter nördlich nach ihr.

Sie atmete leise und hielt ihren Blick auf den Mann gerichtet, bis er in seinen Wagen stieg und in Richtung Osten davonfuhr. Sie wartete noch einen Moment, weil sie unlogischerweise befürchtete, dass er zurückkommen würde, wenn sie auch nur das kleinste Geräusch machte.

Dann näherte sich ein Fahrzeug mit hoher Geschwindigkeit und hielt mit einem Kreischen in ihrer Nähe an. Sie hörte, wie laut ihr Name gerufen wurde.

»Kay?«, rief Elliot. Er öffnete die Tür ihres Geländewagens und hupte ein paarmal. »Kay?«

FÜNFZIG

WO

Wie im Rausch fuhr er zurück, chaotische Gedanken wirbelten wirr durch seinen Kopf. Er war ihr nah gewesen, so nah, dass er sie fast hatte fühlen, fast hatte riechen können, aber er kehrte allein zurück, geschlagen.

Wo zum Teufel war sie hin? Hatte sie mit ihm gerechnet?

Wahrscheinlich, denn die Polizei hatte mindestens drei der Autos, an denen er herumgepfuscht hatte, unter Verwahrung. Als ihr Motor abgewürgt wurde, muss sie gewusst haben, dass er hinter ihr her war, und es war ihr gelungen, etwas zu tun, mit dem er überhaupt nicht gerechnet hatte.

Das war das Mädchen, an das er sich erinnerte, das Mädchen, das sein Blut schon in Wallung gebracht hatte, als er noch ein Kind war und keine Ahnung hatte, was mit seinem eigenen Körper los war. Ein Mädchen, das furchtlos und stolz war, ein Mädchen, dessen Arme die Berührungen ihres Vaters in Form von schwarz-blauen Flecken widerspiegelten und das dennoch lachte und mit seiner Schwester in der Sonne tanzte, bis sie beide außer Atem waren vor Lachen. Ein Mädchen, das sich widersetzte und das sich gegen ihn auf eine Weise wehren würde, wie es noch kein anderes getan hatte. Ein Mädchen, das

Schmerz kennengelernt hatte und das der Schmerz nicht besiegt hatte. Noch nicht.

Er sehnte sich nach ihrem Körper, nach ihrer Anwesenheit in seinem Leben. Sie war schuld, an allem, und es war höchste Zeit, dass sie ihre Schuld einlöste. Sie war immer da gewesen, in seinem Haus, in seinem Garten, und hatte ihm keinen anderen Ort gelassen, an den er sich hätte zurückziehen können, als die gefürchtete Scheune. Sie war immer da gewesen, mit ihren kurzen, im Wind flatternden Röcken, ihren nackten Schenkeln und dem Aufblitzen ihrer rosa Unterwäsche, wenn sie mit seiner Schwester in den Nussbaum hinaufkletterte. Ihre Brüste waren die ersten gewesen, die er durch den dünnen Stoff ihrer Bluse im Licht der untergehenden Sonne wahrgenommen hatte. Und von diesem Moment an konnte er an nichts mehr denken als an diese weichen Hügel köstlichen Fleisches, in die er seine Zähne versenken wollte.

Sie war immer schuld gewesen, die Kathy seiner Jugend, das Mädchen, das ihn in den letzten sechzehn Jahren in seinen Träumen heimgesucht hatte, neben der Erinnerung an seine Mutter. Sie war diejenige gewesen, die das erste Feuer in seiner Leistengegend entfacht und ruhelose Gedanken und quälende Bilder in seinem Geist gesät hatte. Sie war von jeher diejenige gewesen, die für sein unerbittliches Verlangen, seine Gedanken und Triebe verantwortlich war, die er damals nicht verstanden hatte, die aber sein Leben in ein Wartespiel auf den höchsten Moment der Rache, der absoluten erderschütternden Befriedigung verwandelt hatten.

Doch sie war ihm entwischt. Wo war sie hin? Und wie viel wusste sie?

Wenn sie mit Mutter sprach, war sie ihm schon zu nahegekommen. Sie hätte nicht mit Mutter sprechen sollen.

Der Anblick der beiden, wie sie zusammensaßen und die Gesellschaft des anderen genossen, hatte ihn innerlich aufgewühlt, und die Wut, die tief in seinem Herzen vergraben war, schrie nach ihrem Blut. Selbst wenn er es gewollt hätte, hätte er sie nicht auslöschen können, die Erinnerung an die beiden Frauen auf der Schaukel, die sich um nichts in der Welt kümmerten und nicht einen einzigen Gedanken an *ihn* verschwendeten.

Den Sohn ohne Mutter.

Den vergessenen Freund, über den niemand sprach.

Während sie, die Hochstaplerin, die seinen rechtmäßigen Platz eingenommen hatte, Mutters Hand halten und ihre verräterischen Arme um sie legen durfte.

Er zog die Luft ein, bis seine Lungen schmerzten, und ließ sie dann mit einem langen, klagenden, wutentbrannten Schrei entweichen, der vom Berg widerhallte, dann erstarb und die Stille all der Kreaturen hinterließ, die er mit seinem Gebrüll erschreckt hatte.

Wo in aller Welt war sie hin?

Und wie konnte er sich ihr wieder nähern?

Als er am Haus ankam, hatte er immer noch keine Antwort, aber er begann, einen Plan zu entwickeln. Er stellte das Quad in die Garage, setzte sich hinter das Steuer seines Cadillacs und startete den Motor.

EINUNDFÜNFZIG
STRATEGIE

»Ich weiß, was mit dem blöden Auto los ist, und es ist leicht zu reparieren, schon vergessen?«, schnauzte Kay Elliot an, nur wenige Augenblicke, nachdem sie erleichtert aufgeatmet hatte. Der Gedanke an ihre eigene Angst, an ihre eigene Schwäche erfüllte sie mit Scham und Wut. *Wie ein Dummchen, verdammt noch mal,* ermahnte sie sich selbst, und ihre Wangen brannten, als sie sich daran erinnerte, wie sie aus ihrem Versteck direkt in Elliots Arme gelaufen war.

»Hobbs kann in dreißig Minuten mit einem anderen Fahrzeug hier sein«, beharrte Elliot. »Und ich kann beim besten Willen nicht verstehen, warum du nicht bei mir mitfahren willst.«

»Weil *ich* mit ihm reden werde, nicht wir«, sagte sie und kletterte hinter das Lenkrad. »Nicht wir beide.«

»Warum denn nicht, verdammt noch mal?«, rief er. »Das ergibt überhaupt keinen Sinn.« Sie hielt das Lenkrad fest umklammert und stemmte ihre Hände geradezu dagegen, um ihre angespannten Nerven zu beruhigen.

»Wenn er dich sieht – die Strafverfolgungsbehörde – wird er sich sofort einen Anwalt nehmen. Er wird einen Durchsuchungsbefehl verlangen, der dir Zugang zu den Räumlichkeiten gewährt. Wir werden die ganze Sache vermasseln, und während wir uns damit herumschlagen, könnte er diese Kinder umbringen. Was sollte ihn davon abhalten, die ganze Sache zu Ende zu bringen?«

»Wir werden den Durchsuchungsbefehl sehr schnell bekommen«, antwortete Elliot, die Hände in die Hüften gestemmt. Alle paar Augenblicke fuhr er sich mit der Hand durch die Haare, wahrscheinlich vermisste er seinen Hut mehr, als ihm bewusst war. »Er wird keine Zeit haben, eine Frau und drei Kinder zu töten und die Leichen zu entsorgen, bevor wir zurückkommen.«

»Hör zu«, sagte sie und gab Nicks Adresse in das GPS ein, »er hat diese Frauen auf keinen Fall in seinem Haus festgehalten. Unmöglich. Hast du die Leichen auf Dr. Whitmores Tisch gesehen? Glaubst du, diese Art von Folter hat sie nicht zum Schreien gebracht? Sein nächster Nachbar auf der anderen Straßenseite wohnt kaum fünfzig Meter entfernt!«

»Im Grundbuch steht, dass das Grundstück fast hundert Hektar misst«, antwortete er und schien ein wenig verlegen. »Ich dachte ...«

»Dass das Haus genau in der Mitte steht? Nein, sein Land erstreckt sich *hinter* dem Haus, wahrscheinlich über den gesamten Berghang«, antwortete sie und schaute aufmerksam auf die Karte. »Ich wette, dass es irgendwo zwischen seinem Haus hier«, sie tippte mit dem Fingernagel auf den GPS-Bildschirm, »und dem Tal des Funklochs, wo die Autos der Opfer liegen geblieben sind, einen Ort gibt, an dem er sie foltert und tötet.«

»Ich habe nach Häusern gesucht und es gab keine ...«, sagte Elliot und stieß dann einen kurzen Pfiff aus, seine typische Reaktion auf etwas Unerwartetes. »Aber er ist der Staatsanwalt, richtig? Er weiß, welche Leute er ins Gefängnis steckt und wie lange, und er kennt ihre Vermögenswerte. Vielleicht hat ihm jemand eine Jagdhütte oder ein Blockhaus geschenkt, oder er benutzt es nur, während der Besitzer hinter Gittern ist.«

»*Uns* wird er es nie sagen, aber *mir* vielleicht.«

»Was, du meinst er wird dir einfach einen Kaffee einschenken und sagen, ach übrigens, ich möchte Ihnen gerne sagen, wo ich die ganzen Leute umgebracht habe.«

Sie verdrehte verärgert die Augen. »Nicht so. Aber bei mir ist er vielleicht ein bisschen unvorsichtiger, das ist alles.« Sie sah ihn an und hielt dem strengen Blick seiner blauen Augen stand, ohne zu blinzeln. »Ich bin kein Neuling, Elliot. Ich weiß, was ich tue. Was müsste passieren, damit du mir in dieser Sache vertraust?«

»Kay, dieser Mann hat dein Auto manipuliert und wollte dich entführen! Er wollte dich in dem Höllenloch einsperren, wo er seine Opfer foltert und vergewaltigt. Mit ihm ist nicht zu spaßen!«

»Ich weiß«, gab sie zu, und seine Worte lösten Urängste in ihrem Bauch aus. Sie hasste ihn dafür. »Aber du musst mir in diesem Fall einfach vertrauen.«

Elliot stöhnte, sichtlich frustriert. »Ich muss sowieso Sheriff Logan anrufen«, erwiderte er, und in seiner Stimme schwang der Zweifel mit, den er wahrscheinlich empfand. »Ich muss die Genehmigung für all das hier einholen und das Team für einen Zugriff vorbereiten, sobald wir einen Ort haben. Wir haben es mit dem Bezirksstaatsanwalt zu tun, und der wohnt in einem anderen Bezirk, es könnte also ein Problem mit der Zuständigkeit geben.«

»Für dich vielleicht, aber nicht für mich, seine Jugendfreundin.«

»Jetzt bin ich mir sicher«, reagierte er, »du bist völlig verrückt!«

Kay lächelte verlegen und startete den Motor, wobei sie das Aufblinken des Armaturenbretts und die Motorstörungsmeldungen ignorierte. »Ich muss ins Katse, bevor er wieder abgewürgt wird. Wenn ich weiter Wasser in das verdammte Ding gieße, wird es funktionieren.«

Elliot beugte sich vor und hielt sich am Türrahmen fest, um mit ihr auf Augenhöhe zu sein. »Wenn du recht hast, und du scheinst bei jeder verflixten Kleinigkeit auf ganz nervtötende Art recht zu behalten, dann ist dieser Mann ein Serienmörder, und du willst dich mit ihm wie mit einem alten Freund unterhalten?«

Sie lächelte, weil sie dachte, dass seine Sorge über die berufliche Ebene hinausging und ins Persönliche reichte, und das gefiel ihr. Sie mochte den Gedanken, dass jemand genug für sie empfand, um sich Sorgen zu machen.

»Du weißt, wo ich sein werde«, antwortete sie sanft. »Ich werde in Sicherheit sein. Wenn ich in einer Stunde nicht rauskomme und auch nicht an mein Handy gehe, kannst du die Tür aufbrechen. *Nachdem* du versucht hast, mich anzurufen, in Ordnung?« Sie drückte seinen Unterarm. »Aber wir müssen in getrennten Autos ankommen. Er darf deines nicht in der Nähe seines Grundstücks sehen.«

Er nickte; sein Kiefer war so fest zusammengepresst, dass sie die angespannten Muskeln unter seiner Haut deutlich sehen konnte. »In Ordnung. Wie du willst.«

»Ich brauche nur einen Gefallen. Kann ich mir deine Ersatzwaffe ausleihen?«

ZWEIUNDFÜNFZIG

BESUCH

Nicholas Stevens, ehemals Stinson, musste in seiner Anwaltskarriere sehr erfolgreich gewesen sein. Staatsanwälte machten nicht gerade wegen ihres tollen Gehalts Schlagzeilen, doch der einst obdachlose Junge hatte es zu etwas gebracht. Der nagelneue Cadillac Escalade war ein Indiz für seinen Wohlstand. Das Haus, das Kay vor sich sah, war ein weiteres.

Viele Fenster waren zur Einfahrt hin ausgerichtet, die Südfront des Grundstücks garantierte den ganzen Tag über Sonnenschein und zur Seite hin den Blick auf die Dämmerung, die jetzt rote und karmesinrote Pfeile gegen die spiegelnden Glasscheiben schoss. Das Grundstück verfügte über eine eingebaute Garage für drei Autos, mit grauen Toren, die zu dem anthrazitfarbenen Dach und den Steinakzenten passten. Sie fuhr auf die breite Einfahrt, nicht ganz bis zum Garagentor, und stellte den Wagen an der Seite ab, so, wie es sich für einen höflichen Gast gehörte. Kay spürte, wie ihr Herz wie wild in ihrer Brust raste, und atmete tief ein, um ihre Gedanken zu ordnen. Niemals in ihren kühnsten Träumen hätte sie sich vorstellen können, dass jemand, mit dem sie als Kind gespielt hatte, ein UT sein könnte, und dass sie dazu bereit sein würde, sein Grundstück zu betreten, in der Erwartung, Hinweise auf die vielen Morde zu finden, die er begangen hatte, und auf die Hölle des Schreckens, in der er die Menschen gefangen hielt, die er entführt hatte. Das hatte etwas zutiefst Beunruhigendes, als ob Nicks Taten ihr ganzes Wesen irgendwie verdorben hätten, nur weil er ein Teil ihrer Kindheit gewesen war und sie nichts davon gemerkt hatte.

Wie konnte sie ihn damals, als sie noch jung war, nicht als das erkennen, was er war? Sie hatte sich immer auf ihre Instinkte verlassen können, bis jetzt, bis sie erfahren hatte, was Nick wirklich war. Ihr ganzes Selbstvertrauen war zusammengebrochen, ein Trümmerhaufen, wo einst ihre unbestrittene Fähigkeit stand, Schlüsse aus Daten zu ziehen, ohne sich jemals selbst zu hinterfragen.

Zu ihrer Verteidigung musste sie zugeben, dass sie damals zwölf Jahre alt gewesen war und so von Meg und Roy Stinson, Nicks Eltern, behütet worden war, dass die Wahrheit vor ihren Augen verborgen geblieben war. Zu dieser Zeit war ihre eigene Familie durch eine andere Art von Hölle gegangen, und diese Erinnerungen waren diejenigen, die sie am lebhaftesten vor Augen hatte; in den ganzen Jahren seitdem waren ihre Albträume immer roh und krude gewesen, und das waren sie immer noch.

Aber all diese Zweifel und widersprüchlichen Gefühle würde sie zu einem anderen Zeitpunkt verarbeiten müssen. Sie wollte keine weitere Sekunde verschwenden, während eine Frau und drei Kinder endlose schreckliche Momente in Gefangenschaft verbrachten. Sie berührte den Griff von Elliots Waffe, die in ihrer Tasche steckte, und atmete langsam aus und ein, um sich für das Kommende zu stählen.

Als sie aus ihrem Explorer stieg, warf sie einen kurzen Blick über die Schulter in die Richtung, in der Elliots Auto am Rande der Hauptstraße geparkt war, verborgen hinter einer Gruppe dichter Tannen. Dann ging sie schnell zur Haustür und läutete, wobei sie sich nochmals ins Gedächtnis rufen musste, normal zu atmen.

Nick öffnete die Tür. Als er sie erkannte, hellte sich sein Gesicht auf. »Meine Güte, komm rein«, sagte er mit einer freundlichen, aufgeregten Stimme, die in ihren Ohren sehr herzlich klang. Er hielt die Tür weit für sie auf. »Ich kann nicht glauben, dass du es bist.«

Kay trat ein und sie umarmten sich – eine Umarmung, die ihr das Blut gerinnen ließ und die ihrem Gefühl nach länger dauerte, als nötig gewesen wäre. Die Nähe eines brutalen Mörders, das Gefühl, dass seine Haut die ihre berührte, das Brennen seines Atems auf ihrer Wange ließ sie schaudern, sie ekelte sich. Sie ging durch den gefliesten Flur und bemerkte die erlesene Einrichtung, handgeschnitzte Stücke aus Kirschholz, die zum Rest der Einrichtung passten.

Ihr Blick fiel auf ein ungewöhnliches Stück, das an der Wand neben seiner Garderobe hing, aber er geleitete sie mit einer Hand auf ihrem Rücken in Richtung Wohnzimmer, und sie widersetzte sich nicht.

Sie nahm auf einem burgunderroten Ledersofa Platz und sah sich einen Moment lang um, wobei ihr die vielen Details eines perfekt eingerichteten Hauses auffielen. Glänzende Hartholzböden von einem Ende zum anderen, orientalische Teppiche hier und da, stilvolle Möbel, ebenfalls aus dunklem Kirschholz, einschließlich des großen Bücherregals und des Schreibtischs in seinem Arbeitszimmer, und das alles in einer atemberaubenden, offenen Raumaufteilung. Hier und da ergänzte ein perfekt ausgesuchtes Kunstwerk die Einrichtung des Raums. Und auf dem Esszimmertisch stand ein großer Rosenstrauß, der noch in Zellophan eingewickelt war.

Nick war um die fünfunddreißig, wenn sie sich richtig erinnerte, und war ein wenig gealtert, würdevoll. Es war erstaunlich, wie viel besser Männer alterten als Frauen; in seinem Fall hatten der Erfolg und seine Karriere seinem Auftreten einen

Hauch von Macht und Selbstvertrauen verliehen, das Silber an den Schläfen stand ihm gut. Er trug Anzug und Krawatte, die übliche Kleidung für Anwälte am Gericht, und das Outfit schmeichelte ihm, verstärkte den Eindruck vom mächtigen Staatsanwalt, den man vor Gericht fürchten sollte.

Und anderswo, dachte Kay verbittert und hatte Mühe, das, was er wirklich war, mit dem, was er zu sein schien, in Einklang zu bringen. Sie lächelte jedoch weiter und war verblüfft, als er die Blumen vom Tisch nahm und sie ihr brachte.

»Du wirst es nicht glauben, aber die sind für dich«, sagte er und sein Lächeln wirkte echt. »Ich hatte einen Überraschungsbesuch geplant, später am Abend. Ich habe gehört, dass du in der Stadt bist und alte Freunde besuchst. Ich hätte nie erwartet, dass du an mich denken würdest.«

Sie wurde stutzig und fragte sich, warum er sie besuchen wollte. Vielleicht, weil er es vorhin nicht geschafft hatte, sie zu entführen, als sie ihm durch die Finger gegangen war und er mit leeren Händen hatte nach Hause gehen müssen. Hatte er geplant, sie nach Einbruch der Dunkelheit aus ihrem Haus zu entführen?

Aber als sie ihn so lächeln sah, mit einem Dutzend langstieliger Rosen in der Hand, kam es ihr ganz unwirklich vor, dass er nur ein paar Stunden zuvor in voller Tarnkleidung durch den Wald gelaufen war, um nach ihr zu suchen, während sie um ihr Leben zitterte, zusammengekauert auf dem Boden.

Dennoch spielte sie die Scharade weiter und nahm die Blumen mit einem Hochglanzlächeln und geflüstertem Dank entgegen, wobei sie daran dachte, dass Elliot da draußen war, bereit, beim geringsten Anzeichen von Ärger durch die Tür zu stürmen.

»Wo bist du all die Jahre gewesen?«, fragte Kay, nahm ein Glas Wein aus seiner Hand entgegen und tat so, als ob sie ein wenig davon trinken würde. Sie befeuchtete nur ihre Lippen damit, denn sie wusste aus ihrer Zeit an der Seite von Doc

Whitmore im Autopsiesaal von San Francisco, dass ein angereicherter Drink die Lippen in wenigen Augenblicken taub werden lassen würde. Aber das funktionierte nur bei einigen Drogen und Giften, nicht bei allen.

Er hatte sich einen Sessel genommen und lachte leise, die Beine gekreuzt, die Ellbogen auf die Armlehnen gestützt, und das gedämpfte Lachen ging in ein Lächeln über. »Ich habe mir den Arsch aufgerissen«, sagte er. »Ich war ein paar Jahre in der Privatwirtschaft und habe das große Geld verdient, aber der Job bei der Staatsanwaltschaft gefällt mir besser.«

»Wie interessant«, erwiderte sie und beugte sich vor. »Sag, wie schafft man es vom jugendlichen Ausreißer zu dem hier?« Sie gestikulierte in Richtung der anderen Seite des Wohnzimmers, wo sein Schreibtisch stand.

Der Anflug eines Stirnrunzelns trübte seine Augen für einen kurzen Moment. Er reagierte immer noch darauf, aus dem Haus seiner Kindheit verbannt worden zu sein, genau wie sie es im Profil beschrieben hatte.

»Du weißt ja, was man sagt«, antwortete er, »wo ein Wille ist, ist auch ein Weg. Und so war es auch bei mir. Ich hatte zwei Jobs, angefangen bei den einfachsten, die man sich vorstellen kann. Ich habe im örtlichen Markt Produkte in die Regale gestellt und in Gilroy Knoblauch verpackt. Auch Zwiebeln«, fügte er hinzu und lachte, als würde er die Geschichte eines anderen erzählen. Aber dieses Lachen berührte seine Augen nicht, die sich mehr und mehr auf sie fixierten und sie langsam unruhig werden ließen. »Ich habe mir das Ballspielen beigebracht und hart dafür gekämpft, aufs College zu kommen und dann ein Stipendium zu bekommen. Ich hatte wohl Glück«, fügte er hinzu, wobei sich seine Augen unnachgiebig in die ihren bohrten.

Er leckte sich über die Lippen, und sie kämpfte gegen den Drang an, schreiend aus dem Haus zu rennen.

Seine Geste verriet seine Erregung und rief die Erinnerung

an Alisons Leiche auf dem Autopsietisch wach, ihre blauen Flecken noch frisch, ihr Autopsiebefund eine erschreckende Geschichte über das, was aus den lüsternen Trieben dieses Mannes entstanden war.

Und jetzt war er lüstern. Nach ihr.

Sie unterdrückte ein Schaudern. »Und? Nach dem Jurastudium?«, fragte sie und war erleichtert zu hören, dass ihre eigene Stimme normal, lässig und voll vom richtigen Maß an Interesse klang. Nichts von ihrer inneren Qual schien durch.

»Privatanwalt«, antwortete er, immer noch lächelnd. »Damit habe ich das alles hier bezahlt.« Er hob sein Weinglas und hielt es in die Luft. »Auf ein glückliches und längst überfälliges Wiedersehen.«

Sie hob ihren Wein an die Lippen und tauchte sie erneut in die Flüssigkeit, dann hielt sie das Glas fest, anstatt es auf den Tisch zu stellen, ein unausgesprochenes Versprechen, dass sie noch mehr trinken würde.

»Warum bist du dann davon weggegangen?«, fragte Kay. »Finanzieller Erfolg ist der ultimative Erfolg, sagt man.«

»Und *man* hat recht damit«, antwortete er und nahm einen weiteren Schluck Cabernet. »Aber ich habe mich immer danach gesehnt, für Gerechtigkeit zu sorgen, Missetäter zu bestrafen, anstatt sie zu verteidigen.«

Es lag eine tiefe Wahrheit in seinen Worten. Sein ganzes Wesen schien seine Worte widerzuspiegeln und ließ etwas in seinen Augen funkeln, das Kay an Messerklingen erinnerte, die in frisches Blut getaucht waren. Sie glaubte ihm. Sie glaubte ihm, dass er immer noch wollte, dass diejenigen, die ihm Unrecht getan hatten, bestraft wurden, immer und immer wieder, und sei es auch nur stellvertretend, indem unschuldige Frauen den Platz der Mutter einnahmen, die ihn verstoßen hatte.

»Das verstehe ich«, antwortete sie und unterdrückte ein Zittern unter seinem strengen Blick. Die Angst ließ das Blut durch ihre Adern rasen und drängte sie dazu, wegzulaufen. »Ich verstehe es besser, als du denkst.«

Ihre Worte kamen etwas undeutlich heraus und ihre Lippen fühlten sich geschwollen an. Taub. Ihr lief die Zeit davon.

»Sag mal, hast du etwas über die Mädchen vom Silent Lake gehört?«, fragte sie und zwang sich, deutlich zu sprechen. »Ich nehme an, schon, das ist ja dein Beruf.«

Statt zu antworten, starrte er sie einen Moment lang an, während ihr der Atem in der Lunge stockte. Seine Augen wurden dunkel und sein Lächeln verschwand. Sein Kiefer war angespannt und er starrte sie an mit Blutgier in seinem schweren Blick, die Luft zwischen ihnen knisterte vor Spannung.

Die Zeit für Scharaden war vorbei.

»Wo hältst du sie fest, Nick?«, fragte sie kalt.

»Wen?«, erwiderte er und stand abrupt auf, der Sessel kratzte über das Hartholz. »Ich weiß nicht, wovon du redest.«

Sie stand ebenfalls auf und stellte erleichtert fest, dass sie fest auf ihren Beinen stand und ihr überhaupt nicht schwindelig war; die Taubheit ihrer Lippen war die einzige Auswirkung des versetzten Weins. Sie ging auf die Haustür zu und blieb an der Wandgarderobe stehen, einem antiken Stück, das ein Vermögen gekostet haben musste. Daneben, in Augenhöhe, befand sich ein dazu passender, handgeschnitzter Schlüsselkasten, sechs Zentimeter hoch und mindestens zwanzig Zentimeter lang, geschützt durch zwei Glasschiebetafeln. Darin hing an einzelnen silbernen Haken eine Vielzahl von Autoschlüsseln, einige waren einfache, andere moderne, smarte, schlüssellose Fernbedienungen.

Sie zählte vierzehn verschiedene Schlüssel, alle von unterschiedlichen Marken, darunter Nissan, Jeep, Subaru und Ford. Ausgestellte Erinnerungsstücke an seine Opfer, die seine

Triebe wieder anfachen und seinen brennenden Schmerz lindern sollten.

Sie zog Elliots Waffe und richtete sie auf Nicks Brust.

Er zuckte nicht einmal. »Von was redest du, Kay?«

»Von denen«, sagte sie und gestikulierte mit der Waffe in Richtung der Schlüssel an dem Wanddisplay. »Von den Frauen, deren Schlüssel du als Trophäen aufbewahrst. Einige sind am Silent Lake, andere in der Leichenhalle, und eine, eine ist immer noch da draußen, nicht wahr? Wo ist sie, Nick?«

»Das ist lächerlich, Kay«, erwiderte er und lachte leicht, als wäre Kays Frage ein alter Witz, den ein Freund erzählt hatte. Er ging lässig auf sie zu, offensichtlich ohne Angst vor der Waffe, die sie auf seine Brust gerichtet hielt. »Die sind von Autos, die mir irgendwann einmal gehört haben, sonst gar nichts.« Er ging noch ein paar Schritte näher. »Ich hatte gehofft, du wärst als Freundin gekommen, nicht als Bundesagentin.«

»Ich bin nicht mehr beim FBI«, sagte sie und stellte fest, dass sie sich in einer Ecke des Flurs befand, wo Elliot sie durch die großen Wohnzimmerfenster nicht sehen konnte.

Er ging noch ein paar Schritte weiter auf sie zu und kam ihr so nahe, dass sie sein ruhiges, gleichmäßiges Atmen hören konnte. Ein eiskalter Psychopath, dessen Puls unter Stress nicht anstieg, ein Raubtier, das nie Angst empfand.

»Bleib stehen«, befahl sie, aber Nick lächelte und ging einen weiteren Schritt auf sie zu.

»Oder was, Kay? Wirst du mich aus nächster Nähe erschießen?« Er lächelte weiter, kam immer näher, Zentimeter für Zentimeter. »Weil ich eine Sammlung von Autoschlüsseln habe?«

Wenn sie den Abzug betätigte, bestand das Risiko, dass sie die Kinder nie finden würden, da die Weite des Nationalforstes ein unüberwindbares Hindernis für jede herkömmliche Suche darstellte. Die Spürhunde waren bereits seit mehreren Tagen im Einsatz und hatten keine Spur von den vermissten Kindern gefunden. Selbst wenn sie ihn nicht tötete, sondern nur verwundete, würde er niemals kooperieren; Menschen wie er, Psychopathen, kooperierten niemals. Ihre Kugel würde vier andere Menschenleben töten, die vermisste Frau und die drei Kinder, die mit Sicherheit Gefangene ohne Ausweg an einem Ort waren, an dem sie niemand jemals finden würde. Sie hatte nur eine Möglichkeit, so beängstigend sie auch sein mochte. Egal, was es sie auch kostete, die Angst unter Kontrolle zu halten, die in ihrem Kopf wütete und Feuer in ihrem Blut entfachte.

Sie könnte sich von ihm gefangen nehmen lassen. Er würde sie dorthin bringen, wo er die anderen festhielt. Und Elliot würde ihnen folgen, würde sie retten. *Bitte, Elliot, komm und finde mich.*

Ihre Hand zitterte ein wenig und sie ließ ihre Waffe mit einem langen Seufzer sinken. Sie hatte ihre Entscheidung getroffen.

»Du hast recht, Nick. Es tut mir leid«, sagte sie. »Ich schätze, eine FBI-Agentin zu sein, verändert meine Sichtweise auf die Menschen. Ich hoffe, du kannst mir verzeihen.«

»Keine Sorge«, antwortete er und nahm ihr die Glock aus der Hand.

»Das werde ich dir nicht übel nehmen.«

Dann schlug er mit dem Kolben auf sie ein, sodass sie Sterne vor den Augen sah, während sie zu Boden fiel. Sie fiel immer noch, als die Dunkelheit sie einhüllte, dicht und still.

DREIUNDFÜNFZIG
ZUGRIFF

Elliot beobachtete das hell erleuchtete Fenster durch ein Fernglas, verborgen hinter einer Gruppe von Tannen mit schweren, niedrighängenden Ästen. Trotzdem konnte er Kay, die am anderen Ende des Raumes auf einem Sofa saß, kaum erkennen; aber zumindest wusste er, dass es ihr gut ging.

Aus der Ferne schien es, als ob die beiden einfach plauderten und Wein tranken, wie alte Freunde, die sich austauschten – was sie ja auch waren, zumindest offiziell. Er verstand zwar nicht, wie Kay ihn dazu bringen wollte, den Ort zu verraten, an dem er seine Opfer gefangen hielt, aber sie war diejenige, die dazu ausgebildet worden war und jahrelange Erfahrung mit der Verfolgung von Serienmördern hatte.

Er musste ihren Mut bewundern, als er für einen Moment damit aufhören konnte, sich zu fragen, wie er sich hatte überreden lassen können, sie allein dort hineingehen zu lassen. Es hat nicht leicht für sie sein können, an der Tür zu klingeln, nachdem sie wusste, wer Nick Stevens wirklich war, und das Haus zu betreten, nachdem sie unter dem grellen Licht des Autopsiesaals gesehen hatte, was er den Frauen in seiner Gewalt angetan hatte.

Ein leises Summen machte ihn auf eine neue Textnachricht aufmerksam. Er zog sein Handy heraus und sah auf den Bildschirm. Die Nachricht von Deputy Hobbs lautete: *Wir sind auf Position.*

Die ganze Wache, jeder, der entbehrlich war, einschließlich Logan selbst, hielt sich keinen Kilometer entfernt bereit, das Grundstück zu stürmen, sobald er das Signal gab. Kay hatte ihn angewiesen, dass er keinesfalls den Befehl zum Zugriff geben solle, außer wenn schon eine Stunde vergangen sei und sie über Telefon keine Reaktion zeige.

Er zählte die Minuten, die langsam verstrichen, während Kay, augenscheinlich ganz entspannt, ein Glas Wein in der Hand hielt und lässig lächelnd mit einem blutrünstigen Psychopathen redete. Die Frau hatte wirklich Nerven wie Stahlseile, so dick wie Elefantenbeine, das war eine Tatsache.

Sie hatte gesagt, dass sie in Sicherheit sein werde, weil er sie nirgendwohin mitnehmen könne, ohne seinen Cadillac direkt an Elliots Nase vorbeizufahren, und dass er ja merken würde, wenn sich das Garagentor öffne. Aber konnte sie in der Gegenwart eines gemeingefährlichen Psychopathen wirklich sicher sein? In so einer Situation konnte alles schiefgehen. Absolut alles. Wie ein buckelndes Wildpferd konnte der Staatsanwalt alles tun, was ihm gerade durch seinen kranken Kopf ging; es war unmöglich zu wissen, was und wann.

»Was habe ich mir nur dabei gedacht?«, murmelte er, wütend auf sich selbst und seine Ohnmacht. Anscheinend wurde sein Gehirn schlichtweg zu Brei, jedes Mal, wenn er mit einer Frau zusammenarbeitete. Das musste der Grund sein, warum er immer auf die Forderungen seiner Partnerinnen einging, egal wie haarsträubend sie waren. Er ließ sich von ihnen zu so ziemlich allem überreden. Wenn Alaska in seiner Zukunft läge, dann wäre das wenig überraschend.

Kay und Stevens standen auf und verschwanden dann aus

seinem Blickfeld, irgendwo zur Seite hin. Hinter keinem anderen Fenster wurde Licht eingeschaltet, aber mit jedem Moment, in dem er Kay nicht durch das Wohnzimmerfenster sehen konnte, wollte er nichts mehr, als diese Tür aufzubrechen, Haftbefehl hin oder her.

Er sah auf die Uhr und stöhnte. Es waren erst fünfunddreißig Minuten vergangen; er hatte noch etwas Zeit totzuschlagen, die längsten Sekunden seines ganzen Lebens.

Die Augen durch das Fernglas auf das Fenster geheftet, hielt er Ausschau nach einem Hinweis darauf, wo Kay sein könnte. Befanden sie sich noch im Wohnzimmer? Waren sie in den hinteren Teil des Hauses gegangen? Und warum? Warum blieb sie nicht dort, wo sie wusste, dass er sie sehen konnte? Warum sollte sie ihr Leben sinnlos aufs Spiel setzen?

Kay tauchte in den verbleibenden fünfundzwanzig Minuten nicht wieder auf, es gab keinerlei Anzeichen für eine Bewegung und kein Geräusch, das ihm einen Hinweis auf das gegeben hätte, was da drinnen vor sich ging. Als endlich eine volle Stunde vergangen war, rief er Kays Nummer an, aber der Anruf ging direkt auf die Mailbox.

»Verdammt noch mal, Kay Sharp«, murmelte er, dann funkte er Hobbs an. »Zugriff, jetzt.« Er hörte Logan, der ihm befahl, zu warten, bis sie da waren, aber er antwortete nicht. Mit der Waffe in der Hand verließ er den Schutz der Tannen und schlich sich heran, versteckte sich in den Schatten und hielt sich links der Einfahrt, wo Bäume den Asphalt säumten. Er erreichte Kays Auto und kauerte sich dahinter, wartete ein paar Sekunden, lauschte und überprüfte seine Umgebung auf Anzeichen, dass er entdeckt worden war. Dann näherte er sich mit ein paar eiligen und leisen Schritten der Eingangstür und schaute durch das Fenster, um nach Kay zu suchen. Sie war nicht zu sehen, und auch Stevens war nicht da.

Mit einem Tritt flog die Tür auf. Er trat vorsichtig ein und hielt einen Moment inne, um auf ein Geräusch zu lauschen. Mehrere Blutstropfen und ein Fleck auf den weißen Kacheln verrieten ihm, was passiert sein könnte. Wut stieg in ihm auf wie eine Flut, er sicherte das Wohnzimmer und ging dann in die Küche, während der Rest des Teams eintraf und das Haus gleichzeitig durch die Vorder- und Hintertür betrat.

»Sauber«, hörte er Logans Stimme aus dem hinteren Teil des Hauses.

»Sauber«, sagte Hobbs und verließ das Esszimmer, nachdem er eine Schranktür geöffnet und hineingeschaut hatte.

»Sauber«, verkündete Elliot, nachdem er noch einmal durch das Wohnzimmer gegangen war.

Kay, wo zum Teufel bist du?

Sein nächster Halt war die Garage mit den drei Stellplätzen. Er öffnete die Tür und tastete nach dem Lichtschalter, dann schaltete er das Licht ein und trat zurück, für den Fall, dass Stevens dort wartete und ihm auflauerte. Dann schaute er hinein. Abgesehen von dem blauen Cadillac, einem Rasenmäher und einigen Gartengeräten war die Garage leer. »Sauber«, verkündete er und steckte seine Waffe mit einem ausgiebigen Fluch in den Halfter.

Sie konnten sich doch nicht einfach in Luft aufgelöst haben.

Der Cadillac nahm den mittleren Platz ein, und der linke Platz beherbergte den Aufsitzmäher und mehrere Elektrowerkzeuge an den Wänden. Der rechte Bereich war leer, aber das interessanteste Detail war ein weiteres, schmaleres Tor, das in den Garten führte.

Er zog seine Waffe und näherte sich der hinteren Garagentür. Kein Türöffner war installiert, also musste sie manuell funktionieren.

Er riss sie auf und zuckte zusammen, als er einen Mann vor sich sah. Fast hätte er den Abzug betätigt.

»Nicht schießen«, reagierte Hobbs, »ich bin es.«

»Mensch, Hobbs«, erwiderte Elliot, ließ seine Waffe sinken und steckte sie ein, während ihm der Schweiß aus den Poren brach. »Das war verdammt knapp.«

Er zückte seine Taschenlampe und untersuchte den Garten, indem er von einem Ende zum anderen hastete.

Die rechte Seite der Garage stand direkt am felsigen Berghang und ließ nicht annähernd genug Platz für ein Fahrzeug, um um das Haus herumzufahren und so den Garten zu erreichen, nicht einmal für den Aufsitzrasenmäher. Wahrscheinlich hatte er deshalb das kleinere Tor an der Rückseite der Garage bauen lassen. Das ergab Sinn.

Aber warum war dann der Rasenmäher in der linken Bucht geparkt und nicht in der rechten? Das ergab überhaupt keinen Sinn, es sei denn, es gab ein drittes Fahrzeug in dieser dritten Parkbucht, ein Fahrzeug, das zusammen mit Kay und dem Mörder, der sie entführt hatte, verschwunden war.

Der Garten war schmal und endete in dichtem Wald und an einer steilen, felsigen Schlucht. Es gab keinen Weg heraus, selbst wenn ein drittes Fahrzeug in der Garage gestanden hätte. Er kniete neben der hinteren Garagentür und studierte die Grashalme, um nach Reifenspuren zu suchen. Zuerst war nichts zu sehen, nicht aus der Nähe. Aber als er ein paar Schritte zurücktrat und seine Blickrichtung auf die Richtung eines aus der Garage fahrenden Fahrzeugs ausrichtete, entdeckte er sie.

Er hatte nach schmalen Reifenspuren gesucht wie die eines Rasentraktors, aber die kaum sichtbaren Spuren, die er sah, stammten von großen, breiten Rädern, wie sie Geländefahrzeuge hatten, besonders solche, die für felsige, unebene Berghänge geeignet waren. Und dieses Fahrzeug war nun verschwunden.

Er folgte den Spuren bis zum hinteren Ende des Hofes, wo

sie hinter einem Vorhang aus tiefhängenden Schierlingsästen verschwanden und auf einem kaum sichtbaren Pfad in eine steile Schlucht hinabführten, die nach etwa zwanzig Metern ebenfalls im dichten Wald verschwand.

Sie konnten überall auf Stevens' Neunzig-Hektar-Grundstück sein, oder weit darüber hinaus, irgendwo im Nationalforst oder auf der anderen Seite des Berges. Er wurde ganz blass, als ihm klar wurde, wie wenig Möglichkeiten er hatte, während Stevens mit jedem Augenblick, der verging, mehr Abstand zwischen ihn und Kay brachte.

Sie war weg.

Er drehte sich um und betrachtete das Haus, in dem jedes erleuchtete Fenster einen gelben Schein in die Dunkelheit des Waldes warf. Logan und Hobbs kamen schnell näher, aber er starrte auf den blauen Cadillac, der teilweise durch die Hintertür der Garage sichtbar war.

»Er ist direkt dort durchgefahren«, erklärte Elliot und zeigte auf die Schlucht. »Holt euch ein paar Quads von den Nachbarn; die meisten Leute, die hier wohnen, haben welche.«

»Alles klar«, erwiderte Hobbs, eilte davon und winkte zwei weiteren Deputies, ihm zu folgen.

»Was haben Sie vor?«, fragte Logan und folgte ihm in die Garage.

»Ich folge ihnen«, antwortete er und ging zum Cadillac. »Sobald Hobbs ein Quad hat, wird er mich einholen.«

»Der wird da nicht durchpassen ...«, wollte Logan sagen, aber Elliot hatte bereits den Motor angelassen und war losgefahren. Das schmale Tor ließ den massiven Rahmen des Geländewagens kaum passieren, hinterließ auf beiden Seiten tiefe, lange Dellen und tiefe Risse in der Garagenwand. Als er den Rand des Rasens erreichte, verlangsamte er sein Tempo ein wenig und fuhr dann durch den Vorhang aus tiefhängenden Schierlingssträuchern und Tannen und tauchte den Wald in das helle Licht des Escalade. Die Spuren des Geländefahrzeugs waren nicht mehr zu sehen, aber hier und da konnte er noch erkennen, wo es ein paarmal zuvor gefahren war und Spuren eines Weges hinterlassen hatte.

VIERUNDFÜNFZIG

ENTFÜHRT

Mit einem Ruck kam sie zu sich, geweckt von einem Pochen in ihrer Brust und dem Hämmern von grellen Kopfschmerzen. Sie blinzelte ein paarmal und versuchte, ihr Sehvermögen an das starke Licht im Raum anzupassen, dann sah sie ihn. Er drehte ihr den Rücken zu, während er damit beschäftigt war, einige kleine Gegenstände auf einem Tablett zu arrangieren.

Kay atmete tief ein, um sich zu beruhigen, und machte eine mentale Bestandsaufnahme ihres Körpers. Sie war verletzt worden, hatte einen Schlag auf den Hinterkopf bekommen, und der Kragen ihrer Bluse schien feucht zu sein. Ihre Nasenlöcher nahmen einen vertrauten metallischen Geruch wahr. Blut.

Sie saß auf einem Holzstuhl, ihre Hände waren hinter der hohen, schmalen Rückenlehne mit etwas gefesselt, das sich wie ein Kabelbinder anfühlte und bereits in ihr Fleisch schnitt. Ihre Knöchel waren an den Stuhlbeinen festgebunden, ebenfalls mit Kabelbindern. Außer ihrem hämmernden Schädel und ihrem Selbstwertgefühl war nichts verletzt.

Wie konnte sie sich nur so leicht in seine Falle locken lassen? Was würde es den anderen nützen, wenn sie genauso gefesselt war und gefoltert wurde? Elliot hatte recht, sie war verrückt.

Elliot.

Der Gedanke an ihn schoss ihr wie ein Blitz durch den Kopf. Warum war er nicht schon da? War er erwischt worden? Getötet? Die Vorstellung, dass Elliot Young irgendwo in einer Blutlache lag, brachte ein Wimmern auf ihre Lippen.

»Ah, du bist wach«, sagte Stevens und drehte sich zu ihr um.

Seine Augen waren kalt und wild, angetrieben von dem erregenden Gedanken an das, was er gleich tun würde. Sie hatte an Kendras Körper gesehen, was das war, in grausigem Detail, und auch an Alisons Körper. Panik durchströmte ihr ganzes Wesen und ließ sie unkontrolliert an ihren Fesseln ziehen.

»Denk nicht einmal daran, meine liebe Kathy«, sagte er lächelnd, ein kaltes Lächeln, das seine Augen nicht berührte. »Darf ich Kathy sagen? So habe ich dich jedenfalls immer genannt.« Er streichelte mit seinen Fingern über ihre Wange. »Für mich wirst du immer Kathy sein. Das Mädchen, das mein Herz gestohlen hat.«

Sie widerstand dem Drang, sich verzweifelt loszureißen, weil sie wusste, dass sie sich damit nur selbst verletzen würde. Einen Moment lang lauschte sie auf ihren eigenen Atem, verdrängte ihn aus ihrer Wahrnehmung und distanzierte sich in einem kontrollierten dissoziativen Zustand. Dann gewann sie die Kontrolle über ihre Sinne zurück und erinnerte sich daran, dass sie immer noch die Chance hatte zu kämpfen.

»Kathy, das Mädchen, das mir meine Familie gestohlen hat«, fuhr Stevens fort, sammelte ein paar Gegenstände von einem entfernten Tisch und legte sie auf das gleiche Tablett.

Kay hielt sich selbst davon ab, die Anschuldigung zu leugnen, egal wie lächerlich sie war. Egal wie die Umstände auch waren – er war ein Geiselnehmer. Und es galt die goldene

Regel bei Geiselverhandlungen: Sage niemals nein zu ihnen. Widersprich ihnen niemals, egal wie verrückt ihre Aussagen oder lächerlich ihre Forderungen auch sein mögen.

Sie schwieg und lud ihn dazu ein, fortzufahren. Er tat es nicht.

»Sag mir, war an der Geschichte, die du mir erzählt hast, etwas Wahres dran?«, fragte sie schließlich.

»Mhm«, murmelte er. »Welcher Teil?«

Er brachte das Tablett zu ihrem Stuhl und stellte es auf einen Hocker in der Nähe. Es enthielt eine Schere, eine Haarbürste, mehrere Kämme und ein paar geflochtene, mit kleinen Federn verzierte Lederhaarbänder. Dann sah er sie an, als hätte er sie noch nie gesehen.

»Warum wolltest du Staatsanwalt werden, Nick?«, fragte sie und ignorierte sein distanziertes Schweigen.

Ein schiefes Grinsen umspielte seine Mundwinkel. »Wegen der Macht, die mir das gibt«, antwortete er. »Ich bin überrascht, dass du, die berühmte Psychologin und Profilerin, das noch nicht herausgefunden hast.«

Er strich ihr mit den Fingern durch das Haar, und seine Berührung jagte ihr Schauer über den Rücken. Sie schaffte es, nicht zusammenzuzucken, nicht zu keuchen, und konzentrierte sich darauf, was sie sagen musste, um ihn zu erreichen, um ihn aus der Fassung zu bringen.

Um sich etwas Zeit zu verschaffen.

»Ich entschuldige mich für alles, was ich dir angetan habe, Nick.«

Er starrte sie an. »Du hast ja keine Ahnung.« Er nahm einen Kamm vom Tablett und begann, ihn durch ihr Haar zu ziehen. »Du hast mir meinen rechtmäßigen Platz in meiner Familie genommen«, fügte er hinzu und nahm einen anderen Kamm, einen mit einem langen, scharfen Griff. Mit ihm teilte er ihr Haar von der Stirn bis zum Hinterkopf. Als er ihre Wunde berührte, zuckte sie zusammen.

Er hörte nicht auf. Er band eine Hälfte ihres Haares locker mit einem Band zusammen, um es aus dem Weg zu halten, dann rollte er seinen Stuhl auf ihre rechte Seite und begann zu flechten. »Es war *meine* Familie, Kathy! Meine, nicht deine.«

Sie schluckte schwer, ihre Kehle war trocken. »Ich hatte keine Ahnung, Nick. Ich war nur ein dummes Kind, und du warst mein Freund. Ich wollte dir nie wehtun.«

Er zog sie unsanft an den Haaren und flocht weiter. »Sie haben dich mehr geliebt als mich.«

Sie biss sich auf die Lippe und war versucht zu sagen, dass das nicht stimmte. »Du warst mein Freund, Nick, und eines Tages warst du verschwunden. Ich hatte keine Ahnung, warum du gegangen bist, ohne dich zu verabschieden.«

Er zerrte wieder an ihrem Haar, und die plötzliche Bewegung ließ das Hämmern in ihrem Kopf wieder aufleben. »Ich bin nicht gegangen!«, rief er. »Aber hast du dir die Mühe gemacht, dich zu kümmern? Zu fragen, wo ich war?«

»Das war ein schwieriges Jahr«, begann sie und wollte sich sofort einen Tritt verpassen. Sie wusste es besser, als sich vor einem Power-Tripper zu verteidigen. Das verärgerte sie mehr als alles andere. »Ich habe gefragt«, log sie, »viele Male. Aber niemand hat mir etwas gesagt, und deine Mutter, ähm, sie sagte, ich solle nicht mehr nach dir fragen.«

Er sagte nichts, sondern flocht weiter ihr Haar, wobei er jede Strähne einzeln betrachtete. Zweimal machte er seine Arbeit rückgängig und begann erneut, um lose Strähnen zu erwischen, die er übersehen hatte.

»In jenem Jahr habe ich zwei Menschen verloren«, fuhr Kay fort, nicht gewillt, ihn mit seinen Gedanken in ein Loch abtauchen zu lassen, in das sie ihm nicht folgen konnte. »Dich und meinen Vater.«

»Dein Vater«, wiederholte er und sprach langsam und bedrohlich. »Was ist mit deinem Vater passiert, Kathy?«

»Du weißt es nicht?«, fragte sie und hielt den Atem an.

Wenn er das Messer hatte, wusste er es. Er hatte seine Leiche gesehen, das, was von ihr übrig war, und er wusste es schon seit einer Weile. Der Fleck Erde zwischen den Weiden war in letzter Zeit nicht angerührt worden.

»Wie sollte ich?«, antwortete er ruhig. »Ich war ein obdachloses Kind in San Francisco, habe aus dem Müll gegessen und bin vergewaltigt worden.«

Ihr stockte der Atem. Das erklärte seine Gewalt gegen die Frauen, die er an die Stelle seiner Mutter setzte, der Person, die er für sein Leiden verantwortlich machte. Er wollte, dass sie all den Schmerz spürten, den er einst empfunden hatte.

»Ich dachte, du wüsstest es«, fuhr sie ruhig fort. »Wegen des Messers.«

Das schiefe Grinsen kehrte zurück, als er einen Zopf fertigstellte und ihn mit einem Haarband befestigte. Dann zog er ihn hinter ihr Ohr und dann auf ihre Brust und ordnete die Federn mit zarten Fingern, die nicht in der Lage zu sein schienen, den Schaden anzurichten, den sie an den Körpern seiner Opfer gesehen hatte.

»Vielleicht weiß ich ja doch etwas«, antwortete er. »Warum füllst du nicht die Lücken?«

Sie hielt einen Moment inne und überlegte sich jedes Wort einzeln, das sie sagen wollte. Sie wog ab, welche Auswirkungen es haben würde. Was wäre, wenn er durch eine unerklärliche Wendung des Schicksals doch nicht alles über ihren Vater wusste? Das ergab nicht viel Sinn. Wenn er das Messer hatte, dann wusste er alles über den Mann, den sie und Jacob hinter dem Haus im Boden vergraben hatten.

»Mein Vater hat mit diesem Messer auf meine Mutter eingestochen«, sagte sie schnell, ein Stückchen Wahrheit preisgebend und froh, als es in der gespannten Luft zwischen ihnen stand.

Er antwortete nicht und zwischen ihnen herrschte Schweigen, während Kay sich danach sehnte zu erfahren, was er wusste und seit wann. »Jetzt weißt du es«, sagte sie, leckte sich über die trockenen Lippen und sog etwas Luft in ihre Lungen. »War das Messer eine Botschaft an mich, Nick?«

Er antwortete immer noch nicht, schien in seinen Gedanken versunken zu sein, getrieben von seinem Zwang, den perfekten Rahmen für ihre Bestrafung zu schaffen. Sein intensiver Blick blieb auf seine Arbeit gerichtet. Er wechselte auf ihre andere Seite, kämmte das verbliebene Haar erneut und machte sich bereit, es zu flechten. »Es ist schon komisch, dass du dir Frauen aussuchst, die keinen Pony haben«, sagte sie und zwang sich zu einem Lächeln. »Ich habe auch keinen Pony. Liegt es daran, dass die Frauen der Ureinwohner ihre Haare nicht schneiden, außer wenn sie trauern? Ist es das?«

Das hatte einen Nerv getroffen. Er fing an, ihr die Haare mit unüberlegten Bewegungen zu flechten, zerrte an ihrer Kopfhaut und ließ sie vor Schmerz zusammenzucken. Sie fühlte, wie Blut auf ihren Nacken tropfte und ihren Kragen tränkte.

»Sie hat nicht getrauert, nachdem ich gegangen war«, sagte er schließlich. »Sie hat sich die Haare nicht abgeschnitten. Mein Verlust bedeutete ihr gar nichts.«

»Nein, sie hat sich die Haare nicht abgeschnitten«, sagte Kay sanft, »aber sie trauert immer noch. Ich habe dein Foto in ihrem Album gesehen. Sie liebt es sehr.«

Er verpasste ihr eine Ohrfeige, die ihr die Tränen in die Augen trieb. »Lüg mich nicht an! Glaube nicht, ich wüsste nicht, was du vorhast.«

»Ich bin nicht ...«, begann sie zu sagen, hielt aber inne und bereute die stechenden Tränen, die ihr in die Augen stiegen. »Ich wollte nur, dass du es weißt, das ist alles. Ich war heute da, bei deiner Mutter. Ich habe ihre Tränen gesehen, als sie deinen Namen erwähnte.«

Seine Wut zeigte sich immer noch in seinen Bewegungen,

und einen Moment lang sprach sie nicht weiter, weil sie Angst hatte, ihn wieder zu provozieren.

»Warum hast du deinen Namen geändert, Nick?«, fragte sie schließlich, in der Hoffnung, dass das Thema ausreichend sicher war, um darüber zu sprechen.

Sein Atem beschleunigte sich und sein Kiefer krampfte sich zusammen. »Sie hat die Stadt mit ihren Lügen gefüllt«, sagte er und knirschte dabei mit den Zähnen, als würden ihm die Worte wehtun, wenn sie seine Lippen verließen. »Jeder in Mount Chester verachtet Nick Stinson. Aber sie haben Nick Stevens zum Bezirksstaatsanwalt von Franklin County gewählt.«

»Welche Lügen?«, fragte sie ruhig und hoffte, dass ihre Stimme die alten Verletzungen wenigstens ein bisschen besänftigen würde.

Er antwortete nicht, sondern wandte zum ersten Mal die Augen ab. Er schämte sich. »Du warst von mir erregt, nicht wahr?«, fragte sie leise, ihre Stimme war kaum ein Flüstern, ihr Ton verständnisvoll, mitfühlend.

»Ich war nur ein kleines Mädchen«, fügte sie hinzu.

»Ja«, antwortete er bitter, »du und Judy, ihr beide. Ihr wart immer Mutters kleine Mädchen.« Er wickelte das zweite Haarband um das Ende ihres Zopfes und richtete ihn so ordentlich, wie er es mit dem ersten getan hatte. »Nun, heute nicht mehr, meine Liebe. Heute bezahlst du für alles, was du getan hast.«

Ihr Atem stockte, während die Panik zurückkehrte und ihr ganzes Wesen in Beschlag nahm.

»Was habe ich getan, Nick?«, fragte sie leise und musste sich zwingen, nicht zu zittern.

Es herrschte tiefes Schweigen, während sich Nicks Kiefer verspannte. Er starrte sie an, die Intensität in seinen Augen brennend, drohend, drängend.

Als er sprach, war seine Stimme gepresst und bitter, erstickt von unsäglicher Wut.

»Du warst immer da, mit deinen kurzen Röcken, hast Rad

geschlagen in deiner rosa Unterwäsche, hast dein Fleisch vor mir zur Schau gestellt und dich nicht darum gekümmert, was das mit mir, mit meinem Körper gemacht hat.«

Sie wartete einen Moment, aber er sprach nicht weiter. Sie konnte sich seine Qualen vorstellen: ein Teenager, der seine Sexualität nicht verstand, dessen Verlangen ihn in den Wahnsinn trieb und ihn mit Schuldgefühlen belastete.

Aber er war nie der typische Teenager gewesen; er hatte bereits zwei Faktoren der mörderischen Triade gezeigt. Er hatte Tiere getötet und die Scheune der Familie angezündet. Die Triebe in ihm wüteten, und sein Sexualtrieb war gnadenlos und obsessiv.

Aber er war zum Bett seiner Mutter gegangen, nicht zu dem von Judy und auch nicht zu ihrem. Warum hatte er sich dann auf sie fixiert? Wahrscheinlich, weil sie die Erste war, die in seinem jungen Körper eine sexuelle Reaktion hervorgerufen hatte. Er musste ihr die Schuld für die sexuellen Gedanken geben, die er für seine Mutter und seine Schwester hatte, und für die Schuld und Scham, die er ertragen musste.

»Ich verstehe«, antwortete sie mit fast unverständlichen Worten und gebrochener Stimme. »Ich verstehe, warum du mich bestrafen willst. Aber warum warst du so hart zu Jacob? Er hat es nicht verdient, für einen lahmen Schlag in einer Bar ins Gefängnis zu kommen, Nick. Als du sechzehn warst, hattest du schon Schlimmeres getan.«

Er brach in Gelächter aus, stand in einiger Entfernung und bewunderte sein Werk. Sein Gekicher hallte seltsam im Raum wider, und als Antwort darauf ertönte aus einem anderen Zimmer eine laut jammernde Frauenstimme. Das laute Hämmern gegen eine Tür ließ einen Hoffnungsschimmer in Kays Herz aufsteigen, aber bald wurde ihr klar, dass es wahrscheinlich dieselbe Frau war, die er am Tag zuvor entführt hatte. Nicht Elliot.

Wenigstens hatte Kay sie noch rechtzeitig gefunden. Sie

war noch am Leben, auch wenn Kay sich ihre Rettung etwas anders vorgestellt hatte.

Wo war Elliot?

»Du denkst, ich war hart zu deinem Bruder?«, fragte er, immer noch lachend wie ein Verrückter, die Hände auf die Oberschenkel gestützt. »Glaubst du, das war alles? Eine überzogene Anklage, die mit Nachdruck verfolgt wurde, um ihm eine Gefängnisstrafe einzubringen?« Er klatschte in die Hände, sichtlich amüsiert. »Nun, denk lieber noch einmal darüber nach!«

Das Blut tropfte von ihrem Gesicht, während ihr Herz vor Schmerz raste und sie sich an Jacobs blaues Auge und seine geschwollene Lippe erinnerte. »Was hast du getan, du kranker Mistkerl?«, fragte sie mit tiefer, bedrohlicher Stimme.

»*Ich* habe Rafael Trujillo geschickt, um deinen lahmarschigen Bruder zu provozieren, im Gegenzug für die Einstellung eines Verfahrens gegen ihn wegen einer Spritztour mit einem gestohlenen Auto. *Dann* habe ich eine überhöhte Anklage gestellt und sie mit Nachdruck verfolgt. Schließlich hat mir Richter Hewitt, mit dem ich jeden Donnerstagabend Poker spiele, einen Gefallen getan und den Fall von Jacob Sharp genutzt, um in der Gemeinde ein Zeichen zu setzen. Ich habe ihm seine Pokerschulden erlassen, aber was sind heutzutage schon zweitausend Dollar, nicht wahr?«

Sie zerrte mit aller Kraft an ihren Fesseln und spürte nicht einmal den Schmerz, als die Kabelbinder in ihr Fleisch schnitten. »Warum?«, fragte sie, ihre Augen bohrten sich in seine, ihre Wut wurde durch seine Belustigung noch verstärkt. »Ich schwöre bei Gott, Nick, ich *werde* dich umbringen.«

Er schmunzelte. »Warum? Kann die allmächtige FBI-Profilerin nicht einmal das herausfinden?«

Sie starrte ihn an, unfähig zu denken, unfähig, das Ausmaß seiner Bösartigkeit zu begreifen.

»Ich wusste, dass du ihm zur Seite eilen würdest«, erklärte

er und grinste breit. »Ich wollte, dass du hierherkommst, so wie es jetzt geschehen ist, und mir den Winter über Gesellschaft leistest. Ich habe von diesem Moment geträumt, seit ich dich zum ersten Mal in unserem Garten gesehen habe, wie du mit Judy Rad geschlagen hast. Du hattest rosa Unterwäsche an, weißt du noch?«

Ihr war übel und sie atmete scharf ein, um ihre Übelkeit zu vertreiben. »Ich war ein Kind, du kranker Mistkerl!«

»Ich hatte erwartet, dass du kommst und für Jacob aussagst. Ich hätte ihn leichter davonkommen lassen, wenn du nur gekommen wärst«, sagte er und ging langsam im Raum auf und ab. »Aber du bist nicht gekommen. Es ist alles deine Schuld.« Er blieb vor ihr stehen und fuhr mit den Fingern über ihre Lippen. »Du bist jetzt hier, Kathy. Das ist alles, was zählt.«

Es kostete sie all ihre Kraft, ruhig zu bleiben.

»Warum jetzt, Nick? Was ist so besonders jetzt?«, fragte sie und spürte, wie ihr die Galle hochkam bei dem Gedanken, dass sie irgendwie zum Hauptziel eines Serienmörders geworden war, zum ultimativen Mord, für den er all die Jahre geübt hatte. Aber warum gerade jetzt? Was war der Auslöser für die Ereignisse, die damit begonnen hatten, dass Jacob eine Falle gestellt worden war?

»Verlorene Zeit findet man nie wieder, nicht wahr?«, antwortete er so ruhig, als würde er bei einem Glas Wein über Philosophie diskutieren.

»Es ist etwas passiert, Nick, das dich daran erinnert hat, dass es mich gibt.«

»Oh, ich habe nie vergessen, dass es dich gibt, nicht einen Tag lang. Du gehörtest von Anfang an zu mir, und ich wollte nicht zulassen, dass sich das ändert. Ich wollte nicht, dass du mit jemand anderem als mir glücklich wirst.«

Sie runzelte die Stirn. Wovon zum Teufel sprach er?

Spöttisch zog er seine Brieftasche hervor und fischte einen gefalteten Zeitungsausschnitt aus dem *San Francisco Chronicle* von vor ein paar Wochen heraus. Das Foto zeigte sie bei der Verleihung der FBI-Medaille für Tapferkeit durch ihren Mentor und langjährigen Freund Aaron Reese, den Leiter der Abteilung für Verhaltensanalyse.

Er schob ihr das Foto unter die Augen, und sie sah es an und versuchte, die Dinge aus seiner Perspektive zu sehen. Sie strahlte auf dem Bild; sie erinnerte sich noch gut daran, wie sie sich an diesem Tag gefühlt hatte, stolz und ein wenig überwältigt, als ihre Leistungen nach einem sehr schwierigen Fall anerkannt wurden. Aaron Reese lächelte ebenfalls liebevoll; er hatte immer behauptet, sie sei die klügste unter seinen Studenten und würde einmal Großes für die Behörde leisten.

Aber man musste schon einen verdrehten Verstand besitzen, um sich allein aufgrund dieses Fotos eine sexuelle Beziehung zwischen ihr und Reese vorzustellen.

»Das hast du falsch verstanden, Nick«, antwortete sie, »da läuft nichts zwischen ...«

»Ich glaube dir, ja«, antwortete er ruhig und ein zufriedenes Lächeln erschien auf seinen Lippen. »Aaron Reese hatte vor ein paar Tagen einen Unfall auf der Interstate. Ziemlich unglücklich«, fügte er hinzu, wobei sein Lächeln nun seine Zähne entblößte. »Ich fürchte, er hat es nicht geschafft, der Arme, also, ja, zwischen euch beiden läuft definitiv nichts. Jetzt können du und ich unser Schicksal erfüllen.«

»Dafür wirst du bezahlen, Nick Stevens, oder wie auch immer du heißen magst«, sagte sie mit wütender Stimme. »Sie wissen, wer du bist, und sie werden dich holen kommen.«

Er lachte wieder, fast freundlich, so wie man lacht, wenn man die wahnhafte Fantasie eines Kindes hört. »Ja? Und warum sind sie dann nicht schon hier?«

Er öffnete langsam die Knöpfe ihrer Bluse und genoss es, zu sehen, wie sich ihr Brustkorb mit jedem ihrer berstenden Atemzüge hob.

»Deine Mutter hatte recht, dich wie einen tollwütigen Hund rauszuwerfen«, sagte sie und sah ihm in die Augen.

Seine Hand landete hart auf ihrem Gesicht und sie schrie auf, bevor sie sich beherrschen konnte. Aber sie senkte ihren Blick nicht. Sie blinzelte die brennenden Tränen weg und sagte: »Ich werde dich töten, Nick Stinson, mit meinen eigenen Händen, das verspreche ich dir.«

Der zweite Schlag kam genauso hart und sie schrie wieder, während er lachte. »Ich wusste, dass wir beide Spaß miteinander haben würden. Das wusste ich schon vor langer Zeit.«

Das laute Weinen eines Kindes kam aus einem entfernten Raum und er erstarrte. Vorhin, als die Frau, die sie zuvor schluchzen gehört hatte, zu weinen begonnen hatte, schien es ihn nicht zu kümmern. Aber der Klang des Kinderweinens hatte eine andere Wirkung auf ihn.

Er starrte sie einen kurzen Moment lang mit lüsternen, blutunterlaufenen Augen an, dann ging er und schlug die Tür hinter sich zu.

Kay hörte einige Augenblicke lang aufmerksam zu, hörte seine Schritte, die immer leiser wurden. Bald darauf wurde eine weitere Tür geschlossen, und einen Moment später hörte das Schluchzen des Kindes auf.

Sie hatte nicht viel Zeit. Sie hoffte nur, dass sie reichen würde. Sie erschauderte bei dem Gedanken, dass sie ihrem verwundeten Schädel noch mehr Schmerzen zufügen würde, und warf sich auf die Seite. Mit einem dumpfen Stöhnen landete sie hart auf dem gefliesten Boden, wobei sie wieder Sterne sah, als ihre Schläfe auf die harte Oberfläche aufschlug.

Auf der Seite liegend schob sie ihren linken Knöchel so weit wie möglich nach unten und zwängte den Kabelbinder am Stuhlbein entlang bis zum Ende, wo er lose wurde. Sie wieder-holte dieselbe Bewegung mit dem rechten Knöchel, wobei sie ihren linken Fuß benutzte, um den Stuhl in Position zu halten, während ihr rechter Knöchel tiefer rutschte.

Sobald beide Füße frei waren, stieß sie sich vom Stuhl ab und schob ihre gefesselten Handgelenke die Rückenlehne entlang, bis sie frei waren. Dann kniete sie sich auf den Boden, schwindlig und wackelig, ihr Kopf pochte heftig. Als sie sich auf die Knie sinken ließ, schob sie ihre gefesselten Hände unter ihr Gesäß und nach vorne, dann verlagerte sie ihr Gewicht nach hinten, bis sie auf dem Boden saß, die gefesselten Handgelenke unter den Knien. Dann winkelte sie ihre Beine an, eines nach dem anderen, bis sie ihre Hände an den Füßen vorbei und vor sich bringen konnte.

Eine Tür öffnete sich, eine andere schloss sich irgendwo in der Nähe, und sie sprang auf die Füße. Der Kabelbinder, der ihre Handgelenke festhielt, hatte sich ein wenig gelockert, aber nicht genug, um ihre Hände herausgleiten zu lassen. Sie packte das Ende des Bandes mit den Zähnen und zog so fest daran, wie sie konnte, ohne zu schreien. Dabei ignorierte sie das Blut, das von der Stelle tropfte, wo es in ihre Haut geschnitten hatte, und wusste, dass es erst noch schlimmer werden würde, bevor es besser wurde.

Sie hatte das schon einmal gemacht, in einer Trainingseinheit in Quantico, mit einem erfahrenen Überlebenstrainer. Damals hatte sie nicht geglaubt, dass sie die gründliche Herangehensweise des Mannes an Überlebens-, Ausweich-, Widerstands- und Fluchtstrategien jemals nutzen würde, aber sie hatte sich geirrt. Jetzt wiederholte sie seine Methode im Geiste, schnell, und ihr Herz klopfte, als sich eilige Schritte im Flur näherten.

Heben Sie die Arme über den Kopf und lassen Sie sie dann schnell in Richtung Ihres Bauches sinken, während Sie gleichzeitig die Ellbogen auseinanderziehen. Je schneller und kräftiger Sie dies tun, desto geringer sind die Schmerzen und die Schäden an Ihren Handgelenken. Wenn Sie es richtig machen, reißt der Kabelbinder auf. Wenn Sie es ein paarmal falsch machen, werden Ihre Adern aufgeschnitten und Sie verbluten in Gefangenschaft.

Sie füllte ihre Lungen mit Luft und hob die Arme über den Kopf, gerade als sich der Türgriff bewegte. Dann ließ sie die Arme kräftig herunter, ohne sich darum zu kümmern, dass es wehtun würde. Die Tür öffnete sich, und Stevens blieb überrascht stehen, als der Kabelbinder riss und sie sich befreite. Für den Bruchteil einer Sekunde starrten sie sich an, wobei Kay sich bewusst war, dass er doppelt so groß war wie sie.

Sie sah sich nach etwas um, das sie benutzen konnte, als er sich mit einem kehligen Laut auf sie stürzte. Sie wich aus und entkam ihm für einen kurzen Moment, als sie die Schere auf dem Tablett sah. Sie griff danach, gerade als er sie an der Taille packte und zu Boden warf. Er drückte sie mit seinem Gewicht zu Boden und versuchte, ihre fuchtelnden Arme zu fassen zu bekommen. Sie hielt die Schere so fest sie konnte, ließ ihren Arm kraftvoll sinken und stach ihm in den Rücken.

Er keuchte, Blut strömte aus seiner Wunde. Sie riss sich von ihm los und rannte orientierungslos aus dem Raum. Die Schreie und das Hämmern aus dem unteren Stockwerk waren wieder zu hören, und sie konnte das Kind wieder weinen hören. Bald würde sie sie befreien, aber zuerst musste sie herausfinden, wo sie war.

Mit zitternden Händen fand sie einen Lichtschalter und schaltete das Licht in einem Raum ein, der der Hauptraum einer Blockhütte zu sein schien. Verzweifelt suchte sie nach dem Eingang und fand ihn. Sie öffnete die Tür und eilte nach draußen, wo sie von der eisigen Luft in der völligen Dunkelheit sofort fröstelte. Das schwache Licht, das durch die offene Tür drang, warf einen Lichtkegel auf den dichten Wald. Sie konnte den schwachen Schatten des Berggipfels gegen den mondbeschienenen Himmel sehen, genug, um zu erkennen, dass sie sich in der Nähe des Gipfels befand, auf einem der Hänge. Wie war sie dorthin gekommen? Sie wollte schnell einen Blick um das Haus herum werfen und stürzte dabei fast in eine gewaltige Schlucht, die sich an der Seite der Hütte auftat, ein bodenloser Abgrund. Am anderen Ende sah sie ein Geländefahrzeug, aber die Schlüssel steckten nicht im Zündschloss.

Er musste sie haben.

Kay wollte gerade zurück ins Haus eilen und die anderen befreien, dann die Schlüssel suchen und weglaufen, als sie durch den dichten Wald in der Ferne Lichter aufblitzen sah.

»Hey«, rief sie und winkte verzweifelt den herannahenden Lichtern zu. »Hier drüben!«

Das Blut gefror ihr in den Adern, als sie spürte, wie Nicks Hände sich um ihren Hals legten, sie erbarmungslos würgten und ihr die Luft aus den Lungen drückten. Sie schlug wild um sich, unfähig, sich gegen ihn zu wehren und sich zu befreien. Selbst verwundet war er stärker als sie, und sie verlor mit jeder Sekunde, die verging, mehr Kraft.

Als ihre Knie nachzugeben begannen, erinnerte sie sich an eine andere Überlebenstechnik. Sie griff hinter sich und packte seinen Kopf mit aller Kraft, dann warf sie sich mit voller Wucht zu Boden. Sie brachte ihn hart zu Fall und rollte sich dann unter ihm weg, während seine Finger sie weiter würgten und ihre Luftröhre zerdrückten. Sie fuchtelte verzweifelt mit den Armen, suchte nach etwas, das sie benutzen konnte, fand aber nichts. Instinktiv zerrte sie an dem erbarmungslosen Griff an ihrer Kehle, aber als die Dunkelheit über sie hereinbrach, blitzte eine Erinnerung in ihr auf. Im Haus hatte er ihr Elliots Pistole aus der Hand genommen und in seine rechte Tasche gesteckt. Er trug immer noch die selbe Kleidung.

Mit zitternden, starren Fingern tastete sie nach der Waffe. Sie war da. Sie zog sie aus seiner Tasche, und das spürte er. Er stöhnte fluchend auf und ließ ihren Hals los. Sie füllte ihre Lungen mit einem rasselnden, erstickten Atemzug, der höllisch wehtat, und drückte ab, gerade, als seine Hände nach der Waffe griffen.

Der Schuss hallte an dem felsigen Berghang wider, dann noch einer.

Dann wurde alles dunkel.

SECHSUNDFÜNFZIG

DIE ANDERE FRAU

Mit einem Ruck war sie aufgewacht, Panik tobte in ihrem müden Geist und das Blut rauschte durch ihre Adern. Geräusche, die sie noch nie zuvor gehört hatte, ließen sie aufspringen und schweigend im Zimmer umhergehen, dann das Ohr an die Tür legen und den Atem anhalten.

Irgendwo in der Nähe das Geräusch eines harten Schlags, dann der Schrei einer Frau. Einige Momente der Stille, dann machten die gleichen Geräusche das Geschehen anschaulich, ohne jeden Zweifel, denn sie hatte dieselben Schläge abbekommen, und sie hatte geschrien, bis ihre Kehle rau war.

Der kranke Scheißkerl hatte sich eine andere Frau genommen.

Tränen brannten in ihren Augen und kullerten langsam über ihre Wangen. Sie ballte ihre Hände zu Fäusten und hämmerte sinnlos gegen die Tür, wohl wissend, dass dies nur ein Zeichen des Mitgefühls für die andere Frau war, wenn sie es hören konnte, eine wortlose Ermutigung. Sie wusste, wie viel Angst sie haben musste, wie sehr sie in Panik verfallen sein und das Gefühl haben musste, dass die Welt sich geöffnet und sie verschlungen hatte, sodass sie einem wilden Tier ausgeliefert war. Dann herrschte einige Augenblicke lang Stille und Wendy atmete langsam, weil sie befürchtete, dass das Geräusch der Luft, die ihre Lungen verließ, entfernte Geräusche überdecken würde, die sie unbedingt hören wollte. Eine Zeit lang war nichts zu hören, Stille erfüllte den Raum wie schwerer Rauch, schien sie zu würgen.

Das ferne Geräusch eines weinenden Kindes war schwach, kaum zu hören. Sie hatte es schon einmal gehört, es kam irgendwo von oben, war fast so verzweifelt wie ihre eigenen Schreie, aber sofort wieder verstummt. Wer war das Kind, und wo war seine Mutter? War sie in die Hände derselben Bestie gefallen und irgendwie zu Tode gekommen? Wendy hörte, wie sich in der Nähe eine Tür öffnete und sich schwere Schritte näherten. Sie wich von der Tür zurück, weil sie die Annäherung des Mannes fürchtete und so viel Abstand wie möglich zwischen sich und ihn bringen wollte. Aber er ging direkt an ihrer Zelle vorbei und dann die Treppe hinauf, wobei seine Schuhe in einem schnellen, eiligen Rhythmus gegen die Stufen klopften. Wenige Augenblicke später hörte das Schluchzen des Kindes auf, und es kehrte wieder Stille ein.

Sie atmete noch einmal durch, diesmal tiefer, ihre Lungen hungerten nach der stärkenden Luft, die sie in der kurzen Atempause, die ihr gewährt worden war, ihrem geschwächten Körper zuführen wollte. Eine andere Frau in Gefangenschaft bedeutete, dass er in dieser Nacht vielleicht nicht kommen würde. Vielleicht besuchte er stattdessen sie. Wendy ließ den Kopf hängen und schämte sich für die Erleichterung, die sie bei dem Gedanken an das Leiden eines anderen Menschen anstelle ihres eigenen empfand.

Ein dumpfes Poltern, das aus demselben Zimmer in der Nähe kam, ließ ihr den Atem stocken. Sie ging auf Zehenspitzen zur Tür und lauschte, ihr eigener Herzschlag war zu laut und dröhnte in ihren Ohren. Die Geräusche von jemandem, der über den Boden kratzte, etwas, das über die Fliesen geschleift wurde, dann leichte, schnelle Schritte.

Die Frau war geflohen!

Vor lauter Freude füllte sich ihre Brust mit neuer Hoffnung. Die tapfere Fremde würde sich bald in Sicherheit bringen und den Leuten von diesem Ort des Grauens erzählen, und die Polizei würde kommen und sie finden und befreien. Sie drückte sich mit dem ganzen Körper gegen die Tür, lauschte und stellte sich die Frau vor, wie sie sich in Richtung Freiheit bewegte, jede Sekunde brachte sie der Tür, der Außenwelt, näher. Dann verklangen ihre Schritte und hinterließen Stille wie nasse Fußabdrücke in tiefem Schnee.

Der Mann war woanders, wahrscheinlich im Obergeschoss, und hatte die Frau nicht weggehen hören.

Ein leises Quietschen kennzeichnete den Moment, in dem die Frau die Haustür öffnete und einen Schwall eiskalter Luft ins Innere brachte, der unter der Tür hindurchschlich und Wendys Füße frösteln ließ. Sie war draußen ... sie hatte es geschafft!

Dann hörte Wendy die Stimme der Frau, die dem Klang nach jemanden in der Ferne rief und sagte: »Hey! Hier drüben!«

Tränen liefen Wendy über die Wangen, ohne dass sie sie überhaupt spürte. Es gab andere ... andere Menschen da draußen, die bald kommen und sie befreien würden. Dieser Mann würde sie nie wieder anfassen. Ihr nie wieder wehtun. Sie würde bald wieder nach Hause gehen.

Aber der Ruf der Frau musste gehört worden sein, denn irgendwo schwang eine Tür auf und der Mann rannte die Treppe hinauf und zur Tür hinaus.

Das Blut gefror in ihren Adern und sie bedeckte ihren Mund mit beiden Händen, um den Schrei, der aus ihrer Lunge aufstieg, in der Stille gefangen zu halten.

Als der erste Schuss direkt vor dem winzigen Fenster ihrer

Zelle ertönte, erstarrte sie und hoffte, dass den Mann das Schicksal ereilt hatte, das er so sehr verdiente. Aber so sehr sie auch lauschte, sie hörte nicht, wie sein Körper fiel und auf dem Boden aufschlug. Nichts, nur ein gedämpftes Grunzen und der Schmerzensschrei einer Frau.

Dann hallte ein zweiter Schuss durch das Tal, und das Geräusch zerriss Wendys Herz. Das Geräusch eines Körpers, der auf dem Boden aufschlug, war das Letzte, was sie hörte, bevor die Angst in ihrer Brust aufstieg und die Hoffnung niederdrückte.

Sie kletterte zu der winzigen Öffnung in der Wand und spähte hinaus, wobei sie Mühe hatte, in der dichten Dunkelheit etwas zu erkennen. Das Fenster lag zur Schlucht hin, aber es gab einen winzigen Ausschnitt der gepflasterten Einfahrt neben dem Eingang frei. Im schwachen Mondlicht sah sie das Bein einer Frau auf dem Boden liegen, Blut tropfte von ihrem Knöchel, wo sie gefesselt gewesen war, genau wie Wendy, und der Rest ihres Körpers war um die Ecke herum nicht zu sehen.

Er hatte sie umgebracht.

Eine Welle der Verzweiflung erfüllte sie und sie schrie, schrie, bis ihr die Kehle brannte, während sie mit beiden Fäusten gegen die Tür hämmerte.

Nichts als Stille begegnete ihrer Qual.

SIEBENUNDFÜNFZIG

DETECTIVE

Das Erste, was Kay hörte, war Elliots Stimme, die Anordnungen rief, damit Beweise in der Hütte gesammelt wurden. Er wollte, dass die Deputies jeden Raum inspizierten und alles, was sie fanden, in Beweistaschen packten, ohne Ausnahme.

Sie öffnete die Augen und blinzelte ein paarmal, bis sich ihr doppelter Blick klärte und sich die beiden Bilder ihrer Realität zu einem scharfen Bild überlagerten. Sie lag auf dem Sofa, zugedeckt mit einer Decke, und da war etwas an ihrem Hinterkopf, das dort nicht hingehörte. Als sie ihre Hand dorthin hob, spürte sie eine Mullbinde und Klebeband, das wahrscheinlich von einem Sanitäter dort angebracht worden war.

Sie wälzte sich hin und her und versuchte aufzustehen, dann gab sie es für einen Moment auf, weil ihr schwindlig und übel war. Sie versuchte zu schlucken, aber der unerträgliche Schmerz in ihrer Kehle ließ sie es bereuen.

»Du bist wach«, sagte Elliot sanft und kauerte sich neben sie. »Wie fühlst du dich?«

Kay versuchte zu antworten, aber es kam nur ein heiseres Flüstern heraus. Sie berührte ihren Hals und spürte, wie er unter ihren Fingern weich wurde und bei jedem Atemzug und jeder Bewegung schmerzte. Sie griff nach Elliots Arm und setzte sich auf die Seite des Sofas, um die Decke wegzuschieben. Sie erkannte das Muster der Decke und zuckte zusammen. »Willst du mich verarschen?«, sagte sie, ihre Worte waren ein ersticktes, raues Flüstern.

Es war eine der Decken, in die der Täter seine Opfer einwickelte, bevor er sie vergrub.

»Tut mir leid«, antwortete Elliot. »Wir hatten nichts anderes.«

Sie stand, war zunächst etwas unsicher auf den Beinen, aber dann fand sie ihre Kraft wieder. In der Hütte wimmelte es von Polizisten, und der Tag brach an und färbte die Fenster in nebligem Rosa und Violett. Sie ging zur Tür und schaute hinaus, neugierig darauf, wie der Ort im Tageslicht aussah.

Der gepflasterte Hof war voll mit Quads und Viersitzern, und eine Mannschaft der Feuerwehr machte sich bereit, in die Schlucht hinabzusteigen. Es gab keine Zufahrtsstraße, die zur Hütte führte, nur einen Pfad durch den Wald.

»Die Kinder?«, fragte sie und sah Elliot an.

»Wir haben sie gefunden«, antwortete er nach einem kurzen Zögern. »Wir haben Matthew und Hazel gefunden«, fügte er hinzu und senkte den Blick auf den Boden. »Ann ist tot.« Er gestikulierte in Richtung der Schlucht.

»Er hat sie umgebracht«, sagte sie und fragte sich, wie sie diesen Teil des Profils so falsch verstanden haben konnte.

»Es scheint ein Unfall gewesen zu sein, ein missglückter Fluchtversuch«, antwortete Elliot. »Aber er hat die anderen Kinder dazu gezwungen, sie zu begraben.«

»Um sie zum Schweigen zu bringen und sie sich zu unterwerfen«, flüsterte sie, als ihr die Erkenntnis dämmerte. »Kann ich mit ihnen reden?«, fragte sie, und jede Silbe, die ihren Mund verließ, tat ihr weh.

»Sie sind bei der Sozialbehörde, in Mount Chester«,

antwortete er. »Wir haben sie so schnell wie möglich von hier weggebracht.«

»Und die Frau?«, fragte sie und erinnerte sich an die Schreie und das Hämmern gegen die Tür, das sie gehört hatte.

»Es geht ihr gut, jedenfalls so gut, wie man es erwarten kann«, sagte Elliot und Traurigkeit schwang in seiner Stimme mit. Dann räusperte er sich und fuhr fort: »Wendy Doyle, eine Touristin aus Phoenix, Arizona.«

Kay starrte in die aufgehende Sonne, die durch den Nebel brannte und einen klaren Himmel ankündigte. Sie spürte, wie die kalte Luft ihre Seele berührte, schlang die Arme um sich und zitterte, während ihre Zähne klapperten. Elliot zog seine Jacke aus und legte sie ihr um die Schultern.

Sie spürte, wie die darin eingefangene Hitze sie wärmte, und schob ihre Arme gerne durch die Ärmel.

»Ich weiß nicht, wie du das machst«, sagte Elliot. »Wie kann man mit dieser Art von Arbeit seinen Lebensunterhalt verdienen?«

Sie zuckte mit den Schultern, denn die plötzliche Bewegung verursachte Schmerzen in ihrem Schädel. »Irgendjemand muss es tun«, sagte sie und lächelte traurig. »Solange es Leute wie Stevens gibt, muss es jemand tun.«

»Aber warum du?«, fragte Elliot.

Sie sah ihm einen Moment lang in die Augen und suchte nach dem Grund für seine ungewöhnliche Frage. Zweifelte er an ihrer Fähigkeit, den Job zu erledigen? Nach dem, was gestern Abend geschehen war, zweifelte auch sie daran. Sie hatte sich in die Gefahr gestürzt, ohne es richtig zu durchdenken, ohne auf Nummer sicher zu gehen. Sie hätte getötet werden können. Dummes Draufgängertum ... und doch hätte sie alles noch einmal getan, wenn das die Tortur dieser Kinder verkürzt hätte, wenn auch nur um eine Minute.

Aber was sie in Elliots Augen sah, waren keine Zweifel; es war etwas Persönliches und Tiefes, etwas, vor dem sie Angst hatte, es zu entdecken, weil sie nicht wusste, wohin es sie führen würde. Sie wandte ihren Blick von ihm ab und beschloss, sich selbst etwas Zeit zu geben, um zu heilen, bevor sie wieder in diese blauen Augen blickte. »Weil ich gut darin bin.«

Sie sah zu, wie die Gerichtsmediziner eine Bahre auf ein Geländefahrzeug luden und sie mit Gurten befestigten. Als sie fast damit fertig waren, trat sie an die Bahre heran und fragte: »Darf ich?«

Als sie auf die Seite des Geländefahrzeugs kletterte, um den Leichensack so weit zu öffnen, dass sie Nicks Gesicht sehen konnte, erkannte sie ihn kaum wieder. Die Farbe war völlig aus seinem Gesicht gewichen, aber etwas von seiner tiefsitzenden Wut war für immer in seine Züge eingebrannt worden, als trüge er eine groteske Maske.

»Was glaubst du, warum hat er die Kinder gehen lassen?«, fragte Elliot. »Einige hat er gehen lassen, andere hat er behalten, aber sie nicht verletzt, nicht körperlich.« Er steckte die Hände in die Taschen seiner Jeans und zitterte. »Du hattest recht«, fügte er hinzu. »Woher wusstest du das?«

Sie lächelte. »Darf ich dir die Decke anbieten?«

»Ich verzichte«, antwortete er und joggte auf der Stelle, um sich aufzuwärmen.

»Er hat es nachgespielt«, erwiderte sie, legte eine Hand an ihren Hals und fühlte, wo es am meisten wehtat. Sie konnte kaum ihre Haut berühren; es würde wohl eine Weile dauern, bis sie sich wieder normal fühlen würde. Was die Geschehnisse auf dem östlichen Berghang von Mount Chester betraf – das würde sie nie vergessen.

»Nachgespielt? Was genau?«

»Seine Kindheit«, antwortete sie. »Er wurde gemieden, weil Meg Stinson, seine Mutter, um die Sicherheit seiner jüngeren Geschwister fürchtete.« Sie hielt einen Moment inne und überlegte, wie viel sie von dem Profil, das seinen Zweck bereits erfüllt hatte, weitergeben wollte. »Und um meine.« Sie versuchte erneut zu schlucken, und dieses Mal war es nicht unmöglich. »Seine Mutter traute ihm nicht zu, mit jüngeren Kindern zusammen zu sein. Er hat versucht, ihr das Gegenteil zu beweisen.«

»Was wollte er also tun? Sie als seine eigenen aufziehen?«

Das war ein faszinierender Gedanke, aber die Pathologie des Täters deutete auf eine andere Erklärung hin.

»Er durchlebt seine Vergangenheit noch einmal, stellt sie im Detail nach«, sagte sie gedankenverloren. Die Theorie machte Sinn, denn alles, was Stevens getan hatte, deutete darauf hin, dass er sein Kindheitstrauma noch einmal durchlebte. »Matthew Hendricks verkörperte Stevens' jüngeren Bruder Sam, und Hazel Nolan verkörperte seine Schwester Judy. Ich glaube, das ist der Grund, warum er Tracy gehen ließ. Shannons Tochter passte nirgends ins Bild; seine Fixierung verlangte nach einem Mädchen und einem Jungen, und Tracy war eine Statistin. Er wollte, dass es so realitätsnah wie möglich war, um seiner Mutter zu beweisen, dass man ihm kleine Kinder sehr wohl anvertrauen kann.«

»Anvertrauen?«, spottete Elliot und hob überrascht eine Augenbraue. »Damit er Kinder mitten im Nirgendwo als Geiseln nimmt und ihre Mütter tötet? Ernsthaft?« Er schaute weg, in die Ferne, irgendetwas beunruhigte ihn offensichtlich. »Ich kenne ihn irgendwie, so gut wie ein Polizist den Staatsanwalt eben kennen kann, der ihn mindestens zweimal im Jahr in den Zeugenstand ruft. Trotzdem ist er mir nie als wahnhaft aufgefallen.« Er hielt einen Moment lang inne, während sich ein Runzeln über seine Stirn legte. »Nun, er kam mir auch nie wie ein Serienmörder vor.«

Sie klopfte ihm auf den Ellbogen. »Deshalb werden manche jahrelang nicht erwischt, oder nie. Sie sind zu gut darin, sich in die Gesellschaft zu integrieren, und niemand verdächtigt sie. Aber irgendwo in ihrem Inneren haben sie eine völlig andere Welt erschaffen, eine, die von Trauma und Wut angeheizt wird, in der sich Werte verschieben und die Realität mit verdrehten Trieben und Mordfantasien verschmilzt. Sie sind gezwungen, sie auszuleben, und das tun sie auch.«

Das Geländefahrzeug mit der Leiche von Nick Stevens fuhr los und verschwand langsam in den Wäldern. Sie war fertig mit diesem Ort, bereit, nach Hause zu gehen, zu duschen und zu schlafen. Aber sie hatte noch eine Sache zu erledigen.

Jacob.

Er gehörte nicht ins Gefängnis, und sie musste jemandem sagen, dass er auch ein Opfer gewesen war, eine Requisite in einem Versteckspiel. Wen konnte sie anrufen? Seinen Anwalt?

»Dr. Sharp«, hörte sie eine Stimme rufen. Sie drehte sich um und sah Sheriff Logan, ein leichtes Lächeln auf seinen Lippen.

»Sheriff«, antwortete sie, ihre Stimme war immer noch rau, kaum hörbar vor den Hintergrundgeräuschen der Szene. »Ich wollte Sie bitten, die Freilassung meines Bruders in die Wege zu leiten. Ihm wurde eine Falle gestellt. Das kann ich bezeugen.«

Sein Lächeln wurde breiter. »Schon in Arbeit, Doktor. Was mich zu dem Grund bringt, warum ich Sie noch erwischen wollte, bevor Sie gehen.«

Er kam näher und holte etwas aus seiner Tasche, hielt aber die Hand unten. Sie konnte nicht sehen, was es war.

»Wenn Jacob freigelassen wird, und ich hoffe, dass das noch heute geschieht, werden Sie wahrscheinlich nach San Francisco zurückkehren wollen, zu Ihrem angesehenen Job beim FBI und dem Glanz des Großstadtlebens.«

Sie nickte leicht. So weit hatte sie noch gar nicht gedacht. Sie schaute Elliot an, aber sein Blick war undurchdringlich.

»Da kann ich nicht mithalten«, fuhr der Sheriff fort, »aber ich will verdammt sein, wenn ich es nicht wenigstens versuche.« Er öffnete die Hand und hielt einen goldenen Stern in die

Höhe, der an einem zweiseitigen schwarzen Lederhalter befestigt war. »Ich hoffe, Sie sagen ja und bleiben hier in Mount Chester, um Detective zu werden, für etwa ein Drittel des FBI-Gehalts und ohne den ganzen Glamour.«

Mit großen Augen starrte sie den Sheriff einen Moment lang an, dann streckte sie die Hand aus, nahm den siebenzackigen Stern und fuhr mit der Fingerspitze über das glänzende Metall.

»Ich lasse Sie darüber nachdenken«, sagte Logan, griff mit zwei Fingern an die Hutkrempe und ging davon.

»Nun, Detective«, sagte Elliot und grinste breit.

Er strahlte, sichtlich begeistert von dem Gedanken, dass sie bleiben könnte, sodass es sie zum Lächeln brachte.

»Noch nicht«, antwortete sie. »Ich muss darüber nachdenken. Aber ich bin jetzt so weit, hier Schluss zu machen und mit einem Quad zu Nicks Haus zu fahren, wo ich mein Auto stehen gelassen habe. Ich bin todmüde, und ich denke, alle Fragen hier sind beantwortet worden.«

»Alle außer eine«, sagte er und zeigte ihr ein Foto auf seinem Handy. »Das Messer deines Vaters.«

Ihr Herz hörte für einen Moment auf zu schlagen. Mit zitternden Fingern nahm sie ihm das Telefon aus der Hand und starrte das Foto an. Zuerst erkannte sie das Messer nicht, das durch das durchsichtige Plastik eines Asservatenbeutels hindurch fotografiert worden war. Es war ein Jagdmesser mit einem Metallgriff mit drei Nieten, in den sein Name eingraviert war: Gavin Sharp. Es musste ein Geschenk von jemandem gewesen sein, vielleicht von seinen Kollegen.

Sie schloss die Augen und verarbeitete alle Auswirkungen dessen, was sie gerade gesehen hatte.

Das Messer, mit dem ihr Vater auf ihre Mutter eingestochen hatte, lag noch immer vergraben und rostete in der Nähe seiner Knochen, wo niemand davon wusste. Das war ein

Küchenmesser mit Plastikgriff gewesen, kein graviertes Jagdmesser.

Wie konnte Nick dann von ihrem Vater wissen? Wusste er es überhaupt? Und woher hatte er das Jagdmesser?

Sie erinnerte sich an den Sonntagmorgen, als sie aufgewacht war und Elliot den Rasen gemäht hatte; er hatte geschworen, dass die Garage offen gewesen war. Sie war sich sicher gewesen, dass sie sie am Abend zuvor geschlossen hatte. Das Messer ihres Vaters musste irgendwo in der Garage gelegen haben, und Nick musste den Schrott dort durchwühlt haben, bis er etwas Brauchbares fand. Dann hatte er die Tür offen gelassen ... vielleicht, weil Elliot so früh gekommen war, noch vor Sonnenaufgang, und ihn überrascht hatte.

»Ich kann verstehen, dass mich Stevens als Bezirksstaatsanwalt verhaften ließ, und ich verstehe auch, warum«, sagte Elliot, scheinbar überrascht, dass sie schwieg. »Den leitenden Ermittler aufzuhalten, das kann eine Untersuchung zum Entgleisen bringen. Bei der Übergabe des Falles könnten Details durch die Maschen fallen. Aber warum hat er deinen Vater da mit hineingezogen?«

Sie sagte nichts, weil sie sich immer noch das Gleiche fragte. Wie viel hatte Nick gewusst?

»Was verschweigst du mir, Kay?«, beharrte Elliot und runzelte besorgt die Stirn.

Sie unterdrückte ein Schaudern in der kalten Brise. »Vielleicht wusste er etwas, was ich nicht weiß«, sagte sie. »Er wusste, dass ich den Fall mit dir zusammen bearbeite; er hat es die ganze Zeit gewusst. Wahrscheinlich hat er gehofft, dass er mich ablenken kann, wenn ich mir Sorgen mache, dass mein Vater irgendwie darin verwickelt ist.« Sie atmete die frische Morgenluft ein und genoss die Sonnenstrahlen auf ihrem Gesicht. »Schade, dass er jetzt nicht mehr reden kann.«

»Mhm«, antwortete Elliot und sie spürte, wie sich ein Hauch der Trauer auf ihr Herz legte. Sie würde die Last dessen, was in jener Nacht geschehen war, immer mit sich herumtragen müssen. Sie würde es nie loswerden können, und Jacob auch nicht. Aber vielleicht gab es einen Weg, mit dem Geschehenen zu leben, ein gutes Leben zu führen, frei von den Gespenstern der Vergangenheit.

»Können wir los?«, fragte Elliot und deutete auf ein Quad, das ein paar Meter weiter in Richtung Wald geparkt war. »Das können wir nehmen.«

Sie ging schnell zum Fahrzeug, froh, dass sie diesen Ort verlassen konnte, den siebenzackigen Stern noch in der Hand. Sie versuchte, ihn in ihre Tasche zu stecken, aber er passte nicht, die Halterung war zu breit. In Ermangelung anderer Möglichkeiten schob sie die hintere Abdeckung über ihren Gürtel und trug ihn genauso, wie es die meisten Polizisten taten.

Sie war schon fast beim Fahrzeug und hörte sich Elliots Bericht darüber an, wie sie die Blockhütte gefunden hatten, als Deputy Hobbs an ihnen vorbeiging und grinste. »Nun, guten Morgen, Detective«, sagte er und sah sie an.

Ein unwillkürliches Lächeln zupfte an ihrem Mundwinkel. Ihr gefiel der Klang dieser Worte.

Ein herzliches Dankeschön dafür, dass ihr euch entschieden habt, *Der Ausflug* zu lesen. Wenn es euch gefallen hat und ihr über meine Neuerscheinungen auf dem Laufenden gehalten werden möchtet, meldet euch über den folgenden Link an. Eure E-Mail-Adresse wird nicht weitergegeben und ihr könnt euch jederzeit wieder abmelden.

www.bookouture.com/bookouture-deutschland-sign-up

Wenn ich ein neues Buch schreibe, denke ich an euch, meine Leserinnen und Leser; was ihr als Nächstes lesen möchtet, wie ihr eure Freizeit verbringt und was ihr am meisten an der Zeit schätzt, die ihr in der Gesellschaft der von mir geschaffenen Figuren verbringt und in der ihr die Herausforderungen, die ich ihnen stelle, stellvertretend erlebt. Deshalb würde ich gern von euch hören! Hat euch *Der Ausflug* gefallen? Würdet ihr euch wünschen, dass Detective Kay Sharp und ihr Partner Elliot Young in einer weiteren Geschichte zurückkehren? Euer Feedback ist mir unglaublich wichtig und ich freue mich, eure Meinung zu hören. Bitte kontaktiert mich direkt über einen der unten aufgeführten Kanäle. E-Mail funktioniert am besten: LW@WolfeNovels.com. Ich werde eure E-Mail-Adresse an niemanden weitergeben und ich verspreche euch, dass ihr eine Antwort von mir erhalten werdet!

Wenn euch mein Buch gefallen hat und es nicht zu viel verlangt ist, nehmt euch doch bitte einen Moment Zeit und hinterlasst eine Rezension auf einer Social-Media-Seite oder dort, wo ihr das Buch gekauft habt. Ihr könnt *Der Ausflug* anderen Leserinnen und Lesern empfehlen. Rezensionen und persönliche Empfehlungen helfen ihnen sehr, neue Titel oder neue Autorinnen und Autoren zu entdecken.

Es macht einen großen Unterschied, und es bedeutet mir sehr viel. Ich danke euch für eure Unterstützung und hoffe, euch auch mit meiner nächsten Geschichte unterhalten zu können. Wir sehen uns bald wieder!

Vielen Dank

Leslie

www.WolfeNovels.com

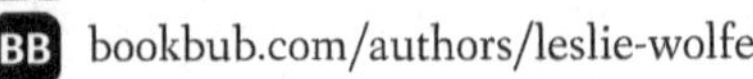